SUSAN HILL

La Malédiction de Manderley

ROMAN

TRADUIT DE L'ANGLAIS
PAR ANNE DAMOUR

ALBIN MICHEL

Titre original :

mrs de winter

LA MALÉDICTION DE MANDERLEY

Susan Hill est née en 1942 dans le Yorkshire. Fille unique, passionnée de musique et de peinture, elle partage avec Daphné du Maurier un grand amour de la campagne anglaise.
Son premier roman, écrit à l'âge de 16 ans, est publié deux ans plus tard... Entre 27 et 32 ans, elle écrit huit romans, dont L'Oiseau de nuit *et* Je suis le seigneur du château, *récompensé en 1970 par le Somerset Maugham Award. Après* Un printemps provisoire *et pendant seize ans, elle n'écrira plus de roman. Mariée à un professeur de littérature, grand spécialiste de Shakespeare, elle publie des essais, des histoires pour enfants et écrit des chroniques pour la presse et la télévision. En 1991, alors que sort en Angleterre* La Force de l'ange, *on la choisit pour écrire une suite à* Rebecca. *Fascinée par l'atmosphère hantée qui se dégage du roman, elle entreprend dans* La Malédiction de Manderley *de continuer l'histoire des De Winter et réanime l'esprit des lieux de Manderley.*

" *J'ai rêvé l'autre nuit que je retournais à Manderley...* " Ainsi commence *Rebecca*, l'inoubliable roman de Daphné du Maurier immortalisé par le célèbre film d'Alfred Hitchcock. Manderley, c'est le magnifique château des De Winter, toujours habité par le souvenir obsédant de Rebecca, la première femme de Maxim; Manderley, ravagé par les flammes dans les dernières pages du roman. L'incendie n'était-il qu'un accident? Qu'est-il advenu de Maxim et de sa nouvelle femme? L'ombre maléfique de Rebecca sera-t-elle toujours un obstacle à leur bonheur?
Comme des millions de lecteurs, Susan Hill, l'une des plus grandes romancières anglaises actuelles, a longtemps été hantée par le chef-d'œuvre de Daphné du Maurier. Recréant avec un talent étonnant l'atmosphère mystérieuse de Manderley, elle devient à son tour la douce Mme de Winter, la narratrice de cette fascinante histoire, pour nous dévoiler enfin dans *La Malédiction de Manderley* les secrets de *Rebecca*.

PREMIÈRE PARTIE

Chapitre 1

Figés, les hommes en noir se tenaient immobiles, semblables à des corbeaux, les voitures étaient noires aussi, alignées le long de l'allée qui menait à l'église ; et nous, en noir également, debout au milieu du petit groupe pathétique et embarrassé, nous attendions qu'ils sortent le cercueil, le chargent sur leurs épaules, que le pasteur soit prêt, autre noir corbeau dans sa longue soutane.

Puis les véritables corbeaux s'envolèrent soudain des arbres et des champs, montèrent à tire-d'aile comme des bouts de papier carbonisés s'échappant d'un feu, et tournoyèrent en croassant au-dessus de nos têtes. J'aurais dû trouver une étrange mélancolie à leur cri en un tel jour. Mais non, il emplit mon cœur d'un transport de joie, comme l'avaient fait le hululement de la chouette la nuit dernière et le cri lointain des mouettes à l'aube, et je sentis les larmes me monter aux yeux, prêtes à m'étouffer. C'est la réalité, me dis-je. Le présent. Nous sommes ici. Chez nous.

Levant les yeux, je vis le cercueil et me souvins.

Le cercueil, lui, n'avait rien de noir ; la longue et terrible caisse était en chêne clair, massif, ses poignées et enjolivures étincelant au soleil, et les fleurs que l'on y déposait en ce moment même brillaient d'un éclat doré, immense croix de chrysanthèmes, toutes les couleurs d'un après-midi ensoleillé d'octobre à la campagne, mélange de bronze, de cuivre, de jaune safran, de blanc, de vert — mais surtout, d'un or incomparable.

La lumière aussi était dorée. C'était une journée parfaite. Dans le petit bois à flanc de coteau, les hêtres étaient en feu, flamboyants, et les sycomores se paraient de cramoisi, alors que pâlissait à peine le vert profond des chênes.

De sombres ifs se dressaient près de la grille du cimetière, comme des obélisques. Au-dessus, un noyer, presque nu, étendait son délicat entrelacs de branches. L'endroit, où j'étais rarement venue, était abrité dans un creux, au cœur d'un site plus vaste et sévère ; la lande, les rochers, les falaises et la mer s'étendaient plus loin. Ici, nous étions à l'orée du rideau touffu des bois qui descendaient doucement vers la rivière cachée.

Sans tourner la tête, n'osant m'absorber dans une contemplation qui aurait paru inconvenante, j'embrassais du regard tous ces arbres aux essences diverses dont j'essayais de retrouver le nom, car c'étaient eux qui avaient peuplé mes pensées, eux dont j'avais rêvé, dans leur moindre détail, presque chaque jour pendant tant d'années ; ils étaient les souvenirs secrets que j'avais gardés au plus profond de moi, indicible réconfort. Des arbres, des paysages tels que ceux-là, des journées comme aujourd'hui. Frênes. Hêtres. Marronniers. Tilleuls. Chênes verts. Les haies touffues criblées de baies rouge sang, comme un cake aux cerises.

Et je me remémorai soudain le spectacle qu'offraient toujours les fougères à cette époque de l'année, leur glorieux mélange d'ors, la délicatesse des frondes s'enroulant sur elles-mêmes, je les imaginais, sentant leur frottement contre mes jambes, contre le poil soyeux des chiens, j'entendais leur froissement sec, leur bruissement, le craquement des tiges sous le pied, et je crus défaillir, submergée par le même flot d'émotions qui avait déferlé en moi, m'emplissant de trouble et de désarroi, pendant ces dernières semaines, depuis que nous était parvenu l'appel téléphonique. Je ne savais comment les affronter ou les contrôler, elles étaient tellement inhabituelles, il y avait si longtemps que je n'avais éprouvé de tels sentiments, nous avions pris si grand soin de mener une vie calme et régulière, nous qui avions traversé tant d'orages, avions été la proie de tant de bouleversements, pour échouer enfin sur ce paisible, triste et lointain rivage, heureux et apaisés. Nos émotions par la suite avaient été profondes, semblables à une rivière souterraine qui s'écoulait en nous, sûre et tranquille, sans jamais nous ballotter ni nous trahir, mais sans aucun pouvoir.

Mais aujourd'hui, je n'étais plus ni calme ni forte, aujourd'hui, j'étais en proie à ces sentiments nouveaux, à cette grande vague qui s'était gonflée jusqu'à venir me submerger ce matin, me laissant haletante, l'esprit égaré ; j'éprouvais un tel émoi à me retrouver ici, dans la campagne anglaise, après ces années d'exil. Je pressai mes doigts dans le creux de mes mains, sentis mes os à travers mes gants noirs.

Dans le champ qui montait derrière l'église, on labourait ; éparpillant ce qui restait de terre en mottes rougeâtres, le tracteur creusait lentement, soigneusement, son sillon. Je vis l'homme sur son siège se retourner pour regarder en arrière, et les oiseaux, comme une nuée de moucherons, affluer derrière lui.

On était en octobre. Mais le soleil brillait, réchauffant nos visages, étendant superbement sa lumière sur la terre ; je voulais le regarder, ne pas m'en abriter ni en protéger mes yeux, comme j'avais pris l'habitude de le faire face à cet autre soleil, brillant, dur, sous lequel nous avions vécu. C'était le soleil vers lequel je voulais me jeter, au lieu de m'en éloigner, c'était la lumière dont j'avais tant rêvé, qui m'avait tant manqué.

Les corbeaux croassèrent à nouveau, descendirent

en piqué, s'éparpillèrent dans les arbres et se turent. Le ciel bleu était vide à présent.

Les hommes avaient chargé le cercueil sur leurs épaules ; ils se retournèrent et nous prîmes place derrière eux.

A côté de moi, Maxim se tenait droit et raide et, lorsque le cortège s'ébranla, il se mit en marche lourdement, d'un pas saccadé, comme un jouet de bois articulé. Son épaule effleurait presque la mienne, et je vis le pli contracté autour de sa bouche, les fines rides au coin de ses yeux, la pâleur mortelle qui avait envahi son visage ; j'étais à des milliers de kilomètres de lui, je ne pouvais l'atteindre, il m'avait quittée pour s'absorber dans le passé, dans son monde intime, clos, qui s'était refermé sur lui dès la minute où la nouvelle nous était parvenue, un monde où je ne pourrais jamais le suivre.

Se rappelait-il cette autre procession, lente, effrayante, derrière un cercueil, ces autres funérailles ? Je n'aurais su le dire. Nous nous trompons en croyant toujours partager les pensées de l'autre. Si proche soyons-nous de lui, sa plus profonde intimité nous demeure inaccessible. Pendant douze ans, nous n'avions fait qu'un, partageant tout, sans rien nous cacher. Pourtant le passé renfermait encore des secrets, le passé jetait ses ombres, et les ombres parfois nous séparaient.

Je détournai les yeux de lui, levai la tête pour regarder autour de moi, et la même vague d'émotion me submergea, le même sentiment d'irréalité, et, une fois encore, je dus lutter contre le vertige. C'était impossible, je n'étais pas ici. Nous n'étions pas revenus.

Mais nous étions revenus, et c'était comme si, après des années de privations, je me retrouvais soudain devant un banquet, une table débordant des mets les plus succulents, les plus alléchants, comme si, déshydratée par la soif, la bouche emplie d'un goût de sable, de cendre et de rouille, je m'allongeais auprès d'un ruisseau clair et frais et prenais l'eau au creux de mes mains pour la porter à ma bouche et boire, boire. J'étais affamée et je mangeais, j'avais soif et je buvais, longtemps restée aveugle, je voyais. Mes yeux ne parvenaient pas à se rassasier du paysage alentour, les champs, les talus, les haies, les arbres, la terre labourée, les bois à flanc de coteau, l'odeur de l'humus et le froissement des dernières feuilles, la présence de la mer dans le lointain ; les chemins étroits, les petites maisons, un coup de feu au loin, l'aboiement d'un chien à la grille d'un bungalow devant lequel s'étirait notre grave cortège ; des filets de fumée bleue s'échappant des cheminées, montant dans l'air doré par le soleil. Un homme à cheval, la croupe ronde et luisante d'une jument. L'homme avait ralenti pour nous laisser passer, puis s'était arrêté en soulevant son chapeau et je l'avais regardé par la vitre de la voiture, avec un timide sourire, mais il était resté au garde-à-vous sans détourner les yeux. Je me demandai s'il s'agissait d'un ami, d'un voisin, me tournai vers Maxim pour lui poser la question. Mais Maxim ne l'avait pas remarqué, il semblait ignorer ma présence, cette journée, le moment de la journée et le cavalier immobile sur le chemin. Le regard fixé droit devant lui, il voyait, ou plutôt essayait désespérément de ne pas voir, d'autres lieux, d'autres scènes. Mais rien n'aurait pu m'empêcher de regarder autour de moi, d'absorber avidement ce que je voyais. Si tragique que fût la raison de notre présence ici, je me sentais malgré tout heureuse, ivre de bonheur devant la beauté, la splendeur de ce pays derrière les fenêtres de la voiture noire, emplie d'étonnement et de gratitude — même si ma joie se teintait de remords et si je devais la garder pour moi, sans pouvoir l'avouer, ni à lui, ni à personne.

La nuit précédente, dans le lit froid et inconnu, l'esprit et le corps encore tendus par l'inconfort et la longueur du voyage, je m'étais réveillée d'un rêve confus de roues de train et de mornes et tristes champs français, pour me retrouver dans un calme parfait, un silence parfait, et, pendant quelques secondes, j'étais restée hébétée, ne sachant où j'étais ni pourquoi. Puis, à l'instant où j'avais repris mes esprits, j'avais ressenti ce premier transport d'excitation et de bonheur. Etre ici, en Angleterre, après des années d'exil, de nostalgie et de désir — la joie avait oblitéré toute autre réalité.

Un merveilleux et doux clair de lune envahissait la pièce, il effleurait la coiffeuse blanche, donnait un éclat particulier aux murs clairs, se posait sur la surface du miroir, sur la vitre d'un tableau et le dos en argent de mes brosses à cheveux, les baignant d'une lumière liquide. J'avais en silence traversé la pièce, craignant de réveiller Maxim, n'osant même pas jeter un regard vers sa longue silhouette recroquevillée dans le lit, repliée sur elle-même comme un fœtus, sachant qu'il était épuisé, vidé par la fatigue et l'émotion, et qu'il avait besoin du refuge du sommeil. J'avais si rapidement bouclé nos bagages, tassant nos vêtements au hasard — il n'y avait plus de domestique pour s'occuper de ces choses, dorénavant toutes ces tâches m'incombaient —, qu'il m'avait fallu fouiller pendant quelques minutes dans ma valise avant de sentir sous mes doigts le fin coton de ma robe de chambre.

Je m'étais alors approchée du rebord de la fenêtre, écartant un peu les rideaux. Maxim n'avait pas bougé, et après un moment j'avais levé l'espagnolette et entrouvert la croisée.

Et, depuis ma place à la fenêtre, le jardin m'avait paru magique, une vision de conte de fées ; la vue qui s'étendait devant moi était d'une beauté si frémissante, si prenante, que j'avais su avec une certitude absolue que cet instant resterait à jamais gravé dans ma mémoire, quoi qu'il pût arriver dans nos vies à l'avenir, que je me nourrirais de son image, comme je me nourris parfois, en secret, du souvenir de la roseraie que j'apercevais autrefois de notre fenêtre à Manderley.

Il y avait un grand houx rond au milieu de la prairie, qui jetait un cercle d'ombre parfait, comme une corolle étalée sur l'herbe claire ; par un trou dans la haie de buis au fond, j'apercevais le rond argenté d'une pièce d'eau dans sa margelle de pierre. Les derniers dahlias et chrysanthèmes dressaient leurs têtes raides et noires, mais le clair de lune effleurait leurs tiges, argentait les ardoises du vieux toit de l'appentis ; au-delà du jardin, le verger offrait ses dernières pommes, taches lumineuses parmi les branches sombres, et, plus loin encore, le paddock, en pente douce, avec les deux chevaux à la robe grise, figés et pâles comme des fantômes.

Je regardais, regardais encore, sans pouvoir me rassasier, et des vers me revinrent soudain en mémoire, une poésie sans doute apprise à l'école, que j'avais crue oubliée jusqu'à aujourd'hui.

Lentement, sans bruit, la lune
Chevauche la nuit de ses sabots d'argent.
Ici et là elle s'arrête et contemple
Les fruits argentés sur les arbres d'argent.

Mais je ne pus me souvenir de la suite.

Ce n'était pas uniquement la vue du jardin qui m'avait si profondément émue et ravie ; les senteurs de la nuit, entrant par la fenêtre ouverte, m'avaient paru d'une indicible douceur, différentes du parfum lourd et entêtant de l'air nocturne auquel nous nous étions accoutumés dans ce que j'appelais notre exil. Un parfum exotique, parfois, souvent étouffant, suffocant, de temps en temps fétide. Mais toujours étrange, étranger. Cette nuit-là avait le parfum de mon enfance et de ma jeunesse, elle sentait la maison. Il me semblait respirer le froid, l'herbe recouverte de givre, et l'écorce d'arbre, un léger effluve de fumée, la terre retournée, l'odeur du fer mouillé, de l'argile, des fougères, du cheval ; je sentais toutes ces odeurs, et aucune précisément, je sentais le jardin et la campagne qui s'étendait alentour et au-delà, dans l'air d'une nuit d'octobre, sous l'œil de la lune.

Il faisait nuit lorsque nous étions arrivés la veille, tard dans la soirée. Nous avions dîné, sans distinguer le goût des aliments dans nos assiettes, comme nous avions machinalement avalé nos repas monotones durant le voyage, et nous nous étions sentis hébétés, épuisés, désorientés par le voyage, sales et engoncés dans nos vêtements. Les muscles du visage raidis, la langue pâteuse, j'avais eu du mal à remuer les lèvres. J'avais jeté un coup d'œil de l'autre côté de la table et constaté que les yeux de Maxim étaient marqués par la fatigue, son regard lourd, sa peau presque transparente. Il avait souri légèrement, d'un air las, cherchant un réconfort que j'avais tenté de lui offrir, bien qu'il semblât très loin de moi, étranger presque, semblable à ce qu'il était autrefois, il y a longtemps, à une autre époque.

Le café avait un goût étrange et amer, la salle à manger était froide, à peine éclairée par un plafonnier. J'avais remarqué une déchirure dans l'affreux parchemin jaune de l'un des abat-jour, le beau mobilier était recouvert d'une pellicule de cire et le tapis montrait quelques taches. L'ensemble semblait manquer d'amour, de soin. Nous étions venus à bout du repas et avions peu parlé, une fois dans notre chambre, murmurant à peine une chose ou deux, rien d'important, des remarques sur le voyage, sur les interminables kilomètres à travers une Europe grise et morose. Nous avions enduré le voyage, regardant le paysage défiler par les fenêtres du compartiment, contemplant la laideur et la dégradation, les ruines, les visages désolés, brouillés, qui levaient vers nous un regard sans vie tandis que passait notre train lent et monotone. Une fois, j'avais salué de la main une petite troupe d'enfants, qui attendaient en file devant un passage à niveau, quelque part dans la plaine au centre de la France. Aucun ne m'avait rendu mon salut — peut-être parce qu'ils ne m'avaient pas vue ; eux aussi regardaient sans voir. Mais à cause de la fatigue et de l'émotion, parce que j'avais l'estomac noué, après tant d'agitation, je m'étais sentie curieusement rejetée, attristée par l'incident, et j'avais commencé à broyer du noir, sur d'autres sujets, incapable de remettre mes idées en place.

Mais dans la chambre, comme je contemplais le jardin sous le clair de lune, le calme était revenu en moi. Quelque part dans les profondeurs de la maison, une horloge avait sonné trois heures et, heureuse d'être éveillée, j'avais savouré la tranquillité qui régnait autour de moi, la fraîcheur de ce jardin silencieux, la douceur de l'air. J'avais éprouvé, non sans quelque honte, une satisfaction profonde, une paix immense.

J'étais restée sans bouger encore une heure de plus, jusqu'à ce que Maxim se retourne, agitant brusquement les bras, et murmure quelques mots incohérents. J'avais alors refermé la fenêtre, contre le froid qui s'était introduit dans la chambre, et, après avoir remonté les couvertures autour de lui, caressant son visage comme on apaise un enfant nerveux, j'étais retournée me glisser dans mon lit. Il ne s'était pas réveillé et, un peu avant l'aube, je m'étais endormie.

Le lendemain matin, dès l'instant où je m'étais réveillée, j'avais été frappée par la lumière, si différente, chaleureuse et familière. J'étais retournée à la fenêtre et j'avais regardé le ciel pâle, légèrement voilé de bleu, l'aube qui s'étendait sur le jardin effleuré par le givre. Je n'aurais pu être dans aucun autre endroit au monde et j'avais presque pleuré devant tant de clarté, de douceur et de subtilité.

Au moment où nous nous apprêtions à partir pour l'église, les écheveaux de brume qui s'étiraient dans les arbres s'étaient dissous au soleil, le givre avait fondu, et j'avais machinalement porté mon regard en direction de la mer, à des kilomètres de là. Lorsque nous étions arrivés à Douvres la veille au soir, il faisait déjà nuit et, pendant la traversée, la mer n'avait été qu'une étendue morne, grise et houleuse derrière les hublots, une vaste nappe d'eau qu'étrangement je n'avais pas associée à la mer ; puis la voiture nous avait rapidement emmenés le long de l'interminable route.

En dépit de tout ce qu'elle évoquait de funeste, de tout le mal qu'elle nous avait causé, la mer m'avait manqué pendant notre séjour à l'étranger, tout comme m'avaient manqué ses longues laisses sur la plage, le chuintement du flux et du reflux sur les galets, le fracas des vagues dans la baie — le fait qu'elle était toujours là, perceptible même à travers l'épais brouillard qui étouffait tous les sons, et que, lorsque l'envie m'en prenait, je pouvais descendre sur la grève et la regarder, observer ses mouvements, le jeu de la lumière, voir les ombres bouger, la houle se former. J'en avais souvent rêvé, imaginant que je venais ici, la nuit, lorsqu'elle était calme et plate, et que je contemplais du haut de la dune l'immensité de l'eau au clair de lune. La mer au bord de laquelle nous vivions et nous promenions durant notre exil était sans marées, scintillante, translucide, parée d'un bleu éblouissant, de violet, d'émeraude, une mer peinte, séduisante et irréelle.

Avant de monter dans la voiture noire ce matin, je m'étais tournée dans sa direction, cherchant à la voir ou à l'entendre, à ressentir sa présence. Mais il n'y avait rien, elle était trop loin, et même si elle s'était trouvée là, au bout du jardin, Maxim aurait refusé d'y accorder la moindre attention.

Pivotant sur moi-même, j'avais pris place dans la voiture à côté de lui.

Les hommes en noir avaient atteint le parvis de l'église, et s'étaient arrêtés, pour répartir le poids de leur fardeau sur leurs épaules. Nous nous tenions derrière eux, l'air emprunté, et soudain un rouge-gorge piqua d'un coup d'aile dans l'arche sombre du porche, ressortit immédiatement, et sa vue me réchauffa le cœur. Il me sembla que nous étions des acteurs, attendant en coulisse de pénétrer sur scène, dans un décor illuminé ouvert devant nous. Le cortège était restreint. Mais au moment où nous nous avançâmes sous l'arche, je m'aperçus que l'église était comble. Tout le monde se leva à notre approche, d'anciens voisins, de vieux amis, peut-être — mais je craignis d'être incapable d'en reconnaître aucun.

« Je suis la Résurrection et la Vie, dit le Seigneur. Celui qui croit en moi vivra, quand même il serait mort... »

Nous pénétrâmes à l'intérieur et le lourd portail de bois se referma derrière nous, laissant dehors l'après-midi d'automne, le soleil et les champs retournés, le laboureur et les alouettes tournoyant dans le ciel, le rouge-gorge qui chantait sur une branche de houx, et les corbeaux dans leurs guenilles noires.

L'assemblée frissonna comme un champ de blé lorsque nous nous avançâmes vers le banc de devant, je sentis les regards brûlants dans notre dos, la curiosité et la fascination que nous suscitions, toutes les questions muettes, en suspens dans l'air.

L'église était exquise, et je retins ma respiration à sa vue. C'était une banale église de la campagne anglaise, sans rien de particulier, et pourtant à mes yeux, elle était aussi rare et précieuse que la plus belle cathédrale.

Il m'était arrivé de m'introduire dans l'église d'un village ou d'une ville à l'étranger, de m'agenouiller dans la pénombre, parmi les vieilles femmes couvertes d'un châle noir marmonnant en égrenant leur chapelet, et l'odeur de l'encens, les cierges dégoulinants m'avaient paru aussi peu familiers que le reste, comme s'ils appartenaient à une religion exotique, très éloignée des églises austères de mon pays. J'avais éprouvé le besoin d'entrer, savourant l'atmosphère de sérénité et de respect, à la fois attirée et repoussée par les statues, les confessionnaux. Je n'étais jamais parvenue à formuler une prière, je n'avais jamais prononcé, ni oralement ni mentalement, un seul mot de confession ou de supplication. Seul un flot d'émotion, désordonné mais incroyablement puissant, avait parfois jailli, poussé par une force venant du plus profond de moi, approchant de la surface sans jamais déborder. J'étais restée dans l'incapacité de l'exprimer, et je supposais qu'il s'agissait d'un comportement superstitieux, comme de toucher du bois... Pour quoi ? Notre protection ? Notre salut ? Ou simplement pour nous permettre de rester seuls dans notre triste havre, en sécurité pour le restant de notre existence, à l'abri des fantômes.

Je n'osai pas m'avouer combien m'avait manqué une église anglaise, mais en lisant et relisant les journaux, lorsqu'ils nous parvenaient, mon regard s'attardait quelquefois sur les annonces des services religieux du dimanche et les mots m'emplissaient alors de nostalgie.

Eucharistie chantée. Matines. Vêpres. Stanford en *ut*. Byrd. Boyce. Mène-moi vers la lumière (Stainer)...

Le prédicateur. Le doyen. Le maître de chant. L'évêque.

Je murmurais ces mots en silence.

Regardant à la dérobée de part et d'autre de l'allée, puis vers l'autel devant nous, je vis les hautes colonnes de pierre, les chapiteaux et les marches, et les austères plaques commémoratives des seigneurs de la région morts depuis longtemps, et les textes bibliques gravés dans les vitraux.

Venez à moi vous qui êtes accablés
Je suis la vigne, vous êtes les sarments
Bénis soient les hommes de paix.

Je lus les mots sobres et mesurés en suivant le cortège funèbre le long de l'allée dallée, vers l'endroit où se dressait le catafalque.

Il y avait des fleurs, blanches et dorées comme le soleil et les étoiles, dans de hautes urnes à côté des fonts baptismaux.

J'avais cru que la nature ne pénétrerait pas jusqu'à nous, une fois que nous serions enfermés dans l'église, mais non, le soleil perçait les vitraux, caressait le bois des bancs et la pierre claire, la lumière de l'automne anglais qui m'emplissait de joie, de souvenirs, du bonheur d'être de retour, se posait sur les nuques et sur les livres de prières, enflammait soudain la croix d'argent, effleurait doucement le simple cercueil de chêne de Beatrice que les hommes déposaient sur le catafalque.

Chapitre 2

C'était Maxim qui avait apporté la lettre. Il m'avait laissée à notre table habituelle, sur la petite place qui nous était devenue familière, et il était reparti à l'hôtel chercher des cigarettes.

Il faisait frais, je me souviens, les nuages défilaient devant le soleil, et une soudaine rafale de vent avait balayé les ruelles entre les hautes maisons, chassant des tourbillons de feuilles mortes et de vieux papiers. J'avais mis ma veste sur mes épaules. C'était la fin de l'été. Plus tard dans l'après-midi éclaterait peut-être un de ces orages qui détraquaient peu à peu le temps depuis la semaine précédente. Les nuages avaient réapparu, et la place s'était enveloppée d'une étrange et morne mélancolie. Des gamins aux cheveux noirs jouaient parmi les cailloux dans une mare de boue qu'ils remuaient avec des bâtons, apportant davantage de terre dans leurs seaux en bois, et leurs voix aiguës parvenaient jusqu'à moi.

J'aimais les regarder, les écouter, réprimant mon émotion devant eux.

Le garçon de café passa près de moi et jeta un regard vers ma tasse vide, mais je secouai la tête. Je préférais attendre Maxim.

Puis le carillon de l'église sonna l'heure, une petite note grêle et légère, et le soleil réapparut, dessinant de longues ombres, me réchauffant, chassant mon humeur morose. Les petits garçons applaudirent et poussèrent des cris de joie à la vue de quelque chose dans leur boue. Je levai alors les yeux et le vis qui venait vers moi, les épaules courbées, le visage figé en ce masque impénétrable derrière lequel il s'efforçait toujours, inconsciemment, de cacher sa détresse. Il tenait une lettre à la main et, tout en s'asseyant sur la chaise branlante du café, il la jeta sur la table, avant de se retourner et d'appeler le garçon d'un claquement de doigts, de cette manière impérieuse qui était devenue si rare chez lui.

Je ne reconnus pas l'écriture. Mais je vis le cachet de la poste et posai ma main sur la sienne.

La lettre était de Giles. Maxim ne me regarda pas, tandis que je la parcourais rapidement. «... l'ai trouvée étendue par terre dans la chambre... entendu un choc... suis parvenu à la relever... Maidment est arrivé... peut bouger le côté gauche... a du mal à parler mais se fait vaguement comprendre... elle me reconnaît... les infirmières à domicile et les médecins ne disent pas grand-chose... affreux... espère... »

Je regardai à nouveau l'enveloppe. Elle était datée de plusieurs semaines. Notre courrier mettait si longtemps à nous parvenir parfois, les communications semblaient s'être détériorées depuis la fin de la guerre.

Je dis : « Elle va sûrement mieux, Maxim. Peut-être même est-elle complètement guérie. Nous aurions eu d'autres nouvelles, sinon. »

Il haussa les épaules, alluma une cigarette.

« Pauvre Bea. Elle ne pourra plus galoper par monts et par vaux. Plus question de chasser pour elle.

— Eh bien, s'ils la remettent debout, cela ne sera pas plus mal. J'ai toujours trouvé ces chevauchées déraisonnables pour une femme de près de soixante ans.

— C'est elle qui a tout pris en charge. Je ne lui ai servi à rien. Elle ne mérite pas ça. »

Il se leva brusquement. « Allons-nous-en. » Il jeta quelques pièces sur la table et s'éloigna à travers la place. Je me retournai avec un sourire d'excuse à l'adresse du serveur, mais ce dernier bavardait avec quelqu'un à l'intérieur, le dos tourné. Je n'aurais su dire pourquoi il m'importait de garder un contact avec lui. Je trébuchai, glissai presque sur les pavés, pour rattraper Maxim. Serrés les uns contre les autres, les gamins baissaient la tête en silence.

Il marchait en avant, vers le sentier qui bordait le lac.

« Maxim... » Je le rejoignis, touchai son bras. Le vent ridait l'eau. « Elle est sûrement remise maintenant... elle va très bien... j'en suis certaine. Nous essaierons de téléphoner à Giles ce soir, veux-tu ? Mais nous aurions eu des nouvelles... il a voulu nous l'annoncer, et il est navrant que la lettre nous soit parvenue avec un tel retard... peut-être même nous a-t-il écrit à nouveau, bien qu'il ne soit pas épistolier de nature, comme tu le sais, pas plus que nous. »

C'était vrai. Pendant toutes ces années, nous

avions de temps en temps reçu de courtes lettres de la grande écriture d'écolière de Beatrice, dans lesquelles elle racontait peu de chose, mentionnant parfois quelques voisins, des voyages à Londres, la guerre, le couvre-feu, les réfugiés, les privations, les poules, les chevaux, mais, intentionnellement, par délicatesse, rien de très personnel, rien qui concernât la famille ou le passé. Comme si nous étions de vagues cousins, partis depuis longtemps. Parce que nous avions voyagé, avant de venir nous installer ici, une fois la guerre finie, les lettres nous avaient souvent été adressées poste restante, et pendant longtemps elles nous étaient parvenues, une ou deux fois par an, avec un retard considérable. C'était moi qui répondais, avec toujours la même retenue, d'une écriture aussi enfantine que celle de Beatrice, honteuse de l'insignifiance de nos petites nouvelles. Beatrice n'y faisant guère allusion, j'ignorais si elles arrivaient à destination.

« Je t'en prie, n'aie pas l'air si inquiet. Je sais qu'une crise cardiaque est quelque chose de terrible, et que Bea a dû se sentir horriblement frustrée, elle qui est si active, incapable de rester en place. Rien ne la ferait changer. » Je vis le frémissement d'un sourire sur ses lèvres, sus qu'il se souvenait. « Mais quantité de gens ont des attaques, souvent mineures, et s'en remettent complètement. »

Nous regardions la nappe d'eau couleur d'ardoise qui reposait, immobile, bordée d'arbres, le long du chemin de gravier. Je débitais des paroles machinales, cherchant à le rassurer. En vain. Car, bien sûr, ce n'était pas uniquement à Beatrice qu'il pensait. La lettre, le cachet de la poste, l'écriture de Giles, l'adresse en haut du papier à lettres, ces détails, comme toujours, le ramenaient vers le passé, l'obligeaient à se souvenir. J'aurais voulu le lui épargner, mais cacher les lettres, à supposer que j'y fusse parvenue, n'aurait servi qu'à le tromper, et il n'y avait jamais eu aucune supercherie entre nous, aucune qui comptât, et, par ailleurs, comment aurais-je pu prétendre qu'il n'avait pas de sœur, pas de famille en dehors de moi ?

C'était Beatrice qui avait pris les affaires en main depuis notre départ, c'était elle qui signait les papiers, prenait les décisions — elle et, pendant les deux premières années, Frank Crawley. Maxim ne voulait entendre parler de rien. Au fond, pensais-je à présent, peut-être la charge avait-elle été trop lourde pour elle, peut-être avions-nous trop présumé de ses forces, de sa bonne et généreuse nature. Et il y avait eu la guerre.

« Je ne lui ai été d'aucune aide.

— Elle ne t'en a jamais demandé, elle n'a jamais rien dit, tu le sais. »

Il se tourna vers moi, le regard empli de détresse.

« J'ai peur.

— De quoi, Maxim ? Beatrice se remettra, j'en suis sûre, elle...

— Non. Qu'elle se remette ou non... ce n'est pas ça.

— Alors...

— Quelque chose a changé, ne comprends-tu pas ? J'ai horreur des changements. Je voudrais que le jour soit ce qu'il était à l'instant où nous nous sommes réveillés. Que les choses qui sont là restent là. Si rien ne bouge, je peux faire semblant, je n'ai pas besoin de penser. »

Il n'y avait rien à dire, aucune banalité susceptible de l'aider, je le savais. Je cessai de répéter que Beatrice allait certainement se remettre. Je marchai simplement à ses côtés le long de la rive du lac et, au bout d'un ou deux kilomètres, nous reprîmes la direction de l'hôtel, nous arrêtant pour regarder des cygnes sur l'eau, distribuer à deux moineaux quelques miettes de pain que j'avais gardées dans ma poche. Nous ne rencontrâmes presque personne. La saison des vacances s'achevait. En rentrant à l'hôtel, nous trouverions les journaux, passerions quelques instants précieux à les lire, avant de prendre notre verre de vermouth et notre simple et ponctuel déjeuner.

Pendant tout le trajet, au milieu de notre silence, je pensai à Beatrice. Pauvre Beatrice. Mais elle avait bougé, disait la lettre, elle avait reconnu Giles, parlé. Nous allions téléphoner, faire envoyer des fleurs, si c'était possible, pour alléger notre remords.

Un court instant, alors que nous gravissions les marches de l'hôtel, je la revis, claire comme le jour, s'avançant vers moi à travers la pelouse de Manderley, les chiens aboyant joyeusement autour d'elle. Chère, bonne et fidèle Beatrice, qui avait gardé ses pensées pour elle et n'avait jamais posé de questions, qui nous avait aimés, acceptant sans réserve ce que nous avions fait. Mes yeux s'emplirent de larmes. Mais bientôt, elle foulerait à nouveau la campagne à grandes enjambées. Je commençai même à formuler la lettre que j'allais lui écrire, lui conseillant de ralentir le pas, de prendre davantage soin d'elle. De renoncer à la chasse.

Maxim s'était retourné au moment où nous franchissions la porte, et je vis à son expression que lui aussi était parvenu à se rassurer et que nous allions pouvoir reprendre notre fragile et douillette existence.

J'ai honte aujourd'hui, et c'est une honte qui ne me quittera jamais, à la pensée que nous avons pu être heureux ce soir-là, le cœur léger, fermés au monde extérieur, ne nous intéressant qu'à nous-mêmes et au confortable cocon dans lequel nous nous blottissions. Nous étions si béats, insensibles, persuadés, parce que cela nous arrangeait, que l'attaque de Beatrice était minime et qu'elle était certainement remise à présent, complètement guérie.

Je fis quelques courses dans l'après-midi, et achetai même de l'eau de toilette, d'une marque que je ne connaissais pas, et une tablette de chocolat noir, denrée rare que l'on recommençait à trouver sur le marché ; je me comportais comme l'une de ces riches et frivoles estivantes que j'avais souvent observées, qui passaient leur temps à acheter ceci ou cela, pour leur seul plaisir. Ce n'était pas mon genre, et j'ignore pourquoi j'agis ainsi ce jour-là. Nous prîmes le thé, puis nous dînâmes et fîmes notre promenade habituelle au bord du lac, et pour finir nous allâmes boire notre café dans l'un des derniers hôtels à garder sa terrasse ouverte le soir et des tables dressées dehors sous des tentes. Les lampions au-dessus de nos têtes jetaient des lueurs bleu nuit, cramoisies et un affreux reflet orange sur les tables, effleurant nos mains et nos bras lorsque nous les tendions vers nos tasses. La température s'était radoucie, le vent était tombé. Un ou deux autres couples s'attardaient, passaient devant nous, entraient prendre un verre ou un café, goûter les tartelettes à la frangipane et aux cerises, spécialité de l'endroit. Si Maxim pensait parfois malgré lui au passé qu'il avait laissé derrière lui, il me le cachait bien, nonchalamment appuyé au dossier de sa chaise, fumant ; le même homme, avec quelques rides supplémentaires et des cheveux plus gris, que celui auprès duquel je m'étais assise dans la décapotable qui grimpait les lacets de la route de montagne au-dessus de Monte-Carlo, il y a une éternité, le même homme qui m'avait invitée, maladroite et écarlate, à sa table, un jour où je déjeunais seule et où j'avais renversé mon verre d'eau.

« Vous ne pouvez rester à cette table mouillée. Cela vous couperait l'appétit. » Et au garçon : « Laissez cela et ajoutez un couvert à ma table. Mademoiselle déjeunera avec moi. »

Il se montrait rarement aussi impérieux aujourd'hui, ni aussi impulsif, il était d'un caractère plus égal, acceptait mieux les choses, même ennuyeuses. Il avait changé. Mais ce soir, je retrouvais le Maxim d'autrefois, celui que j'avais rencontré pour la première fois. La soirée aurait pu ressembler à tant d'autres où, assise à côté de lui, je parlais de tout et de rien, sachant qu'il avait seulement besoin du réconfort de ma présence, habituée désormais à être forte, à ce qu'il s'appuie sur moi. Et si, au plus profond de mon âme, j'éprouvais en ce moment, comme certains jours au cours des deux dernières années, un pincement, une hésitation intérieure, quelque chose que je n'aurais su expliquer ou définir mais qui ressemblait à « un nuage pas plus gros qu'une main d'homme », je cherchais immédiatement à en détourner mon esprit, refusant de l'affronter ou de m'y attarder.

On nous apporta un autre café, épais et noir, dans de minuscules tasses vernissées.

Je dis : « Tiens, voilà le pharmacien », et surpris le regard amusé et indulgent de Maxim, tandis que nous tournions discrètement la tête pour regarder l'homme qui passait devant nous sur le quai, un petit bonhomme maigre et très droit, vêtu toute la journée d'une longue blouse d'un blanc immaculé, et qui chaque jour, à cette même heure, faisait sa promenade vespérale le long du lac, enveloppé d'un long manteau noir, tenant un petit carlin haletant au bout d'une laisse. Sa vue nous amusait, il semblait si solennel, si sérieux ; tout en lui, la coupe de ses vêtements et de ses cheveux, son port de tête, la façon dont il portait son col relevé, même la laisse du chien, dénotait sans doute possible des origines étrangères.

Mille petits spectacles quotidiens, mille innocents amusements partagés marquaient nos journées.

Je me souviens que nous avons commencé à nous interroger sur sa vie privée — car nous ne l'avions jamais vu avec une femme, ni d'ailleurs avec personne — et à le marier avec différentes dames que nous apercevions dans les magasins, dans les salons des hôtels ou aux tables des cafés de notre petite ville, imaginant les autres promeneuses de chiens comme d'éventuelles prétendantes ; et plus tard, comme le temps fraîchissait à nouveau et que les lampions de la terrasse s'étaient éteints, nous avions repris le chemin de l'hôtel main dans la main, le long de l'eau noire et silencieuse, feignant de croire, sans toutefois l'exprimer, que tout était comme d'habitude. Sans faire allusion à la lettre.

N'est-il pas surprenant, lorsque nous évoquons les drames de la vie, les heures tragiques, les moments douloureux de notre existence où nous sont parvenues de mauvaises nouvelles, que ce soit non seulement l'événement en soi qui s'imprime à jamais dans notre mémoire, mais plus encore les petits détails sans importance ? Ce sont eux qui restent clairs et vivants en nous, attachés à l'événement comme une marque indélébile, pour le restant de nos jours, même s'il nous semble que l'angoisse, l'émotion et la détresse ont altéré l'acuité de notre regard et vidé notre esprit.

Il est certains moments de cette nuit dont j'ai entièrement perdu le souvenir, mais d'autres se dressent comme les scènes d'un tableau, brillamment éclairés.

Nous étions entrés, riant, pour une raison quelconque, dans l'hôtel, et, contrairement à son habitude, parce qu'il semblait d'une humeur décidément joyeuse, Maxim avait proposé de prendre un digestif. Notre hôtel était sans prétention, mais jadis, peut-être dans le but d'attirer les étrangers, quelqu'un avait aménagé un bar dans l'un des petits salons sombres près de la salle à manger, tamisant les lumières, ajoutant des franges aux abat-jour, installant quelques sièges ici et là. Le jour, la pièce était sans attrait, triste et miteuse, et nous y jetions à peine un regard en passant, sans jamais songer à y pénétrer. Mais le soir, parfois, on pouvait lui trouver un charme éphémère, une certaine sophistication, et, parce que nous avions perdu le goût de l'élégance qui régnait dans les bars et les restaurants des grands hôtels, il nous arrivait de nous y tenir, et nous avions fini par nous y plaire, par considérer le décor avec une certaine indulgence, comme on regarde un enfant sans grâce affublé d'une tenue de soirée. Une ou deux fois, deux femmes d'un certain âge, élégamment vêtues, s'étaient assises au bar ; un autre soir, une grosse matrone et sa fille au long cou de cygne s'étaient perchées sur les tabourets, fumant, regardant fébrilement autour d'elles. Nous nous étions renfoncés dans notre coin, leur tournant le dos, la tête un peu penchée, car nous redoutions toujours de rencontrer quelqu'un de connaissance, ou qui se rappelle simplement nos visages, et nous vivions dans la terreur de voir un soudain éclair dans leur regard au moment où notre histoire leur reviendrait à l'esprit. Néanmoins, nous nous étions amusés à imaginer qui étaient ces femmes, regardant furtivement leurs mains, leurs chaussures, leurs bijoux, cherchant à les situer, nous interrogeant sur elles comme nous nous interrogions sur la vie du triste petit pharmacien.

Ce soir-là, il n'y avait personne dans la pièce et nous nous étions assis, je m'en souviens, non pas à notre place habituelle, à l'écart, mais à une table un peu mieux éclairée, plus près du bar. C'est alors, avant que le barman ne vienne prendre notre commande, que le directeur de l'hôtel était entré, nous cherchant du regard.

« Votre ami a téléphoné, mais vous étiez sortis. Il a dit qu'il tâcherait de vous rappeler le plus rapidement possible. »

Nous étions restés immobiles, figés sur place. Mon cœur battait très fort, très vite, et lorsque j'avais tendu la main vers Maxim, elle m'avait paru étrangement lourde, comme morte, étrangère à mon corps. Ce fut à ce moment-là que, pour une raison étrange, je remarquai les perles vertes qui bordaient les abat-jour des lampes, un horrible vert grenouille, et que je constatai qu'il en manquait plusieurs, laissant des intervalles qui rompaient le motif qu'elles formaient avec d'autres perles d'un rose-rouge. Je crois qu'elles ressemblaient à des feuilles de tulipe recourbées. Je les revois aujourd'hui, piètres décorations qu'on avait choisies en croyant qu'elles étaient chics. J'ai oublié ce que nous avons dit. Peut-être n'avons-nous pas parlé. Nos consommations arrivèrent, deux grands cognacs, mais je touchai à peine au mien. L'horloge sonna. A deux ou trois reprises, des bruits de pas résonnèrent sur le plancher de la chambre du dessus, un murmure de voix. Puis le silence. Dehors, à la belle saison, l'on aurait entendu les clients arriver, nous nous serions attardés le soir sur la terrasse, et les guirlandes de lampions autour du lac seraient restées allumées jusqu'à minuit, il y aurait eu des promeneurs, des gens du coin, des visiteurs. La vie ici nous convenait, elle offrait juste ce qu'il fallait d'animation et de distraction, et même une sorte de gaieté retenue. En regardant en arrière, je suis étonnée du peu que nous demandions alors ; ces années évoquent pour moi une atmosphère grave, heureuse, comme un intervalle de calme entre les orages.

Nous restâmes ainsi pendant près d'une heure, mais il n'y eut pas d'appel téléphonique, si bien qu'à la fin, parce qu'il était manifeste qu'ils attendaient poliment d'éteindre les lumières et de fermer le bar, nous nous apprêtâmes à monter dans notre chambre. Maxim termina mon verre en même temps que le sien. Son visage avait repris son masque impénétrable et les yeux qu'il tournait vers moi, cherchant à être rassuré, étaient vides d'expression.

Nous regagnâmes notre chambre. Elle était de petites dimensions, mais en été nous pouvions ouvrir les deux portes-fenêtres donnant sur un minuscule balcon. Elle avait vue sur l'arrière de l'hôtel et le jardin et non sur le lac, un avantage à nos yeux car nous préférions fuir les regards indiscrets.

Nous avions à peine refermé la porte derrière nous que nous entendîmes des pas, puis un coup sec à la porte. Maxim se tourna vers moi.

« Vas-y. »

J'ouvris.

« Madame, c'est le téléphone à nouveau, pour M. de Winter, mais je ne peux pas vous passer la communication dans votre chambre, la ligne est trop mauvaise. Voulez-vous descendre, je vous prie ? »

Je jetai un coup d'œil à Maxim, il hocha la tête, me faisant signe d'y aller, comme je m'y attendais.

« Je vais répondre, dis-je. Mon mari est un peu fatigué. » Et je m'élançai dans le couloir, m'excusant de ma précipitation auprès du directeur, puis descendis l'escalier.

Ce sont les détails qui frappent notre mémoire.

Le directeur me conduisit dans son bureau, où une lampe était allumée sur la table de travail. Le reste de l'hôtel était plongé dans l'obscurité. Dans le silence. Je me rappelle le bruit de mes pas sur le dallage blanc et noir du hall de réception. Je revois une petite sculpture de bois près du téléphone, représentant un ours dansant. Et un cendrier rempli de mégots de cigarillos.

« Allô... Allô... »

Un silence. Puis une voix faible, des crépitements, comme si les mots prenaient feu. Le silence à nouveau. Je parlai fiévreusement dans le récepteur, criant stupidement, essayant de me faire entendre, d'établir le contact.

Puis il cria à mon oreille :

« Maxim ? Maxim, est-ce que tu es là ? C'est toi ?

— Giles, dis-je. Giles, c'est moi...

— Allô... allô...

— Maxim est en haut. Il... Giles...

— Oh... » La voix s'éloigna encore, puis revint, on eût dit qu'elle sortait du fond de la mer, il y avait un écho étrange, sourd.

« Giles, m'entendez-vous ? Giles, comment va Beatrice ? Nous avons reçu votre lettre seulement cet après-midi, avec un retard épouvantable. »

Il y eut un bruit bizarre, que je pris d'abord pour une nouvelle interférence sur la ligne. Puis je m'aperçus que ce n'était pas ça. Le bruit provenait de Giles, il pleurait. Je me souviens d'avoir saisi le petit ours de bois, de l'avoir fait rouler dans ma main, le caressant, le tournant et le retournant.

« Ce matin... tôt ce matin. » Sa voix jaillissait par à-coups, étranglée par les sanglots. Il s'interrompait pendant quelques secondes pour les surmonter, mais sans y parvenir.

« Elle se trouvait encore dans la maison de repos, nous ne l'avions pas ramenée... elle voulait rentrer chez elle...J'essayais de prendre des dispositions, vous comprenez. Pour qu'elle rentre à la maison... » Ses sanglots reprirent et je ne sus quoi lui dire, comment m'y prendre ; je me sentais désespérée pour lui, mais embarrassée aussi, j'aurais voulu poser le téléphone, m'enfuir.

« Giles...

— Elle est morte. Elle est morte ce matin. Tôt dans la matinée. Je n'étais même pas là. J'étais rentré à la maison ; vous comprenez, je n'imaginais pas... ils ne me l'avaient pas dit. » Il prit une longue, profonde inspiration, et dit, d'une voix forte et lente, comme s'il craignait que je n'eusse pas entendu ou compris, comme si j'étais sourde, ou stupide :

« Je téléphone pour annoncer à Maxim que sa sœur est morte. »

Il avait ouvert les fenêtres du balcon et se tenait debout, contemplant fixement le jardin dans le noir. Une seule lampe, près du lit, était allumée. Il ne dit rien lorsque je lui rapportai la nouvelle, pas un mot, il ne fit pas un geste, ne me regarda pas.

Je dis : « Je n'ai pas su quoi répondre. C'était affreux. Il pleurait. Giles pleurait. »

Je me souvins du son de sa voix, telle qu'elle m'était parvenue à travers les grésillements de la communication, de ses sanglots, du halètement de sa respiration, de ses vains efforts pour les contenir, et je me rendis compte que pendant tout le temps où j'étais restée là, dans le bureau mal aéré du directeur de l'hôtel, les doigts crispés sur le téléphone, j'avais eu à l'esprit une vision effrayante de Giles, non pas assis quelque part dans leur maison, peut-être dans son bureau ou dans le vestibule, mais déguisé en cheik, les plis de sa djellaba blanche flottant autour de sa volumineuse silhouette et une sorte de serviette nouée autour de la tête, comme lors de cette affreuse nuit du bal costumé de Manderley. J'avais imaginé les larmes roulant sur ses joues d'épagneul, laissant des traces luisantes sur le maquillage brun qu'il s'était donné tant de peine à appliquer. Mais les larmes, ce soir-là, n'étaient pas les siennes, il avait uniquement eu l'air emprunté et embarrassé ; les larmes de désespoir, de stupeur, de honte avaient jailli de mes seuls yeux.

J'aurais voulu ne plus y penser, j'aurais voulu que le temps eût effacé ce souvenir de ma mémoire, mais il semblait au contraire encore plus vif et j'étais impuissante à repousser les images qui surgissaient spontanément, à tout moment, dans ma tête.

Une brise fraîche pénétrait par la fenêtre ouverte.

Puis Maxim dit : « Pauvre Beatrice » et, à nouveau, après un silence : « Pauvre Beatrice », mais d'une voix singulièrement atone, éteinte, comme s'il n'éprouvait aucun sentiment à son égard. Je savais que c'était faux. Il avait chéri Beatrice, son aînée de trois ans, très différente de lui, à une période de sa vie où personne d'autre ne pouvait éveiller de sentiment dans son cœur. Ils avaient passé peu de temps ensemble depuis leur enfance, mais elle l'avait encouragé, était restée à ses côtés sans poser de questions, l'avait aimé naturellement et sincèrement, à sa manière rude, réservée, et Maxim, toujours impatient et autoritaire avec elle, l'avait aimée et s'était appuyé sur elle, et il lui avait été maintes fois reconnaissant dans le passé.

Je m'éloignai de la fenêtre et me mis à parcourir fébrilement la chambre, ouvrant les tiroirs, les inspectant, me demandant quoi emmener, incapable d'avoir les idées claires ou de me concentrer, épuisée mais trop agitée pour dormir.

A la fin, Maxim revint à l'intérieur de la pièce et referma les fenêtres.

Je dis : « Il est beaucoup trop tard ce soir pour trouver des billets et pour étudier la meilleure façon de nous rendre là-bas. Nous ignorons même la date des funérailles, je ne l'ai pas demandée. Je suis idiote, j'aurais dû le faire, j'essaierai de rappeler Giles demain et de prendre des dispositions. »

Je le regardais, et les pensées se bousculaient dans ma tête, embrouillées, pleines d'interrogations, d'hésitations.

« Maxim ? »

Il me dévisageait, l'air consterné, incrédule.

« Maxim, nous devons y aller. Tu le sais. Comment ne pas assister à l'enterrement de Beatrice ? »

Il avait le visage blême, les lèvres blanches.

« Vas-y, toi. Je ne peux pas.

— Maxim, c'est impossible. »

J'allai vers lui, l'étreignis en murmurant des mots de réconfort, et nous restâmes cramponnés l'un à l'autre, sentant s'insinuer en nous, peu à peu, la terrible réalité. Nous nous étions promis de ne jamais revenir, et nous y étions forcés. Que pouvions-nous faire d'autre ? Nous n'osions pas parler des conséquences de ce retour, et il n'y avait rien, rien à dire.

Nous finîmes malgré tout par nous coucher, sachant que nous ne dormirions pas. A deux heures, trois heures, quatre heures, nous entendîmes le carillon de la cloche sur la place.

Nous avions quitté l'Angleterre plus de dix ans auparavant, notre fuite avait commencé le jour même de l'incendie. Maxim avait fait demi-tour et s'était éloigné des flammes de Manderley, du passé et de son cortège de fantômes. Nous étions partis avec presque rien, sans faire aucun projet, sans laisser aucune explication, envoyant seulement une adresse au bout d'un certain temps. J'avais écrit à Beatrice, et nous avions reçu une lettre officielle et deux envois de documents légaux, de la part de Frank Crawley et du notaire, et un autre de la banque de Londres. Sans prendre la peine de les parcourir, Maxim avait griffonné sa signature et me les avait tendus, comme si eux aussi étaient enflammés. Je m'étais occupée du reste, du peu qui nous était parvenu par la suite, puis il y avait eu notre fragile année de paix, avant que la guerre ne nous oblige à chercher une autre résidence, et encore une autre. Et après la guerre, enfin, nous étions venus nous établir ici, dans cette petite ville de villégiature au bord du lac, où nous avions retrouvé la sérénité, reprenant notre précieuse, morne et calme existence, entièrement refermés sur nous-mêmes, sans éprouver le besoin ni l'envie de voir personne ; et si j'avais commencé à m'angoisser récemment, à me souvenir, si j'avais senti que planait sur nous ce nuage pas plus gros qu'une main d'homme, je n'en avais jamais dit mot, j'aurais préféré avoir la langue coupée.

Je suppose que je n'étais pas seulement trop nerveuse pour dormir cette nuit-là, j'avais peur aussi, peur des cauchemars, des visions que je ne pourrais ni supporter ni contrôler, de ce que je voulais oublier à jamais. Pourtant, lorsque je finis par sombrer dans le sommeil, peu avant l'aube, les images qui glissèrent devant mes yeux furent paisibles et heureuses, des images de villes que nous avions visitées et aimées ensemble, des vues de la Méditerranée bleue, la lagune de Venise avec ses églises dressées au-dessus d'une brume couleur de perle dans le petit matin, si bien que je me réveillai calme et reposée, et restai allongée auprès de Maxim dans l'obscurité, espérant lui communiquer cette impression de paix.

Je n'avais pas sur le moment analysé les sentiments qui habitaient mon rêve, l'excitation et la joie qui y flottaient. J'en avais éprouvé un trop grand remords. Mais aujourd'hui, je les considère avec calme.

Beatrice était morte. J'étais très triste. Je l'avais tendrement aimée et je crois qu'elle m'aimait aussi. Je savais que je la pleurerais, qu'elle me manquerait et que j'éprouverais un immense chagrin. Et que je devrais affronter l'inquiétude de Maxim, aussi, à cause non seulement de la mort de sa sœur, mais des obligations qu'elle nous imposait.

Nous devions rentrer en Angleterre. Allongée dans cette chambre d'hôtel, dans cette ville au bord du lac, je goûtais furtivement, en secret, un sentiment d'attente mêlé de crainte — car je ne parvenais pas à m'imaginer ce que nous allions trouver, comment les choses nous apparaîtraient et, surtout, comment se comporterait Maxim et quelles angoisses notre retour éveillerait en lui.

Le lendemain matin, il était évident que son anxiété était extrême mais qu'il la combattait à sa façon habituelle, repoussant la réalité, refusant de penser, d'être affecté, se dissimulant derrière un masque, accomplissant chaque geste comme un automate, avec l'attitude détachée qu'il savait si bien afficher. Il parlait à peine, hormis de détails banals concernant les préparatifs ; il restait à la fenêtre ou sur le balcon, regardait le jardin, silencieux, pâle, distant. J'organisai notre voyage, téléphonai, télégraphiai, pris les billets, fis nos valises à tous les deux, comme à chaque fois, et c'est alors que je contemplais la rangée de vêtements dans ma garde-robe que je me sentis à nouveau envahie par ma vieille crainte de ne pas être à la hauteur. Car j'étais restée une femme dépourvue d'élégance, consacrant peu de temps au choix de ses vêtements, bien que j'en eusse tout le loisir. J'étais passée du stade de la jeune fille gauche et mal attifée à celui de la femme mariée habillée sans recherche, et en les examinant à présent, je m'aperçus que mes vêtements appartenaient à une femme sans âge, vêtue de couleurs fades et sans audace, et je me dis soudain que dans ce domaine aussi, je n'avais jamais été jeune, je n'avais jamais été frivole ni gaie, encore moins sophistiquée et à la mode. Par ignorance et pauvreté, au début ; et par la suite, livrée à moi-même, intimidée par ma nouvelle existence et ma position, vivant dans l'ombre de l'éternelle grâce de Rebecca, j'avais préféré des vêtements sûrs, sans éclat, n'osant prendre de risque. En outre, Maxim ne me l'avait pas demandé, il ne m'avait pas épousée malgré ma simplicité mais à cause d'elle, elle faisait partie de l'être candide et naturel que j'étais à ses yeux.

En conséquence, j'avais emporté des chemisiers simples de couleur crème, des jupes classiques dans les tons beiges, gris et taupe, des cardigans de teintes sombres et des chaussures sobres et résistantes, et j'avais empaqueté le tout, incapable d'imaginer s'il ferait chaud ou froid en Angleterre, craignant de demander son avis à Maxim, car je savais qu'il refusait catégoriquement d'y penser. Les bagages rapidement bouclés, j'avais enfermé le reste de nos effets dans les placards et les tiroirs. Nous reviendrions sûrement, sans savoir quand, et j'étais descendue confirmer au directeur de l'hôtel que nous gardions la chambre. Il avait voulu nous demander une avance et, troublée, soucieuse d'en finir, j'avais failli accepter, croyant que c'était l'habitude. Mais en l'apprenant, Maxim était soudain sorti de sa léthargie ; furieux, il avait tancé le pauvre homme avec son air arrogant d'autrefois, les lèvres serrées, lui disant que nous ne payerions pas un sou de plus que le prix convenu, qu'il devait nous croire sur parole si nous promettions de revenir.

« Il n'y a aucune chance qu'il trouve d'autres clients pour cette chambre à la fin de la saison et il le sait parfaitement. La ville se vide à présent. Il peut s'estimer heureux de nous avoir. Il y a une quantité d'autres hôtels. »

Je me mordis les lèvres et détournai les yeux du directeur qui nous regarda monter dans le taxi. Mais l'accès de colère de Maxim était passé et, pendant le reste du voyage, durant un jour et une nuit et toute la journée du lendemain, il resta replié sur lui-même, silencieux la plupart du temps, bien qu'aimable avec moi, parlant cuisine et vin lorsque j'abordais le sujet, doux comme un enfant.

« Tout ira bien, dis-je à une ou deux reprises. Maxim, cela ne sera pas aussi épouvantable que tu le crains. » Il eut un sourire vague et détourna la tête pour contempler par la fenêtre du train les plaines sans fin et grises d'Europe. Il n'y avait plus de soleil d'automne, plus de belle lumière voilée, il n'y avait que des champs détrempés, des arbres dénudés et des villages tristes, tassés, de mornes petits bourgs.

Et autre chose aussi. Une impression fugace, éphémère mais terrifiante, qui surgit brusquement et avec une telle force que, pendant une seconde, j'en eus le cœur glacé.

Nous nous trouvions dans une gare frontière et, comme on changeait de locomotive, nous avions une demi-heure d'attente, suffisamment pour descendre nous dégourdir les jambes sur le quai. Il y avait un bar où l'on vendait des saucisses, du café et du schnaps, et de délicieux biscuits épicés que nous trempâmes avant de les manger avec appétit. L'air amusé, Maxim regardait un homme se débattre avec une pile de bagages entassés sur un chariot branlant et, debout à côté de lui, je ne pensais à rien de particulier, ni au passé ni au futur, savourant simplement cet intermède, le goût du biscuit et du café. Puis Maxim avait tourné la tête vers moi et m'avait souri, et au moment où je lui rendais son regard, j'avais entendu, frappant mon esprit aussi clairement que des gouttes de pluie sur la pierre : « Cet homme est un assassin. Il a tué Rebecca. C'est l'homme qui a tué sa femme. » Et pendant un instant effrayant, fixant Maxim, j'avais vu un étranger, un homme qui ne me concernait pas, que je ne connaissais pas.

Puis le chef de gare avait donné un coup de sifflet pour nous appeler à remonter dans le train.

Chapitre 3

« L'homme qui est né d'une femme n'a que peu de temps à vivre. »

Les corbeaux tournoyaient dans le ciel à nouveau, s'élevaient en altitude, s'éparpillaient, descendaient en piqué ; sur le versant de la colline, l'homme continuait à labourer son champ. Le soleil brillait. Le monde était inchangé.

« Au milieu de la vie nous allons vers la mort ; auprès de qui chercher le réconfort si ce n'est de Toi, ô Seigneur, dont nous attirons par nos péchés le juste courroux ? »

Je retenais ma respiration, dans l'attente de quelque chose. Et ce que j'attendais arriva, bien sûr. Ils s'avancèrent et commencèrent à faire glisser les cordes. Je levai la tête. Maxim se tenait à quelques pas de moi, figé, comme une ombre noire. Nous étions tous noirs, dans le soleil d'or. Mais ce fut le visage de Giles que je vis, de l'autre côté de la tombe béante, Giles, les mâchoires serrées, les yeux enfoncés, en pleurs et ne cherchant pas à retenir ses larmes. Giles, et Roger à ses côtés. Incapable de regarder le visage de Roger, je détournai les yeux avec gêne. A présent, ils se mettaient en branle.

« Puisqu'il T'a plu, Seigneur tout-puissant, dans Ta grande miséricorde, de rappeler à Toi l'âme de notre sœur bien-aimée aujourd'hui disparue, nous livrons son corps à la terre. »

Ils s'inclinèrent, répandirent des poignées de terre. Je pris la main de Maxim. Ses doigts étaient inanimés et froids et, alors que je les touchais, je revis Beatrice devant moi, nettement, telle que je l'avais toujours connue, dans son tailleur de tweed et ses chaussures de golf, s'avançant à grands pas vers moi à travers la pelouse, son visage franc, ouvert, curieux et amical. Beatrice, qui n'avait jamais eu à mon égard une parole méchante ou injuste.

« J'entendis une voix venant du ciel me dire, aujourd'hui et à jamais : béni soit celui qui est mort dans le Seigneur. »

J'aurais voulu pouvoir pleurer. J'aurais dû pleurer, ce n'était pas l'insensibilité qui gardait mes yeux secs. Au contraire, je songeais que cette journée était si belle que Beatrice l'aurait pleinement goûtée, galopant sur l'un de ses chevaux, ou marchant entourée de ses chiens — elle n'était pas femme à rester chez elle durant la journée, et sa mort me parut injuste. Beatrice aurait dû tomber de cheval dans la plénitude de la vieillesse, courir toutes les chasses jusqu'au bout, heureuse, insouciante par un jour comme aujourd'hui, et non affaiblie et humiliée par une crise cardiaque au seuil de ses soixante ans. Ou alors, c'est Giles qui aurait dû partir, le gros Giles à l'air maladif, avec son visage lunaire plissé et ruisselant de larmes, un grand mouchoir blanc pressé contre sa bouche. Ou Roger. Je le regardai à nouveau furtivement, debout près de son père, et la pensée me traversa, effrayante, que la mort eût été préférable à une telle défiguration, mais je savais que c'était pour nous qu'elle eût été préférable, pour nous épargner le désagrément d'avoir à le regarder.

Il y eut un silence. Nous nous tenions autour de la tombe, fixant le cercueil de chêne blond, et les mottes de terre sombre qui le recouvraient. Ils avaient ôté le drap de fleurs dorées qui reposait maintenant sur l'herbe, et j'en vis d'autres, alignées le long de la tombe, s'amoncelant au bord du chemin, des couronnes et des croix, des bouquets jaunes, blancs et pourpres assemblés comme des joyaux dans leur écrin vert, et, au moment où nous nous retournâmes, j'aperçus l'assistance, un peu en arrière, respectueuse, qui nous laissait passer, cinquante ou soixante personnes en tout. Beatrice avait tellement d'amis, elle avait été aimée et respectée.

La cérémonie terminée, alors que nous avancions d'un pas incertain, regagnant les voitures, Maxim agrippa ma main. Les gens ne pouvaient s'empêcher de nous regarder, ils s'interrogeaient, se livraient à des supputations, je le devinais dans leurs yeux, bien que tenant la tête baissée, et je me demandais comment nous nous en sortirions, comment nous leur ferions face ensuite, à la maison, si Maxim serait à la hauteur.

Prise de panique, au moment où ils nous entourèrent, comme une noire forêt d'arbres se refermant sur nous, je trébuchai sur les graviers du sentier et sentis une main me retenir, de l'autre côté ; levant les yeux, je rencontrai le visage inquiet, effacé, merveilleusement familier de Frank Crawley.

Longtemps après, je devais me rappeler que sa présence avait tout changé pour nous ce jour-là, que grâce à lui nous étions parvenus au bout de cette journée, qu'il nous avait offert le réconfort et le soutien nécessaires, et qu'il en avait toujours été ainsi. Il avait été le régisseur de Maxim, ne ménageant jamais sa peine ; fidèle, efficace, il avait été son ami le plus loyal, le plus dévoué, souffrant avec lui, victime presque autant que lui de la perversité de Rebecca. Il connaissait la vérité et s'était tu.

Mais pour moi, il avait été davantage encore, un roc lorsque je voyais tout chavirer autour de moi, lorsque la mer se déchaînait, prête à m'engloutir. Il avait été là dès le premier jour de mon arrivée à Manderley, sensible, réservé, prévenant mes inquiétudes, aplanissant mon chemin, posant un regard soulagé sur la jeune femme gauche, inexpérimentée, anxieuse et simple que j'étais, et décelant la réelle personnalité qui s'y cachait. Je ne saurais probablement jamais tout ce que je devais à Frank Crawley, combien de fois il s'était porté à mon secours, discrètement, de mille façons et à des moments cruciaux, mais j'avais maintes fois songé à lui durant nos années à l'étranger, avec affection, lui rendant grâce à lui aussi, lorsque je m'agenouillais brièvement au fond d'une église. Je n'avais peut-être connu que deux êtres dans ma vie qui fussent aussi pleinement, inconditionnellement, bons. Frank et Beatrice. Et aujourd'hui, ils étaient tous les deux là ; mais Frank était en vie, peu changé, et Beatrice était morte, et le passé resurgissait, me submergeant comme une rivière inondant la terre nue et sèche du présent.

Lorsque furent terminés l'enterrement puis les condoléances dans l'allée derrière le cimetière où, guindés, raides, nous serrâmes la main de tant de gens, dont nous ne connaissions pas la plupart, et quand enfin nous regagnâmes les voitures noires qui nous attendaient, marchant derrière Giles et Roger, je compris sans qu'il eût besoin de l'exprimer que Maxim se serait enfui s'il l'avait pu. Il serait simplement monté dans l'une des voitures et aurait donné l'ordre au chauffeur de nous emmener, sans même dire au revoir. Nous serions partis vite et loin, vers les trains et le bateau, et notre exil à nouveau. Nous étions venus, nous avions accompli notre devoir. Beatrice était morte et décemment enterrée. Rien ne nous retenait ici.

Mais bien sûr, nous étions obligés de rester et la question ne fut pas abordée.

« C'était si bon de voir Frank », dis-je. Le fourgon mortuaire franchissait lourdement la grille, tournait dans l'allée. « Il n'a pas changé, malgré ses cheveux gris — il est plus âgé, bien sûr.

— Oui.

— Comme nous tous. Tout le monde a dû nous trouver changés. Plus vieux.

— Oui.

— Il y a plus de dix ans. »

Pourquoi cette remarque ? Pourquoi prononçai-je ces mots, sachant qu'ils nous rappelleraient forcément le passé ? Il était resté dans l'ombre, inexprimé, mais présent malgré tout entre nous. Pourquoi l'attirer en pleine lumière, nous forçant à le regarder ?

Maxim se tourna vers moi, les yeux étincelants.

« Pour l'amour du ciel, qu'est-ce qui te prend ? Crois-tu que j'ignore depuis combien de temps ? Crois-tu que j'aie autre chose en tête ? Ne sais-tu pas que je n'ai pensé qu'à ça pendant ces trois jours ? Où veux-tu en venir ?

— Je regrette. Je ne voulais pas... c'était seulement pour dire...

— Pourquoi dois-tu dire quelque chose ? Avons-nous besoin de parler pour ne rien dire ?

— Non, non. Je suis désolée... Maxim, je ne voulais pas...

— Tu n'as pas réfléchi.

— Pardonne-moi.

— A moins que tu ne l'aies fait exprès.

— Maxim, je t'en prie... c'était stupide de ma part, stupide, une remarque idiote. Il ne faut pas nous quereller. Pas maintenant. Jamais. Nous ne nous disputons jamais. »

C'était vrai. Nous ne nous étions pas disputés depuis le jour de l'audience à propos de la mort de Rebecca et de l'horrible voyage à Londres avec le colonel Julyan pour aller voir son médecin, depuis la nuit de l'incendie. Nous avions frôlé le danger de trop près, il y avait eu trop de malentendus et nous avions failli nous perdre l'un l'autre. Nous étions conscients de notre chance, nous connaissions trop bien le prix de ce que nous possédions pour prendre le moindre risque, oser le moindre mot de colère. Lorsqu'on a vécu ce que nous avions traversé, on ne tente pas le destin. Je lui pris la main.

« Tout sera bientôt fini, dis-je. Il faudra nous montrer polis avec les gens, prononcer les mots de circonstance, pour l'amour de Giles. Pour Beatrice. Puis ils partiront.

— Et nous partirons. Dès demain à la première heure. Peut-être même ce soir.

— Oui, mais... nous devrions sans doute rester un peu plus longtemps, pour réconforter Giles. Un jour ou deux. Il a l'air si malheureux, le pauvre, tellement anéanti.

— Il a Roger. »

Nous restâmes silencieux. Roger... Il n'y avait rien à ajouter.

« Il a beaucoup d'amis. Ils en ont toujours eu. Nous ne lui serons d'aucune utilité. »

Je ne répondis pas, n'insistai pas, pas maintenant ; je n'osai pas dire que je voulais rester, non à cause de Giles, de Roger ou de Beatrice, mais parce que nous étions ici, de retour chez nous, enfin, et que mon cœur était comblé, que je me sentais renaître, libérée, éperdue à la vue des champs d'automne, des arbres et des haies, du ciel et du soleil, même des vols noirs et bruyants des corbeaux. Pleine de remords et de honte, comme si je trahissais Maxim et ma fidélité d'épouse envers lui, avec un petit geste mélancolique que j'étais seule à comprendre, je détournai volontairement la tête du tableau qui s'offrait à moi par la fenêtre, préférant garder les yeux fixés sur le visage défait de Maxim, sur ma main qui tenait la sienne et sur le cuir noir du siège de la voiture, sur les épaules noires de l'uniforme noir du chauffeur.

Nous ralentissions, la maison se dressait devant nous, nous pouvions voir Roger aidant son père à sortir de l'autre voiture.

Maxim dit : « Je ne peux pas affronter ça. Je ne peux pas supporter ce qu'ils vont dire, leurs regards. Julyan était là, tu l'as vu ? »

Je ne l'avais pas vu.

« Sur deux cannes. Et les Cartwright, les Tredint.

— Qu'importe, Maxim. J'irai leur parler, je m'occuperai d'eux, tu n'auras qu'à leur serrer la main. D'ailleurs, ils parleront uniquement de Beatrice. Personne ne mentionnera autre chose.

— Ils n'en auront pas besoin. Ce sera inscrit sur leurs visages et je le verrai. Je saurai ce qu'ils pensent. »

Je me tus et au moment où la portière s'ouvrait, avant de sortir de la voiture, j'entendis les paroles de Maxim résonner comme un écho dans ma tête, et pendant une seconde qui me sembla durer une éternité, je restai figée, à jamais. « Ce sera inscrit sur leurs visages. Je saurai ce qu'ils pensent. »

Et ma petite voix secrète, diabolique, apporta la réponse : « C'est un assassin. Il a tué Rebecca. C'est Maxim de Winter qui a tué sa femme. »

« Voilà Frank, à présent. Quelle barbe !

— Maxim, Frank sera le premier à ne rien dire. Frank nous aidera, tu le sais. Il comprendra.

— C'est cette compréhension que je ne suis pas certain de pouvoir supporter. »

Puis il descendit de voiture, se détourna de moi ; je le vis franchir l'allée, je vis Frank Crawley s'avancer vers lui, lui tendre la main, prendre son bras un court instant, l'entraînant dans son cercle protecteur. Compatissant. Compréhensif.

Et le soleil doré d'octobre brillait au-dessus de nous, tous les corbeaux noirs se rassemblèrent pour le festin.

Les gens furent très aimables, nous enveloppant de leur bienveillance comme d'une couverture, chaude, étouffante, et ils se montrèrent aussi pleins de tact, s'efforcèrent de ne pas nous dévisager. Leurs efforts ne m'échappaient pas. Les femmes avaient prévenu leur mari : « Pas d'allusions, si jamais les de Winter sont là et on m'a dit qu'ils viendraient —, ne pose pas de questions... ne parle pas... ne les fixe pas. » Et ils se comportèrent en conséquence. Restant à l'autre extrémité de la pièce ou, au contraire, s'avançant aimablement vers nous, ils nous regardèrent droit dans les yeux, nous serrèrent la main et retournèrent à la table, se servant de sherry, de whisky et de sandwiches, prenant pour prétexte qu'ils avaient la bouche pleine pour ne pas parler.

Je n'y prêtai aucune attention ; je ne m'en souciais pas, je me sentais protégée, dans un cocon. J'allais et venais dans la pièce, passant les assiettes, parlant de Beatrice, évoquant son souvenir, convenant que sa maladie et sa mort avaient été horriblement pénibles, injustes, la regrettant aussi, ressentant le besoin de sa présence, l'envie d'entendre l'une de ses remarques à l'emporte-pièce qui provoquaient l'hilarité générale, m'attendant à la voir d'un moment à l'autre franchir le seuil de la porte.

Ils étaient tous d'une extrême gentillesse. Ce n'est qu'au moment où je m'éloignais de l'un ou de l'autre que je sentais les choses non dites, en suspens dans l'air, me brûler le visage, que je rencontrais leurs regards et y lisais des questions, encore des questions. Aussi souvent que possible, j'allais vers Maxim et me tins près de lui, effleurant sa main ou son bras pour le rassurer tandis qu'il écoutait quelqu'un évoquer sa sœur ou commenter interminablement les épreuves que la population avait traversées ici, durant la guerre. Lui-même parlait peu, se contentant de sourire, et il se déplaçait constamment, craignant de s'attarder avec quelqu'un, au cas où... A un moment, j'entendis le mot « Manderley » retentir comme le tintement d'une cloche dans un silence soudain et je pivotai sur moi-même, frappée de stupeur, lâchant presque un plat, sachant que je devais le rejoindre, le protéger, qu'il était interdit de prononcer ce nom. Mais le brouhaha noya le mot, et lorsque je le regardai à nouveau, Maxim s'était déplacé et je ne vis que son dos raidi à l'autre bout de la pièce.

Peu après, debout devant les portes-fenêtres qui donnaient sur le jardin et la campagne au-delà, je parvins à oublier l'assistance, à me perdre dans la contemplation du paysage, à admirer la lumière, les arbres, les bruns et les verts, l'éclat rouge des baies dans le houx. « Vous devriez aller faire un tour dehors. Prendre un moment de détente vous ferait du bien. Ne croyez-vous pas ? »

Ce cher Frank, si fidèle, si attentionné, toujours le même Frank, plein de prévenance, aussi sensible qu'autrefois à ce que je ressentais. Je jetai un regard rapide par-dessus mon épaule, parcourus des yeux la pièce. Il dit : « Maxim va bien. J'étais avec lui il y a un instant. Lady Tredint l'accapare avec des histoires d'évacués. La guerre est finie depuis presque quatre ans, mais elle reste encore le principal sujet de conversation par ici. Non pas ses aspects les plus importants, bien sûr, mais des détails insignifiants, comme ce fermier qui ne déclarait pas la totalité des œufs pondus par ses poules afin d'en garder davantage pour sa consommation — une chose qu'on n'oublie ni ne pardonne facilement. »

Nous nous avançâmes lentement dans le jardin, nous éloignant de la maison et, sentant peu à peu la tension et l'inquiétude glisser de mes épaules, je tournai mon visage vers le soleil.

« Nous savions si peu de chose sur ce qui se passait ici. Les lettres s'égaraient. Nous n'apprenions que les pires nouvelles, les bombardements et les événements qui survenaient dans les autres pays. » Je m'interrompis. « Je suppose que cela faisait partie des choses que nous fuyions aussi. C'est ce que l'on a dit, n'est-ce pas ?

— Je crois, répondit-il prudemment, que les gens étaient alors principalement tournés vers eux-mêmes, occupés par leurs propres affaires.

— Oh, Frank, merci. Comme vous êtes bon. Vous savez même me remettre gentiment à ma place. Vous voulez dire : loin des yeux, loin du cœur. Nous étions trop peu importants pour être le centre des pensées ou des conversations. Tout le monde nous avait simplement oubliés. »

Frank eut un léger haussement d'épaules, sans perdre son attitude polie.

« Vous savez, nous avions perdu le sens des réalités, Maxim et moi. Dans... dans l'ancien temps, nous étions, ou plutôt Manderley était au centre des choses ici, vous le savez, tout le monde s'y intéressait, en parlait... mais les choses ont changé, n'est-ce pas ? Les sujets de conversation sont devenus plus sérieux. Nous n'avons pas la même importance aujourd'hui.

— Personne n'a oublié, bien sûr... c'est seulement...

— Frank, ne vous donnez pas cette peine, ne vous excusez pas... Dieu sait si j'ai désiré que nous en arrivions là, que nous devenions insignifiants, une partie du passé, que le monde nous oublie. Vous le savez.

— Oui, bien sûr. »

Nous avions atteint le vieux verger, d'où nous apercevions derrière nous la solide maison blanche, et devant, plus haut, les chevaux dans le pré. « Pauvres bêtes, dis-je, en les voyant lever la tête et venir vers nous. Pouvons-nous leur donner des pommes ? »

Nous ramassâmes quelques fruits dans l'herbe et avançâmes lentement vers la barrière, à la rencontre des chevaux qui trottaient maintenant dans notre direction, beaux et lisses, alezan et isabelle.

« Qui les fera galoper à présent ? Giles monte-t-il

encore à cheval ? Ou Roger ? Comment tout cela est-il arrivé et que va-t-il se passer maintenant ?

— Je crains de ne pas pouvoir répondre. Je n'ai gardé que des contacts très espacés ces dernières années. »

Je savais que Frank était parti vivre en Ecosse, où il dirigeait une importante propriété ; je savais aussi que, dès la fin de la guerre, il s'était marié et avait eu deux fils et, à le regarder aujourd'hui, je devinais qu'il était pleinement heureux, installé et presque complètement détaché du passé ; et j'éprouvais un étrange serrement de cœur, sans savoir pourquoi précisément. Le chagrin ? Le deuil ? Il était la seule personne à s'être souciée de Manderley autant que Maxim, il était notre dernier lien avec Manderley. Aujourd'hui, comme Beatrice mais d'une façon différente, Frank nous avait quittés.

Nous nous tenions devant la barrière, les chevaux mastiquaient les pommes, les prenant délicatement dans les paumes de nos mains, retroussant leurs babines. Je caressai un moment les naseaux soyeux de la jument isabelle. Puis je dis : « Frank, j'aimerais tant rester en Angleterre, je ne saurais vous dire à quel point j'ai rêvé de ce retour. Je n'en ai jamais parlé à Maxim — comment l'aurais-je pu ? Je ne savais pas comment cela se passerait. Mais peu m'importent les gens, peu m'importe ce qu'ils pensent et s'ils se soucient ou non de nous. Ce ne sont pas eux qui comptent.

— Je comprends.

— Ce sont les lieux — cette maison, ces champs... le ciel... la campagne. Je sais que Maxim ressent la même chose, j'en suis certaine, seulement il n'ose pas le reconnaître. Il souffre autant que moi du mal du pays, mais avec lui... »

Ma voix s'étrangla. On n'entendit plus que le mâchonnement régulier des chevaux et le cri d'une alouette s'élevant dans le ciel clair. Le nom de Manderley restait entre nous, non dit, mais perceptible, tout ce qu'il représentait chargeant l'air d'électricité.

Je finis par avouer : « Je me sens terriblement déloyale. C'est mal de ma part de parler ainsi.

— Je ne vois pas pourquoi », dit doucement Frank. Il avait sorti sa pipe de sa poche et en bourrait le fourneau, puisant dans la vieille tabatière de cuir que je lui avais toujours connue et dont la vue me rappela une autre scène similaire, un jour où j'avais déversé sur lui mes angoisses et reçu de sa part un sincère réconfort.

« C'est parfaitement naturel, au contraire. Vous êtes anglaise. Anglaise jusqu'au bout des ongles. C'est votre pays, malgré les nombreuses années que vous avez passées à l'étranger. Et, comme vous le dites, il en est de même pour Maxim, et je suis certain qu'il le sait.

— Pourrons-nous revenir ? Est-ce que... » J'hésitais, choisissant mes mots. « Frank, est-ce que... quelque chose pourrait nous en empêcher ? »

Il tira sur sa pipe pendant un instant et je regardai la première volute de fumée bleue s'enrouler dans l'air. Je caressais lentement, doucement le cheval, passant ma main sur ses naseaux, le cœur battant, et l'animal, ravi de cette manifestation d'affection dont il se sentait peut-être privé, grattait la terre du pied et poussait sa bouche dans ma main.

« Vous voulez dire après... ce qui est arrivé ?

— Oui. »

Soudain l'enquête et le verdict occupèrent nos esprits, prenant leurs places de fantômes à côté de Manderley, et nous évitâmes d'y faire allusion.

« Franchement, je ne vois pas ce qui pourrait vous empêcher de revenir, si vous le désirez tous les deux. »

Mon cœur fit un bond. S'arrêta. Battit à nouveau.

« Frank, êtes-vous retourné là-bas ? »

Il me regarda, calmement, avec compassion. « Bien sûr. Il le fallait. »

Je retins ma respiration. Puis il me prit par le coude et m'entraîna doucement, loin du paddock et des chevaux, hors du verger, vers la maison.

« C'est fini », dit-il.

Je ne répondis rien. Mais le fantôme se glissa derrière nous à travers l'herbe, fraîchement réveillé. Les gens étaient sans doute partis, pensais-je ; peu m'importait. Rebecca était morte, et son esprit ne pouvait plus me hanter, je ne pensais plus à elle en cette matinée ensoleillée d'octobre. Je ne pensais qu'à la maison, au jardin, à la Vallée Heureuse qui descendait vers la crique secrète, la plage. La mer. Et je les serrais au plus secret de moi-même, les accueillant avec sérénité.

Curieusement, ce ne fut pas la présence de Frank Crawley qui nous bouleversa, ravagea la physionomie de Maxim au point de creuser ses yeux, vidant presque ses orbites. Frank n'était que réconfort et nous nous sentions à l'aise avec lui, l'écoutant parler de l'Inverness-shire, des montagnes, des lochs, des cerfs, de la splendeur de cette campagne sauvage qu'il avait appris à aimer, et de sa femme Janet, de ses deux petits garçons. Nous admirâmes les photos qu'il avait apportées ; seul le présent emplissait la pièce, il n'y avait aucune ombre entre nous — juste un voile, à peine perceptible. Mais la vue des deux garçons, Hamish et Fergus, me laissa un sentiment familier de vide accompagné d'une bouffée de fol espoir. Nous ne parlions jamais, maintenant, d'avoir des enfants. Il en était autrement jadis, lorsque l'avenir brillait devant nous et qu'ils auraient hérité de Manderley. J'ignorais même si Maxim désirait des enfants, il semblait qu'il n'y eût pas de place pour eux dans notre exil. Mais si nous revenions...

Je levai les yeux, rencontrai le regard du colonel Julyan et un manteau glacé se posa sur mes espoirs, sur mes petits projets secrets de bonheur.

Seuls quelques-uns d'entre nous étaient restés : Giles et Roger, Maxim et moi, un cousin plus âgé ; et

Julyan et sa fille, une jeune femme replète, simple et joyeuse, qui vivait sous son toit depuis la mort de sa femme et se consacrait, apparemment de son plein gré, à lui. Nous bavardâmes, au gré de la conversation, de l'Europe, des pays que nous avions visités, de la ville où nous séjournions actuellement. Puis Julyan dit : « Je me souviens de vous avoir conseillé d'aller en Suisse, le soir de toute cette histoire, à Londres. » Un silence s'abattit comme une épée dans le salon. Je vis Frank jeter un coup d'œil inquiet vers Maxim, l'entendis s'éclaircir la gorge. Mais Julyan poursuivait, comme s'il ne s'apercevait pas du changement dans l'atmosphère, sans se soucier de ce qu'il disait :

« Bien sûr, il s'agissait de vacances dans mon esprit, en attendant que les choses se tassent, que les bavardages cessent. Mais il y a eu la tragédie de Manderley, et ensuite la guerre. On oublie. Je n'aurais pas cru que vous partiriez... et resteriez éloignés pendant... combien de temps... dix ans ou davantage ? Dix ans. »

Comme nous restions cloués sur place, horrifiés et déconcertés, incapables de prononcer un mot, il commença à s'agiter, chercha ses cannes, en fit tomber une sur le sol, attendant que Frank la ramasse — et, parce que personne ne comprenait exactement où il voulait en venir, personne ne chercha à l'arrêter. Seule sa fille posa la main sur son bras, au moment où il prenait son verre et le soulevait, prêt à reprendre la parole.

« Père, ne croyez-vous pas... »

Mais il la repoussa et elle se tut, le visage empourpré, lançant un regard désespéré dans ma direction.

Julyan se racla la gorge.

« Cela mérite quelques mots, je crois. Malgré la tristesse des circonstances... la raison pour laquelle nous sommes tous rassemblés ici... » Il se tourna vers Maxim, puis vers moi. « Vous nous avez manqué, c'est la pure vérité. Je suis souvent venu ici —

Giles en est témoin, nous nous installions dans cette pièce et parlions de vous. » Il s'arrêta. Je regardai Giles, légèrement penché en avant, le regard rivé sur la table, son gros visage rougi. Je regardai Roger et détournai rapidement les yeux.

« C'est à moi de le dire. Le passé est mort et enterré... » Je me tortillai sur ma chaise, n'osant lever la tête vers Maxim. Le vieil homme ne semblait pas s'apercevoir de la portée de ses mots.

« N'en parlons plus. »

Il s'appuya sur ses cannes, chercha maladroitement à se mettre d'aplomb. L'horloge de l'entrée sonna trois heures.

« Tout ce que je voulais dire, c'est que nous sommes sacrément heureux de vous revoir tous les deux... et de vous accueillir dans votre pays. »

Il leva son verre vers nous et, seul, lentement et solennellement, porta un toast.

Pendant un instant, je crus que j'allais mourir, ou hurler, crier et m'évanouir, ou simplement me lever et m'enfuir. J'étais stupéfaite, affreusement gênée, morte d'anxiété pour Maxim, redoutant sa réaction. Même Frank était paralysé, muet ; même lui ne sut comment nous venir en aide.

Pourtant, à mon grand étonnement, Maxim resta assis, calme et posé, puis il but une gorgée, les yeux fixés sur Julyan. « Merci », dit-il lentement. Ce fut tout, mais ce simple mot me permit à nouveau de respirer, malgré mon visage en feu et l'étau qui serrait encore ma poitrine. Rien de terrible n'était survenu, nous étions encore tous à la table du déjeuner, inchangés, aujourd'hui, en octobre, le jour de l'enterrement de Beatrice, et le passé était le passé et ne pouvait rien contre nous.

Ils finirent par s'en aller, la fille aidant maladroitement le père à franchir interminablement la porte, car il voulait marcher seul, vacillant péniblement sur le gravier, s'installant sur son siège, et le moteur démarra, la voiture avança et recula, sous la direction du vieil homme.

Enfin ils s'éloignèrent, et il s'écoula encore une heure avant que Frank ne nous quitte lui aussi, car un taxi venait le prendre pour l'emmener à la gare, d'où il partirait pour Londres et ensuite, par le train de nuit, pour l'Ecosse.

La lumière de l'après-midi s'étendait doucement sur les champs, jaune d'or, traversée par moments par un tourbillon de feuilles, les dernières feuilles des pommiers. Il faisait chaud. Je mourais d'envie de sortir. Tout était si beau dehors. J'aurais voulu profiter de chaque minute ; après une aussi longue absence, je ne supportais pas de rester enfermée dans la maison, d'entendre l'horloge et les craquements dans l'escalier, le trottinement des chiens allant d'une pièce à l'autre, à la recherche de Beatrice, les grands soupirs de Giles. Mais Maxim ne sortirait pas, il était blanc de fatigue. « Je vais m'allonger, dit-il, dormir un peu, peut-être. Puis il ne nous restera que la fin de la journée à endurer. »

Je ne répondis pas. Nous nous tenions dans le vestibule, les portes étaient ouvertes sur le jardin. L'odeur des pommes parvenait jusqu'à moi. Quelque part dans l'ombre errait Frank Crawley, prévenant, cherchant à se rendre utile — de cette manière qui avait toujours irrité Beatrice. « Quel être terne ! m'avait-elle dit le premier jour, il n'a jamais rien d'intéressant à dire. » J'avais très vite appris qu'elle avait tort de mépriser la lourdeur de Frank, son calme, son manque de vivacité, tort de s'impatienter contre lui, et je me demandai aujourd'hui si elle avait fini par apprécier sa valeur, su qui il était vraiment.

« Va faire un tour dehors, dit alors Maxim, tu en meurs d'envie. Va te promener pendant que tu le peux. » Et, levant les yeux vers lui, je vis qu'il comprenait, qu'il lisait dans mon cœur mes sentiments, mes désirs, tout ce que j'avais voulu lui cacher. Il sourit, d'un sourire las, et se pencha pour déposer un léger baiser sur mon front. « Va. »

Puis il se détourna de moi, comme s'il m'abandonnait, et monta l'escalier.

Je sortis.

Chapitre 4

La veille, c'étaient le dépaysement après notre long voyage, le choc du retour qui m'avaient tenue éveillée pendant presque toute la nuit.

Cette nuit, ce fut un bruit qui me réveilla, me tira des profondeurs d'un sommeil sans rêve, et je me redressai dans mon lit, déconcertée, croyant être dans notre chambre d'hôtel, me demandant vaguement pourquoi la fenêtre ne semblait pas au bon endroit.

Maxim ne bougeait pas ; les émotions de la journée nous avaient épuisés et je me sentais engourdie et recrue de fatigue. Qu'avais-je entendu ? Rien. Tout était silencieux, la chambre était plongée dans l'obscurité, il n'y avait pas de lune ce soir.

Et je l'entendis à nouveau, ce même bruit qui m'avait sans doute réveillée, un son étrange, étouffé, que j'avais du mal à déterminer — ignorant s'il était animal ou humain.

Je m'allongeai à nouveau, mais j'avais à peine posé ma tête sur l'oreiller qu'il reprit de plus belle, plus près, comme s'il montait vers moi à travers les lattes du plancher, traversait les murs de la maison, si bien que je finis par me lever, enfilai ma robe de chambre et me dirigeai silencieusement vers la porte.

Dans l'obscurité du couloir, je crus d'abord qu'il s'agissait de l'un des chiens pleurant l'absence de Beatrice qui, désorienté par les changements dans la routine de la maison, rôdait en gémissant. Mais les chiens étaient enfermés à l'office, au rez-de-chaussée. Le bruit provenait d'une chambre et ce que j'entendais ressemblait à des sanglots, des sanglots d'homme, entrecoupés de petits cris étouffés.

Je ne voulais pas aller vers lui, je sentais en moi une répugnance, un refus dont j'avais honte, je voulais regagner mon lit et me couvrir les oreilles de mes deux mains, me mettre sous l'oreiller pour ne plus l'entendre, craignant de voir des émotions longtemps refoulées remonter à la surface si j'écoutais plus longtemps ces pleurs.

Puis la pitié prit le dessus, le désir naturel d'apporter du réconfort, et je longeai d'un pas hésitant le couloir, contournai la partie en façade de la maison, tâtonnant pour trouver mon chemin, les pieds froids sur le vieux tapis usé qui courait au milieu du plancher ciré — Giles et Beatrice ne s'étaient pas entourés de luxe, ils vivaient dans la maison telle qu'elle était le jour où ils s'y étaient installés, trente ans auparavant, sans se soucier de remplacer ou de réparer quoi que ce soit, probablement sans même remarquer l'état des choses autour d'eux, leur usure, préférant vivre dehors, accorder leur attention aux chevaux, aux chiens, au jardin, et à leur amis. C'était ce qui m'avait plu en eux. Je m'étais sentie à l'aise dans cette maison, les rares fois où je leur avais rendu visite, quittant la magnificence et la noblesse de Manderley, qui m'avait toujours intimidée et dont je n'aurais jamais su me rendre digne.

Au bout du couloir, devant la chambre de Beatrice, le bruit des sanglots me parvint nettement, à peine étouffé par la porte fermée.

J'hésitai, m'efforçant d'être calme, de me donner une contenance.

Et j'entrai.

« Giles. »

Il resta un long moment sans m'entendre ni me voir, ne leva pas les yeux, et je dus toussoter, agiter un peu la poignée de la porte, murmurer à nouveau son nom.

« Giles, je vous ai entendu, je n'ai pu le supporter. Avez-vous besoin de quelque chose, que puis-je faire pour vous ? »

Les lampes de chevet étaient allumées, et il était assis près de la vieille coiffeuse démodée de Beatrice. Je voyais le reflet de son cou épais au-dessus de sa robe de chambre bleu marine, dans le miroir à trois faces. Les portes de la garde-robe étaient ouvertes et un ou deux tiroirs de la commode tirés ; il y avait des vêtements étalés par terre, sur le lit, sur le dossier de la chaise — les jupes de tweed de Beatrice, ses pull-overs de laine, un pantalon violet, un cardigan marron, des écharpes, des sous-vêtements, un manteau en poil de chameau, son étole de renard, avec ses petits yeux en perle qui me fixaient d'un éclat sinistre.

Giles serrait contre son visage une vieille cape de satin couleur pêche — je me souvins de l'avoir vue sur Beatrice un soir, il y a des années, et je restai immobile, le fixant d'un air stupide, sur le seuil de la porte, ne sachant que dire ni faire.

Au bout d'un moment, sans marquer de surprise, il leva la tête vers moi. Ses yeux rougis étaient gonflés de larmes. Elles roulaient sur son visage, ruisselaient à travers les ombres bleues de sa barbe, et non seulement je voyais sa détresse, la profondeur de son désespoir, mais je pouvais presque la sentir, la respirer.

Il ne dit pas un mot, se contenta de me regarder, comme un enfant, puis il se remit à pleurer, les épaules secouées par les sanglots, sans chercher à refouler ses larmes, cramponné à la cape de couleur pêche et pleurant dans les plis du tissu, prenant de grandes goulées d'air comme s'il était au bord de la noyade. C'était affreux, je me sentis consternée à sa vue, honteuse aussi de ma répugnance devant son chagrin. J'étais tellement habituée à Maxim, il était le seul homme que j'avais réellement connu, et Maxim ne pleurait jamais, jamais, c'eût été inconcevable. Je pense qu'il n'avait pas versé une larme depuis l'âge de trois ou quatre ans. Lorsqu'il était profondément affecté, son visage le trahissait, il devenait extrêmement pâle et sa peau se tendait, son regard se durcissait, une ombre assombrissait ses traits, mais il gardait toujours une entière maîtrise de soi. Je n'osais même pas imaginer sa réaction face à Giles en ce moment.

Je finis par refermer la porte et allai m'asseoir sur le bord du lit, m'approchant de lui, et pendant un long moment je restai simplement là, silencieuse, malheureuse, serrant ma robe de chambre autour de moi, regardant Giles sangloter, jusqu'à ce que quelque chose fonde en moi, l'orgueil ou la pudeur, et que je trouve normal de le voir donner libre cours à ses sentiments, normal d'être là, de le laisser faire, de lui tenir compagnie.

« Que vais-je devenir ? dit-il à un moment, levant son regard vers moi mais sans s'adresser vraiment à moi ni attendre de réponse de ma part. Que vais-je devenir sans elle ? Elle était toute ma vie depuis trente-sept ans. Savez-vous comment nous nous sommes rencontrés ? Vous l'a-t-elle jamais raconté ? J'étais tombé de cheval et elle m'a relevé et remis en selle, puis elle nous a reconduits, mon cheval et moi — je m'étais brisé la cheville —, elle a pris une ceinture ou une écharpe, quelque chose de ce genre, et a mené mon cheval à la suite du sien ; c'était un animal capricieux, et il s'est montré doux comme un agneau, elle l'a fait manger dans sa main. J'aurais dû me sentir idiot, j'en avais certainement l'air, mais je n'éprouvais rien de tel, peu m'importait, ce fut l'effet qu'elle fit immédiatement sur moi — je ne me souciais de rien avec Bea, je comptais sur elle, vous savez, totalement, pour tout. Je veux dire, elle était autoritaire, elle se chargeait de tout — bien sûr, vous le saviez. Je n'avais jamais représenté grand-chose, je n'y serais jamais parvenu seul, bien que j'en fusse capable, mais Bea m'a tracé la voie et après, tout a marché comme sur des roulettes et j'ai été heureux comme un pape — c'est peut-être difficile à comprendre. »

Il me regardait franchement à présent, scrutant mon visage, cherchant — quoi ? Un signe de consolation ? d'approbation ? Je n'aurais su le dire. On eût dit un vieux chien aux yeux chassieux.

« Je sais, dis-je. J'ai toujours su que vous étiez heureux — que votre entente était parfaite. C'était — eh bien, tout le monde le voyait.

— Vraiment ? » Son visage s'éclaira soudainement, avec une sorte d'avidité larmoyante, pathétique.

« Bien sûr. Bien sûr.

— Tout le monde l'aimait, l'admirait, elle n'avait pas un seul ennemi, malgré son franc-parler ; elle pouvait dire ce qu'elle pensait, donner son avis, et c'était terminé, pardonné et oublié — elle avait tant d'amis, vous savez, tous ces gens qui sont venus aujourd'hui, tous ces gens à l'enterrement, les avez-vous vus ?

— Oui, oui, Giles, je les ai vus — j'ai été très émue, vous avez dû éprouver un grand réconfort.

— Un réconfort. » Il parcourut soudain la pièce d'un regard malheureux, comme s'il avait momentanément oublié où il se trouvait, puis il tourna les yeux vers moi, sans me voir.

« Un réconfort, répéta-t-il d'un air sombre.

— Oui, en voyant rassemblés ces amis qui aimaient Beatrice.

— Peut-être, mais ce n'était pas un réconfort », dit-il, comme s'il expliquait quelque chose à un enfant stupide. « Vous savez, je n'étais pas là quand elle est morte. Elle est morte à l'hôpital, elle n'était pas à la maison, je ne me trouvais pas auprès d'elle, je l'ai abandonnée, je l'ai laissée seule. Elle ne m'a jamais abandonné, jamais, pas une seule fois.

— Non, Giles, non, vous n'avez rien à vous reprocher.

— Mais je me sens coupable. »

Je ne répétai pas « non », je ne dis plus rien. C'était inutile — il n'y avait rien à dire.

« Elle est morte et je ne sais pas comment continuer, voyez-vous. Je ne suis plus rien désormais, rien sans elle. Je n'ai jamais eu beaucoup d'importance sans elle, je ne sais pas quoi faire. Que vais-je devenir ? Je ne peux pas vivre sans elle, vous savez, je ne peux pas vivre sans Beatrice. »

Et les larmes jaillirent de ses yeux, ruisselèrent sur son visage à nouveau et il se remit à pleurer à grands sanglots rauques et saccadés. J'allai maladroitement vers lui et m'assis à ses côtés, l'étreignis — pauvre vieux Giles, ventripotent, bafouillant, impuissant, seul et malheureux et je finis par pleurer avec lui ; pour lui, et pour Beatrice aussi, parce que je l'avais aimée... mais je ne pleurais pas seulement Beatrice, je pleurais d'autres choses, d'autres pertes, d'autres chagrins, et lorsque mes larmes cessèrent, nous restâmes assis, en silence, moi tenant toujours le pauvre Giles, simplement heureuse de me trouver là, de le consoler dans la maison désolée et silencieuse.

Il se remit à parler, sans que rien pût tarir le flot de ses paroles — il me parla de Beatrice, des années qu'ils avaient vécues ensemble, raconta des petites histoires de bonheur, des souvenirs intimes, des plaisanteries de famille, exposant un pan entier de leur vie devant moi ; il me parla de leur mariage, de l'achat de cette maison, de la naissance de Roger et de son adolescence, de leurs amis, de leurs voisins, de leurs chevaux et de leurs chiens, des parties de bridge, des dîners, des pique-niques, des voyages à Londres, des Noëls et des anniversaires, et tandis qu'il parlait et que j'écoutais, il me vint à l'esprit qu'il ne mentionnait pas Maxim, ni Manderley, ne faisait aucune allusion à cette partie de son existence, non par délicatesse — il était trop profondément plongé en lui-même et dans le passé, à peine conscient de ma présence et encore moins de la raison de ma présence — mais comme si Manderley et la vie de jeune fille de Beatrice dans cette maison, sa famille avaient à peine compté pour lui.

Je me souvins de la première fois que j'avais vu Beatrice et Giles, par une chaude journée, à Manderley, il y avait une éternité, dans une autre vie — j'étais moi-même une autre personne, presque une enfant, j'avais regardé Giles qui ronflait, allongé sur le dos au soleil après le déjeuner, et je m'étais demandé avec étonnement pourquoi Beatrice l'avait épousé, car il était déjà gros et peu séduisant, d'un âge mûr, et je ne concevais pas qu'ils eussent été amoureux. Que j'étais enfantine alors, naïve et sotte, pour croire qu'il fallait être beau, élégant, gai et sophistiqué, séduisant comme l'était Maxim, pour que l'on tombât amoureux de vous, pour être aimé et heureux en mariage. J'étais ignorante et j'en rougis encore aujourd'hui. J'avais seulement connu la fièvre d'un premier amour passionné, aveugle, une passion d'écolière. Je ne savais rien alors de l'amour qui ne vient qu'avec le temps et l'âge, avec la vie que l'on traverse à deux, chaque jour, rien de l'amour qui a enduré détresse, chagrin et souffrance, rien non plus de tout ce qui peut aussi bien briser, détruire ou envenimer l'amour que le nourrir.

Je me sentis étrangement vieille cette nuit-là, infiniment plus âgée que le pauvre Giles, plus forte, plus responsable, plus sage. J'étais navrée pour lui ; je savais qu'il s'en sortirait, qu'il trébucherait, se relèverait, mais que sa vie ne serait jamais la même pour lui, que le meilleur était passé, Beatrice disparue et Roger mutilé et défiguré à la suite de son accident d'avion. A moins que la présence de son fils auprès de lui, condamné par son invalidité à rester à jamais à la maison, ne lui donne une raison de continuer, de surmonter l'épreuve et de profiter encore de la vie. Qui le savait ? Il ne fit aucune allusion à Roger, c'était uniquement à Beatrice qu'il pensait et voulait penser, ce soir.

J'ignore combien de temps nous restâmes ainsi côte à côte ; je pleurai encore un peu et Giles ne cessa de sangloter, il pleurait même en parlant, n'essayait pas de refouler ou de contrôler ses larmes et, si je m'étais sentie gênée au début, j'en vins à le respecter et à être profondément émue par sa dévotion envers Beatrice, par son chagrin, et parce qu'il était capable de pleurer ainsi, sous mes yeux.

A deux reprises, je lui demandai s'il voulait que je lui apporte une tasse de thé, ou un verre de cognac, mais il refusa et nous restâmes assis, parmi le désordre des vêtements, dans la chambre que gagnait le froid à mesure que la nuit avançait.

Puis brusquement, comme s'il sortait d'une sorte de crise ou de transe, il parcourut la pièce du regard, l'air presque étonné, se demandant peut-être comment nous étions arrivés là tous les deux, chercha un mouchoir et se moucha plusieurs fois bruyamment.

« Désolé, dit-il. Désolé, ma pauvre amie, mais j'avais besoin de venir ici — c'était plus fort que moi.

— Je sais, Giles. C'est très bien. Je comprends. »

Je me levai. « J'aimais beaucoup Beatrice, moi aussi, vous savez.

— Tout le monde l'aimait. Tout le monde. Tous ces gens, tous des amis. »

Il s'essuya les yeux, leva la tête : « Elle n'avait pas un seul ennemi au monde, vous savez. Excepté Rebecca... »

Je le regardai fixement, stupidement, ne m'attendant pas à entendre prononcer à nouveau ce nom, qui semblait bizarre ici, comme un mot prononcé dans une autre langue. Rebecca. Un nom jailli d'une autre vie. Nous n'en parlions jamais. Je ne crois pas qu'il ait franchi le seuil de nos lèvres depuis cette affreuse nuit.

Pendant quelques secondes, dans la chambre silencieuse, on eût dit qu'une bête que j'avais crue depuis longtemps, très longtemps, morte, s'étirait lentement, menaçante, et grognait, m'emplissant de terreur ; puis le silence et le calme revinrent et ce sentiment ne fut plus que le faible écho d'une peur déjà ancienne, comme le souvenir d'une peine effacée, que je ne ressentais plus mais qui était restée gravée dans ma mémoire.

« Désolé, répéta Giles, désolé, ma pauvre. »

Regrettait-il d'avoir prononcé le nom de Rebecca, ou de m'avoir gardée auprès de lui pendant qu'il était accablé de chagrin, je n'aurais su le dire.

« Giles, je dois retourner me coucher, je suis réellement morte de fatigue, et Maxim risque de se réveiller et de se demander où je suis passée.

— Oui, bien sûr, allez. Bonté divine ! il est quatre heures et demie... Je suis navré... navré...

— Non, ce n'est rien, ne vous en faites pas. Vraiment. »

Lorsque j'atteignis la porte, il dit : « J'aimerais que vous reveniez en Angleterre. »

J'hésitai.

« Le vieux Julyan avait raison, et Beatrice le disait souvent. C'est complètement idiot de leur part de rester absents si longtemps, quand ce n'est pas nécessaire.

— Mais nous le devions — nous le devons —, Giles, je ne crois pas que Maxim aurait supporté de rentrer alors que... alors que Manderley n'existait plus... et tant que...

— Vous pourriez acheter une autre maison, habiter ici — il y a suffisamment de place —, mais non, non, cela ne vous conviendrait pas. J'aurais voulu qu'elle revoie le vieux Maxim avant... elle n'était pas du genre à étaler ses sentiments, mais il lui a manqué — pendant toute la guerre —, elle n'en parlait pas souvent, je le savais pourtant. J'aurais voulu qu'elle le revoie.

— Oui, dis-je. Oui. Je regrette tellement. »

Il fixait le long vêtement de satin pêche qu'il serrait toujours entre ses mains. Je dis : « Giles, je viendrai vous aider à ranger toutes ces affaires dans les placards — laissez-les, maintenant. Vous devriez essayer d'aller dormir un peu. »

Il me regarda vaguement, puis baissa à nouveau les yeux sur la cape.

« Ce n'était pas le style de tenue qu'elle affectionnait, elle n'aimait pas particulièrement la soie et le satin, ce genre de choses, elle portait plutôt des vêtements classiques. » Il ne pouvait détacher son regard du tissu lisse et brillant. « Je crois que c'était Rebecca qui la lui avait donnée. »

Et, tandis qu'il parlait, une image terrible, aveuglante, me traversa l'esprit, si claire que j'eus l'impression de me trouver là-bas — une image de Rebecca, grande, mince, les cheveux noirs, extraordinairement belle, debout en haut du majestueux escalier de Manderley, une main posée sur la rampe, les lèvres relevées en un léger sourire ironique, me regardant droit dans les yeux, me jaugeant, méprisante, amusée, vêtue de la cape de satin couleur pêche qui gisait aujourd'hui, froissée, dans les grosses mains robustes de Giles.

Je m'élançai hors de la pièce, courus dans le couloir, trébuchant presque, me heurtant douloureusement l'épaule contre le coin du mur en me retenant, et je trouvai notre chambre et y entrai précipitamment, tremblante, terrifiée parce qu'elle était revenue me tourmenter, me hanter à nouveau, alors que j'avais cru l'avoir complètement, définitivement oubliée. Mais une fois dans notre chambre, à la lueur du petit jour qui perçait à travers les vieux rideaux de coton, je vis Maxim profondément endormi, recroquevillé dans la même position, et je m'arrêtai pile, refermai la porte avec d'infinies précautions pour ne pas le réveiller, sachant que je ne pourrais pas lui parler, qu'il ne fallait rien lui dire. Je devais me débrouiller seule, terrasser le fantôme, renvoyer la bête à sa tanière, toute seule, sans troubler ni contrarier Maxim avec ces histoires. Il ne devait jamais savoir.

Je ne me couchai pas, je restai assise sur le siège de la coiffeuse près de la fenêtre, contemplant par une fente entre les rideaux les contours du jardin, le verger et le paddock à l'arrière, regardant la nuit se transformer en aube grise, incolore, irréelle, m'emplissant comme à chaque fois de ravissement et de nostalgie, et la peur disparut, fit place à la colère, contre mes souvenirs, contre moi-même, contre le passé et son pouvoir destructeur mais, pardessus tout, à une rage glacée et amère contre Rebecca, à cause de ce qu'elle avait été et du mal qu'elle nous avait fait, à jamais, en nous atteignant au-delà des années, aussi fortement dans la mort que dans la vie. Rebecca.

Mais à mesure que la lumière augmentait, et que je distinguais les arbres et les buissons, que je voyais les chevaux prendre forme, la pâle brume perlée de l'aurore tisser autour d'eux des écheveaux de soie étirés par une main invisible, qui s'enroulaient et se déroulaient sans cesse, une étrange exaltation s'empara de moi, une joie et une allégresse devant le jour nouveau, cette maison, mon pays, l'Angleterre, la vie qui nous attendait, et j'aurais voulu ouvrir d'un coup la fenêtre et crier dans la campagne, à des kilomètres à la ronde, vers la crypte où elle reposait, seule dans le noir.

« Je suis vivante, aurais-je voulu crier. Entends-tu ? Je suis vivante, et lui aussi, et nous sommes ensemble. Et tu es morte, et tu ne pourras jamais plus nous faire de mal. Tu es morte, Rebecca. »

Chapitre 5

Nous prîmes notre petit déjeuner seuls dans la salle à manger. Giles dormait et j'avais vu Roger partir s'occuper des chevaux, pendant que je m'habillais, marchant d'un pas lent et lourd, avec la même silhouette que son père, le même cou épais enfoncé dans de larges épaules, un homme comme un autre, de dos, allant sur la trentaine, terne, aimable, essentiellement occupé par les chevaux et les chiens. Je le connaissais à peine, il n'avait jamais occupé beaucoup de place dans notre existence.

Mais il s'était engagé courageusement pendant la guerre, avait été décoré de la médaille militaire avant d'être abattu en vol et presque entièrement défiguré par les brûlures, si bien que s'il s'était retourné à présent, je n'aurais pas vu le visage ouvert, rond et candide du Roger de naguère, mais un masque hideux à la peau tirée, luisante, craquelée, blanche et tachée de rouge vif, avec des yeux étrécis sous des paupières couturées, sans cils ; un masque tel que je devais me retenir à chaque fois pour ne pas tressaillir, ne pas détourner trop rapidement les yeux. Les dégâts sur le reste de son corps étaient inimaginables.

Roger, qui appelait doucement l'alezan et l'isabelle, son avenir irrémédiablement brisé.

Cette image me traversa l'esprit tandis que je buvais mon café, regardant Maxim peler une pomme, et que la vue de ses mains sur le fruit me rappelait, comme à chaque fois, le souvenir de ce premier petit déjeuner où je l'avais regardé manger, ce matin à Monte-Carlo où j'étais allée lui annoncer, malade d'amour et de désespoir, que je devais partir pour New York avec Mme van Hopper. Ce qu'il portait alors, ce qu'il mangeait, buvait, chaque mot prononcé par lui était devenu immortel pour moi, aucun détail ne s'effacerait ni ne quitterait jamais ma mémoire.

Il leva les yeux, me regarda, n'eut aucun mal à deviner ce que je pensais et éprouvais, car je n'avais pas encore appris à dissimuler, à cacher mes espoirs et mes peurs, et la moindre émotion se lisait sur mon visage comme sur celui d'un enfant. En cela, je ne suis pas encore adulte. Je crois même que je ne veux pas l'être.

Ce matin, dans la salle à manger aux meubles surannés, où flottaient encore le froid de la nuit parce que le chauffage fonctionnait mal et le souvenir détestable du déjeuner de la veille, lorsque le vieux colonel Julyan s'était péniblement levé pour porter un toast à notre retour, ce matin, donc, Maxim posa sa pomme et son couteau soigneusement près de son assiette, et me tendit la main pardessus de la table.

« Ma petite chérie, tu aimerais beaucoup rester plus longtemps, n'est-ce pas ? Tu redoutes de me voir me lever et annoncer qu'il faut faire nos valises maintenant, tout de suite, et commander une voiture le plus tôt possible. Tu as changé depuis notre arrivée ici, le sais-tu ? Tu es différente, il y a quelque chose de nouveau dans tes yeux — sur ton visage... »

J'avais honte tout à coup, profondément honte, je me sentais coupable de n'avoir pas su cacher mes pensées, garder mes secrets. Je m'étais cramponnée à la joie du retour, craignant qu'il ne la partage pas, redoutant, comme il le disait, d'avoir à partir trop vite.

« Ecoute. » Il s'était levé, se dirigeant vers la fenêtre, et il me fit signe de le rejoindre. La barrière du paddock était ouverte, Roger avait fait sortir les chevaux.

« Je ne peux pas aller là-bas, tu le sais.

— Bien sûr — oh, Maxim, je n'aurais jamais eu l'idée de te le demander — c'est hors de question, je ne supporterais pas plus que toi de retourner à Manderley. »

Malgré mon ton convaincu, rassurant, je savais que je mentais, et le remords s'insinua en moi, comme un serpent déroulant ses anneaux, le remords et son habituel compagnon, le mensonge. Car j'y pensais nuit et jour, il était toujours présent dans un coin de mon cerveau, enfoui, me guettant ; j'en rêvais. Manderley. A l'autre bout du comté, loin de ce charmant village de maisons basses à l'intérieur des terres, de l'autre côté des hautes landes dénudées, glissant entre les collines, suivant le ruisseau qui descendait dans la vallée jusqu'à la mer, témoin d'une autre vie, fantôme du passé, et pourtant aussi proche que le souffle qui sortait de mes lèvres. Vide ? En ruine ? Rasé ? Envahi par la végétation ? Ou reconstruit, vivant à nouveau ? Qui le savait ? Je voulais le savoir. Mais je n'osais pas.

Manderley.

Mes tremblements avaient cessé et, l'espace d'une seconde, je le vis se dresser devant moi.

« Je ne pensais pas à... à Manderley. » J'eus du mal à prononcer son nom ; Maxim se raidit immédiatement. « Mais, oh, Maxim, je suis tellement heureuse d'être en Angleterre. Toi aussi, n'est-ce pas ? L'atmosphère, la lumière, les arbres, tout. Pourquoi ne pas rester un peu plus longtemps ? Aller nous promener, ailleurs, je veux dire... dans des régions où nous n'allions pas... avant. Visiter des endroits nouveaux. Où personne ne nous connaîtra, ne fera attention à nous... puis nous pourrons rentrer et en garder le souvenir... il nous suivra, partout. Et d'autre part, je ne crois pas que nous devrions quitter Giles comme ça, ce serait très cruel. » Je lui avais un peu raconté, très brièvement, la nuit précédente.

« A peine quelques jours de plus ici — pour l'aider à reprendre pied et ensuite... Frank nous a invités en Ecosse. Pourquoi ne pas accepter ? J'aimerais beaucoup visiter l'Ecosse — je n'y suis jamais allée — et faire la connaissance de sa famille... c'était merveilleux de le voir si heureux, non ? »

Je continuai à babiller, et il m'écouta avec indulgence, comme avant ; tout était redevenu léger et facile entre nous, comme avant, et je retins mes secrets au fond de moi. C'étaient de pauvres petits secrets, pensai-je, alors que nous montions dans notre chambre, bien peu de chose, en vérité, pour susciter de tels remords.

J'obtins satisfaction sans mal — nous demeurerions ici avec Giles et Roger jusqu'à la fin de la semaine, puis nous irions en Ecosse, chez les Crawley. Maxim paraissait heureux, et je savais que ma promesse de ne pas retourner sur des lieux familiers, de n'aller nulle part où il avait de la famille, nulle part où quelqu'un pourrait nous reconnaître et se souvenir, avait compté dans sa décision et calmé ses craintes. Il ne voulait voir rien ni personne qui eût le plus léger rapport avec le passé, avec Manderley, et surtout avec Rebecca et la mort de Rebecca.

Cette maison, la maison de Beatrice, il pouvait s'y faire maintenant. Il pouvait même se promener paisiblement dans les chemins et les champs des environs.

Et moi, j'étais merveilleusement, extraordinairement heureuse à l'idée de pouvoir rester plus longtemps, de me rendre en Ecosse, et ensuite, peut-être, j'osais à peine y penser — ensuite, lorsque Maxim serait plus détendu, lorsqu'il aurait découvert qu'il était facile de vivre ici, que rien ne viendrait le menacer —, ensuite, peut-être pourrions-nous rester plus longtemps, voyager, passer les derniers jours dorés de l'automne à explorer une région ou une autre de l'Angleterre. Ne serait-ce pas tout aussi agréable, reposant et apaisant pour lui que de vivre à l'étranger ? Tant que nous resterions éloignés des lieux du passé, loin de Manderley.

Je chantais en montant l'escalier, fredonnant machinalement *On Richmond Hill,* un air que je n'avais pas chanté ou entendu depuis des années, depuis que je l'avais appris à l'école, et qui me revenait en tête aujourd'hui, clair et net. Je m'aperçus que je n'en avais pas oublié un seul mot.

Je ne pus convaincre Maxim de sortir. Il préférait attendre que Giles se lève, dit-il, il voulait discuter de certaines questions avec lui, au cas où il lui faudrait prendre des dispositions concernant les affaires de Beatrice. Je m'étonnai. J'aurais cru qu'il éviterait tout ce qui pourrait lui rappeler Manderley, mais il me coupa sèchement, s'installa avec le *Times* dans le petit salon et ferma la porte et, lorsque je jetai un coup d'œil en arrière, en m'éloignant dans le jardin, je vis qu'il avait le dos tourné à la fenêtre derrière son journal et devinai qu'il souffrait d'être là, que la vue du vieux jardin, du verger de Beatrice lui était affreusement pénible, même s'ils n'avaient rien de comparable avec les jardins de Manderley.

Il reste pour me faire plaisir, pensai-je. Par amour. Et monta en moi, en même temps qu'un élan de tendresse, une incertitude, un reste du vieux sentiment d'insécurité, le doute qu'un homme puisse m'aimer — n'importe quel homme, et celui-là en particulier, car je le voyais encore comme un dieu et, en dépit de tout ce qui s'était passé entre nous durant nos années d'exil, en dépit de mes efforts pour devenir plus forte, bien qu'il ait pris l'habitude de se reposer sur moi, malgré tout, au plus profond de moi, je n'avais pas réellement confiance en moi, je ne me voyais pas comme la femme qu'il aimait. De temps en temps, je me surprenais à regarder mon alliance comme si elle ornait la main d'une inconnue, comme si elle ne m'appartenait pas ; je la tournais et la retournais autour de mon doigt, comme je le faisais lors de notre lune de miel en Italie, cherchant à me convaincre de sa réalité ; j'entendais ma voix par cette matinée ensoleillée à Monte-Carlo : « Vous ne comprenez pas, je ne suis pas de celles qu'on épouse. »

Je souris intérieurement en me rappelant ces mots, tandis que je foulais l'herbe du paddock, épaisse et détrempée par la rosée du matin, et que je franchissais le talus, les bois et les haies, vers la campagne qui s'étendait au loin, immense, dorée, dans tout son éclat.

Je marchai pendant plus d'une heure le long d'un sentier, à travers champs, regrettant que Maxim ne fût pas à mes côtés pour admirer le paysage avec moi, espérant sans doute qu'il en tomberait à nouveau amoureux, que le charme de ce pays, de l'Angleterre, que la beauté de la lumière et de la terre seraient si puissants qu'il ne pourrait leur résister. Je l'imaginais s'arrêtant, ici ou là, sur cette petite éminence, à côté de cette barrière au-dessus d'un taillis, se tournant vers moi :

« Il faut que nous revenions vivre ici, dirait-il. Je me rends compte à présent combien l'Angleterre m'a manqué — je ne supporterais plus de repartir à l'étranger, nous devons rester, et ne plus jamais repartir, quoi qu'il puisse arriver. »

Et je lui assurerais que tout irait bien, que personne ne viendrait perturber notre vie, que le passé était définitivement enterré. Et que, de toute façon, « quoi que nous ayons à affronter, nous l'affronterions ensemble ».

Je m'aperçus que je parlais toute seule et me repris, chassant mes fantasmes, souriant parce que c'était une de mes vieilles habitudes — je rêvassais toujours ainsi, autrefois, avant que la réalité ne s'empare de moi. Mais je m'étais rarement abandonnée aux rêveries depuis quelques années, trop attentive à devenir adulte, à m'occuper de Maxim, à le protéger, à être sa seule compagnie, à apprendre à barrer la route aux souvenirs, douloureux et puissants, à le soutenir dans ses moments de détresse, comme aujourd'hui.

C'était uniquement en secret que je laissais libre cours à mes fantasmes, seulement lors de mes promenades imaginaires dans les collines dénudées par l'hiver, ou sur les tapis fleuris des bois au printemps, à ces moments-là, je détournais la tête et entendais le chant des alouettes, le glapissement d'un renard au plus profond de la nuit, le cri des mouettes.

Aujourd'hui, en me dirigeant vers le boqueteau de hêtres sur la colline en face, effleurant des doigts la haie d'aubépines et de rosiers sauvages, je laissais mon imagination vagabonder, nous voyant tous les deux marcher ainsi, les chiens courant devant nous — ou des petits garçons peut-être, pourquoi pas.

J'inventais les mots que nous échangerions, Maxim et moi ; nous parlerions des dégâts causés par la dernière tempête, des blés presque mûrs et, lorsque finirait la période de sécheresse, nous envisagerions d'avoir de la neige à Noël — je le voyais marchant un ou deux pas devant, comme à l'accoutumée, désignant ceci ou cela, s'arrêtant pour ôter une épine de la patte d'un chien, se tournant vers moi avec son sourire d'autrefois, heureux et libre. Nous serions aussi proches, aussi liés l'un à l'autre que nous l'étions devenus durant nos années d'exil, mais sans nous sentir enfermés, cloîtrés. Il y aurait d'autres gens dans notre vie, de nouveaux amis, des enfants, nous aurions le meilleur des deux mondes, nous sortirions au grand jour, sans qu'il soit plus nécessaire de nous cacher.

Mon imagination galopait, je rêvais, faisais des projets, tournais et retournais mes espoirs dans un brillant manteau dont je m'enveloppais, le long du chemin herbeux qui finit par me conduire, presque à mon insu, à l'arrière de la petite église de pierre grise où hier avait eu lieu l'enterrement de Beatrice. Je m'arrêtai. Devant moi se dressait la grille du cimetière où reposaient dans l'herbe les vieilles pierres tombales aux inscriptions tachées de mousse, à demi effacées, et parmi lesquelles je pouvais voir, depuis l'endroit où je me tenais, une tombe nouvelle, celle de Beatrice, la terre encore meuble, entièrement recouverte de fleurs fraîches aux couleurs vives.

Je restai un instant sans bouger, les bras posés sur la grille. Il n'y avait personne alentour, mais soudain, du haut d'un houx, un merle se mit à chanter quelques notes, avant de s'enfuir, apeuré, conscient de ma présence, rasant l'herbe avec un cri d'alarme. Puis le silence revint et je ressentis une paix profonde et un grand calme ; triste, immobile, je pleurais Beatrice, songeant aux moments que nous aurions pu passer ensemble, aux conversations que nous aurions pu avoir, mais j'y pensais sans amertume, j'avais seulement le cœur serré dans ce paisible cimetière. Je revis ce pauvre Giles, sanglotant de chagrin, la veille, ce pauvre Giles incapable de s'exprimer, veuf, vulnérable, et soudain vieux. Comment Beatrice se serait-elle comportée avec lui, quels mots secs aurait-elle prononcés pour le remettre sur pied ?

Si je regarde en arrière, je me vois là, dans le soleil matinal qui avait dispersé toute trace de rosée et réchauffait mon visage tel un soleil d'été. J'ai appris à rester ainsi, à l'extérieur de moi-même, comme figée dans le temps et l'espace, comme si les moments de ma vie n'étaient que des photographies entre lesquelles il y avait seulement un gris indéterminé. Pourtant je me sentais sereine ; en ces moments, j'étais, je suppose, heureuse. J'aimais être seule, j'avais rapidement accepté que Maxim ne soit pas disposé à marcher dans la campagne et à se sentir libre, je me disais que l'envie lui en viendrait si je me montrais patiente. J'étais confiante.

Je goûtais ma solitude, savourant cette journée, la vue de ces endroits dont j'avais tant rêvé, et j'acceptais la mort de Beatrice, elle m'emplissait d'une tristesse mélancolique, automnale, mais sans supprimer ni gâcher mon sentiment de plénitude. Pour une fois, je n'étais pas bourrelée de remords, je ne me sentais pas coupable ; pour une fois, j'avais confiance en moi.

J'eus envie de m'approcher de la tombe, et de penser à Beatrice, avec amour et reconnaissance, sans la présence de tous ces gens qui avaient assisté à l'enterrement, se pressant autour de nous comme un vol de noirs corbeaux.

Je franchis la barrière à claire-voie, la refermai derrière moi et me dirigeai vers l'allée. Beatrice. Chère Beatrice. J'avais du mal à l'imaginer ici, l'endroit était trop solennel, trop calme pour elle. Je la voyais mieux dans la campagne, marchant à longues foulées, résolue, toujours en mouvement.

L'assistance avait été nombreuse à l'enterrement, et il semblait que tous aient envoyé des fleurs. Elles s'entassaient, bordant l'allée, pénétrant l'herbe autour de la tombe, des croix, des couronnes élaborées et de simples bouquets. Certaines étaient trop raides, avec un air artificiel et cireux, comme des fleurs de papier glacé, d'autres étaient plus modestes. Je me penchai pour lire les cartes, découvris des noms familiers et d'autres qui m'étaient inconnus. « En souvenir éternel... », « Nous n'oublierons jamais... », « Avec sympathie... », « Avec respect... », « Avec amour... », « Notre chère Beatrice... » Le : « A ma femme bien-aimée » de Giles. Le : « Avec toute ma tendresse » de Roger. Certaines cartes s'étaient détachées, d'autres étaient dissimulées. Je répugnais à toutes les regarder, j'avais l'impression de commettre une indiscrétion, de lire subrepticement des billets personnels destinés à Beatrice seule.

Et c'est au moment où je me levais, m'apprêtant à partir, que je la vis. Une petite couronne de lis, d'un blanc pur, enfouie dans un lit de feuillage vert foncé.

C'était de loin la plus élégante, luxueuse mais sans ostentation, délicate, d'un goût parfait. Je la revois, à l'écart des autres, comme déposée séparément avec intention. Lorsque j'ouvre les yeux, elle est là, attirant irrésistiblement mon regard.

Je me penchai, effleurai des doigts les pétales frais, fragiles et ravissants, les feuilles nervurées, et un parfum subtil monta jusqu'à mes narines, exquis et néanmoins légèrement inquiétant, attirant, dangereux.

Il y avait une carte, un bristol crème bordé de noir, et les mots : « Avec mes regrets les plus profonds » gravés en noir. Mais ce n'étaient pas les fleurs que je fixais d'un regard horrifié, ce n'étaient pas les mots gravés qui me glaçaient le cœur, gelaient le monde autour de moi, faisaient voler le ciel en éclats, interrompaient le chant des oiseaux, assombrissaient le soleil.

C'était une seule initiale écrite à la main, noire et vigoureuse, une grande lettre inclinée.

« R. »

Chapitre 6

Le pire, et ce fut ma première pensée, avant même qu'une foule de questions ne me viennent à l'esprit, comme l'eau se déversant dans les anfractuosités de la roche lors des grandes marées d'orage, avant que ne m'atteignent la réalité et la peur, le pire était que je devrais le supporter seule, qu'il n'y avait personne, personne au monde, à qui je pourrais me confier.

Ensuite, après le premier choc, vinrent l'effroi, la terreur ; tout se mit à tourner autour de moi, et je dus m'asseoir là, dans l'allée, près de la tombe de Beatrice, parmi les fleurs, la tête posée sur mes genoux. Je me ressaisis, sentis mon cœur battre à nouveau, le sang revenir à mes joues, et je me remis péniblement debout, au cas où quelqu'un me verrait. Mais il n'y avait personne, le cimetière était aussi vide et silencieux dans le matin ensoleillé qu'au moment où j'en avais franchi la grille. Seul le merle lança son cri inquiet du haut d'un laurier.

La couronne de fleurs blanches m'hypnotisait, attirait malgré moi mon regard, autant par sa beauté que par son mystère ; elle était si parfaite, d'un blanc si pur... Je gardais les yeux rivés sur elle, mais j'avais retourné la carte en m'agenouillant trop rapidement et je ne voyais plus les mots qui y étaient inscrits.

Et soudain je fis un pas en arrière, m'en écartai brusquement, comme d'une plante vénéneuse au contact mortel. Je lui tournai le dos, ainsi qu'à la tombe entourée de ses gerbes inutiles, et je contournai rapidement l'allée de gravier, dirigeant mes pas vers l'église.

Elle était ouverte. Déserte. Il faisait froid et sombre à l'intérieur — le soleil n'avait pas encore atteint les hauts vitraux. Je m'assis sur le banc du fond, soudain prise de vertige, incapable de maîtriser le tremblement de mes mains, les jambes flageolantes.

La vision d'un fantôme ne m'aurait pas davantage bouleversée. Eperdue, désorientée, il me semblait que toutes mes certitudes, tous mes raisonnements étaient soudain ébranlés, éparpillés comme des jouets jetés par un enfant malicieux.

Je revoyais la couronne, blanche, spectrale, étrange et irréelle, bien que je l'aie touchée, certaine, ou presque, que si je retournais dans le cimetière je la retrouverais à la même place ; mais le plus terrifiant était cette simple lettre, noire, délicatement penchée, ce R. R pour Rebecca, de cette écriture depuis longtemps familière et que les flammes avaient réduite en cendres dans mon souvenir. C'était la même. Son initiale. Son écriture.

Ce n'était pas la même. C'était impossible. Et soudain la marée déferla, et tous les débris enfouis depuis de longues années refirent surface et flottèrent, emplissant mon esprit, se bousculant, s'entrechoquant, exigeant mon attention.

Rebecca était morte. Enterrée. Depuis longtemps. Il n'y avait rien de plus à en dire. *Je le savais.*

Alors, qui avait envoyé la couronne ? Qui avait choisi avec un tel soin, une habileté consommée, la couronne qu'elle aurait elle-même commandée, qui avait apposé son initiale sur la carte ? Quelqu'un qui se livrait à un jeu cruel, odieux, une mauvaise plaisanterie, un acte de malveillance sournois. Quelqu'un d'intelligent et qui était au courant, qui nous haïssait. Mais pourquoi ? Pourquoi ? Après tant d'années... Qu'avions-nous fait ? Car, bien que la couronne fût déposée à côté de la tombe de Beatrice, je savais qu'elle nous était destinée, à Maxim et à moi. Personne ne voulait de mal à Beatrice, à Giles ou à Roger.

Et je ne pouvais rien en dire à personne, il n'y avait personne à qui je puisse confier ma peur et mon désarroi, je devrais faire semblant et, dès l'instant où je rentrerais à la maison, il me faudrait prendre sur moi, me montrer gaie et dynamique, calme et rassurante, compatissante, aimante, forte. Maxim ne devait rien deviner, rien voir, pas le moindre cillement de paupières, pas le moindre tremblement dans ma voix ou sur mon visage.

J'aurais voulu que Frank Crawley fût encore là. J'aurais pu lui raconter. Il était le seul. Mais il était reparti vers l'Ecosse et sa nouvelle existence, il ne faisait plus partie de notre vie.

J'étais en proie à des émotions vagues, changeantes, passant de la peur à l'horreur, un instant saisie d'une profonde colère contre celui ou celle qui avait voulu nous faire du mal et y était si facilement parvenu, et l'instant d'après à nouveau anéantie, confondue, me demandant : Pourquoi, pourquoi ? Dans quel but ?

Nous étions restés si discrets, repliés sur nous-mêmes, recherchant seulement un calme et terne bonheur ; nous avions voulu que le passé demeurât enterré, mort, et nous y étions parvenus, grâce au ciel.

Et brusquement tout se mit à bouillonner, les souvenirs montèrent, s'enroulèrent autour de moi — des scènes, des gens, des voix, des sensations, Rebecca, le fantôme d'un fantôme. Manderley. Mais étrangement, ils ne me submergèrent pas. Tristes témoins du passé, ils étaient sans pouvoir, morts, disparus sans laisser de trace. C'était le présent qui me terrifiait, cette chose survenue à l'improviste, la couronne blanche et la carte bordée de noir. R.

Lorsque enfin, lentement, d'un pas hésitant, je quittai l'église et sortis dans le soleil, je m'attendais presque à ce qu'elle ait disparu, à ce qu'elle n'ait jamais été là, comme un tour que m'aurait joué mon inconscient, matérialisant pendant quelques secondes mes peurs les plus intimes et les plus profondes. J'avais entendu parler de ce genre de phénomènes, n'y croyant qu'à moitié.

Mais la couronne était là, bien sûr, je la vis tout de suite, mes yeux furent attirés vers elle et ne purent s'en détourner. Blanche dans un cercle sombre et parfait, sur l'herbe.

« Je ne veux pas penser à Manderley. »

Ma voix résonna, claire, convaincante, fausse, comme si je prononçais ces mots à l'adresse de Maxim : « Je ne veux pas penser à Manderley. »

Mais, plus que Maxim sans doute, je ne pouvais penser à autre chose et, bien que j'y aie peu vécu, et dans des circonstances ô combien dramatiques et désespérées, j'étais obsédée par son souvenir à présent, il revenait me hanter, se dressait devant moi à mesure que j'avançais, il était sur l'autre versant de chaque crête, derrière chaque courbe du chemin, et je ne voyais plus rien autour de moi, ni arbres ni champs ni collines ni bois, je ne voyais plus l'azur clément du ciel, rien, je ne voyais que Manderley.

Dieu sait pourtant que je l'avais détesté, je m'y étais sentie oppressée, glacée, étrangère, désorientée, méprisée, je n'avais jamais eu l'impression d'y être chez moi, je n'étais même jamais parvenue à m'y repérer, parmi ses escaliers et ses couloirs, tant de portes closes.

Manderley. Ce n'étaient pas ses occupants qui reprenaient vie pour me narguer, Frith, Robert, Clarice, la petite femme de chambre, Jack Favell, Mme Danvers, Rebecca — où étaient-ils ? Je l'ignorais. Rebecca était morte, c'était la seule certitude. Quant aux autres, je leur accordai à peine une pensée. Je ne les reverrais jamais et ils ne comptaient pas — mais la maison, cette maison qui avait habité mes désirs et mes craintes et qui surgissait à nouveau. Manderley. J'étais furieuse contre moi-même. Je devais l'oublier, définitivement, totalement. La repousser de mon esprit, sinon elle nous détruirait. Penser à Maxim, uniquement à Maxim. Nous nous étions sauvés mutuellement. Je ne devais pas tenter le destin.

Je cherchai furieusement à me ressaisir tout en descendant lentement vers le pré, vers la modeste et confortable maison de Beatrice et de Giles en contrebas, d'où montait une mince volute de fumée. Elle provenait sans doute du petit salon. Il serait là, toujours plongé dans le journal, jetant un coup d'œil sur sa montre de temps en temps, impatient de me voir revenir.

J'aurais aimé avoir un miroir, pouvoir m'y regarder, composer mon visage, y mettre un masque, comme lui savait si bien le faire. Je devais feindre. Je n'avais rien vu, il n'était rien arrivé. J'oubliai Manderley et, puisque je ne parvenais pas à faire de même avec la couronne de fleurs blanches, j'en détournai mon esprit, refusant de la voir, et je laissai la carte là où elle était, face contre terre.

J'entendis le téléphone sonner dans la maison, les chiens aboyer. Les chevaux étaient rentrés ; la tête baissée, ils paissaient tout leur content, après leur sortie.

Et je continuai à descendre, m'apprêtant à les rejoindre tous, me forçant à regarder devant moi, à composer mon visage, à prendre une expression naturelle, joyeuse... et, au prix d'un immense effort de volonté, je chassai de mon esprit la couronne, la carte, la signature, et tout ce qu'elles signifiaient — consciente cependant qu'elles allaient seulement s'enfoncer plus profondément dans mon subconscient, s'y ancrer à jamais, rejoindre tout ce qui ne pourrait jamais être effacé, ignoré ou oublié.

J'avais envie de revoir Maxim. De m'asseoir en silence avec lui dans un coin de la maison, de me réchauffer au soleil matinal qui perçait à travers les fenêtres, auprès du feu qui prenait doucement dans la cheminée ; j'avais besoin autour de moi du cours quotidien, ordinaire, des choses, pour me sentir protégée et rassurée.

Je préparai ce que j'allais raconter pour donner le change, les descriptions des oiseaux, des animaux, des arbres que j'avais remarqués, les paroles que j'avais échangées, sur le temps et la saison, avec tel ou tel paysan dans les champs — je me représentai son vieux chapeau pointu, son pantalon noué d'un lien à l'ancienne, au-dessus des bottes, l'imaginant si précisément qu'au moment où je traversai le jardin, il m'était devenu presque familier. J'avais croisé une femme, aussi, accompagnée d'un couple de retrievers, que j'avais admirés, caressés. Je leur cherchai un nom, mais le seul qui me vint à l'esprit était Jasper, Jasper. Je le chassai hâtivement de mon esprit.

J'aurais voulu trouver du réconfort auprès de lui, mais c'était impossible. Je devais paraître calme et sereine, être tout entière tournée vers lui. Faire semblant, feindre.

Mais la couronne se dressait partout où se portaient mes regards, dans l'allée, dans les broussailles, près de la grille, devant la porte ; froide, blanche, parfaite, elle apparaissait entre moi et tout ce que je voyais, et la carte voltigeait, se retournait, et l'initiale noire dansait cyniquement devant moi. R. R. R.

Je m'immobilisai dans le vestibule. Du bureau me parvenait la voix étouffée de Giles au téléphone. Il flottait une agréable odeur de feu de bois. Je fermai les yeux, serrai les mains et les relâchai, inspirai profondément.

Il était assis près du foyer dans le petit salon, de profil, le journal ouvert sur le sol à ses pieds. Immobile, il était à des lieues de moi et ne s'aperçut pas tout de suite de ma présence dans la pièce.

Je le regardai, contemplai son visage familier, maintenant marqué de rides, sa chevelure toujours épaisse mais grisonnante, sa main aux longs doigts posée sur le bras du fauteuil, et soudain, à l'instant où un élan d'amour me poussait vers lui, j'entendis la voix prononcer les mêmes mots froids, nets, indifférents, comme on lâche des pierres dans un bassin : « Cet homme est un assassin. Il a tué Rebecca. C'est l'homme qui a tué sa femme. »

Eperdue, me demandant si la voix provenait d'un esprit malveillant, désireux de me conduire à la folie, je m'obligeai à franchir les quelques mètres qui me séparaient de Maxim, à temps pour le voir lever la tête et accueillir mon retour avec un sourire heureux et reconnaissant.

On nous apporta du café, servi sans cérémonie dans une simple cafetière, et le soleil pénétra dans la pièce par les hautes fenêtres, réchauffant l'un des chiens, qui s'était couché dans la trajectoire des rayons, tandis que l'autre se tenait blotti près du feu, qui fumait encore un peu, nous obligeant à l'attiser à tour de rôle, à mon grand soulagement. Encore sous le coup de l'émotion, j'avais besoin de m'activer.

Je dis : « J'ai entendu Giles parler au téléphone.
— Oui.
— Est-ce que tu l'as vu ?
— Il est entré et sorti — il n'a cessé de s'excuser, et de se moucher.
— Pauvre Giles.
— Il commence à m'agacer, j'ai du mal à supporter tout ça. Il a l'air effondré. »

Son ton était dur, impatient. Il n'avait jamais aimé les démonstrations sentimentales, mais j'aurais souhaité qu'il se montre compatissant envers Giles, qu'il le comprenne. Cette froideur, ce mépris, me rappelait trop l'attitude qu'il affectait souvent autrefois, avant que j'apprenne la vérité et qu'il me laisse me rapprocher de lui.

Je m'écartai du feu.

Maxim dit : « C'est sans espoir. Le bois est trop humide.
— Oui, fis-je, sans pouvoir détacher mon regard du faible filet de fumée, espérant voir s'élever une flamme.
— J'ai essayé d'examiner certaines affaires avec lui. Il n'y connaît pas grand-chose — c'est une vraie pagaille. »

C'était déjà ainsi lorsque nous étions à l'étranger et que les papiers arrivaient ; Maxim les signait sans même y jeter un coup d'œil.

« J'ai eu un entretien avec les conseillers juridiques. Ils veulent me rencontrer. Bon Dieu, je n'y échapperai donc pas ! »

Mon cœur cessa de battre un instant. Je n'avais jamais rien su des affaires financières de Maxim, mais il y avait un notaire autrefois à Kerrith. Peut-être serions-nous obligés de nous y rendre, peut-être...

« Ce n'est pas le notaire du coin, dit-il, comme s'il lisait dans mes pensées. Ceux-là ont un cabinet à Londres.

— A Londres ? » Je ne pus empêcher ma voix de vibrer à cette pensée.

Londres.

Nous serions peut-être appelés à nous y rendre, non pas pour un aller et retour hâtif, précipité, furtif, mais pour une vraie visite, un jour entier, peut-être même une nuit, le temps suffisant pour régler les affaires, prendre quelques moments de loisir. Londres, juste une fois, je vous en prie, mon Dieu. Je n'avais jamais éprouvé d'attirance particulière pour elle, je n'avais pas l'âme citadine, je ne m'y sentirais pas chez moi. Mais pendant notre exil, il m'était arrivé d'y penser, d'en rêver, après avoir lu un article dans un vieux journal anglais — un nom au hasard attirait mon œil. La Chambre des Lords. Old Bailey, le Parlement. Hill Fields, East India Dock, le Mall, St. James, Mansion House, Kensington Gardens... et, laissant mon imagination vagabonder, je marchais dans les rues, m'arrêtais devant les devantures, prenais le thé, écoutais l'orchestre dans le parc par un matin de printemps, explorais une petite allée sombre à la Dickens, où les maisons s'appuyaient les unes aux autres le long de caniveaux qui sentaient l'encre d'imprimerie, passe-temps innocent, agréable, romantique, qui me rappelait mon pays.

Je savais que la guerre avait durement touché Londres, j'acceptais de la trouver changée, dégradée, dévastée, mais je ne voulais plus me souvenir de cette dernière et terrible visite, avec Maxim, Favell et le colonel Julyan, chez le médecin de Rebecca, et de tout ce qu'elle avait signifié et entraîné. Peu importait, nous n'aurions pas besoin de revoir cette rue en particulier, il serait facile d'en rester éloignés.

Londres. J'étais une campagnarde — les champs, les prairies et les collines, l'odeur de la terre labourée, le roucoulement des ramiers, voilà ce qui m'était nécessaire pour vivre tranquillement le reste de mes jours. Je n'aurais jamais été heureuse au milieu des voitures et des monuments, sur les pavés de la ville, environnée de buildings.

Mais Londres, juste une fois, un jour, pas plus. S'il vous plaît. Je me tournai à demi vers Maxim, ma prière au bord des lèvres.

Il dit : « Ce sont eux qui viendront ici, Giles et moi avons rendez-vous après-demain. »

Son visage était fermé, sa voix cassante. Exclue, je ne prononçai pas un mot.

« Nous en aurons, je le crains, pour plusieurs heures. Je veux que tout soit réglé en un seul jour. Je veux en terminer une bonne fois pour toutes. Tu seras seule, mais tu sauras te distraire, n'est-ce pas ? Tu aimes te promener dans la nature. »

S'il s'en irritait, il n'en laissa rien paraître, il sourit, indulgent, s'adressant à moi comme à un enfant. C'était de plus en plus fréquent depuis que nous étions ici. Il m'avait dit que j'avais changé, mais lui aussi ; de temps en temps, pourtant, apparaissait brusquement le Maxim d'autrefois, l'autre Maxim.

Je souris, me retournai vers le feu et actionnai le soufflet, la tête penchée, loin de lui. Londres s'effaça. Nous n'irions pas.

« J'espère que ça ne sera pas trop pénible pour toi, dis-je.

— Ne t'inquiète pas. Il faut que nous en finissions. La plupart des biens de Beatrice sont indépendants des miens et de ceux du reste de la famille, depuis son mariage. Mais il reste certaines choses à régler et ensuite nous pourrons nous en aller. »

Il se leva et se tint sans bouger derrière moi, très grand, immobile. Je le sentis dans mon dos.

« Donne-moi ça. Voyons si je peux ranimer un peu ce feu. »

Je lui tendis le soufflet et me redressai.

« Mais... pourrons-nous aller en Ecosse ? »

Il sourit. Il semblait fatigué, à bout ; la peau était presque transparente et légèrement meurtrie sous ses yeux, et il me parut à nouveau vulnérable. De quoi avais-je eu peur ?

« Bien sûr, dit-il avec lassitude. Tu les auras, tes vacances. » Et il se pencha pour m'embrasser sur le front, avant de se tourner pour attiser le feu languissant.

Chapitre 7

Ce soir-là et le lendemain, quoi que je voie, entende ou pense, quel que soit le ton, léger ou désinvolte, avec lequel je répondis à Maxim, j'eus l'impression d'être ailleurs, loin de lui ; je pressais un bouton et la vie continuait, mais ce n'était pas la vie réelle, elle n'avait pas d'importance véritable.

La seule réalité c'était la couronne blanche reposant sur l'herbe à côté de la tombe et l'initiale noire, élégante, funeste sur la carte de bristol. Elles m'accompagnaient partout, dansaient devant mes yeux, elles respiraient, chuchotaient, se penchaient par-dessus mon épaule, ne me laissant pas en paix.

Qui ? me demandais-je dès que je me trouvais seule, qui en était l'auteur ? Comment ? Pourquoi ? Pourquoi ? Qui voulait nous effrayer ? Qui nous haïssait ? Quand étaient-ils venus ? Etaient-ils là au moment où j'avais découvert la couronne ? Non. Lorsque j'avais traversé le cimetière pour aller sur la tombe de Beatrice, lorsque je m'étais penchée pour examiner les fleurs, lorsque j'avais aperçu la couronne blanche, j'étais seule, absolument seule ; je m'en serais aperçue, sinon. Il n'y avait personne d'autre, pas de guetteur dans l'ombre, uniquement la couronne, terrifiante.

J'avais peur, certes, mais surtout, j'étais perplexe. Je voulais savoir, je ne comprenais pas, et le pire était de devoir porter seule ce secret, de ne rien montrer sur mon visage et dans ma voix, de cacher à Maxim la plus petite manifestation de trouble ou d'anxiété.

Je ne pensai qu'à elle au fil des heures, elle m'accompagna, comme un air de musique, si bien que je finis par m'y habituer, l'accepter, par me calmer un peu.

« Tu seras seule pendant une demi-journée, mais tu sauras te distraire, n'est-ce pas ? »

J'entendis à nouveau sa voix tandis que je brossais mes cheveux devant la coiffeuse. J'ignorais que retrouver son pays aurait sur lui cet effet, que le Maxim auquel je m'étais habituée, patient, calme, adouci, le Maxim avec lequel j'avais vécu de longues années à l'étranger, s'effacerait si vite devant l'ancien Maxim, celui que j'avais connu au début ; mais depuis notre retour en Angleterre, d'heure en heure, je le voyais se transformer, comme on voit les rideaux se gonfler au vent, dévoilant peu à peu ce qui se tient caché derrière et que l'on croyait à jamais disparu.

« Tu seras seule pendant une demi-journée. »

Il y a un an, voire même un mois, si pour une raison ou une autre il avait dû s'occuper de ses affaires, il aurait tout fait pour s'en abstenir, se dérober, angoissé à la seule pensée d'avoir à affronter le passé, et sans nul doute m'aurait-il demandé d'être présente à ses côtés, insistant pour que je lise les papiers, les parcoure avec lui. Il n'aurait rien fait sans moi. Il ne m'était pas venu à l'idée qu'il pût changer, que son vieil et fier esprit d'indépendance pût se réaffirmer, montrer qu'il était capable — et désireux — de prendre les choses en main ; qu'il pût un jour souhaiter me voir m'éloigner momentanément de lui. J'en restai éberluée, comme si je voyais un invalide jusqu'alors impotent guérir et reprendre des forces, se remettre debout, puis marcher seul à nouveau, repoussant impatiemment les mains aimantes, anxieuses, qui cherchaient à le soutenir.

Je n'aurais su exprimer ce que je ressentis exactement ni à quel point je fus troublée, mais je n'éprouvai aucun ressentiment. Je ne pris pas ses mots cassants comme un rejet. Peut-être même fus-je soulagée. Par ailleurs, le changement n'était pas total, bien des choses en lui étaient restées les mêmes. Nous passâmes paisiblement la journée à la maison ; hormis un tour dans le jardin, le matin et le soir, Maxim n'était pas sorti — il ne voulait pas sortir. Le temps était devenu humide et venteux, des nuages gris galopaient dans le ciel et un brouillard descendait sur la maison, cachant la vue des chevaux dans le pré.

Nous lûmes près du feu, jouâmes au bésigue, fîmes les mots croisés du journal, les chiens couchés à nos pieds sur le tapis du foyer, et, à l'heure du déjeuner et du dîner, Giles prit place à table avec nous, silencieux, plongé dans ses pensées, les yeux rougis, marqués de marbrures et de cernes. Il était débraillé, échevelé, effondré, et semblait ne pas s'en soucier ; je ne savais que faire ou dire, je m'efforçai seulement d'être prévenante, de lui servir son thé ou de lui sourire lorsque son regard rencontrait le mien. Je crois qu'il m'en fut reconnaissant, à sa façon pathétiquement enfantine, mais ensuite il retourna s'enfermer dans son bureau pendant plusieurs heures d'affilée.

Il n'y eut même pas la présence de Roger pour égayer l'atmosphère, il était parti rendre visite à des amis, me libérant du malaise où me plongeait sa vue, et du remords que j'en éprouvais.

La journée s'écoula comme si nous étions suspendus dans le temps, dans une sorte de salle d'attente, entre un endroit et un autre. Nous n'appartenions pas à cette maison, elle nous était vaguement familière, mais étrangère et triste. Nous nous y sentions moins à l'aise qu'à l'hôtel. Maxim parla très peu et parut distrait, rêveur, bien qu'il accueillît volontiers, me sembla-t-il, mes efforts pour le distraire, l'heure du thé, ou une partie de piquet. Mais j'avais l'étrange sentiment que dans une certaine mesure il accomplissait ces gestes uniquement pour me faire plaisir, et j'eus à nouveau la sensation de me retrouver reléguée à mon ancien rôle de petite fille.

Les heures passèrent lentement. La pluie frappa les carreaux, la brume s'attarda. La nuit tomba de bonne heure.

« Tu seras seule pendant une demi-journée, mais tu sauras te distraire, n'est-ce pas ? »

Oui. Ce fut le cœur battant que je tirai les rideaux cette nuit-là. J'avais un secret, il m'étouffait dès que j'y pensais. Oui, je saurais me distraire pendant une demi-journée. Je savais ce que j'allais faire, mais je n'en dis rien, me retournai de mon côté, avec l'impression de le trahir, d'accomplir la pire sorte de tromperie et d'infidélité.

La brume s'était levée, des nuages s'effilaient comme une mousseline dans un ciel délavé ; on se serait cru au printemps, n'eût été le sol jonché de feuilles que le vent avait entassées la veille dans le jardin et l'allée.

Les avocats étaient attendus vers onze heures, un taxi devait les prendre à la gare.

Mon regard parcourut la table du petit déjeuner. Giles n'était pas descendu. Maxim avait un air cérémonieux, en costume et chemise empesée. Distant.

La couronne blanche flottait, lumineuse et irréelle, entre nous.

Qui ? Comment ? Quand ? Pourquoi ? Que nous voulait-on ?

Je dis soudain avec le plus grand naturel : « Je me demande si Giles me prêterait la voiture ? Je crois que c'est le jour du marché à Hemmock. J'aimerais m'y rendre. »

J'avais appris à conduire dès notre arrivée à l'étranger. Nous ne possédions pas de voiture, mais il nous arrivait d'en louer une, lorsque l'envie nous prenait de faire une excursion, d'aller visiter une église, un monastère, voir un panorama réputé. Maxim me confiait volontiers le volant, alors que je n'aurais jamais osé le lui demander aux premiers temps de notre mariage. Je conduisais sans me faire prier, avec plaisir même, goûtant l'impression d'être différente, responsable ; c'était à mes yeux un privilège réservé aux adultes, avais-je dit un jour, attirant un sourire sur les lèvres de Maxim.

Aujourd'hui, il leva à peine les yeux de son journal.

« Pourquoi pas ? Il doit rester ici, il n'en aura certainement pas besoin. Le marché te distraira. »

Ainsi, il n'y voyait pas d'inconvénient, il n'avait pas changé d'avis, il n'avait pas besoin de moi.

J'eus cependant un serrement de cœur au moment d'aller prendre mon manteau. Je m'attardai, tenant sa main, attendant qu'il me rassure, voulant l'entendre dire qu'il affronterait sans moi les hommes de loi, la paperasserie, et tout ce que cet entretien allait ramener à la surface.

« Tout va bien, dit-il. Tout ira bien. Il n'y a rien de préoccupant. »

Hormis la couronne, pensai-je, et je vis l'initiale, soudain, tracée sur son visage. R. Rebecca.

L'idée ne m'avait jamais traversé l'esprit qu'elle pût représenter quelqu'un d'autre.

Maxim me regardait, et je plaquai un sourire joyeux sur mes lèvres.

« C'est comme un rêve, un rêve pas désagréable, dit-il. Je vais le laisser se dérouler — il n'a, curieusement, rien à voir avec moi — et demain, je me réveillerai et la vraie vie reprendra, nous pourrons continuer. Tu comprends ?

— Je crois, oui.

— Sois patiente avec moi.

— Chéri, ne préfères-tu pas que je reste, dans la pièce à côté...

— Non. » Il m'effleura légèrement la joue du dos de la main, et je la pris, la pressai contre mon visage, le cœur gonflé d'amour, et de remords, un immense remords.

« Je téléphonerai à Frank, ce soir, dit-il en souriant. Nous pourrons partir dès demain. »

Giles sortit alors du bureau, cherchant Maxim, une liasse de papiers à la main, et je pus lui demander l'autorisation de prendre la voiture, je pus les quitter, sortir de la maison, la conscience tranquille, pour aller me distraire.

A quoi pensais-je ? Quelle était mon intention ? Pourquoi empruntais-je cette direction que je m'étais promis de ne plus jamais reprendre ? Pourquoi tenter le destin ?

C'était de la folie, ce que j'allais faire était une erreur, et c'était dangereux. Au mieux, je serais malheureuse, et horriblement déçue. Au pire, si Maxim venait un jour à l'apprendre, je risquais de tout détruire, notre fragile bonheur, l'amour et la confiance que nous avions construits avec tant de soin et de persévérance, lui, moi, le reste de notre existence.

J'irais cependant, je le savais depuis le jour où j'avais appris que nous allions revenir. J'étais attirée comme par un aimant, une histoire d'amour secrète, impérieuse, j'en rêvais, je l'attendais, je voulais et j'avais besoin de savoir.

Personne n'y faisait jamais allusion. Je n'osais pas poser de questions. Le seul à qui j'en avais parlé était Frank Crawley et même alors, le mot n'avait pas franchi mes lèvres...

Manderley.

Il est des tentations irrésistibles, des leçons que l'on n'apprend jamais.

Quoi qu'il arrive, quelles qu'en puissent être les

conséquences, je devais y aller, voir par moi-même. *Il fallait que je sache.*

Manderley. Il me tenait en esclavage, éveillait en moi amour et crainte, il ne m'avait jamais laissée en paix et son charme était encore tout-puissant. Ce fut donc consciemment que je m'engageai dans la courbe de la route qui tournait légèrement avant de filer tout droit, en direction de la mer.

C'était à quarante kilomètres de là, à l'autre bout du comté ; les villages, les bourgs et les chemins m'étaient inconnus. Je passai devant le panneau qui indiquait la direction d'Hemmock, où j'avais prétendu vouloir me rendre, faire un tour au marché, peut-être déjeuner dans un petit café sur la place. Mais je dépassai le croisement. J'allais ailleurs.

Je m'interdis de laisser vagabonder ma pensée, de m'appesantir sur les scènes du passé, j'admirai le ciel et les arbres, la lande nue, je baissai la vitre afin de humer les parfums de la terre d'automne. Je me sentais libre et heureuse au volant de la voiture. J'étais partie faire une excursion, sans arrière-pensée. Je ne voulais rien d'autre.

Mais enfin, qu'est-ce que je m'attendais à trouver ? Qu'est-ce que je *voulais* trouver ? Une coquille vide, au milieu d'un enchevêtrement d'arbres carbonisés, tordus et creux, au milieu de cendres depuis longtemps, très longtemps, refroidies, envahies par les lianes, l'allée enfouie sous les mauvaises herbes, comme dans mon rêve. Mais comment en être certaine ? Personne n'avait jamais osé nous dire ce qu'il en restait, nous avions refusé d'entendre prononcer son nom et, durant notre exil, aucune lettre ne nous avait apporté la moindre nouvelle.

Je crois que je m'étais à moitié convaincue qu'il s'agissait d'un pèlerinage romantique, que j'allais simplement découvrir des vestiges empreints de tristesse, poignants, mélancoliques, sans fantômes, tombés dans une décrépitude à l'étrange beauté. Je n'éprouvais aucune appréhension, aucune crainte. C'étaient d'autres choses qui me faisaient peur. Le chat silencieux et immobile dans l'ombre, prêt à bondir. La couronne blanche — la carte, l'initiale. La malveillance d'un inconnu soigneusement, habilement dirigée vers sa cible.

Pas Manderley.

Je m'arrêtai dans un village à mi-chemin, pour acheter une orangeade dans la petite épicerie et, au moment où je quittais la boutique pour me retrouver dans la lumière du soleil, le tintement de la clochette fit monter en moi un flot de souvenirs et je me rendis compte, regardant autour de moi en cillant des yeux, que j'étais déjà venue ici, il y avait des années, lorsque j'étais enfant, en vacances avec mes parents. J'avais acheté une carte postale pour ma collection, parce que la maison qu'elle représentait m'avait paru belle, et cette maison était Manderley.

Immobile, contemplant la grange au toit de chaume de la ferme d'en face blanchie à la chaux, pénétrée par le passé, je me dis que rien ici n'avait changé, comme si les choses étaient immuables, comme s'il ne m'était rien arrivé entre-temps.

De retour dans la voiture, je restai assise pendant un long moment, buvant mon orangeade tiède et sucrée, dans une sorte d'état second, retenant mon souffle, figée, ne sachant exactement qui j'étais, pourquoi j'étais là, en cette journée d'octobre.

Puis je démarrai et repris la route. Je laissai mon enfance derrière moi dans ce village paisible, je retrouvai mon chemin et, à la sortie d'un virage, j'aperçus un panneau indicateur :

« Kerrith, 5 kilomètres. »

Je m'arrêtai et coupai le moteur. Portée par la brise, l'odeur salée de la mer entrait par les vitres ouvertes.

Mon cœur battait très vite, très fort, les paumes de mes mains étaient moites.

Kerrith. Kerrith. Je fixai les lettres jusqu'à ce qu'elles deviennent des signes privés de sens, qui se mirent à danser comme des moucherons devant moi, me brouillant la vue.

Kerrith. Le village, son port et ses bateaux, la grève, les petites maisons de pêcheurs, et les galets sur la jetée, l'enseigne branlante de l'auberge et le porche de l'église qui penchait légèrement, je revis tout, dans le moindre détail.

Encore deux kilomètres, et au bout du tournant se dessinerait le haut de la colline, avec sa couronne d'arbres, descendant en pente douce vers la vallée et le ruban de mer bleu en dessous.

J'entendis la voix de Maxim. Si je tournais la tête, je le verrais à côté de moi.

« C'est là qu'est Manderley. Voilà les bois. »

C'était la première fois que j'y venais, ce jour-là, semblable à tant d'autres qui s'égrenaient un à un, tel un rang de perles, chacun d'eux si distinct dans mon souvenir.

Puis, subitement, à brûle-pourpoint, j'entendis une autre voix et je me rappelai cette femme accompagnée de son petit garçon que j'avais aperçue le jour où le bateau s'était échoué dans le brouillard, sur les rochers en contrebas de Manderley. Des vacanciers en promenade, venus de Kerrith.

Je revis son visage empâté, rougi par le soleil, sa robe de cotonnade rayée.

« Mon mari dit que toutes ces grandes propriétés finiront par être loties et qu'on y bâtira de petites villas, avait-elle dit. Ça me plairait bien d'avoir une petite villa ici, avec vue sur la mer. »

Soudain mon cœur se serra. Etait-ce le sort qui avait été réservé à Manderley ? Qu'allais-je y trouver si je continuais mon chemin ? Les bois dégagés, la maison rasée, des douzaines de bungalows, proprets, avec des volets peints en rose, vert ou bleu, les dernières fleurs de l'été se fanant dans les jardins, un parterre de rhododendrons impeccablement taillés, domestiqués, seuls vestiges des murs et des murs de buissons luxuriants ? Y aurait-il des bateaux de plaisance amarrés dans la baie, une rangée de cabines de bain, avec un nom peint sur chaque porte et de petites vérandas ?

Voilà peut-être ce qu'on avait voulu nous cacher — cette profanation, cette fin horrible, apocalyptique.

Comment le savoir ? Je démarrai à nouveau et continuai, tentant le destin, risquant le tout pour le tout, fouaillant les vieilles plaies. Je m'engageai dans la courbe et vis apparaître la masse d'arbres au sommet de la colline, le début de la pente qui descendait vers la vallée. Il n'y avait aucun panneau indicateur nouveau, aucun changement apparent. Les bungalows, s'ils existaient, étaient bien dissimulés.

Mais je compris alors que tout était resté comme autrefois, comme je l'avais rêvé, les ruines, la maison, l'allée gagnée par les herbes, les bois qui avaient fini par triompher, et, plus loin, la baie, la grève, les rochers.

C'était là. Je sortis de la voiture et m'avançai d'un ou deux pas. Je regardai devant moi, il était là, tout près. Juste derrière la crête. Pourquoi hésitais-je ? Pourquoi ?

Vas-y, vas-y, vas-y, murmura une voix dans ma tête, une petite voix froide, chuchotante, séductrice.

Viens.

Manderley.

La terre se mit à tourner autour de moi, le ciel me sembla fait d'une substance transparente, fragile, prête à se briser d'un moment à l'autre.

Une brise légère soufflait, froissait l'herbe, caressant mon visage comme une main invisible, douce et soyeuse.

Je pris la fuite.

Je me sauvai, rebroussai chemin, repris la route qui serpentait dans la lande, conduisant à une vitesse folle, mue par la panique, lançant la voiture dans les tournants aveugles, gravissant les côtes, évitant de justesse la collision avec une charrette, le temps d'apercevoir la lueur de stupéfaction sur le visage du conducteur, sa bouche ouverte, manquant de peu d'écraser un chien, traversant les villages, dépassant les panneaux indicateurs. Je me sauvai, franchis à nouveau la grille ouverte, longeai l'allée, courus vers le refuge de la maison, et j'aperçus Maxim, qui sortait du bureau, et derrière lui, par la porte entrebâillée, deux hommes vêtus de sombre, dont l'un se tenait près de la cheminée, avec Giles.

Je ne parlai pas, c'était inutile. Il ouvrit les bras, m'étreignit et m'apaisa, me tint contre lui jusqu'à ce que je cesse de trembler, de pleurer. Il savait, sans que j'eusse à m'expliquer. Il savait et j'étais pardonnée.

Les deux conseillers juridiques restèrent à déjeuner, mais je n'eus pas à me joindre à eux. Je m'installai tranquillement près du feu dans le salon, avec un plateau de sandwiches et un fruit, que je me forçai à grignoter malgré mon manque d'appétit, afin de ne pas offenser la gouvernante. Puis je restai à contempler le jardin par la fenêtre, me réchauffant au soleil de l'après-midi qui pénétrait dans la pièce. Je me sentais épuisée, mais soulagée. Involontairement, j'avais échappé aux conséquences de mon obstination, aux démons qui m'avaient entraînée, et j'étais en sécurité à nouveau, rien ne viendrait me troubler, me blesser, et, mieux encore, rien n'avait été dérangé, la surface lisse du passé reposait sans ride.

Ce qu'était devenu Manderley ne me concernait pas. Il appartenait au passé, et quelquefois à mes rêves.

Je n'y retournerais pas.

Plus tard, lorsque les hommes de loi furent partis, Maxim et moi nous montâmes jusqu'au paddock. Il prononça à peine quelques mots concernant les affaires de Beatrice, des mots sans importance.

« C'est terminé, dit il. Tout est réglé. Il n'y a aucun problème, rien qui puisse nous retenir ici. »

Je m'arrêtai près de la barrière de l'enclos. Les chevaux qui paissaient en haut du champ ne vinrent pas vers nous, cette fois-ci, ils ne levèrent même pas la tête. Je frissonnai.

Maxim dit : « Demain, l'Ecosse. J'aimerais partir de bonne heure.

— Je ferai les valises après dîner. Nous avons peu de choses à emporter.

— Auras-tu des vêtements suffisamment chauds ? Voudras-tu t'arrêter en route ? Il peut faire froid. »

Je secouai la tête.

« J'ai seulement envie d'être là-bas.

— Bon. »

C'était vrai. Je voulais m'en aller, non pas à cause de la maison, de Giles ou de Roger, ni même parce que tout ici semblait triste, vide et à l'abandon sans Beatrice.

Je n'osais envisager notre retour à l'étranger. Je ne voulais pas y penser, je ne voulais pas repartir. Je préférais imaginer le voyage en train à travers l'Angleterre, les heures que nous passerions à regarder sans nous lasser, par la fenêtre, les villes et les villages, les bois, les champs, les rivières, les collines, la terre et le ciel et la mer. Je les boirais à grands traits, avidement.

Nous emporterions quelques livres et en achèterions d'autres à la gare. Lorsque nous ne regarderions pas le paysage défiler, nous lirions paisiblement, nous irions prendre nos repas au wagon-restaurant, et nous jouerions au bésigue, profitant de ces instants si précieux, et tout ce qui était arrivé s'éloignerait, s'estomperait jusqu'à devenir irréel.

Nous rebroussâmes chemin en silence, heureux, vers notre dernière nuit dans la maison de Giles.

Au dîner, levant les yeux de son assiette, Maxim annonça brusquement : « J'aimerais aller sur la tombe de Beatrice dans la matinée, avant de partir. »

Je le regardai avec stupéfaction, sentant le sang me monter au visage : « Mais nous ne pourrons pas... je veux dire, nous n'aurons pas le temps, la voiture doit nous prendre à neuf heures.

— Eh bien, j'irai à huit heures. » Il porta sa fourchette à sa bouche et continua de manger, calmement, tandis qu'un goût froid et amer me montait à la gorge, m'empêchant d'avaler et de parler.

Il ne pouvait pas y aller, il ne devait pas y aller, mais comment l'en empêcher ? Quelle raison lui donner ? Il n'y en avait aucune.

Je jetai un coup d'œil à Giles. Il irait lui aussi, pensai-je, il la verrait, il ramasserait et lirait la carte, poserait des questions, incapable de dissimuler.

Des larmes roulaient sur ses joues, sans retenue. Maxim le regarda avec gêne, détournant rapidement les yeux pour se concentrer sur ce qu'il mangeait.

« Pardonnez-moi. » Il heurta son assiette de son couteau en se levant maladroitement, cherchant son mouchoir. « Désolé. Il vaut mieux que je sorte un moment.

— Pour l'amour du ciel, qu'est-ce qui lui prend ? s'exclama Maxim d'un ton furieux, la porte à peine refermée.

— Sa femme est morte. » J'avais pris un ton dur et impatient, sachant pourtant que Maxim ne le méritait pas, qu'il cherchait seulement à repousser le désarroi de Giles, refusait d'en être témoin; même s'il le comprenait.

« Bon, plus vite nous partirons, plus vite il retrouvera une vie normale et mieux ce sera pour lui. Il se complaît dans son chagrin. Il lui faudra continuer à vivre ensuite.

— Veux-tu que je demande au taxi de venir plus tôt — nous pourrions nous arrêter quelque part pour déjeuner. Je sais combien tout ça est pénible pour toi. »

Avec quelle fourberie j'étais capable de susurrer des mots si apaisants ! Mais c'était pour son bonheur, pour le protéger, l'épargner, c'était uniquement pour lui.

« Non, dit-il. Ne change rien. Veux-tu sonner, s'il te plaît ? Passons à la suite. »

Je lui obéis, et la question de notre départ fut close. Je restai à table jusqu'à la fin du dîner, malade d'angoisse, repoussant la nourriture dans mon assiette, la tête bourdonnante d'une seule et unique question qui résonnait tel un battement ininterrompu : Que faire ? Que faire ? Que faire ?

Je dormis à peine, restant volontairement éveillée, me levai à l'aube, m'habillai à la hâte, furtivement, comme une femme qui s'enfuit de la chambre de son amant, et je me glissai hors de la maison silencieuse, terrifiée à l'idée de réveiller les chiens ou de déranger les chevaux ; mais personne ne m'entendit, rien ne bougea, et je courus pieds nus, mes chaussures à la main, jusqu'à la pelouse, foulant l'herbe pour ne pas faire de bruit sur le gravier, dans l'enchantement du petit matin immobile, à l'heure où s'étire le premier rayon du jour. Je n'y prêtais pas attention, j'avais seulement conscience de mes pas, de ma peur de tomber, des battements de mon cœur, je ne voyais rien.

Je me souviens que je n'éprouvais aucune frayeur, il n'y avait pas de place en moi pour la peur, seuls m'habitaient le secret et l'urgence. Je courais, m'arrêtais pour reprendre mon souffle, repartais, marchant très vite à présent, espérant la trouver, savoir quoi faire, et revenir sans que personne ne sache jamais.

Un renard se faufila par un trou de la haie et détala devant moi ; sur une branche, je vis une chouette qui me regardait de ses gros yeux.

Il faisait très froid, mais je m'en aperçus à peine.

Si quelqu'un me voyait, que penserait-il ? Une femme qui court, court à perdre haleine le long des chemins, dévale les champs, seule, au lever du jour, qui se glisse à travers la grille dans le cimetière silencieux.

S'arrête.

Je repris lentement ma respiration. La pensée me traversa l'esprit, soudain, que si un fantôme devait apparaître, ce serait maintenant, dans cet endroit ; mais je n'en vis pas.

Je ne vis rien.

Je ne vis que le monticule de terre au bord de l'allée de gravier.

La terre avait été remuée, et au-dessus reposait une unique couronne de chrysanthèmes couleur de bronze. Je n'eus pas besoin de m'approcher, je me souvins qu'elle avait été déposée par Giles et Roger.

Les autres fleurs avaient disparu. Contournant l'église, je découvris le châssis de planches où le jardinier les avait entassées. On avait jeté par-dessus de la terre et des branchages, sous lesquels les couronnes disparaissaient presque entièrement.

Je fis demi-tour, stupéfaite, soulagée, mais en passant devant le buisson de houx, dans l'angle, quelque chose attira mon regard, un bout de carte attaché à un ruban déchiré au milieu des feuilles pointues vert sombre. J'avançai la main et je m'en emparai, le tins serré entre mes doigts, incapable de détacher mes yeux du bristol crème bordé de noir, des mots inscrits en noir et de la lettre noire, tracée d'une écriture penchée.

R.

Le houx m'avait piqué le doigt. Lorsque j'enfouis la carte au plus profond de ma poche, je la marquai de mon sang.

Chapitre 8

Il plut durant tout le voyage, une petite pluie triste et régulière que déversaient de gros nuages gris tourterelle ; je finis par me lasser et détournai mon regard de la fenêtre pour me concentrer sur mon journal ou mon livre.

J'aurais dû me sentir heureuse, je n'avais désiré que ça, mais la fatigue et le contrecoup des émotions, des frayeurs, de l'angoisse m'avaient épuisée, et il semblait qu'il n'y eût plus pour moi aucune joie nouvelle, aucun plaisir à me trouver ici. Je m'y habituais déjà, comme si cela allait de soi. Je n'éprouvais pas non plus ce sentiment de liberté tant attendu, j'avais l'impression d'être à l'étroit, oppressée. Que ne savais- je broder ou coudre, afin de pouvoir passer le temps lorsque j'étais lasse de lire ! J'aurais eu l'air occupé, et Maxim aurait été content, il me voulait d'humeur égale et paisible, n'aimait pas déceler la moindre crispation dans mon humeur et, jusqu'à présent, j'avais essayé de lui offrir ce qu'il voulait, de le rassurer.

Les Midlands étaient couleur d'ardoise, les toits luisaient, laqués de noir. La pluie tombait comme un rideau oblique sur les collines à mesure que nous nous dirigions vers le nord, les cimes se couvraient de brume.

Nous sommes en Angleterre, me disais-je. Chez nous. Mais je ne ressentais rien.

Maxim lisait, des journaux, un livre, et, une fois ou deux, il alla dans le couloir, s'appuya à la fenêtre.

J'avais attendu ces moments avec impatience ; or, tout était gâché, teinté d'amertume, Maxim avait un air distant, et ce fossé entre nous, c'étaient mes pensées qui l'avaient causé, car j'avais des secrets, des secrets que je ne pouvais révéler.

Les questions qui m'avaient harcelée, lancinantes, trottaient toujours dans ma tête. Qui ? Comment ?

Pourquoi ? D'où venait la couronne ? Qui l'avait envoyée ? Quelqu'un était-il venu la déposer ? Que voulaient-ils ? Ils ? Qui ? Et pourquoi ? Pourquoi ? Pourquoi ?

Les mots martelaient ma cervelle au rythme des roues du train.

La porte s'ouvrit. Maxim regagna sa place.

« Veux-tu que nous allions prendre un café ? » demandai-je.

Mais il secoua la tête et reprit la lecture du journal, le même journal que je lui avais déjà vu lire, sans me dire un mot. Il ne voulait pas parler. C'était ma faute, je le savais, et je n'y pouvais rien.

Le train roulait vers la frontière écossaise, vers les collines nues et désolées. L'Angleterre était déserte, elle n'éveillait aucun sentiment en moi, la pluie ruisselait sur la fenêtre, à la place de mes larmes.

A un moment donné, je vis une femme passer dans le couloir, jeter un coup d'œil à l'intérieur de notre compartiment. Je levai les yeux par hasard et surpris son regard pendant un quart de seconde. Rien. Mais, soudain, une hésitation passa sur son visage, et elle s'arrêta, fit un pas en arrière et nous dévisagea plus ostensiblement. J'élevai vivement mon livre jusqu'à mon visage et me détournai, et lorsque je risquai à nouveau un coup d'œil, elle était partie.

Ce n'est rien, me dis-je, absolument rien. Cela fait plus de dix ans que nous ne sommes pas venus en Angleterre. Tout est fini, oublié. Il y a eu la guerre, comme un grand fossé ouvert entre hier et aujourd'hui.

Mais un peu plus tard, nous allâmes au wagon-restaurant pour le premier service et, au moment où je dépliais ma serviette, je sus qu'elle était là, à la table de l'autre côté de l'allée ; elle portait une robe violette, je l'aperçus du coin de l'œil.

Lorsque le garçon nous apporta le potage, un cahot lui fit renverser un peu de liquide et Maxim exigea une nappe propre. Je tentai de l'apaiser et, au milieu du ridicule petit remue-ménage qui s'ensuivit, je levai les yeux et surpris à nouveau le regard de la femme. Mon visage s'enflamma et je m'irritai de me sentir aussi gauche. Quelqu'un partageait sa table, une femme plus jeune, et, les yeux brillants d'excitation, ravie de nous avoir identifiés, elle se penchait avidement en avant. Je vis ses lèvres charnues articuler les mots, chuchoter, je devinais ce qu'elle disait, peu de chose pour le moment, nos noms peut-être, mais plus tard, dans l'intimité de leur compartiment, après quelques regards furtifs pour s'assurer qu'elle ne se trompait pas, elle raconterait.

« Le croirez-vous, ma chère... Maxim de Winter... c'est sa seconde femme... ils ont vécu à l'étranger pendant des années — il paraît qu'ils y étaient obligés... Manderley... Rebecca. Vous vous rappelez sûrement... »

Elle me rappela affreusement Mme van Hopper, posant sa fourchette et ajustant son face-à-main dans la salle à manger de l'hôtel à Monte-Carlo. « C'est Max de Winter... le propriétaire de Manderley. Vous en avez entendu parler, naturellement... »

Je posai ma main sur celle de Maxim, fis à la hâte une remarque sur la vue que l'on apercevait de la fenêtre — quelques mots anodins, je me souviens, sur les troupeaux de moutons. J'aurais tout donné pour qu'il ne s'aperçoive de rien ; la chose qu'il redoutait le plus au monde était que quelqu'un le reconnaisse. Et par mon geste, ma main effleurant la sienne, je voulais aussi le ramener à moi.

Il m'adressa un petit sourire. « Ce poisson est affreusement sec.

— Ça n'a pas d'importance, dis-je.

— Très bien. Contentons-nous de regarder les moutons. »

Je ris un peu bêtement et le vis hausser un sourcil, l'air soudain radouci. J'avalai une gorgée de vin, soulagée, emplie d'une brusque bouffée de bonheur, et je me tournai à nouveau vers la fenêtre. Le soir tombait.

« Nous sommes en Ecosse », dit Maxim, avec une intonation de gaieté dans la voix, une légèreté nouvelle.

L'Ecosse était un autre pays.

Nous passâmes cette nuit-là dans un petit hôtel de Dunaig, la ville la plus proche de la propriété dont Frank Crawley était le régisseur. C'était lui qui avait tout arrangé, estimant qu'il serait tard lorsque nous arriverions et que nous n'aurions pas envie de continuer. Il avait laissé un message nous prévenant qu'il viendrait nous chercher le lendemain, après le petit déjeuner.

La pluie avait cessé pendant les derniers kilomètres, il soufflait un petit vent aigre, et nous fûmes contents de nous retrouver au chaud, accueillis avec une discrète amabilité par la propriétaire. Hormis nous, seul un couple plus âgé séjournait à l'hôtel, les pièces à haut plafond aux meubles démodés invitaient à la détente, nous n'avions plus à nous inquiéter d'être reconnus.

Je me sentais dépaysée, comme dans nos hôtels à l'étranger, mais j'y étais habituée, après tout, habituée à ranger mes vêtements dans une de ces grandes armoires, sur des portemanteaux rembourrés que d'autres que moi avaient déjà utilisés, habituée à m'asseoir avec précaution au pied d'un lit nouveau, pour vérifier la dureté du matelas, habituée aux salles de bains anonymes, aux bruits de tuyauterie, aux rideaux trop minces ou trop épais, aux tiroirs qui s'ouvraient difficilement. Nous n'étions là que pour une nuit, puis nous séjournerions dans une maison, à nouveau.

Mais j'avais envie d'autre chose, pensai-je en plaçant mes pantoufles près de la table de chevet ; même si je me réjouissais de passer quelques jours chez Frank, de faire la connaissance de sa famille, j'en avais assez des chambres d'hôtel et des maisons d'autrui, je voulais ma maison. Je ne voulais plus passer ma vie en exil, déracinée, je ne voulais plus poser temporairement mes bagages, j'étais trop vieille pour ça. Je n'avais jamais eu de maison, pas depuis mon enfance. Il n'y avait eu que des hôtels et, pendant une brève période, Manderley.

Mais Manderley ne m'avait pas appartenu, là aussi je n'avais été qu'une visiteuse, sauvant les apparences, tolérée sans jamais me sentir chez moi.

Je m'attendais à passer une nuit blanche, trop d'ombres planaient sur moi. Je me sentais tendue et lasse, n'osant parler, par peur de laisser échapper un mot qui pourrait mettre Maxim en alerte. La couronne m'obsédait, elle était toujours là, reposant immobile et blanche dans mon esprit, m'obligeant à la regarder et, chaque fois que j'enfonçais ma main au fond de ma poche, sentant le tranchant de la carte, je frémissais, terrifiée. J'avais été stupide, stupide de la conserver. Pourquoi ne l'avais-je pas jetée dans le tas d'ordures du jardinier, pour qu'elle soit brûlée en même temps que les fleurs ?

Le visage de la femme me hantait, aussi. Je revoyais la lueur dans ses yeux au moment où elle nous avait reconnus, penchant la tête pour chuchoter fiévreusement.

Maxim avait raison. Nous n'aurions jamais dû revenir. Il en serait toujours ainsi, il y aurait toujours l'horrible couperet de la peur, la peur que quelqu'un nous voie, nous reconnaisse, parle, interroge, vienne briser notre paix.

Mais elle n'existait pas, cette petite paix fragile, transparente, nous ne l'avions jamais connue.

Voilà à quoi je songeais, le cœur serré, en face de Maxim, dans la sombre salle à manger de l'hôtel et, plus tard, dans notre chambre. Le vent ébranlait les croisées et frappait violemment la maison ; je n'avais pas entendu un vent pareil depuis des années. L'air du pays, dit-on, mais quel pays ? Nulle part.

« Pauvre chérie, tu es blanche de fatigue — tout ça était épuisant et je ne t'ai apporté aucune aide. Je t'ai laissée tout faire, comme un épouvantable égoïste. »

Maxim me tenait entre ses bras, affectueux, soucieux, tendre, soudain d'une autre humeur, comme cela lui arrivait souvent, sans plus aucune trace de cette noire mélancolie qui l'éloignait de moi. Et je me rendis compte que j'étais en effet éreintée, sans force, désorientée, et que j'avais mal à la tête.

Une fois allongée dans le lit, il me sembla voir la pièce basculer au-dessus de moi, les murs et le plafond bouger, se fondre l'un dans l'autre, mais je ne me sentais pas malade, c'était seulement la fatigue — la fatigue et un profond, un exquis soulagement.

Je dormis, comme jamais depuis une semaine, presque sans rêve, et je me réveillai dans un matin de givre, sous un ciel bleu glacé.

Dormir m'avait fait du bien — et j'étais sûre qu'il en était de même pour Maxim, car il était d'humeur plus légère, les rides qui marquaient ses yeux et sa bouche s'étaient adoucies ; ma détresse passagère de la veille, superficielle, s'était volatilisée en même temps que les nuages de pluie.

Frank arriva avant dix heures, dans une vieille Land Rover où s'entassaient plusieurs épagneuls et des accessoires de pêche derrière un grillage, pour nous conduire à travers le domaine, jusqu'à sa maison d'Inveralloch.

« Excusez-moi, dit-il en ouvrant les portières, c'est un peu rudimentaire — nous ne sommes pas d'un raffinement extrême par ici. »

Je le vis jeter un coup d'œil embarrassé vers Maxim, élégant comme à l'accoutumée, et sur ma jupe beige clair, mais l'arrière de la voiture avait visiblement été nettoyé et les sièges étaient recouverts de plaids.

« Il y a des kilomètres de campagne sauvage à

parcourir chaque jour et c'est particulièrement dur en hiver — nous avons généralement de la neige pendant quelques semaines aux alentours de Noël. »

Il paraissait prendre la situation avec philosophie et bonne humeur, et en le regardant, assis au volant de la jeep, je me dis qu'il avait trouvé son havre, qu'il était parfaitement heureux ; pour lui, les épreuves du passé étaient oubliées, les derniers liens avec Manderley définitivement coupés.

Pendant les soixante kilomètres du trajet, nous ne vîmes pratiquement pas une maison, à part Keeper's Cottage, un curieux pavillon de chasse. Nous franchîmes les larges mamelons des collines, sur une route étroite et défoncée, vîmes le soleil se lever, et autour de nous d'autres collines se déployer, l'une après l'autre, vers la chaîne lointaine des montagnes. La terre et les arbres avaient des teintes que je n'avais encore jamais vues, dont j'avais seulement lu des descriptions dans les livres, mélanges de bruyère et de tourbe, de violet profond, les sommets au loin traçant une ligne argentée. J'observai Maxim à une ou deux reprises. Il regardait avidement autour de lui, avec une attention que je ne lui avais pas vue depuis notre retour. C'était nouveau pour lui aussi, un autre monde, où les souvenirs n'avaient pas leur place, qu'il pouvait embrasser sans retenue.

Peut-être acceptera-t-il de rester, me dis-je, peut-être pourrons-nous vivre ici, ne plus jamais repartir, et, regardant autour de moi, je me demandai si ce paysage du nord de l'Ecosse pourrait un jour devenir notre pays.

Cela ne serait pas, et je le savais, je savais que nous étions ici en vacances, pour nous reposer, retrouver des forces, en suspens dans le temps et l'espace, que ça ne durerait pas, que ce n'était pas pour nous.

Pour aujourd'hui, en tout cas, nous étions parfaitement heureux. La journée s'écoula sans ombre, suivie de trois autres, tandis que l'automne écossais s'enveloppait d'or et de bleu, glissant, avec les derniers rayons du soleil, vers l'hiver.

Je n'avais jamais pensé retrouver un jour pareil bonheur. Maxim était redevenu un jeune homme ; dehors jusqu'à la tombée du soir, il partait à la pêche avec Frank, parcourait avec lui des hectares de landes, de bruyères et de forêts, il marchait, montait à cheval, chassait, le visage rougi par le plaisir et le grand air — l'ancien Maxim, gai, plus insouciant que je ne l'avais jamais vu.

La maison était peinte en blanc, située sur une éminence face au grand loch, dominant la vaste étendue d'eau dont la surface changeait de couleur douze fois par jour, passant de l'argent au gris acier, trouble, presque noire, en son centre. Devant, s'ouvrait une trouée entre les collines, un grand pan de ciel clair, et il y avait une île, non loin, la langue blanche d'une plage de galets, avec un appontement et deux barques ; derrière la maison, les talus de bruyère escaladaient les collines dénudées. Le village se trouvait à une douzaine de kilomètres, et il n'y avait pas de proches voisins. Le propriétaire du domaine résidait à l'étranger la plupart du temps, confiant à Frank la surveillance de la propriété et des ouvriers. Ils menaient une vie de famille unie, simple, avaient des petits garçons vigoureux, agiles, pleins de gentillesse à notre égard après leur réserve du début, et Janet Crawley, dont la jeunesse me frappa, était aussi vive et rapide d'esprit que chaleureuse.

Ce fut un intermède idyllique, comme une bulle dans le temps, nous contenant tous entre ses parois transparentes. Nous allâmes en barque sur le loch, accostâmes sur l'île pour pique-niquer, et je regardai Maxim et Frank jouer et s'ébattre avec les garçons, l'esprit léger, emplie d'espoirs et de projets. Nous marchions des kilomètres, tantôt Janet et moi seulement, tantôt tous ensemble, les garçons et les chiens toujours devant, infatigables, et chaque soir, Maxim et moi allions nous promener, paisiblement, sans éprouver le besoin de parler, et les fantômes regagnaient leurs ténèbres et n'osaient plus se manifester.

Ce fut moi qui les libérai, les appelai, qui ne pus les laisser en paix.

Les choses n'arrivent pas par hasard, nous forgeons nous-mêmes notre destinée, c'était ce que j'avais appris. Si je m'étais tue, si je n'avais constamment regardé derrière moi, le reste de notre existence se serait peut-être déroulé tranquillement, dans un calme serein.

Pourtant je ne crois pas être coupable. J'avais porté un fardeau, qui m'avait paru de plus en plus lourd, comme tous les fardeaux, jusqu'au jour où il m'avait fallu le déposer ou demander de l'aide. Je ne savais plus que penser, j'étais en proie à la plus grande confusion et à la peur, surtout, et j'avais de plus en plus de mal à le cacher.

« C'est merveilleux de voir Maxim comme ça », dit Frank. Nous avions parcouru en jeep la piste qui longeait le loch et montait vers les collines les plus hautes du domaine, et nous marchions maintenant — Frank devait repérer une harde de cerfs ; les autres étaient restés derrière, mais j'avais voulu l'accompagner parce que j'aimais chaque jour davantage ce pays, j'aimais m'y promener, regarder, découvrir ses humeurs, les changements de lumière et de temps, me laisser pénétrer par son ampleur et sa beauté.

Nous arrêtant pendant quelques instants pour reprendre notre souffle, nous contemplâmes le loch scintillant, sans rides sous le soleil des premières heures de l'après-midi.

« Il dort, aujourd'hui, avait dit le jeune Fergus au petit déjeuner, il va pas sortir. »

Le loch était vivant pour eux, une créature

étrange, imprévisible, dont les humeurs affectaient chacun des jours de leur existence.

« Je n'aurais jamais imaginé qu'il serait aussi bien — si détendu, en pleine forme. Plus jeune aussi — vous ne trouvez pas ? Vous devriez rester plus longtemps, madame de Winter, rien ne vous en empêche, n'est-ce pas ? Le beau temps est installé pour une semaine ou plus, l'hiver ne se manifestera pas avant novembre. »

Je ne répondis pas, je laissai mon regard embrasser la beauté qui m'environnait, aspirant de tout mon être à quelque chose que je n'aurais su nommer — le bonheur sans doute, tout simplement, un bonheur sans histoire, comme celui que Frank avait trouvé. « Lorsque nous avons parlé, après l'enterrement de Mme Lacey, vous m'avez demandé s'il existait une raison vous interdisant de revenir en Angleterre. J'y ai beaucoup pensé — je me suis posé la question. Et je suis convaincu qu'il n'y en a aucune. Vous vous sentez chez vous en Angleterre — je ne suis pas certain que cette sorte de vie vous convienne, à vous et à Maxim. Vous ne pourrez jamais retourner là-bas ; vous seriez plus heureux, plus tranquilles partout ailleurs, mais je ne crois pas que la vie à l'étranger puisse vous satisfaire à jamais ; je ne l'envisagerais pas pour moi-même, en tout cas, bien que je sache que Maxim s'y rendait souvent — et, bien sûr, que c'est là qu'il vous a rencontrée.

— Oui.

— Mais à le voir ces jours derniers, je me suis rendu compte qu'il est fait pour vivre chez lui, en Angleterre même sa tristesse à la mort de Mme Lacey n'y a rien changé, n'est-ce pas ? Il s'est débarrassé du passé — tout est resté derrière lui — derrière vous deux. Si votre séjour ici y est pour quelque chose, je m'en réjouis profondément. »

Un canard sauvage s'envola au loin, rasant le loch ; la ligne de l'horizon se teintait de violet, le soleil était encore haut dans le ciel. Des nuées de moucherons dansaient dans la chaleur.

La main enfoncée dans ma poche, je passais et repassais mon doigt sur le bord de la carte, machinalement, comme si je frottais une dent douloureuse. Je l'avais emportée avec moi sans jamais la sortir, sans y jeter un regard, n'osant la laisser nulle part, de peur que Maxim ne tombe dessus. J'aurais dû la brûler, bien sûr, ou la déchirer et l'enfouir dans le sol. Pourquoi ne l'avais-je pas fait ?

Frank me regardait. Silencieux.

Je m'éloignai de quelques pas, lui tournai le dos et levai la tête vers le versant où se tenaient les cerfs, ces grands animaux fiers et vifs, au pelage lustré.

Si je ne disais rien, rien ne serait réel. Si je ne parlais pas à Frank, tout cela resterait un fantasme, un cauchemar de plus.

Nous ne devons pas charger autrui de nos rêves, ils disparaissent à notre réveil.

Si je ne disais rien.

Je ne dis rien. Je sortis simplement la carte de ma poche et la tendis à Frank.

Puis, parce que je ne pouvais supporter de voir son expression, je me tournai à nouveau vers les cerfs.

C'est alors que j'aperçus l'aigle. Ce fut un spectacle que je n'oublierais jamais — le ciel bleu, le silence, le silence extraordinaire, et, sorti de nulle part, cet oiseau magnifique, prenant son essor, s'envolant au-dessus des rochers, un spectacle que les Crawley nous avaient promis, « avec de la chance », depuis le jour de notre arrivée. Mais tout était gâché, même cette joie simple et rare était altérée. Je crois que je n'ai rien ressenti, ni colère ni frustration, et certainement aucune surprise. N'y étais-je pas habituée ?

Je me tournai vers Frank, pourtant, et constatai qu'il avait vu l'oiseau lui aussi ; et, pendant quelques secondes, nous le regardâmes ensemble planer paresseusement en rond, sans effort, déployant ses ailes immenses, s'élevant à peine, mais nous ne fîmes aucune remarque. Il n'y avait plus rien à dire maintenant.

« Qui l'a envoyée ?

— Je l'ignore. Je me suis rendue seule sur la tombe et j'ai vu la couronne, sur l'herbe. Elle était très belle — des fleurs blanches entourées d'un feuillage vert sombre. Elle était — exactement ce qu'il fallait.

— Mais elle n'était pas arrivée à temps pour l'enterrement — nous l'aurions tous vue.

— Oh non, elle est arrivée plus tard. Elle a été envoyée séparément — envoyée ou déposée. Oui, déposée — quelqu'un est venu la déposer, à l'écart des autres. Avec cette carte. Frank — qui ? Qui ? Pourquoi ? »

Les mêmes questions qui dansaient dans ma tête, me harcelaient comme des moustiques depuis ce jour.

Le visage de Frank était tendu et grave. Il tourna la carte entre ses doigts une ou deux fois. Je frissonnai.

« Quelqu'un veut nous effrayer — ou nous faire du mal.

— Oh, je ne le pense pas, dit-il précipitamment, et je retrouvai le Frank des vieux jours, désireux de me rassurer. Mais pour quelle raison ?

— La haine.

— Mais personne ne vous hait, vous et Maxim — c'était il y a si longtemps. Et... » Il regarda à nouveau la carte. « Et Rebecca est morte.

— Oui.

— Frank, il faut que nous parlions. Vous devez me dire ce qu'on ne m'a pas dit. »

Son expression changea — se referma, brusquement soucieuse.

« Je dois savoir, Frank. Je dois protéger Maxim, par-dessus tout, mais il faut que je sache la vérité.

— Il n'y a vraiment rien à dire — aucun secret. J'en conviens avec vous, Maxim est heureux — plus heureux qu'il ne l'a été pendant des années. Il est soulagé de ses tourments — il ne doit jamais, jamais découvrir ce qui n'est manifestement qu'une méchante blague.

— Une *blague* ?

— Une mauvaise plaisanterie, si vous préférez.

— Vile, méprisable, pernicieuse, malveillante.

— Oui, je vous l'accorde. Malgré tout, je n'y attacherais pas beaucoup d'importance. Voulez-vous me confier cette carte et que je la détruise à votre place ? Ce serait plus prudent, sans aucun doute. »

Je contemplai la carte blanche dans sa main. Il avait raison, bien sûr, mieux valait lui laisser le soin de s'en occuper. Gentil, compétent, raisonnable Frank. Mais la carte m'attirait irrésistiblement, je ne pouvais détacher mon regard de la lettre noire, elle me fascinait, comme un maléfice.

« Ecoutez, je suis convaincu que c'est cette ordure de Jack Favell — il rôde encore quelque part, je l'ai rencontré pendant la guerre, j'ai vu son nom dans le journal, associé à une histoire de chantage et je ne sais quoi encore. Ce serait typique de sa part — il avait un esprit tordu, faux, et un humour noir. Je ne chercherais pas plus loin si j'étais vous. »

Jack Favell — je me détournai pour regarder le rocher en surplomb, retrouver mon calme, revenir à la réalité, vers ce qui était juste, beau et vrai... mais tandis que nous parlions si intensément, l'aigle avait disparu. Je ne le reverrais plus, pensai-je, je l'avais perdu, je ne pourrais plus me remémorer son vol majestueux sans me rappeler le reste — la carte, l'effort de Frank pour en diminuer l'importance, et cet autre nom, dorénavant.

Jack Favell. Le cousin de Rebecca, l'un des hommes qui gravitaient autour d'elle, l'un de ces hommes dont elle s'était amusée, cet ivrogne et ce débauché de Jack Favell. Je me souvins du jour où je m'étais trouvée seule avec lui dans le petit salon, de l'impression que j'avais ressentie en le voyant me dévisager insolemment des pieds à la tête : « J'aimerais bien avoir une aussi jeune épouse qui m'attende à la maison ! »

« Frank, dis-je en choisissant mes mots, je vous en prie, ne me cachez pas la vérité.

— J'espère ne l'avoir jamais fait.

— Me cachez-vous quelque chose à propos... à propos de Rebecca ? Quelque chose que l'on ne m'a jamais dit ?

— Non. Je vous en donne ma parole.

— Est-ce que... est-ce que ça (je désignai la carte) pourrait changer nos plans ? Signifier que nous ne pouvons revenir en Angleterre ? »

J'aurais voulu qu'il puisse tout arranger, organiser notre avenir ; je voulais désespérément croire ce qu'il m'avait dit, que la couronne était une horrible, une ridicule plaisanterie. Jack Favell. Oui, bien sûr, c'était tout à fait son genre. Il aurait ri, la salive aux lèvres, à cette idée, il aurait pris un plaisir extrême à l'exécuter. Je l'imaginais, écrivant la carte, la fixant sur le cercle de feuillage, demandant à quelqu'un de l'apporter — donnant les instructions, car il me paraissait improbable qu'il l'eût apportée lui-même au cimetière.

Jack Favell. Oui, bien sûr.

« Du moment que nous n'avons rien à craindre », dis-je à Frank. Le soleil s'était couché et un petit vent aigre courait dans la bruyère. Nous regagnâmes la jeep.

— Rien du tout. Laissez à Maxim un peu plus de temps — restez ici aussi longtemps qu'il vous plaira et ensuite, pourquoi ne pas louer une voiture et faire un tour en Angleterre, vous réhabituer, visiter des régions que vous ne connaissez pas...

— Oh oui, Frank, quelle idée merveilleuse ! Aucune raison ne nous en empêche, n'est-ce pas ?

— Je n'en vois pas. »

Son sourire était amical et visiblement soulagé quand il m'aida à monter dans la jeep

« Merci... », dis-je, et, dans un soudain élan de bonheur et de reconnaissance, je me penchai et l'embrassai sur la joue, retrouvant confiance grâce à lui, sentant se dissiper mon angoisse et ma peur, voyant à nouveau l'avenir se dessiner pour Maxim et moi.

Il rougit et referma la portière avec une précipitation qui me fit sourire. C'était exactement le genre de chose que j'aurais aimé raconter à Maxim, nous en aurions ri ensemble ; mais je n'en ferais rien, évidemment. J'étais tellement soulagée, Frank m'avait assuré que tout irait dorénavant — il savait toujours si bien dissiper mes soucis, dédramatiser les choses.

Mais mieux valait ne rien dire de tout ça ; mes soucis, mes inquiétudes, mes peurs — et leur raison — devaient rester cachés.

« Je suis si contente d'avoir vu l'aigle — Maxim va être jaloux.

— Sûrement...

— J'aurais seulement aimé que ce fût... à un autre moment...

— Oui.

— Et qu'il se soit trouvé là et...

— Je comprends.

— Frank, pensez-vous qu'il puisse arriver quelque chose d'autre ?

— Dieu seul le sait.

— S'il s'agit bien de Jack Favell.

— J'en mettrais ma main à couper.

— Oui, oui, je pense que vous avez raison.

— N'y pensez plus. C'est un geste méprisable, mais ne vous laissez pas ronger par ça — il en serait trop heureux.

— Non, non, je vais essayer. Merci, Frank.

— Etes-vous plus rassurée, à présent ?

— Oui, dis-je. Oui, bien sûr. »

Le mensonge me vint facilement aux lèvres, parce que j'y croyais.

Nous descendîmes la route en pente raide vers le loch et la longue maison blanche, accompagnés par les nuages qui s'amoncelèrent soudain si vite au-dessus de nos têtes que, lorsque nous atteignîmes la porte d'entrée, des trombes d'eau s'abattirent sur nous, nous aveuglant à demi. Maxim lisait le *Moonstone,* installé auprès d'un feu pétillant, et les petits garçons construisaient une cachette dans l'un des vieux appentis. Plus tard, Frank emmènerait Janet faire des courses à Dunaig. Tout semblait paisible, normal, c'était un univers tellement heureux, protégé, qui se suffisait à lui-même. Je m'y sentais en sécurité, personne ne pouvait nous y atteindre, j'aurais voulu rester ici, toujours.

Mais nous ne le pouvions pas et, par ailleurs, l'idée de Frank me trottait dans la tête ; j'avais refoulé dans un coin de mon esprit la couronne et la carte, suivant son conseil, et élaboré le projet d'aller explorer, visiter une Angleterre que nous ne connaissions pas. Explorer, oui, voilà ce que je voulais faire — me promener, tout regarder, jusqu'à ce que nous trouvions un endroit où vivre. J'ignorais où, j'avais seulement la certitude que lorsque nous le trouverions, je le saurais.

Je voulais choisir le bon moment pour aborder le sujet avec Maxim. Pas tout de suite, pensai-je, le regardant lire en face de moi, écoutant un cri à l'extérieur, des pas, un autre cri, les petits garçons occupés à leur jeu. Nous aurons la même vie, pensai-je, nous aurons ça aussi. Maxim leva les yeux, sourit, mais distraitement, plongé dans sa lecture. Je ne pouvais pas l'atteindre, pas encore. D'autre part, j'avais besoin d'être sûre de moi — je craignais tellement de voir le piège se refermer brusquement sur mes petits projets, mes fragiles espoirs, de l'entendre m'opposer un refus cassant, l'air crispé et préoccupé, à nouveau rongé par un passé qui nous interdisait de rester, nous obligeait à fuir de nouveau.

Chapitre 9

Mais il n'en fut rien. Pas au début. Nous eûmes droit à notre part de soleil, les maléfices se dissipèrent, nous laissant un sursis, et je pus chérir mes espoirs et mes rêves, les dorloter, les réchauffer au creux de mes mains, afin que la flamme continuât de briller.

La semaine suivante, je fus heureuse comme je crois ne l'avoir jamais été de ma vie. Chaque matin à mon réveil et chaque soir avant de m'endormir, résolument, je chassais la couronne de mes pensées et m'aperçus qu'avec un peu d'application, il était simple en réalité de détourner mon esprit du passé, de tourner la page — seul importe le présent, me répétais-je, trop précieux pour être gâché, seul compte notre bonheur actuel.

Et les jours glissèrent lentement, nonchalamment, vers l'hiver, comme les feuilles mortes se détachent des arbres ; la lumière dorée s'attardait sur la campagne, filtrant à travers les branches nues, adoucissant les lignes et les angles des maisons. A l'aube, des pans de brume montaient de la terre, des rivières et des marais, et il y avait quelquefois de légères gelées la nuit, la nouvelle lune apparut, au-dessus d'un houx, Vénus scintillant à ses côtés, il y eut des couchers de soleil et de douces et paisibles nuits où nous restions éveillés, attentifs au cri des chouettes.

Maxim avait retrouvé des allures de jeune homme, il montrait une allégresse et un entrain que je lui avais rarement vus, et je me sentais légère, insouciante, avec lui.

Nous passâmes une nuit de plus chez les Crawley et, comme l'avait suggéré Frank, nous partîmes dans une voiture de location, traversant rapidement l'Ecosse, dont Maxim se lassa rapidement — ce n'était pas ce qu'il lui fallait--, flânant ensuite, empruntant une route au hasard, nous arrêtant au gré de nos envies. Les collines et les landes dénudées des comtés du Nord, les régions de moutons, puis des champs et des bois plus riants et, plus au sud, de longues étendues de campagne vide, des villages épars, des petits bourgs aux maisons de pierre — tout nous semblait beau et accueillant, et serein sous le soleil.

Je m'étonnai que Maxim connût si peu l'Angleterre, il était toujours resté dans la région de Manderley et avait surtout voyagé à l'étranger. Pour ma part, je n'étais allée presque nulle part — tout me paraissait merveilleux et c'était avec une joie partagée que nous partions chaque jour en exploration.

Je ne parlais pas d'avenir. C'était inutile, Maxim n'ignorait rien de mes souhaits. Mais, au fil des jours, je commençai à croire qu'il nourrissait les mêmes espoirs, et mes aspirations prirent forme, dépassant le stade du rêve.

Nous reviendrions, sûrement, il n'existait plus aucun danger, plus aucune incertitude. Bientôt, nous serions de retour pour de bon.

Non. Je n'en parlais pas, mais je ne m'attendais pas à trouver si vite la maison où je sus immédiatement que nous allions vivre, pas avec une telle évidence, pas si vite. Je fus attirée vers elle, presque inconsciemment, comme par l'amour — et c'était la même chose en réalité, une sorte de coup de foudre.

Nous nous trouvions dans cette partie de l'Angleterre qui s'étend à l'abri des collines des Cotswolds, un pays d'arbres et de champs quadrillés, de riches pâturages parcourus de clairs ruisseaux, de villages somnolents où la vie poursuit doucement son cours. Ici aussi, nous étions parfaitement heureux, rien ne venait troubler notre paix, les seules ombres étaient celles qui s'allongeaient sur le sol.

Maxim conduisait nonchalamment, le bras posé sur la fenêtre ouverte, et nous parlions de tout et de rien, plaisantant, désignant un cottage ici ou là, un paysage, riant comme des enfants. Oui, nous étions des enfants, rattrapant toutes les années où nous avions été trop vieux.

Une fois, une seule fois, Maxim fit une remarque qui résonna en moi comme l'écho lointain d'une cloche réveillant ma mémoire, soudain menaçant.

Nous venions de descendre de voiture, devant un petit hôtel que nous avions déniché, dans le soleil de fin d'après-midi, et, au moment où je prenais ma valise des mains de Maxim, jetant un regard sur la place du village, sur les maisons couleur de beurre frais et le clocher de l'église, à l'arrière-plan, je m'exclamai : « Oh, comme je suis heureuse d'être ici — j'aime tellement cette partie de l'Angleterre ! »

Maxim me regarda avec un demi-sourire.

« Toi aussi, n'est-ce pas ? demandai-je.

— Oui. Sans doute parce qu'elle est aussi éloignée que possible de la mer. » Et il pivota brusquement sur lui-même et pénétra devant moi dans l'hôtel. Je restai un moment figée sur place, en arrière, le regardant d'un air stupide, sans comprendre la raison de cette réflexion, inquiète qu'il pût ressasser en secret de vieux souvenirs : la mer, la grève de Manderley, le bateau, la noyade de Rebecca.

Mais lorsque je le suivis dans le froid et sombre petit vestibule, imprégné d'une odeur de feu de bois, lorsque je lui effleurai le bras et levai les yeux vers lui, aucun trouble ne se lisait plus sur son visage, il posa sur moi un regard serein et dit d'un air enjoué que nous avions eu de la chance de trouver cet endroit.

Comment, d'ailleurs, ne pas être heureux ici ?

Lorsque je le revois en esprit, aujourd'hui, comme cela m'arrive fréquemment — j'ai davantage la mémoire des lieux que celle des visages, même des visages des êtres qui m'ont été proches —, lorsque je me revois devant la table qui servait de bureau de réception, avec la petite cloche de cuivre et le livre d'or des visiteurs relié de cuir vert, je sais qu'à moins d'un hasard funeste ce souvenir restera en moi intact.

C'était un gros village, ramassé autour d'une place gazonnée en pente douce, avec deux grands chênes majestueux au centre et, à l'extrémité, un ruisseau qui courait sur les galets et sous un pont enjambant la route près de l'hôtel.

Avec le temps, nous étions devenus familiers de la vie d'hôtel, accoutumés à apprécier une chambre du premier coup d'œil, à prendre la mieux située ou la plus calme, à nous tenir repliés à l'écart, demandant une table éloignée de la porte, dans un coin où nous n'étions pas exposés aux regards — c'était devenu une habitude, et il m'arrivait de la haïr, d'avoir envie de m'avancer en plein milieu, la tête haute, avec défi, car de quoi avions-nous honte, qu'avions-nous à cacher ?

Mais je n'en fis jamais rien, bien sûr, par amour pour lui, parce qu'il était excessivement sensible à un regard, à une lueur d'interrogation, je ne me serais jamais permis d'attirer l'attention sur nous. L'hôtel ne comportait que huit chambres, mais les gens venaient y dîner, nous dit-on ; la salle à manger était un peu en contrebas, donnant sur un jardin orné d'un bassin de pierre au milieu, et de rosiers dont les dernières fleurs grimpaient sur les hauts murs ; il y avait des petits salons intimes, avec de vieux fauteuils confortables et de profonds sofas, des cheminées, des banquettes près des fenêtres à petits carreaux, il y avait une horloge qui carillonnait et une autre au lourd tic-tac, et un vieux labrador près du foyer, qui se leva péniblement à notre vue et se dirigea vers Maxim, pressant son museau blanchi au creux de sa main, s'appuyant contre lui. Ça aussi, ça lui avait manqué, pensai-je, en voyant Maxim se pencher pour le caresser, comme m'avait manqué un chien avec lequel arpenter la campagne, un fidèle compagnon auprès du feu, toutes ces joies auxquelles nous avions dû renoncer et que nous pourrions retrouver. J'adressai au ciel une prière :

Faites que nous revenions. Faites que nous revenions.

Je n'avais pas demandé à Maxim quelles étaient ses intentions, je n'avais pas osé. Je supposais qu'il nous faudrait retourner chez Beatrice, revoir Giles et Roger. Je savais que nous repartirions à l'étranger, car nous avions laissé toutes nos affaires dans notre chambre d'hôtel sur le lac. Mais mon rêve, que je laissais flotter à l'arrière-plan de mon esprit, était d'y rester juste le temps nécessaire, d'empaqueter nos effets que nous ferions expédier chez nous — j'ignorais encore où serait ce « chez-nous ». Peu importait, je ne voulais pas y penser, nous louerions une maison quelque part, jusqu'à ce que nous trouvions où nous installer. L'essentiel était de revenir.

Mais je craignais d'exprimer mon rêve, je me contentais d'espérer, de prier en secret.

Nous passâmes trois nuits délicieuses dans notre hôtel, seulement troublées par le murmure du ruisseau roulant sur les pierres, et tous les jours nous allâmes nous promener dans la campagne, marcher, visiter, profitant des derniers feux du soleil.

Le quatrième jour, nous prîmes la voiture et parcourûmes une trentaine de kilomètres, sur des petites routes qui serpentaient entre des haies basses, le long de champs bordés de bois et de bosquets où se mêlaient chênes, bouleaux, châtaigniers, frênes et ormes, certains dénudés, d'autres vêtus de leurs dernières feuilles, montant et descendant les côtes, nous arrêtant pour manger du pain et du fromage dans de petites auberges, flânant au hasard des chemins. Les haies étaient encore couvertes de mûres et de prunelles, le blé était fauché depuis longtemps et la terre avait repris sa couleur brune, ici et là se dressait une meule de paille et, dans les jardins, les rames de haricots s'étaient recroquevillées sous le froid de la nuit, les hommes ramassaient les pommes de terre dans les champs, partout brûlaient des feux de bois, à l'infini.

A un croisement, nous nous engageâmes sur une route bordée de hauts arbres formant une voûte au-dessus de nous ; au-delà, entre les troncs gris, s'étendaient à nouveau la campagne, le ciel bleu, la lumière du soleil.

Maxim stoppa la voiture. « Où sommes-nous ?

— Je ne sais pas.

— Nous sommes passés devant un poteau indicateur.

— Je suis désolée. Je n'ai pas regardé. »

Il sourit. Il sait, pensai-je, je n'ai pas besoin d'en dire davantage. Il connaît mes rêves.

La route montait en pente raide devant nous, puis tournait et disparaissait. Un chemin plus étroit partait à notre droite, grimpant entre des talus moussus.

« Par ici », dis-je. J'ignorais pourquoi. Il n'y avait aucune indication, mais ce n'était pas le hasard, je le savais, quelque chose me guidait.

« Nous sommes déjà perdus. Nous risquons de nous égarer davantage.

— C'est impossible — du moins pas vraiment. Nous sommes à moins de trois kilomètres du dernier village, d'où nous pourrons facilement retrouver notre chemin, c'est très bien indiqué.

— Contrairement à ici, dit Maxim, démarrant à nouveau.

— Oh, tant pis. » Je me sentais soudain légère, insouciante. « Continuons. »

Nous continuâmes.

Le chemin s'enfonça, se retrécit entre les hauts

talus, bordés de troncs noueux vert-de-gris, puis monta en pente raide. Les arbres ici étaient plus hauts. Je les imaginais, l'été, emmêlant leurs frondaisons, formant une voûte feuillue et sombre.

Et brusquement le chemin déboucha dans une clairière en demi-cercle. Nous nous arrêtâmes près d'un panneau écaillé aux lettres verdies.

Je sortis de la voiture et me dirigeai vers lui. Je levai la tête. On n'entendait pas un bruit, hormis, de temps en temps, le froissement soyeux d'une châtaigne ou d'une brindille tombant sur le tapis de feuilles mortes. Maxim resta un moment dans la voiture.

Ce fut alors que j'en eus la certitude, avec cet étrange sixième sens, cette conscience à la fois absolue et indéfinissable du futur qui s'empare quelquefois de moi. Je n'avais rien vu, je me tenais seulement au pied d'un poteau indicateur au milieu d'un chemin.

Et pourtant je savais. Je ressentais au plus profond de moi une conviction, une excitation qui ne trompaient pas.

C'était là — nous l'avions trouvé —, à quelques mètres, tout près.

Le panneau indiquait un sentier, presque une piste entre les arbres, boueuse, recouverte de feuilles.

« Cobbett's Dale. »

Je prononçai le nom secrètement, l'articulai en silence, m'exerçai.

Cobbett's Dale.

Je savais.

Je fis signe à Maxim de me rejoindre.

Nous marchâmes sur une couche d'humus pendant une centaine de mètres. Le sentier descendait en pente raide et nous avancions prudemment, nous retenant l'un à l'autre. Un écureuil sauta entre deux branches au-dessus de nos têtes, seul avec le bruit de nos pas à rompre le silence autour de nous.

Jusqu'où allions-nous descendre ? Je n'osais songer à la remontée.

Gardant les yeux fixés au sol, attentive à l'endroit où je posais les pieds, j'aperçus en premier la fin du sentier et la lumière du soleil qui perçait à travers les dernières branches des arbres.

Je levai la tête.

Un chemin, étroit et mal entretenu, menait à de hautes et élégantes grilles de fer forgé entre deux piliers de pierre. Nous nous en approchâmes, retenant notre respiration, silencieux, les yeux écarquillés.

En contrebas, au bout d'une allée, blottie dans un creux entouré de pentes herbeuses, se dressait la plus exquise des maisons que j'eusse jamais vues — plus belle à mes yeux que Manderley, car moins majestueuse, moins imposante, une maison selon mon cœur. Je fermai les yeux, les rouvris, m'attendant presque à ce qu'elle eût disparu, qu'elle fût le fruit d'une illusion, née de mes seuls désirs ; et elle était encore là, immobile au soleil, telle une demeure de conte de fées, non pas un château imaginaire avec tours et tourelles, mais un manoir d'une ravissante couleur rose couronné de cheminées. Elle était entourée de pelouses et de roses, de pergolas, de fontaines et de petits bassins d'ornement, et pourtant l'ensemble semblait délaissé, envahi par les herbes, non pas à l'abandon, repris par la nature, simplement négligé, comme si les propriétaires ne parvenaient plus à l'entretenir. La cuvette de verdure ponctuée d'arbres s'élevait en pente douce sur les bords, les cheminées et les murs de brique se teintaient d'ocre pâle et de rouge, d'orange et d'abricot, comme les murs et les toits d'une villa italienne.

Il n'y avait aucun signe de vie, aucun aboiement, aucune fumée. Cobbett's Dale était désert, mais pas un instant je ne pensai que ses propriétaires avaient définitivement cessé de s'en occuper.

Nous restâmes main dans la main, retenant notre

souffle comme des enfants dans un bois enchanté, partagés entre l'effroi et l'admiration. Nous avions fréquemment vu de superbes demeures, durant notre périple, des gentilhommières, des manoirs, des châteaux, impressionnants, fastueux, et j'avais détourné les yeux, tourné le dos, m'enfuyant. Ces demeures n'éveillaient rien en moi, la vie qu'on y menait n'était pas pour nous. Mais cette maison-là était d'une autre sorte.

Bien qu'elle fût de bonnes dimensions, elle ne donnait pas une impression de grandeur, elle vous invitait à entrer, accueillante, avenante. Déserte, silencieuse, envahie par la végétation, elle avait malgré tout un aspect joyeux et chaleureux.

Je rêvais, immobile, et la maison nous englobait tous dans mon rêve ; je voyais Maxim s'avancer dans l'allée, les enfants escalader les pelouses en pente jusqu'au pré où broutaient les moutons, j'entendais leurs cris, je les regardais venir vers moi, agenouillée dans le jardin, désherbant les plates-bandes.

Je voyais la fumée s'échappant en volutes de la cheminée et un poney brun ébouriffé près de la vieille barrière, à l'arrière de la maison.

Je serais heureuse ici, j'en étais intimement persuadée, parce que j'en ferais ma maison, je l'arrangerais à mon goût, avec l'accord de Maxim. Je n'avais jamais eu de maison, en fait, pas une fois dans ma vie, et celle-ci serait à moi, comme Manderley ne l'avait jamais été. Il avait appartenu à d'autres, à Maxim et à sa famille tout au long des générations précédentes, et à la moitié des gens du comté, aux domestiques. A Mme Danvers. A Rebecca. Il ne m'avait jamais appartenu.

Mais je ne le regrettais pas, aujourd'hui, Manderley ne m'importait plus, il avait disparu, il s'était simplement éteint comme une bougie, dissipé en fumée.

Celle-ci, pensai-je, incapable de détourner les yeux, regardant la lumière s'assombrir et les couleurs changer tandis que s'allongeaient les ombres de l'après-midi, celle-ci m'appartiendrait — nous viendrons y vivre. Je le savais.

C'était une sorte de folle espérance, un fantasme qui avait sur moi plus d'emprise que la réalité, une aspiration calme, résolue. Je ne doutais pas, ma certitude d'avoir dorénavant trouvé ma maison, de savoir que tout, un jour, se mettrait en place, était claire et absolue.

Je dis : « J'aimerais y entrer.

— C'est impossible. Il y a un cadenas sur la grille.

— La barrière est cassée — regarde, un peu plus loin.

— Non. »

Mais il ne se détourna pas. Il resta derrière moi, la main sur mon épaule, et j'aurais parié qu'il éprouvait la même émotion que moi.

« Allons-y », dis-je, et je grimpai avec précaution sur le talus, longeant la barrière, sans jamais quitter la maison des yeux. Après un court instant d'hésitation, Maxim me suivit et, jetant un regard derrière moi, je m'aperçus que lui aussi semblait sous le charme. Oh, les rêves qui accompagnèrent cette journée ! Les espoirs que je caressai, l'univers dans lequel je pénétrai ! Je m'en souviens si distinctement.

Nous contournâmes l'aile est de la maison ; le jardin y semblait encore plus négligé. Un fouillis de rosiers grimpants et de chèvrefeuilles montait à l'assaut d'une vieille pergola, une glycine noueuse entrelaçait ses branches sur une autre et, entre les piliers, une allée menait à un portail. Plates-bandes et bordures étaient envahies par les mauvaises herbes, et pourtant quelqu'un s'était occupé du jardin il n'y avait pas si longtemps, sa remise en état serait une tâche facile. Je m'imaginais aménageant, repiquant, mélangeant, consacrant au jardin toute mon énergie avec, peut-être, l'aide d'un homme de la région. Deux étés suffiraient à lui redonner toute sa splendeur.

Il y avait des écuries à l'arrière de la maison, une cour pavée ornée, au milieu, d'une statue d'enfant agenouillé, et une vieille charrette à côté d'une brouette démantibulée ; il y avait aussi une serre dont plusieurs panneaux étaient cassés, et un rouge-gorge chanta pour nous du haut d'une branche.

Je levai la tête vers les mansardes du dernier étage. Le soleil déclinait, s'éloignant de la maison.

« Maxim...

— Ils ont dû s'absenter pour la journée.

— Non, dis-je. Non, ils ne se sont pas absentés. Il étaient là encore récemment, sans doute, mais ils sont partis. »

Je le regardai. Une soudaine mélancolie voilait ses traits, comme s'il se réfugiait dans la tristesse. Il me parut vieux brusquement ; il ne pourrait jamais véritablement quitter le passé, parce qu'il ne le voulait pas.

Je lui tournai le dos, Cobbett's Dale était plongé dans l'ombre, à présent, les murs de brique rose et les allées de pierre se teintaient de gris, et je sentis sourdre en moi un amour irrésistible, résolu. Ce que je voulais désormais, je le voulais pour moi, et je m'étonnai, m'effrayai, même, de ma propre détermination.

Maxim m'avait laissée. Il rebroussait chemin lentement, la tête penchée, sans jeter un seul regard vers la maison. Il n'en parlera pas, pensai-je, nous partirons sans rien dire, nous allons remonter en voiture, nous éloigner, et demain ou le jour suivant, nous nous en irons pour toujours, je ne me heurterai à aucun refus, mon rêve restera simplement incompris, et aucune allusion ne sera jamais faite à cette maison. Ce sera sa façon de traiter la question. Le ressentiment et l'amertume s'insinuèrent en moi, se mirent à bouillonner. Soudain, je m'apitoyai sur mon sort, déjà envahie par un affreux sentiment de perte, incapable de revenir à la réalité, perdant tout sens commun.

La côte était rude jusqu'à la clairière où nous avions laissé la voiture, et Maxim marcha devant moi sans se retourner. Une seule fois, m'arrêtant pour reprendre haleine, je me retournai et jetai un dernier regard à travers l'échappée entre les arbres ; la maison reposait là, silencieuse, fermée sur elle-même, perdue dans les ombres, mais le dernier rayon du soleil couchant effleurait trois ou quatre cheminées sur l'aile ouest et les enflammait.

La joie et l'espoir m'avaient quittée. J'avais froid, soudain.

Il faisait froid, aussi, dans la voiture. Je serrai mes mains l'une contre l'autre pour les empêcher de trembler. Maxim n'avait pas ouvert la bouche. Il était assis, comme s'il attendait quelque chose. Je le regardai.

« Nous arriverons sans doute trop tard pour le thé, dis-je d'un ton morne. J'aimerais prendre un bain chaud lorsque nous rentrerons. »

Maxim prit mes deux mains et les pressa entre les siennes.

« Pauvre chou, dit-il, en me regardant avec une immense tendresse, une infinie affection, comme autrefois. Tu fais ton possible pour me protéger, me préserver, en pure perte, tu voudrais me dissimuler tes désirs, ce que tu ressens, et tu n'y arrives pas.

— Que veux-tu dire ? fis-je, en me rebiffant, au bord des larmes. Je ne comprends pas de quoi tu parles. Partons, je suis gelée.

— Je te connais, continua-t-il, sans lâcher mes mains. Je te connais si bien.

— Ne me parle pas comme si j'étais stupide, comme si j'étais une pauvre petite chose idiote qu'il faut écouter avec indulgence et condescendance.

— Tu as raison. Pardonne-moi.

— Maxim...

— Non, tu as parfaitement le droit de protester.

— C'est juste...
— Je sais.
— Tu sais ?
— Cobbett's Dale, dit-il, songeur. Quel nom étrange. Qui était Cobbett, à ton avis ? »

Je ne répondis pas, je ne voulais pas me perdre en conjectures, comme s'il s'agissait de n'importe quelle maison découverte par hasard par un touriste de passage. Nous allions partir, nous ne la reverrions plus. C'était tout. J'aurais préféré mille fois ne l'avoir jamais vue.

« Tu as raison en ce qui concerne le thé.
— C'est sans importance.
— En effet, mais j'avoue que j'en aurais bien pris une tasse.
— Je suis désolée, c'est ma faute.
— Mais non. Pourquoi ?
— Nous nous sommes attardés trop longtemps. Tu aurais dû me prévenir, me dire qu'il fallait rentrer.
— Je n'ai pas voulu. Bon, puisqu'il nous faut faire une croix sur le thé, utilisons intelligemment le temps qu'il nous reste.
— Que veux-tu dire ? »

Il me lâcha la main et mit le contact.

« Nous sommes passés devant une ferme, te souviens- tu ? A trois cents mètres environ du croisement, juste avant de nous perdre. Elle avait pour nom Home Farm. » Il fit habilement demi-tour dans la clairière. « Nous pourrions nous y arrêter et poser quelques questions. Tu apprendrais ce que tu veux savoir sur Cobbett's Dale. »

Ils nous offrirent du thé, fort et sucré, dans leur plus beau service de porcelaine, et des tranches de cake tout chaud avec du beurre. Nous étions les bienvenus, nous dirent-ils, peu de visiteurs passaient par là, c'était calme dans le coin, toujours calme. C'est ce que j'apprécie, faillis-je dire, nous sommes des gens calmes, qui aspirent à la tranquillité.

Maxim s'entretint avec le fermier, de la moisson et des moutons, de la traite des vaches, de l'entretien des arbres, et du manque de main-d'œuvre dont ils avaient souffert après la guerre, des fermages et de la chasse ; il fit le tour de la ferme, arpenta les champs, visiblement heureux. C'était ce qu'il avait toujours aimé à Manderley, faire le tour de la propriété avec Frank, visiter les fermes et les cottages, sachant d'instinct comment parler aux gens, de plain-pied avec eux, alors que j'étais toujours restée trop timide et gauche, incertaine du rang qu'il me fallait tenir.

Je restai dans la cuisine avec la fermière, Mme Peck, savourant mon cake, réchauffant mes mains au-dessus de la tasse de thé, le cœur à nouveau gonflé d'espoir. Dans la cour, les poules picoraient, un bambin s'avançait vers elles, d'un pas hardi. Nous viendrons souvent ici, me dis-je, j'y amènerai les enfants, nos enfants, ils observeront les animaux, aideront à nourrir les cochons, iront se promener dans les champs parmi les premiers agneaux. Ces gens seront nos voisins.

Elle me servit une seconde tasse de thé, remplit la théière avec l'eau de la bouilloire posée sur le fourneau, et l'agita tout en parlant.

« Il y a eu la guerre, dit-elle, et la vie est devenue plus difficile, et ensuite, bien sûr, on a manqué de main-d'œuvre, les hommes ont dû partir, il ne restait que les jeunes gars. Puis, pendant un temps, on a eu des prisonniers de guerre, qui venaient du camp. Des Italiens, ils ne comprenaient pas un mot d'anglais et un ou deux seulement faisaient des efforts pour parler. Parce qu'ils n'étaient pas chez eux, je suppose, et à cause de l'éloignement, aussi. On doit se sentir complètement perdu. »

Oh oui — on se sent perdu. Terriblement.

« Il y en a un qui a voulu planter une vigne, vous auriez dû voir ça, il a essayé de la faire pousser, et elle a grimpé, sur le côté là-bas, à l'abri du vieux mur.

Mais les raisins n'étaient que des grains noirs et acides, vous savez...

— Est-ce qu'ils reviendront, pensez-vous qu'ils rouvriront la maison ? » L'horloge marquait le temps dans la cuisine, un lourd tic-tac, à l'unisson avec les battements de mon cœur.

« Le vieux couple... ? Non, non. Je voyais bien qu'ils ne s'en sortaient pas, bien avant qu'ils ne l'admettent eux- mêmes. On pouvait rien leur dire. Il fallait qu'ils s'en rendent compte tout seuls. C'était pas chez nous. »

Elle était assise en face de moi à la table de la cuisine. Une belle femme, au visage large, couronné d'un fin halo de cheveux auburn. J'éprouvais de la sympathie pour elle. Je m'imaginais assise à cette même place un après-midi, bavardant, me confiant à elle, m'instruisant sur la maison, le jardin, les enfants ; car j'avais l'intention de m'en occuper moi-même, avec l'aide d'une fille de la région, et quelqu'un à la cuisine — je ne voulais pas d'une armée de domestiques à la maison, comme à Manderley, une hiérarchie redoutable et intimidante.

« Non, ils ne reviendront pas. »

Mon cœur fit un bond dans ma poitrine.

« Il y a le fils, bien sûr, M. Roderick. Quand il aura fini son service militaire, je pense qu'il viendra rouvrir la maison. Il a une sœur aussi, mais elle est mariée et elle a sa maison. Ça m'étonnerait qu'elle s'intéresse à celle-là. Non, ce sera M. Roderick. Il nous écrit de temps en temps, pour demander ceci ou cela. Et bien sûr, M. Tarrant, le régisseur, c'est lui qui s'occupe de tout. »

J'entendis un cri dans la cour et vis le bambin trébucher sur les dalles ; la femme sortit de la pièce pour aller le relever et le consoler. Maxim et le fermier étaient revenus, ils bavardaient près de la porte. Le ciel était bleu turquoise, strié d'écheveaux indigo et violet. Le soleil déclinait rapidement. A l'autre extrémité de la cour, la truie reniflait bruyamment dans son auge.

Je ne voulais pas m'en aller, je ne voulais pas que finisse cette journée. Je me retournai et les vis nous saluer tandis que la voiture s'éloignait, et je continuai à regarder derrière moi, longtemps après que nous fûmes partis, longtemps après qu'ils eurent disparu de notre vue.

DEUXIÈME PARTIE

Chapitre 10

Chaque matin, chaque soir, durant les premières semaines de notre mariage, je m'étais assise en face de Maxim à la table de la salle à manger, dans un tel état d'exaltation, avec une telle sensation d'irréalité que j'avais besoin de regarder mon poignet ou mes doigts, de trouver un prétexte pour aller contempler mon visage dans un des miroirs du vestibule, cherchant à me raccrocher à quelque chose de familier. Je n'étais jamais parvenue à croire complètement que j'étais ici, dans ces lieux, de plein droit, naturellement, que Maxim m'avait épousée, que j'étais véritablement Mme de Winter. Je me souviens de tables près de hautes fenêtres donnant sur la lagune vénitienne, de tables en plein air sur des petites places pavées, éclairées par des bougies, de tables au soleil, tachetées par l'ombre des arbres au-dessus d'elles, je revois les taches colorées des mets sur les assiettes blanches, les galons de l'uniforme d'un serveur. Rien de tout ça n'est réel, pensais-je alors. Qui suis-je ? Où suis-je ? Ce n'est pas moi qui suis ici, je suis une autre, un tel bonheur est impossible. Je finis par m'habituer à cette sensation, mais elle ne me quitta jamais vraiment, et par la suite, lorsque nous arrivâmes à Manderley, ce fut un sentiment d'irréalité différent qui m'envahit.

Aujourd'hui, assise à une autre table, près d'une grande cheminée de pierre où brûlait une joyeuse flambée, en face de Maxim dans notre hôtel de campagne, sous le cercle de lumière de la lampe avec son abat-jour de parchemin, j'éprouvais cette même impression de vivre un rêve, cherchant désespérément à comprendre ce qui m'était arrivé. Nous ne nous cachions plus, nous n'étions plus cramponnés l'un à l'autre, préservant notre intimité, prenant garde aux paroles que nous prononcions, aux étrangers, aux rappels du passé. Nous étions libérés de nos fantômes, nous avancions en pleine lumière.

Nous reviendrions en Angleterre, je le savais. Il n'était plus besoin de fuir. Maxim avait dû faire face, il n'y avait pas d'autre issue, mais le pire était passé, la brûlure du souvenir s'était estompée.

Cobbett's Dale reposait au fond de ma mémoire, rose, exquis, blotti dans son écrin de verdure, je me retournais en secret pour le regarder, et la joie me submergeait. Il n'y avait aucune raison pour qu'il soit un jour à nous, mais je savais qu'il le serait ; je le voulais si fort que mon vœu finirait par se réaliser. Jamais auparavant je n'avais été en proie à une telle conviction. J'y croyais avec passion, comme une convertie croit en sa religion, j'étais sûre d'arriver à mes fins.

La cuisine était délicieuse et, contrairement à nos premiers dîners ensemble, à l'époque où j'étais trop heureuse, trop exaltée pour avoir faim, je mangeai ce soir avec entrain, détendue et confiante. Il y avait de la truite grillée au menu, et du faisan rôti, à la peau sombre et croquante, des pommes de terre soufflées saupoudrées de persil, et une savoureuse tarte aux pommes, garnie de raisins secs.

Nous mangeâmes lentement, bûmes une bonne bouteille de bordeaux, contemplant le feu dans la cheminée, les gravures de scènes campagnardes aux murs, et les deux tableaux anciens de chiens au-dessus de la desserte ; la serveuse aux formes replètes se déplaçait lentement autour des tables, et elle avait une verrue au coin de l'œil, et il n'y avait pas de sel dans la salière, nous dûmes en réclamer. Je regardai mes mains, la vieille cicatrice blanche près de mon ongle, l'alliance qui encerclait mon doigt, familière, mais je n'étais pas là, je pensais : Ce bonheur si profond, si fort, ce merveilleux recommencement, rien de cela n'est réel, je vais cligner des yeux et me retrouver transportée dans l'autre petite et triste salle à manger, dans notre hôtel près du lac à l'étranger.

Je regardai Maxim par-dessus la table. Si, c'était réel, c'était vrai. Je le lus sur son visage — nous avions franchi le pas.

Le coup ne vint que plus tard.

Nous parlâmes de temps en temps de la maison, à mots prudents. Serait-elle un jour à vendre ? Ou à louer peut-être ? Le vieux couple reviendrait-il l'habiter, le fils l'ouvrirait-il à nouveau ? Qui nous en informerait ? Dans quel état était-elle à l'intérieur ? Avait-elle besoin de réparations, était-elle froide, décrépite, laide ?

Je n'avais nul besoin qu'on me le dise. Elle serait parfaite, je n'en doutais pas, je ne me faisais aucun souci.

Nous parlâmes uniquement de notre surprise en la découvrant nichée là, comme si elle nous attendait, nous rappelant comment nous nous étions perdus, comment nous avions pris cette allée par hasard. Nous ne disions rien de plus.

Je gardai mon rêve pour moi, n'en parlai pas à Maxim, je ne lui demandai rien. Peut-être ne l'osais-je pas — si jamais... Il lui arrivait encore de réagir violemment, de se montrer cassant envers moi, il pouvait être impatient, glacial, se détourner brutalement, m'ignorant. Je ne voulais pas prendre ce risque, pas maintenant, la maison comptait trop pour moi, ce qu'elle signifiait — ou ce que je désirais qu'elle signifie — était trop important.

Etais-je en train de construire un château de cartes, à l'équilibre instable ? D'échafauder des projets en l'air ? Oui, murmurait à mon oreille une petite voix pernicieuse, oui, mais je ne l'écoutais pas, je m'en moquais, relevant le défi, résolue. Chaque pas de notre route nous avait conduits jusqu'à Cobbett's Dale, non seulement au cours de cette semaine, mais depuis des années. Rien ne pourrait jamais m'ôter cette conviction de l'esprit.

Une fois seulement, ce soir-là, comme si je pressentais le pire, j'eus une prémonition, mais je l'écartai aussitôt.

Je montai dans notre chambre pour aller chercher le livre de Maxim et, au moment où j'ouvris la porte, je vis la lune briller derrière la fenêtre et dessiner un rond de lumière pâle sur le dessus-de-lit, qui me rappela la couronne de fleurs blanches, m'emplissant d'effroi ; elles étaient là, j'aurais pu étendre la main, effleurer les pétales, et il me sembla sentir sous mes doigts le bord du bristol de couleur crème, voir le R au dessin si parfaitement imité.

« Non ! m'exclamai-je d'une voix étouffée dans la chambre déserte. Non ! » J'allumai précipitamment la lumière et tout redevint normal ; je trouvai le livre de Maxim et quittai hâtivement la chambre, sachant que j'emportais l'image de la couronne et qu'elle resterait à jamais en moi, que je ne pourrais sans doute plus lui échapper, mais que c'était moi, moi seule, qui finirais malgré tout par triompher. Cobbett's Dale m'avait donné une force extraordinaire, presque magique, la couronne et la carte n'avaient aucun pouvoir contre moi, elles ne signifiaient rien, elles n'étaient qu'une plaisanterie, une illusion. Je m'emplis du souvenir de la maison, je la revis, claire, paisible, symbole de force, de générosité et d'espoir, et le calme revint en moi.

Je m'arrêtai dans l'embrasure de la porte du salon et contemplai avec un bonheur sans mélange le spectacle qui s'offrait à mes yeux.

Le café venait d'être servi, les tasses et la cafetière

étaient disposées sur une table basse devant le feu, et Maxim se penchait en avant dans l'un des grands fauteuils, caressant le labrador étendu à ses pieds, qui grognait doucement de plaisir. Il n'y avait personne d'autre dans le salon, nous aurions pu être chez nous, dans une pièce de notre maison, et non à l'hôtel.

J'avais pris un livre, mais n'éprouvais pas l'envie de lire, trop heureuse de savourer le présent, de tisser en rêve un monde dans lequel j'aurais voulu me fondre. Je restai simplement assise auprès de Maxim, buvant mon café, baignée par la chaleur du feu, écoutant le tic-tac et le carillon de l'horloge ; rien ne me touchait, rien ne pouvait me toucher, semblait-il.

Au bout d'un moment, je regardai autour de moi, cherchant une occupation, regrettant vaguement de ne pas faire du crochet ou de la tapisserie. Eh bien, c'est ce que je ferais lorsque nous serions là-bas, j'aurais une corbeille à ouvrage, un panier d'osier rond doublé de cotonnade, avec un bouton de porcelaine sur le couvercle.

Il y avait une armoire dans un angle, dont la porte était entrebâillée. J'allai y jeter un coup d'œil et y trouvai une quantité de jeux, des jeux de dames et d'échecs, un jeu de l'oie, des puzzles, un vieil album de cartes postales, des cartes routières régionales et un guide géographique, mais rien qui pût me distraire bien longtemps. Je serais volontiers restée assise sans rien faire, mais je savais que Maxim s'en irriterait, qu'il lèverait les yeux de son livre, agacé, désireux de me voir occupée, et j'apportai une pile de magazines sur la table au milieu de la pièce. C'étaient des revues d'avant-guerre sur la vie à la campagne, rangées par date, et précieusement conservées car on ne pouvait sans doute plus se les procurer de nos jours.

Je les feuilletai les unes après les autres, regardai les robes surannées, les réclames vieillottes, les photos de bals, de femmes montant en amazone, je lus un article sur la cathédrale St. Paul, un autre sur les lièvres, avec un plaisir mélancolique, me rappelant les magazines que je lisais parfois à l'époque de notre exil, les vieux numéros de *Field*, dont je savais certaines pages presque par cœur, les quantités de descriptions et de dessins, ces petits détails de la campagne anglaise qui avaient comblé en partie ma nostalgie, et que j'avais cachés à Maxim, de peur de remuer trop de souvenirs en lui, ou de lui faire de la peine.

Une bûche s'effondra, dans une gerbe d'étincelles. Le labrador remua, grogna, se rendormit et, des profondeurs de l'hôtel, s'éleva une voix, suivie d'une autre, rieuse, puis un bruit de vaisselle. Et le silence à nouveau. Les autres dîneurs avaient quitté la salle à manger, ils avaient regagné leur chambre ou étaient sortis. Maxim leva les yeux du *Moonstone*, sourit, regarnit le feu. C'est ça le bonheur, pensai-je, c'est ça le bonheur dorénavant. Et la maison, Cobett's Dale, se balançait comme un bateau, bien amarrée, paisible, dans l'attente, sous la lune.

Je tournai nonchalamment une page.

Le choc fut indescriptible.

La revue avait plus de quinze ans. On s'intéressait aux mondanités, à cette époque.

C'était une photographie en pleine page. Elle se tenait en haut du grand escalier, une main délicatement appuyée sur la rampe, l'autre à la taille, comme un mannequin. La pose était artificielle, mais parfaite, et l'éclairage la mettait en valeur.

Elle portait une robe du soir en satin, de couleur sombre, sans manches, avec une seule épaulette partant du corsage garni d'un ruché, et une étole de zibeline qu'elle tenait négligemment à la main. Sa tête était légèrement rejetée en arrière, révélant son long cou pâle, ses cheveux noirs ondulaient en vagues naturelles et ordonnées sur ses épaules, longs, soyeux.

« Vous avez vu ses brosses, n'est-ce pas ? »

J'entendais la voix murmurer : « Ses cheveux lui descendaient jusqu'à la taille, au moment de son mariage. M. de Winter les lui brossait dans ce temps-là. »

Je revoyais la galerie juste derrière elle, en haut de l'escalier, la balustrade, et le couloir qui s'enfonçait dans les ombres.

Je ne l'avais jamais vue auparavant. Tout le monde m'en avait parlé, je savais à quoi elle ressemblait dans les moindres détails, combien elle était élancée, élégante, avec un teint très clair et une masse de cheveux noirs. Je n'ignorais rien de sa beauté. Mais, jusqu'à aujourd'hui, je n'avais jamais vu ni photographie ni dessin ni portrait, nulle part.

Et je la dévisageais maintenant, je la voyais qui me fixait, belle, arrogante, un éclair de défi dans le regard, froide, volontaire. Elle me regardait, l'air amusé, avec pitié, mépris, me toisant de tout son haut, depuis le grand escalier du hall.

« Croyez-vous que les morts reviennent regarder les vivants ? » disait la voix.

Je me détournai rapidement, fuyant son regard assuré, moqueur, triomphant, fuyant les mots ordinaires, les mots en noir sur blanc, imprimés des années auparavant, et la légende, semblable à toutes celles qui accompagnaient, semaine après semaine, les photographies mondaines :

« Mme Maxim de Winter, à Manderley. »

Je rabattis la couverture, bredouillai quelque chose et m'enfuis, trébuchant à moitié en heurtant mon sac. Surpris, Maxim leva les yeux. Je l'entendis poser une question, mais je ne restai pas pour répondre, j'en étais incapable. Il ne devait pas la voir, il ne devait pas savoir. Je montai l'escalier en titubant, le sang battant par vagues dans ma poitrine, dans ma tête, la sentant près de moi, avec son visage pâle, hautain, ironique, son expression dédaigneuse, ses yeux fixés sur moi, rejetant ses cheveux noirs en arrière, la main posée si négligemment sur la rampe de l'escalier. Rebecca. J'avais toujours voulu la voir, pendant des années elle m'avait à la fois attirée et dégoûtée, mais elle était morte et j'avais cru m'être libérée d'elle. Il ne devait pas la voir, jamais.

Dans notre chambre, j'arrachai la page de la photo, les mains tremblantes, m'acharnant sur le papier épais et brillant, solidement broché, lacérant le portrait, déchiquetant un bras et un pan de la robe lisse et élégante, tandis que l'autre moitié restait attachée au magazine, le visage intact. Elle me fixait toujours, souriante, impérieuse, au moment où Maxim ouvrit brusquement la porte de la chambre.

Le monde alors explosa, se déchira comme la photo sur papier glacé. Et il ne resta que ma peur, la colère de Maxim et sa froideur — car il se comporta comme si tout était de ma faute, comme si j'avais tout prémédité.

Je n'eus pas le temps de dissimuler la feuille de papier, il me la prit brusquement des mains et je le vis blêmir, serrer les lèvres, alors qu'il jetait sur elle un bref regard.

« Mme Maxim de Winter, à Manderley. »

J'aurais pu penser qu'il se montrerait gentil, tendre, qu'il me prendrait dans ses bras, me dirait d'oublier, de ne pas m'inquiéter, que tout était fini, qu'elle ne pouvait plus nous faire de mal.

Mais il n'en fut rien, et je sus qu'elle avait encore un pouvoir sur lui, comme sur moi, que je m'étais leurrée pendant des années, que j'avais vécu dans un monde d'illusions.

Ce soir-là, une porte se referma sur notre avenir, mettant fin à mes espoirs, à mes rêves, au bonheur...

Malade d'angoisse, l'estomac contracté, je me mis à me ronger les ongles, retrouvant instinctivement un vieux geste familier de nervosité, et je vis Maxim se détourner, exaspéré.

Il froissa rageusement la photographie entre ses doigts, la roula en boule, mais la garda ; il jeta le reste du magazine à travers la pièce dans la corbeille à papier. « Tu ferais mieux de commencer à faire les valises. Il n'est pas tard, et je vais leur demander de préparer la note. »

Je me retournai vers lui.

« Où allons-nous ? Que comptes-tu faire ?

— Partir d'ici.

— Quand ?

— Demain matin, dès que possible — avant le petit déjeuner, j'espère. Nous pourrons nous arrêter et manger quelque chose en route si tu as faim. »

Je n'osai l'interroger davantage. Je supposai qu'il voulait écourter notre voyage et retourner chez Giles. Mais ensuite ? Je préférai ne pas y penser.

Il me laissa seule. Il partit, tenant toujours la photo froissée dans sa main. Je me dis qu'il allait peut-être la jeter dans la cheminée en bas, s'assurer qu'elle brûlerait entièrement et, mue par une étrange impulsion, une sorte de superstition, je faillis descendre pour l'en empêcher, craignant ce qui pourrait nous arriver, redoutant qu'elle ne se venge.

Ne sois pas si stupide, si enfantine, me raisonnai-je, en sortant les valises de la penderie. Elle est morte. Ce n'est qu'une vieille photo, elle ne peut pas nous faire de mal.

Et pourtant le mal était fait, pensai-je tristement, pliant robes, pyjamas et chaussettes, rangeant à part les quelques effets dont nous aurions besoin le lendemain matin ; elle avait détruit mes espérances, brisé le fragile cocon de mon avenir. Nous n'irions pas vivre à Cobbett's Dale, nous n'habiterions jamais cette région de l'Angleterre, elle aussi était souillée, Maxim ne voudrait plus remettre les pieds ici.

Où irions-nous alors ? J'arrangeai avec soin une

pile de mouchoirs, les défroissai. Retourner chez Giles ? Mais ensuite ? Il existait sûrement un endroit, un coin où nous pourrions nous cacher. Je me remémorai désespérément notre voyage en Ecosse, m'efforçant de me rappeler un village attrayant, petit, caché, que nous aurions aimé tous deux, mais aucun ne me venait à l'esprit ; j'avais vu la maison que je voulais, elle avait oblitéré tout le reste, pour toujours. C'était plus qu'une maison, et aujourd'hui, parce que nous n'y habiterions jamais, que nous ne la reverrions jamais, elle devenait synonyme de perfection pour moi, se transformait en paradis perdu, et j'étais condamnée à rester pour toujours derrière ses grilles fermées, contemplant de loin sa beauté insaisissable teintée d'ocre rose blottie, à l'abri du temps, dans son cirque de verdure.

Cette nuit-là, je dormis d'un sommeil pénible, agité, peuplé de cauchemars, et je me réveillai très tôt, avant le lever du jour, abattue et triste, le cœur plein de chagrin et d'amertume. Maxim m'avait à peine adressé quelques mots, il était resté, morose, près de la fenêtre, tandis que je finissais de préparer nos valises ; la note était réglée, rien ne nous retenait plus. « J'ai été très heureuse, ici, dis-je à un moment donné.

— Oui.

— Maxim...

— Non. » Il vint se poster devant moi, le regard fixe.

Son teint était gris, les rides qui marquaient les coins de sa bouche semblaient s'être creusées brusquement, durant cette dernière heure. Ses yeux étaient perdus dans le vague, il était loin de moi, hors de ma portée. « Cela ne change rien, dis-je.

— Quoi qu'il arrive, dit Maxim d'une voix basse, rauque, quoi que nous fassions, il en sera toujours ainsi. Aussi longtemps que nous resterons ici, il n'y aura pas de repos pour nous... nous ne pouvons courir ce risque, il y aura toujours quelque chose... comme... comme cette photo, prêt à fondre sur nous, un piège au détour d'un chemin, et pourtant, ce n'est rien... une broutille... d'autres choses pourraient... » Il s'interrompit. Je pris sa main et la portai à mon visage, désespérée à la pensée de tout perdre, l'implorant.

« Nous agissons comme des enfants, dis-je doucement. Maxim, c'est trop bête... nous sommes des adultes... nous ne pouvons pas nous enfuir à cause de... tu as raison... à cause de rien. D'un incident stupide, insignifiant — nous sommes ensemble, c'est l'essentiel.

— Non.

— Rien ne peut nous atteindre.

— Excepté ça. Et tu le sais, n'est-ce pas ? »

Il retira lentement sa main de la mienne. Je me détournai, incapable de regarder son visage, j'étais trop près des larmes. Tout, tout était donc perdu, nous ne reviendrions jamais. Et je fus submergée par une haine aveugle, féroce, contre elle, à cause de ce qu'elle avait été et, pis, contre Maxim, à cause de ce qu'il avait fait, une haine qui m'effraya, me prit au dépourvu, car je n'avais jamais éprouvé que de l'amour pour lui. De l'amour et de la crainte.

Nous partîmes tôt après le lever du jour, à l'heure où apparaissait le soleil, perçant les épaisses nappes de brume. Je fixais la route devant moi, sans un seul regard en arrière vers les petites maisons de pierre rangées autour de la place. Nous n'avions rencontré personne, à part la grosse serveuse larmoyante, qui préparait les petits déjeuners. J'avais jeté un coup d'œil dans le salon en passant. La cheminée avait été nettoyée et de nouvelles bûches étaient déjà disposées dans le foyer. La pile de magazines avait été soigneusement replacée sur le rebord d'une fenêtre. Il n'y avait pas trace du chien.

« Laisse-moi conduire », priai-je. J'aurais aimé rouler lentement, que le trajet glisse entre mes doigts. Qui plus est, si je prenais le volant, je ressasserais moins facilement mes pensées. Mais il n'accepta pas, il me fit signe de monter de l'autre côté et tourna d'un geste sec la clef de contact avant même que je sois installée, tambourinant impatiemment des doigts sur le volant.

Mais je ne pus continuer à me taire, à faire preuve de patience ; le chagrin occasionné par notre départ, ma déception et ma détresse me submergèrent et explosèrent : « Oh, pourquoi, pourquoi faut-il qu'il en soit ainsi ? Que tout soit toujours gâché ? Nous ne pouvons continuer à fuir, fuir sans cesse. Je sais que tu as éprouvé un choc en la voyant, tout comme moi. Mais, Maxim, ce n'est rien... rien qu'une photo. Rien de plus, simplement une vieille photographie dans un vieux journal. »

Il ne répondit pas, continua simplement de conduire, avec une concentration effrayante, très bien et très vite. Nous avions déjà quitté les collines arrondies des Cotswolds et roulions en direction de l'ouest.

« Je ne voulais pas que tout se termine ainsi — balayé comme si rien n'avait existé.

— Quoi ?

— Cette semaine. L'Ecosse. Ce voyage...

— Eh bien, c'est fini.

— Le faut-il vraiment ? »

Un troupeau de moutons cheminait au milieu de la route, se rendant d'un pâturage à un autre, ondulant lentement comme une rivière ; nous dûmes nous arrêter derrière lui.

On ne voit jamais de vrais moutons à l'étranger, pensai-je, uniquement de drôles de petites chèvres efflanquées qui sautillent sur le bord des routes. Pas nos gros et réconfortants moutons anglais.

Il y avait des moutons sur les pentes herbeuses au-dessus de Cobbett's Dale.

Je sentis des larmes me brûler les paupières.

« J'ai essayé de téléphoner à Giles pour le prévenir de nos projets, dit Maxim en démarrant à nouveau, mais il n'y avait personne. Cela n'a pas d'importance, je m'arrêterai quelque part pour télégraphier. »

Je regardai par la vitre à travers le brouillard de mes larmes. Un chien noir et blanc courait derrière les moutons, allait et venait, le corps ramassé, les guidant habilement vers le pré. Je baissai un peu la fenêtre. Shep... il s'appelait probablement Shep... Shep ou Lad. Mais lorsque nous passâmes à la hauteur du berger et qu'il nous fit un signe de la main, je l'entendis crier : « Jess ! Viens par ici, Jess ! »

Je ne voulais pas lui demander ce qu'il avait l'intention de dire à Giles. C'était lui qui décidait, je devais le suivre.

Il conduisait vite à nouveau, le regard fixé sur la route, plissant les yeux, l'air tendu.

« Cobbett's Dale, dis-je, presque dans un murmure.

— Quoi ?

— La maison.

— Eh bien quoi, la maison ?

— Je l'aimais tant. Je n'ai jamais autant désiré une maison... je n'ai jamais éprouvé ce sentiment... cette impression d'être chez moi. Comprends-tu ? »

J'attendis, mais il n'y eut pas de réponse. J'aurais dû garder le silence alors, si j'avais été plus raisonnable, plus sensée, plus gentille, mais ce fut plus fort que moi, je me sentais blessée et irritée, et pas du tout gentille.

« Tu as eu Manderley. Tu l'as aimé plus que tout, avec passion, tu comprends sûrement ce que je veux dire.

— Est-il nécessaire de parler de tout ça ?

— Mais Manderley n'a jamais été à moi, je ne m'y suis jamais sentie chez moi, véritablement.

— Eh bien, désormais, tout le monde est à la même enseigne.

— Je voudrais une maison qui soit à moi — à nous, où nous puissions nous établir et sentir... que nous sommes chez nous, nous deux. »

Je n'en dis pas davantage.

« Je regrette. C'est hors de question.

— Pourquoi ? Pourquoi doit-il en être ainsi ? Est-ce que tu n'as pas été heureux cette semaine ? Content d'être ici — en Angleterre ? Je suis sûre que si.

— Oui, dit-il très doucement. Oui. J'ai été très heureux, plus heureux que je ne peux le dire. Mais c'est un bonheur impossible, qui ne peut durer.

— Mais la maison...

— La maison était un rêve. Une illusion. Rien d'autre — oublie-la.

Nous étions arrivés dans une ville et Maxim rangeait la voiture. « Viens, nous ferions mieux d'aller prendre un petit déjeuner. Il y a un hôtel un peu plus loin, il semble correct. Vas-y et commande pour nous deux, je vais envoyer ce télégramme à Giles. »

Hébétée, je sortis de la voiture et obtempérai. La salle à manger était froide, avec une desserte couverte d'une quantité de plats différents, et des serveurs compassés et solennels. Je m'assis et commandai du café, des toasts et un plat chaud pour Maxim. Je me sentais incapable d'avaler quoi que ce soit, mais le toast me donnerait une contenance, et, comme j'éprouvais encore un reste de timidité à l'égard des serveurs, je me sentis obligée d'être aimable avec eux, de leur plaire. Les autres tables étaient occupées par des hommes qui mastiquaient imperturbablement tout en lisant le journal. On apporta le café, léger, mais chaud, au moment où arriva Maxim.

« Je lui ai parlé, dit-il en dépliant sa serviette. Il avait l'air au plus bas — j'ai l'impression qu'il est incapable de surmonter cette épreuve. »

Je bus mon café, refusant de parler, contemplant misérablement la nappe car je ne supportais pas de le regarder. J'étais dans l'état d'esprit de quelqu'un qui vit la fin d'une histoire d'amour, réglant les derniers détails avant la séparation, ne trouvant plus ni couleur ni intérêt au monde.

« Il faudra qu'il se remette à travailler — je lui ai conseillé d'aller passer une semaine à Londres, de retrouver goût aux choses.

— Je ne te reconnais pas », dis-je. Il beurrait son toast avec efficacité, rapidement, le découpant en petits carrés, comme je l'avais toujours vu faire depuis onze ans.

« Que dis-tu ?

— Je ne te reconnais pas. Qui es-tu ? Je ne comprends pas ce qui t'arrive. »

C'était la pure vérité. Quelque chose l'avait changé et je voyais réapparaître cette façade dure, indifférente, que je croyais disparue, cette attitude de défense contre le malheur qui n'avait plus de nécessité aujourd'hui.

« Tu as l'air insensible, froid, tu parles de Giles comme si tu le méprisais. Beatrice était ta sœur, pourtant. Je croyais que tu l'aimais. Moi, je l'aimais et elle me manque, et je comprends ce que ressent Giles. Je déteste que tu...

— Excuse-moi. » Il posa son couteau et voulut me prendre la main. Pendant un instant, pour la première fois, j'hésitai avant de la lui donner. « Je sais, mais je ne peux supporter la façon dont Giles réagit, ce n'est pas ce qu'il ressent que je ne comprends pas.

— C'est sa façon d'étaler ses sentiments ?

— Je pense que c'est ça, oui.

— De quoi as-tu peur, Maxim ? »

Il continua son petit déjeuner.

« De rien, dit-il. D'absolument rien. Mange ton toast.

— Je n'ai pas faim.

— Je n'ai pas l'intention de m'arrêter une seconde fois.

— Avant d'arriver ? » Je soulevai la cafetière. La

route était encore longue, mieux valait que je boive un peu.

« Nous ne retournons pas chez Giles, dit Maxim. Je lui ai demandé de faire prendre les quelques effets que nous avons laissés et de les expédier. Je ne vois pas l'utilité d'aller là-bas. Tout se passera bien. Je te le promets. Dès que nous serons partis, tout ira bien.

— Partis à nouveau », dis-je, et les mots sortirent bizarrement de ma bouche, comme s'ils étaient gelés et que je ne pouvais pas les articuler. « Oui. »

Je regardai par la fenêtre de la salle à manger, à travers les rideaux bonne femme, de l'autre côté de la rue. Un petit enfant coiffé d'un bonnet bleu était assis au milieu de la chaussée, il hurlait, tapait du pied, sous le regard de sa mère, décontenancée et gênée. C'était drôle, ou triste, peu m'importait, ça ne m'intéressait pas, je n'éprouvais plus d'intérêt pour rien. Peu m'importe, me répétai-je, peu m'importe. Je suis avec Maxim, je dois seulement me soucier de lui, partager ce qu'il ressent.

« Où allons-nous ? » parvins-je à demander, sentant affleurer une faible lueur d'espoir, car peut-être tout se passerait-il bien, comme il l'avait dit, peut-être tout finirait-il par s'arranger, d'une façon ou d'une autre.

Surpris, il tendit sa tasse pour avoir un peu plus de café.

Je soulevai la cafetière d'argent et, pendant une seconde, nos images s'y reflétèrent, déformées. « Je suis stupide. Je sais très bien que nous nous en retournons.

— Il n'y a pas d'autre issue. Aucune. Tu le sais sûrement, n'est-ce pas, chérie ? Tu le comprends ? »

Je le regardai et souris doucement, d'un sourire trompeur, malhonnête.

« Oui, dis-je. Bien sûr, Maxim. »

Elle fut facile et rapide, notre fuite, nous roulâmes et roulâmes encore, traversant le reste de l'Angleterre, qui se déroula derrière nous comme un long ruban que nous laissions filer. Il tint parole, nous ne nous arrêtâmes guère, sauf une fois, pour faire le plein d'essence, et nous atteignîmes Douvres tard dans l'après-midi. Il avait pris des dispositions pour laisser la voiture dans un garage, quelqu'un viendrait la reprendre plus tard, supposai-je, sans poser la question. Il avait aussi télégraphié à l'avance pour réserver les places, tout était arrangé, en ordre.

Nous embarquâmes très tôt sur le bateau du soir. Il y avait peu de monde à bord.

« Nous attraperons le train de nuit à Calais, dit Maxim. J'ai retenu un wagon-lit, tu pourras aller te coucher juste après le dîner. »

Dormir, pensai-je avec bonheur, dormir. Dîner. Oui. Tout était arrangé, tout se passerait bien, comme pour n'importe quel autre voyage. Et brusquement, tout me fut égal, je cessai simplement de ressentir le moindre sentiment, je cessai de penser, j'étais trop fatiguée. La semaine passée avait été un tourbillon d'expériences contradictoires, bouleversantes, qui se mélangeaient dans ma tête, sans que je pusse les distinguer, ni savoir ce qui prédominait, l'émotion, le plaisir ou la souffrance.

Maxim avait rapidement franchi le quai et gravi la passerelle d'embarquement, le regard fixé droit devant lui, s'impatientant contre le porteur qui tirait le chariot avec nos bagages. A présent, installé dans le salon, il lisait la première édition des journaux du soir que le steward venait de lui apporter, et je vis l'apaisement gagner son visage, les fines rides d'angoisse de mauvais augure s'adoucir.

Je fis demi-tour, montai sur le pont et me tins appuyée à la rambarde, observant les préparatifs du départ, laissant aller mes pensées, pour la dernière fois, peut-être, perdue dans mes rêves. Cobbett's

Dale apparaissait dans mon esprit comme un navire, ancré sur des eaux calmes, d'une infinie beauté, et un autre venait mouiller à ses côtés, plus majestueux et plus austère, mais tout aussi beau dans sa gravité : Manderley, argenté et secret sous la lune.

Je me sentis tout à coup vieille, comme si ma vie était plus qu'à moitié écoulée, comme si plus rien d'important ne devait m'arriver, vieille avant d'avoir été réellement jeune.

Je restai là, les bras posés sur la rambarde du bastingage, regardant en contrebas, jusqu'à ce que retentisse la sirène et que nous commencions à bouger ; j'observai l'espace qui s'agrandissait entre le bateau et le quai, vis la nappe d'eau se déployer, de plus en plus vaste, l'Angleterre s'éloigner, loin de moi, hors de portée, et bientôt, à mesure que tombait l'obscurité, hors de vue.

Chapitre 11

Ainsi, tout était fini, et très vite je l'avais accepté, j'avais tourné le dos à mon rêve, il s'était fragmenté, désincarné, et lorsque je tentai d'en faire revivre l'image, je m'aperçus que c'était trop tard. Je ne le pouvais plus.

Nous nous adaptons si vite aux circonstances.

Nous ne restâmes pas plus d'une nuit dans notre vieil hôtel ; le temps d'emballer le reste de nos effets et de payer notre note au gérant, qui nous fit grise mine, car il perdait de bons clients qu'il avait espéré garder tout l'hiver.

Peu nous importait.

« Je voudrais te montrer tant de choses, dit Maxim. Pauvre chérie, tu es restée enfermée comme une prisonnière dans sa triste cellule, si patiente.

Nous allons rattraper le temps perdu. Plus question de passer notre vie à errer incognito. »

Il paraissait tout excité, débordant de projets, et son entrain me gagna, j'étais heureuse à l'idée de mieux remplir nos journées, mais surtout de le voir tourné vers l'avenir, gai, enthousiaste. Notre petit hôtel au bord du lac nous parut soudain triste et médiocre, notre chambre miteuse. J'en refermai la porte pour la dernière fois sans m'attarder, elle était devenue aussi anonyme que toutes les autres, malgré le temps que nous y avions passé, rien d'important n'y avait eu lieu, rien qui méritât de s'en souvenir. Pourtant je me la rappellerais un jour, sans raison apparente, elle reviendrait à la surface, resurgirait, dans des circonstances n'ayant aucun rapport avec elle ou avec cette époque. Une partie de ma vie s'y était déroulée, une période à jamais révolue. J'aurais dû la quitter avec regret, pensai-je en longeant le couloir, c'était l'une des chambres où j'avais vécu paisiblement, sans peur, sans angoisse, sans détresse. Nous y avions été parfaitement, banalement heureux.

Nous partîmes, voyageant sans but particulier, toujours à la recherche d'un nouveau lieu, d'une expérience différente, étudiant cartes et guides touristiques, les dépliant, pointant du doigt, relevant les itinéraires et les horaires. On eût dit que Maxim était assoiffé de découvertes, tendu vers de nouveaux départs, avide de tout visiter, ne voulant rien rater. Il disait : « Si on allait se promener par là-bas... » ou : « Je voudrais te montrer cet endroit... », et nous nous mettions en route. La succession d'hôtels, de pensions, de petites chambres d'hôtes demeure floue dans mon esprit, je n'en ai gardé aucun souvenir précis, si ce n'est parfois les motifs d'un rideau, l'expression fugitive d'un serveur, le bruit d'une fenêtre que l'on referme.

Nous vîmes des paysages merveilleux, saisissants, inoubliables, des maisons, des montagnes, des jardins et des palais, des mers et des cieux, des églises, des lacs ; nous descendîmes paresseusement le Rhin à bord d'un vieux bateau, tout en dorures et acajou, appuyés au bastingage pendant des heures, regardant les tours blanches et les clochetons des châteaux se dresser au-dessus des forêts noires, le long de la rive, les palais de contes de fées se refléter dans le vaste cours du fleuve. Je les contemplais avec fascination, sans doute parce qu'ils ne ressemblaient en rien à ce que j'avais toujours aimé, parce qu'ils étaient si différents de tout ce que j'avais vu jusqu'alors. J'aurais voulu que ce paisible voyage sur le fleuve s'éternise.

Maxim redoutait encore de rencontrer quelqu'un de connaissance, mais tous nos compagnons de voyage étaient allemands ou hollandais, et personne en dehors de nous ne parlait anglais. Nous étions très proches, à nouveau, ne faisions rien l'un sans l'autre ; nous nous promenions, paressions, en parfaite harmonie. Une fois cependant, sans raison, comme j'étais appuyée près de lui au bastingage, contemplant la forêt enchantée, mon regard s'attarda sur sa main, sur ses longs doigts qui enserraient négligemment la barre de cuivre, et une voix murmura en moi : « C'est la main d'un assassin. Cette main a tenu un revolver. Cet homme a tué sa femme, Rebecca », et je faillis laisser échapper un cri d'effroi et de détresse, me demandant pourquoi cette pensée me venait à l'esprit, pourquoi elle venait me tourmenter, surgissant du fond de mon inconscient.

Cela aussi je devais l'accepter, semblait-il, comme tout le reste. Aussi loin que nous fuirions, où que nous serions, il n'y aurait jamais de point final, l'oubli ne viendrait jamais, nous ne pourrions jamais véritablement nous échapper.

A cette époque, eut lieu l'un des pires épisodes, confusion d'identité ou illusion d'optique, qui réveilla cruellement le passé et mes craintes endormies, les rappelant à une réalité dévastatrice.

Il avait fait froid pendant notre descente du Rhin, mais nous partîmes ensuite pour l'Italie, voulant profiter des derniers jours de l'été. Le soleil brûlait encore les rues, au milieu de la journée, et nous savourions chacun de ses rayons, bien qu'il fallût nous couvrir davantage à la tombée du soir, et les oiseaux aussi s'attardaient, martinets et hirondelles, virevoltant dans l'azur du ciel, entrant et sortant des fissures des bâtiments austères.

J'en garderai toujours le souvenir, me promis-je en secret, et je dois jouir de mon bonheur, car ces moments ne reviendront pas. Et je songeai à ce qu'aurait été mon destin si Maxim n'était pas venu m'arracher à ma triste existence ; j'aurais voyagé, passé les années de ma jeunesse à errer sans joie autour du monde, tenant compagnie à d'horribles, riches et vulgaires vieilles dames, et, voyant les rides se former autour de mes yeux, j'aurais senti m'envahir le froid, l'angoisse de la solitude, celle d'une vieillesse distinguée et sans ressources. Lorsque ces pensées s'emparaient de moi, je me reprochais amèrement mes plus légères trahisons, même fugitives, envers Maxim, les moments d'ennui ou d'insatisfaction, et je remerciais le ciel avec ferveur.

Ce matin-là, donc, nous avions quitté les rues et les places grouillantes de monde, préférant à la chaleur du soleil la fraîcheur des monuments, le clair-obscur des églises aux coupoles dorées, ornées d'anges s'élançant triomphalement vers le paradis, le calme des galeries où résonnait l'écho grave de nos pas, parmi les alignements de statues pâles et placides, hommes et dieux, saints et vierges à l'expression solennelle, chœurs en extase, chérubins aux doux corps de marbre. Leur vue me revigora secrètement, et ma vie insignifiante, mes banals soucis s'inscrivirent, au moins pendant ces quelques heures, dans un contexte plus noble et plus durable.

« Je me sens si bien ici, m'exclamai-je, comme nous atteignions l'extrémité d'un long cloître, qui débouchait à nouveau sur le monde. J'aimerais y rester — on dirait que seul l'essentiel y compte, le reste n'est qu'agitation, comme le bourdonnement d'une mouche.

— Il nous faut fuir, alors.

— Pourquoi ?

— Pour ne pas risquer une indigestion — l'art, la solennité, les aspirations immortelles doivent être dispensés à doses soigneusement mesurées, pour produire leur meilleur effet. »

J'éclatai de rire, il était tellement britannique, nonchalamment appuyé à une colonne de marbre, s'adressant à moi avec cet air d'arrogance détachée qui m'avait séduite dès le premier instant, et, dans un élan joyeux, ravie de retrouver chaque jour davantage le Maxim que j'avais connu, je lui pris tendrement le bras et nous quittâmes la pénombre pour le plein soleil.

« Si nous ne restons pas ici, qu'allons-nous faire ?

— Déjeuner, et nous promener ensuite dans un jardin. »

Pour une fois, nous n'allâmes pas nous cacher dans un petit café au fond d'une ruelle.

« J'en ai assez, dit-il. Viens. » Je sus qu'il voulait dire : Assez de nous cacher, de détourner la tête lorsque quelqu'un nous jette un regard en passant, assez d'être toujours inquiets, sur nos gardes. Et je me sentis soudain ivre d'allégresse, j'aurais voulu courir, rire, danser, pas tant pour moi-même — l'isolement et l'anonymat ne me pesaient guère — que pour lui.

Nous déjeunâmes dans un hôtel, sur une terrasse abritée par un vélum, avec des fleurs sur la table, une nappe de lourd coton blanc, de fragiles verres à pied, et les coquillages avaient la fraîche saveur de la mer.

Rien ne pouvait nous atteindre. « J'ai tellement de chance, dis-je, je l'avais oublié jusqu'à aujourd'hui. » Il rit et il me sembla lire sur son visage l'expression du bonheur.

Cela me suffit, me dis-je ; si je ne puis avoir le reste, cela me suffit — le soleil, la chaleur et le bien-être, ces endroits merveilleux ; combien aimeraient être à notre place !

L'essentiel, c'est l'instant présent, songeai-je en regardant au fond de mon verre, gardant sur ma langue un zeste de fraîcheur citronnée. L'essentiel, c'est aujourd'hui, ne pas penser au passé, ni à demain, ni au reste de notre existence. Il suffit de ne jamais y penser.

Nous nous attardâmes à table pendant presque deux heures, heureux, mangeant plus qu'à l'accoutumée, puis nous prîmes un bus qui nous mena, compressés dans la foule des voyageurs, un peu en dehors de la ville, dans les collines environnantes. Mais nous parcourûmes le dernier kilomètre à pied, dans un calme merveilleux, montant entre les arbres dans la lumière dorée de la fin d'après-midi.

L'essentiel, c'est le moment présent, me répétai-je, l'instant qui passe, et il me sembla que j'aurais pu m'arrêter là, vivre paisiblement, en symbiose avec le paysage, aller au marché, habiter une petite maison blanche aux volets colorés, avec des fleurs en pots bordant les escaliers.

« Regarde, me dit Maxim en s'arrêtant soudain, me prenant par la main. Regarde. »

La villa se dressait devant nous, en haut de la côte, dominant une large allée, entourée de jardins à la française. C'était une demeure austère, élégante, à laquelle menait un escalier de pierre à double révolution dont les courbes se rejoignaient gracieusement devant le portique de l'entrée.

« J'avais dix-sept ans le jour où je l'ai vue pour la première fois, dit Maxim. Je ne l'oublierai jamais —

c'est alors que j'ai compris ce qu'était l'harmonie des proportions —, elle m'a séduit plus qu'aucune autre maison par la suite, à l'exception de la mienne. »

Je levai les yeux vers la villa, incertaine de ce que j'éprouvais. Elle était trop classique, trop sévère, elle n'éveillait aucune émotion en moi, me laissait indifférente, s'offrant à ma vue de toute sa hauteur.

En gravissant les allées régulières tapissées de gravier, j'admirai les jardins en terrasses qui s'étageaient de part et d'autre. L'eau coulait dans d'étroits bassins de pierre, jaillissait en fontaines dont les jets s'élevaient en arcs, savamment ordonnés. J'admirai les alignements de cyprès, les haies parfaitement taillées, les chênes verts et les peupliers qui projetaient leurs longues ombres régulières.

Hormis des géraniums blancs, dans de grandes urnes qui bordaient les marches, les fleurs semblaient absentes.

Mais à l'arrière de la maison, le jardin s'ouvrait sur des pentes plus sauvages, plantées d'orangers et d'oliviers, petites silhouettes romantiques et tourmentées au milieu de l'herbe haute.

« Il faut le voir au printemps, dit Maxim, C'est un tapis bleu et blanc, d'où s'élève une floraison blanche, comme de la neige — nous reviendrons. »

Le printemps. Je ne pensais pas si loin, je ne pensais pas à l'avenir, par peur de me rappeler mes projets.

Et peu à peu, je fus sensible au charme de la villa, à ses lignes parfaites, froides et solennelles, à l'atmosphère de sérénité, de repos, qui s'en dégageait. Vous vous laissiez lentement prendre par elle, sans même vous en apercevoir, sans pouvoir résister. Peut-être, aussi, étais-je en train de changer, peut-être étais-je devenue adulte ? Je n'avais jamais eu de véritable jeunesse — à peine une enfance, si lointaine qu'elle ressemblait à une histoire que j'aurais lue dans un livre, mais je n'avais jamais été jeune, frivole, étourdie, insouciante. J'avais épousé Maxim, je m'étais perdue en lui, dans Manderley et tout ce qui nous y était arrivé — pourtant je savais qu'au fond je n'étais pas adulte, je n'étais pas une femme mûre et accomplie, même s'il m'arrivait de me sentir déjà vieille. C'était une sensation étrange. J'étais la femme de Maxim et en même temps une enfant, et pendant ce que nous appelions notre exil, j'avais parfois eu l'impression d'être une mère pour lui, de le conduire par la main.

Nous parcourûmes les jardins sans nous presser ; ils invitaient à la lenteur et au silence, on n'aurait pu les imaginer emplis de bruits, de bousculades ou de rires d'enfants. Comme Manderley, pensai-je. Voilà pourquoi il se sent heureux ici, pourquoi cette maison lui plaît — elle ressemble à Manderley : grise, imposante, ordonnée, harmonieuse, silencieuse.

Quelques visiteurs se promenaient, comme nous, des couples à l'air posé, discrets et, alors que nous revenions vers la façade de la maison, ils se dirigèrent dans notre direction, rejoints par d'autres, qui se réunirent en groupe au pied des escaliers. Maxim regarda sa montre.

« Quatre heures — il y a une visite guidée de la villa, nous pourrions nous y joindre. Elle est un peu trop décorée, mais renferme des objets magnifiques — des tableaux aussi, je crois. Je ne me souviens pas de tout. »

Je n'étais pas sûre d'avoir envie d'entrer à l'intérieur. Je préférais flâner dans les allées de gravier, parmi les fontaines, et il y a encore peu de temps, c'est exactement ce qui aurait fait fuir Maxim, car les habitués de ces visites étaient ceux-là mêmes qui avaient le plus de chances de nous remarquer, de nous reconnaître, de chuchoter sur notre passage. Mais il semblait s'en soucier comme d'une guigne, désormais.

Une jeune femme se tenait près des escaliers qui menaient à l'entrée. Elle était grande, élancée, vêtue avec une élégance italienne, ses cheveux rejetés souplement en arrière encadrant son visage anguleux de leur masse ébène ; le genre de femme à côté de laquelle je me sentais immédiatement mal fagotée, terne, consciente des boutons cassés de mon cardigan, de ma gaucherie naturelle.

Ce n'était pas par manque de confiance envers Maxim que je redoutais ce type de femme ; il ne m'était jamais venu à l'esprit qu'il pût s'intéresser à une autre que moi. Je n'avais jamais craint qu'il me fût infidèle, même s'il m'arrivait souvent de me demander pourquoi il m'avait épousée, pourquoi il semblait apparemment satisfait, comment l'amour était né entre nous. Je contemplais souvent mon visage dans la glace, sans comprendre. Je n'avais jamais craint qu'une seule femme, une seule rivale, mais c'était de l'histoire ancienne.

Pourtant, la vue de cette Italienne, à cet instant, gravissant avec légèreté les marches de l'entrée, comme un oiseau gracieux et sûr de lui, raviva mes souvenirs ; la photographie de Rebecca me revint en mémoire et je l'imaginai, se présentant d'un pas vif à l'entrée de la villa, comme si celle-ci lui appartenait.

Nous nous rassemblâmes docilement derrière la jeune femme, en haut des marches, une douzaine de personnes en tout, intéressées, polies, et puisque Maxim voulait visiter la villa, je suivis le mouvement, certaine, en pénétrant dans le grand hall solennel et sombre, que rien ne m'y plairait, que tout m'y paraîtrait rébarbatif, plein d'objets froids et impersonnels. Et il en fut ainsi ; notre guide parlait italien d'une voix haute et rapide, je ne comprenais pas un mot de ce qu'elle disait, et Maxim semblait troublé par sa présence. Quand elle désignait un objet ou un meuble, il regardait ailleurs, s'attardait dans un autre coin de la salle. Pourquoi était-il venu ? Peut-être simplement pour retrouver un souvenir. Il était âgé de dix-sept ans la première fois qu'il avait vu la maison. Je me demandai à quoi il ressemblait alors.

Avait-il l'air gauche d'un adolescent ? Je n'arrivais pas à l'imaginer.

Nous parcourûmes une succession de salles majestueuses, admirant les sols dallés aux décors géométriques sur lesquels résonnaient nos pas, les plafonds peints, les frises de fruits et de vignes, les couronnes de lierre s'enroulant autour du linteau des portes. La maison avait sans doute appartenu à des gens raffinés, qui se réunissaient pour écouter de la musique, devisaient d'un ton courtois, dégustaient des plats élégamment présentés, n'agissaient jamais sur une impulsion, mettaient toujours le plus grand soin à se vêtir. Ils ignoraient probablement les choses banales de tous les jours, les rires, les courses folles, les disputes, les cris d'enfants.

Plus nous pénétrions à l'intérieur de cette maison parfaite, imposante, plus elle me paraissait hostile. Elle me déplaisait, mais n'éveillait en moi aucune peur, ce qui m'emplit d'une certaine fierté.

Je suivis scrupuleusement la guide, aux côtés de Maxim, pendant une demi-heure, puis l'ennui et l'impatience me gagnèrent, j'eus envie de retrouver le jardin ensoleillé et je les laissai me distancer, m'attardant discrètement dans un couloir, tandis qu'ils s'égaillaient vers une galerie éloignée, feignant d'examiner de plus près quelques fades gravures d'amphithéâtres et d'arènes qui tapissaient les murs. Elles étaient curieusement apaisantes, comme un baume calmant mon agitation.

La voix de la jeune guide et l'écho des pas s'estompèrent. Personne n'avait remarqué que je traînais en arrière, mais Maxim ne tarderait pas à venir me chercher. A quelques mètres devant moi, au bout d'un large couloir désert, un escalier conduisait à l'étage supérieur et je m'y engageai, comme un enfant dans un songe, errant solitaire dans une maison, à la recherche de quelqu'un ou de quelque chose d'inconnu. Il n'y avait personne en vue et je supposai que la villa était inhabitée, à part l'afflux occasionnel de quelques touristes.

L'escalier se rétrécissait et la dernière volée de marches était très raide. Il faisait plus sombre tout à coup, les ouvertures étaient étroites et hautes, de simples fentes au travers desquelles perçaient des rais de soleil poudrés de poussière ; il n'y avait aucun ornement, ni tableaux ni mobilier. J'avais l'intention de grimper jusqu'au dernier étage, comme s'il me fallait par superstition poser le pied sur la plus haute marche avant de redescendre, mais une fois là-haut, un rectangle de lumière sur le plancher nu attira mon regard. Il provenait de deux volets entrouverts. Je les écartai doucement, m'avançant dans la petite embrasure. Il n'y avait pas de fenêtre, seulement un espace ouvert entouré d'une balustrade, comme un balcon, et je m'aperçus qu'une rangée d'ouvertures similaires couraient le long de la façade arrière de la villa.

La vue qui s'offrit à mes yeux me prit au dépourvu, il semblait que j'avais découvert le point le plus élevé de la maison, finalement. Le verger et l'oliveraie fuyaient vers l'horizon, les jardins se déroulaient comme de longs tapis aux motifs soigneusement étudiés, et au-delà, vers l'allée et les grandes grilles de l'entrée, s'inclinaient les pentes boisées que nous avions gravies pour arriver jusque-là. Dans le lointain se dessinaient, bleus, gris et violets dans le couchant, les toits et les dômes, les tours et les campaniles de la ville, et le fleuve qui la traversait, à peine visible.

C'était un spectacle merveilleux, à vous couper le souffle, et qui s'offrait à mon seul regard, comme un endroit secret que j'étais seule à avoir découvert, à connaître, tellement plus beau que les tristes et solennelles salles du rez-de-chaussée, avec leurs statues et leurs corridors glacés.

Me penchant légèrement en avant, je dirigeai mes yeux vers la terrasse dallée en contrebas, avec ses jarres, ses lions de pierre et ses arbustes en pots ; elle semblait m'appeler en silence, m'attirant irrésistiblement. Je me mis à trembler, ma gorge se serra et je sentis mes paumes moites glisser sur la barre d'appui du balcon.

Les jardins étaient déserts et les ombres s'étendaient, longues et sombres, comme de hautes silhouettes de femmes, sévères et à l'affût. Puis la voix se fit entendre, chuchotante, et je sentis presque son souffle dans mon cou, je vis la soie noire de sa manche, sa main reposant sur le volet à côté de moi. Si je m'étais retournée, je l'aurais vue.

« A quoi bon ? Vous n'aurez jamais le dessus... elle sera toujours la véritable Mme de Winter, pas vous. Et lui ? Vous connaissez la vérité, naturellement, et moi aussi, et vous ne pourrez jamais l'oublier. Nous ne vous laisserons jamais l'oublier. Elle ne vous le permettra pas. Elle est encore là, toujours là. Vous imaginiez qu'elle s'était dissipée dans le passé, qu'elle y resterait à jamais, tranquille et silencieuse, mais elle ne restera jamais tranquille, j'y veillerai. Je ne l'ai jamais abandonnée, et je ne l'abandonnerai jamais. Je serai là, je parlerai à sa place. Il l'a tuée, n'est-ce pas ? Nous le savons tous. Je le sais. Elle le sait. Vous le savez. Il l'a assassinée. Maxim de Winter a assassiné sa femme d'un coup de revolver et placé son corps dans le bateau, il l'a conduit au large et l'a coulé, pour que l'on croie à un accident. Mais ce n'était pas un accident. C'était un meurtre. Elle ne s'est pas noyée. Je connais la vérité, voyez-vous. J'ai toujours eu des soupçons, et maintenant je sais. Et vous aussi, vous savez, et c'est pire pour vous, n'est-ce pas ? Car vous devrez vivre avec ce poids durant tout le restant de vos jours et vous ne pourrez jamais oublier, jamais vous échapper, où que vous fuyiez, ici ou ailleurs, dans la plus belle des demeures ou dans une petite ville calme, retirée, peu importe. Il vous faudra vivre avec ça et avec lui. En vous réveillant chaque matin, vous le regarderez et vous vous souviendrez. Cet homme est un meurtrier.

Il a tué sa femme. Il a tué Rebecca. C'est votre mari maintenant. Lorsque vous vous coucherez le soir, vous le verrez à côté de vous, et ce sera votre dernière pensée avant de vous endormir, elle vous suivra dans vos rêves, les transformant à jamais en affreux cauchemars. »

La voix poursuivait obstinément son monologue, elle ne montait ni ne descendait, gardait un ton monocorde et doux, égrenant les mots l'un après l'autre, comme une berceuse que j'écoutais malgré moi.

La voix était dans ma tête, et pourtant parlait à l'extérieur de moi, détachée. Soudain, une immense faiblesse m'envahit, mais quelque chose m'empêcha de perdre conscience, me retint.

J'ouvris grands les yeux et regardai vers le bas. La lumière avait changé, tandis que déclinait le jour, se teintant d'ambre rosé, d'un éclat liquide qui m'attirait irrésistiblement.

« Oui, chuchotait la voix. C'est la seule solution, n'est-ce pas ? Vous le savez, vous vous en souvenez. Regardez, c'est facile. Pourquoi ne sautez-vous pas ? Cela ne vous fera aucun mal. C'est une façon rapide et douce. Pourquoi ne pas essayer ? Cela résoudrait tout. Vous échapperez au souvenir, personne ne viendra vous tourmenter là-bas. N'ayez pas peur. Je ne vous pousserai pas. Je ne vous ai pas poussée la dernière fois, n'est-ce pas ? Je ne resterai pas auprès de vous. Vous pouvez sauter toute seule. Il ne saura jamais pourquoi, tout le monde pensera qu'il s'agit d'un affreux accident, et ce sera la vérité, n'est-ce pas ? Il ignorera que j'étais là. Il me croit morte. Vous aussi. Ils le pensent tous. Mme Danvers ? Elle est morte, comme sa maîtresse ! Pourquoi ne pas tous nous quitter pour de bon ? Vous en avez envie, n'est-ce pas ? Vous n'avez jamais osé lui avouer que vous aviez peur de lui, parfois, parce qu'il est un assassin ; vous ne serez jamais heureuse avec lui, aussi loin que vous fuyiez, même si vous tentez de recommencer cette nouvelle vie que vous croyez désirer, vous ne nous échapperez jamais. Pourquoi ne pas sauter et en finir ?

— Non, murmurai-je. Non. Allez-vous-en, vous n'êtes pas réelles, ni l'une ni l'autre, elle ne peut pas me faire de mal, pas plus que vous. Laissez-moi tranquille, madame Danvers. »

Je poussai un cri et reculai, et j'entendis ma propre voix me suivre comme un écho venu des profondeurs de la mer : « Non, non, non », tandis que je tombais.

Tout le monde se montra plein de sollicitude, désireux de m'aider, Maxim le premier. Le souvenir de sa tendresse me réconforta. Je m'y réchauffai, pendant les jours suivants, assise dans le petit salon ensoleillé qui donnait sur la cour de notre pension et sur une rue latérale. La patronne de l'hôtel avait insisté pour m'installer là, je ne pouvais rester dans une chambre toute la journée, disait-elle, ce serait trop déprimant et elle ne voulait pas me voir broyer du noir. Je n'étais pas malade, après tout, j'avais simplement besoin de repos, d'être entourée, que l'on s'occupe de moi. Et à la longue, la voyant aller et venir discrètement, s'agiter, m'apporter en jacassant des petites coupes remplies de fruits appétissants — des figues fraîches et juteuses, les dernières pêches —, de l'eau gazeuse, des gâteaux aux amandes, je compris avec embarras qu'elle me croyait enceinte. Il y avait dans son expression une indulgence, une timidité mêlée de compréhension qui me touchèrent. J'aurais voulu lui faire plaisir en lui confiant que oui, oui, c'était vrai.

Une grille au fond de la cour ouvrait sur une allée, et au bout se dressait un couvent, dont une partie était occupée par une école maternelle. Plusieurs fois par jour, j'entendais les voix des enfants, claires, aiguës, pépiant comme des moineaux sur le chemin de l'école, riant, s'interpellant, criant à la récréation, par-dessus le haut mur. D'une fenêtre ouverte s'échappaient leurs récitations rythmées, et leurs chants mélodieux et hésitants.

Je ne les vis jamais, je n'en avais pas besoin, je n'avais aucun mal à les imaginer. Je n'aurais su dire si leur présence me réjouissait ou m'attristait.

Je n'étais pas malade, je m'obstinais à le répéter. Je m'étais sentie tellement stupide, embarrassée, pendant qu'on m'aidait à descendre lentement les marches de pierre pour m'installer ensuite dans un grand fauteuil majestueux, dans le hall de l'entrée, avec un verre d'eau fraîche. On avait fait venir une voiture, et les gens me jetaient des coups d'œil discrets, avant de regarder ailleurs.

Ce n'était qu'un simple étourdissement, avais-je expliqué, dû au vertige, ou au contraste avec la lumière de l'extérieur ; peut-être avais-je bu un peu trop de vin au déjeuner, chose que je faisais très rarement. Dans le hall, dans la voiture, à la pension, Maxim m'avait regardée avec tant d'amour, de tendresse. Son visage empreint de sollicitude me revenait sans cesse à l'esprit et, à chaque fois, je me sentais emplie de remords, regrettant en mon for intérieur mes pensées à son égard, les mots que la voix avait chuchotés à mon oreille. Car ils étaient le fruit de mon imagination, je le savais. Une hallucination. Mais je n'avais rien fait pour les étouffer. Je m'étais sentie paralysée, hypnotisée, y trouvant presque une sorte de plaisir morbide.

J'aurais aimé avoir quelqu'un à qui parler, mais je ne connaissais personne, je n'avais jamais eu d'amies ; je n'avais pas de ces joyeuses confidentes dont les autres femmes sont toujours entourées, amies de classe, sœurs ou cousines, épouses des collègues de leurs maris — que sais-je. Je ne m'étais jamais liée. J'étais enfant unique, je ne possédais pas de famille, j'avais été la dame de compagnie de Mme van Hopper, mais elle n'avait rien eu d'une amie, pour moi, je n'aurais jamais pu lui parler, lui confier un secret. Puis j'avais eu Maxim. Et je n'avais plus eu besoin de connaître personne, d'aller ailleurs. J'avais vu défiler une foule de visiteurs, d'innombrables relations et connaissances, de voisins, tous plus âgés que moi, qui n'éprouvaient aucun sentiment à mon égard, aucun, si ce n'est une sorte de curiosité malsaine. Il n'y avait eu que Frank Crawley, fidèle envers Maxim, farouchement discret, un roc sur lequel je m'étais appuyée, mais pas un ami au sens où je l'entendais, puis Beatrice — j'aurais pu lui parler, elle m'aimait bien, je crois. Mais Frank était au service de Maxim, Beatrice était sa sœur, aucun des deux n'était des miens, de mon côté — bien que rien dans cette histoire ne fût une question de « côtés » ; je le savais, et me sentais d'autant plus coupable.

Je me mis à m'apitoyer sur moi-même, durant ces quelques jours. Je songeai que je n'avais jamais eu de jeunesse, ni d'amis à moi, que j'avais été forcée de renoncer à ce que j'aimais, pour Maxim, que j'avais désiré avoir des enfants, et que je n'en aurais peut-être jamais.

Maxim m'avait laissée, pour aller arpenter à nouveau l'une de ses galeries favorites, dont les tableaux académiques m'ennuyaient, bien que j'eusse proposé de l'accompager, protestant que je ne pouvais rester à me reposer toute la journée. « Je ne suis pas malade, Maxim. Je me sens très bien, je ne voulais pas causer tant d'embarras. Je n'ai pas besoin d'être traitée comme une invalide. »

Il se tenait devant moi, soucieux, plein de prévenance, et j'aurais dû être aimante, reconnaissante, mais je me sentis au contraire irritée, traitée avec condescendance, comme une enfant.

« Vas-y, lui dis-je. Je te rejoindrai. Nous pourrons déguster une glace dans un café près de la vieille fontaine.

— Est-ce que tu vas te reposer ?

— Je ne suis pas fatiguée. »

Mais le remords m'emplit à nouveau, je repoussai sa sollicitude : « Je ne suis pas malade — je t'en prie, crois-moi, ce n'était rien, rien du tout. »

L'après-midi s'écoula. Le soleil d'automne s'attardait, presque immobile sur les vieux murs de la cour. J'entendais la patronne de la pension bavarder devant la maison, sortir, fermer la porte. Les enfants étaient calmes, peut-être en train de faire la sieste.

Allions-nous toujours continuer ainsi, à vivre ici ou là sans raison apparente, sans que rien ne change, pour le restant de nos jours ? Oui, sans doute. Je n'osais le demander à Maxim, aborder le sujet avec lui. Nous nous étions éloignés l'un de l'autre, et je ne comprenais ni pourquoi ni comment nous en étions arrivés là. Nous avions traversé des épreuves suivies d'accalmies, restant toujours aussi proches. Mais elle avait disparu, cette plénitude, et je me demandais si le mariage était toujours ainsi, changeant et instable, nous portant dans une direction puis dans une autre, ensemble puis séparés, presque sans raison, comme si nous flottions en lui, comme sur une mer. Ou peut-être n'étions-nous pas innocents, peut-être voulions-nous ce qui arrivait, le provoquions-nous par nos désirs, nos pensées, nos paroles. Peut-être ces derniers étaient-ils aussi forts que les événements extérieurs, les hasards de la vie. Je tournais ces questions dans ma tête, sans trouver de réponse, de plus en plus perplexe, désorientée, ignorant ce qui me poussait à me torturer, pourquoi je ne pouvais m'abandonner simplement au cours des choses, exister, sans ces angoisses qui nous ravageaient, Maxim et moi.

Peut-être avais-je tort, peut-être étais-je souffrante, après tout. Je me sentais exténuée, apathique, indifférente ; c'était sans doute pour cette raison que j'avais entendu la voix, que je m'étais évanouie. Les questions tournoyaient dans ma tête, incessantes, m'entraînant dans une ronde sans fin, et je finis par m'endormir, succombant à une étrange torpeur, dans la maison silencieuse.

Lorsque je me réveillai, tard dans l'après-midi, je regardai le mur au fond de la cour. C'était le même mur que j'avais contemplé, juste avant de m'endormir, sans vraiment enregistrer ce que je voyais, mais l'image avait fait son chemin et, étrangement, m'apportait la réponse à quelque chose qui m'avait troublée plus que je ne le croyais et qui s'ancrait maintenant clairement dans mon esprit.

Une plante grimpante escaladait le mur, s'étalant, comme si elle ouvrait ses bras, s'enroulant en haut de la grille ; elle était particulièrement attrayante avec ses feuilles d'un vert brillant et vernissé, et ses milliers de fleurs étoilées d'un blanc pur dont le parfum suave parvenait jusqu'à moi. J'ignorais son nom, mais je me souvins d'avoir vu la même sur une arche de la villa.

Les fleurs blanches sur le feuillage vert en évoquèrent d'autres, et j'eus soudain la certitude — l'énigme n'avait cessé de m'intriguer, lancinante, source de rêves épuisants — que l'incident de la villa y était rattaché.

Frank Crawley s'était efforcé de me rassurer. Il avait apaisé mes angoisses concernant la couronne déposée sur la tombe de Beatrice, cherché à me convaincre qu'elle ne représentait rien d'important, que la carte n'était rien d'autre qu'une mauvaise farce, une plaisanterie lugubre. C'était certainement l'œuvre de Jack Favell, avait-il assuré, il rôdait toujours dans le coin... Tout à fait son genre. N'y prêtez pas attention, oubliez tout ça. C'est absurde.

Non. Non, ce n'était pas Jack Favell, ce n'était pas du tout son style. Jack Favell était un être veule, déplaisant, dépravé, couard, menteur, corrompu, mais pas malfaisant. C'était un parasite et un escroc, je l'imaginais aujourd'hui, gros, flasque, vieux beau avachi, le menton mou, empestant le whisky, le regard concupiscent. Rebecca n'avait eu que mépris pour lui, ainsi que Maxim. Et moi également, malgré la crainte qu'il m'inspirait, mais j'avais peur de tout le monde en ce temps-là. Il me laisserait de marbre, aujourd'hui.

Ce n'était pas lui qui avait déposé la couronne. Il n'avait pas suffisamment de goût, de finesse, de subtilité, il aurait raté son coup, en supposant même que l'idée lui fût venue à l'esprit. Il n'aurait jamais choisi des fleurs aussi parfaites, avec un tel raffinement, il n'aurait pas eu l'intelligence diabolique de les faire déposer là, en secret. Il aurait pu apparaître à l'enterrement de Beatrice — je dois dire que je m'y étais presque attendue ; je n'aurais probablement éprouvé aucune surprise si je l'avais vu au fond de l'église, me regardant de ses yeux larmoyants et globuleux, le cheveu rare, des plis de graisse dans le cou. Mais il n'était pas venu, sans doute n'avait-il pas eu connaissance de la mort de Beatrice.

La couronne ne provenait pas de lui. Il aurait été incapable de dessiner la lettre R de cette écriture si semblable à celle de Rebecca, sur la carte de bristol crème. Il n'avait pas cette délicatesse, il était grossier et maladroit.

Une seule personne au monde pouvait avoir si méticuleusement organisé l'envoi de la couronne, mis au point une si cruelle mystification, imité la lettre R sur la carte.

Les enfants sortaient de la maternelle ; j'entendis le clair gazouillis de leurs voix au-dessus du mur, le bruit de leurs petits pas, qui s'estompait peu à peu, et la cour devint à nouveau silencieuse. Mais elle était là. Dans mon esprit et devant mes yeux, son ombre planait, même ici, dans cet endroit retiré.

Je la voyais, vêtue, comme à l'accoutumée, d'une robe de soie noire, avec ses longues mains osseuses pointant comme des serres hors des fines manches noires, je voyais sa figure de sphinx, parcheminée, ses pommettes saillantes, ses yeux enfoncés dans leurs orbites. Je voyais ses cheveux ramenés en arrière, tirés, brillants, comme ceux de la jeune guide de la villa, et ses mains toujours croisées devant elle, l'expression de son visage lorsqu'elle me toisait d'un air dédaigneux, supérieur, ou le regard traversé d'un éclair de haine et de dégoût quand elle se moquait de moi, cherchant de mille façons subtiles et pernicieuses à miner mon fragile bonheur, à briser le précaire sentiment de calme et de paix auquel je me cramponnais désespérément.

Je la revoyais, au premier rang, devant le personnel déployé sur le perron de Manderley pour souhaiter cérémonieusement la bienvenue à la jeune mariée que j'étais ; ou en haut du grand escalier, près de la galerie des musiciens, me toisant, impassible et froide ; et dans l'embrasure de la porte de la chambre à coucher de l'aile ouest, exultant, trop contente de m'avoir surprise en faute. Je voyais ses yeux, luisant de satisfaction et de triomphe, le soir du bal de Manderley, lorsque j'étais si facilement tombée dans son piège.

Je l'entendais aussi, j'entendais sa voix murmurer, déplaisante, lisse comme un serpent.

Où se trouvait-elle aujourd'hui ? Nous ne l'avions jamais revue, après avoir quitté Manderley pour Londres, lors de cette dernière et terrible nuit. Elle avait fait ses bagages et était partie, nous avait-on dit ; ils avaient retrouvé sa chambre vide, ce soir-là. Ensuite, il y avait eu l'incendie. Je ne voulais rien savoir d'elle. Je voulais qu'elle sorte de notre existence, et de mon souvenir. Je ne pensais jamais à elle, je ne laissais jamais son ombre se dresser sur mon chemin ou s'interposer entre nous.

Mme Danvers avait appartenu à Rebecca, à Rebecca et à Manderley. Je ne voulais plus en entendre parler. Mais c'était elle qui avait envoyé la couronne. Je le savais.

Je sortis, quittai la pension sans veste ni sac, courant presque, le long des ruelles, jusqu'à la fontaine. Il était déjà installé, assis les jambes croisées, son verre de thé posé sur la table devant lui.

« Maxim ! » appelai-je, m'efforçant de reprendre haleine, de paraître aussi détendue, désinvolte que lui.

Il leva les yeux.

« Je vais beaucoup mieux, annonçai-je d'un ton joyeux. Ne fait-il pas un temps délicieux ? Le soleil est encore chaud. Je me sens parfaitement bien. »

Un léger froncement apparut entre ses yeux, une expression étonnée. Pourquoi étais-je si désireuse de le rassurer, pourquoi fallait-il que j'affirme, si précipitamment, que j'allais bien ?

Je commandai du thé et une glace au citron. J'étais calme, parfaitement calme. Je bus mon thé à petites gorgées, dégustai ma glace lentement, savourant chaque bouchée, avec la mince cuillère à manche d'os, souriant entre chaque cuillerée, sans rien laisser deviner de mes pensées.

Mais je finis par dire : « Partons d'ici. J'aimerais bouger un peu, pas toi ? Nous pourrions aller nous promener ailleurs, avant que ne s'installe l'hiver. »

Nous n'en avions pas parlé. Je supposais que nous nous établirions quelque part, lorsque le temps se mettrait au froid, mais l'endroit importait peu. Comme d'habitude. J'étais uniquement désireuse de m'en aller d'ici, parce que je ne pouvais plus m'y sentir en paix, marcher le long des rues ou des places sans regarder furtivement derrière moi. Il nous fallait partir, une fois de plus, trouver d'autres lieux, d'autres pays qui ne soient pas gâchés. Maintenant, c'était à mon tour d'être impatiente, d'avoir envie de fuir, sachant pourtant que c'était peine perdue, que la raison de ma fuite était en moi, et que je l'emporterais partout avec moi, où que j'aille.

Maxim m'observait. Le froid de la glace me brûlait la gorge.

Je n'osai répéter ma demande, il aurait des soupçons et m'interrogerait, et je serais incapable de lui répondre. Je ne pourrais jamais prononcer son nom, aucun de ces noms qui appartenaient à une autre vie.

Mais il se contenta de sourire.

« D'accord, dit-il. Je me disais que nous pourrions retourner à Venise. »

La nuit était tombée lorsque nous regagnâmes la pension, l'air était froid, soudain. Saisie d'une impulsion, je ne pris pas l'entrée principale, mais continuai à marcher quelques mètres et gravis la ruelle qui menait à la grille.

« Je voudrais te montrer quelque chose, dis-je à Maxim. Je ne l'avais pas remarqué précédemment, mais je l'ai vu tout à l'heure, en me réveillant. C'est merveilleux — l'odeur est exquise — je ne sais pas ce que c'est. »

Pourquoi voulais-je le voir là, à côté de la plante grimpante ? Je n'avais pas l'intention de lui parler de la couronne, et pourtant, lui montrer cette plante était plus ou moins une manière de le faire, d'établir le lien entre les deux dans mon esprit, et j'en ressentais le besoin avec une telle force que je pris peur.

Dans la pénombre, le feuillage s'estompait et les fleurs minuscules se détachaient sur la masse vert sombre, pâles et irréelles. Je tendis la main, effleurant un pétale du doigt.

Le visage de Maxim, lui aussi, était blanc, de profil.

« En effet, dit-il, c'est exquis. On en voit souvent dans les pays méditerranéens — elles fleurissent tard, juste avant l'hiver. »

Il cassa une branche et me la tendit.

« On les appelle des corbeilles de la vierge », ajouta-t-il, et il se tut, attendant de me voir prendre le rameau et l'emporter jusqu'à la maison.

Lorsque enfin nous arrivâmes, franchîmes les eaux mortes de la lagune pour entrer dans la ville magique à la fin du jour, l'été et l'automne s'étaient déjà fanés, laissant place à l'hiver, sans laisser de trace.

Un vent froid soufflait, nous cinglait le visage, soulevant un clapot sec à la surface de l'eau et nous forçant à nous abriter à l'intérieur du bateau, et quand nous débarquâmes à la station Saint-Marc, les pavés des rues et de la place devant nous étaient luisants de pluie. Tout était calme, seuls quelques Vénitiens descendirent en même temps que nous, des hommes munis de leur serviette, le col du manteau relevé, pressés de rentrer chez eux, et quelques vieilles femmes en noir, chargées de sacs de raphia, la tête baissée.

Mais c'était toujours aussi beau. Indubitablement. Je ne me lassais pas d'admirer le dôme de la Salute de l'autre côté du canal, et plus loin, San Giorgio et sa tour si parfaite, et derrière moi, aussi loin que portait mon regard, le cours du Grand Canal avant que sa courbe ne s'estompe dans le crépuscule, disparaissant entre les palais. Mais au plaisir de ma contemplation se mêlait un sentiment d'irréalité, comme si la scène pouvait disparaître en un clin d'œil. La dernière fois nous étions venus au printemps, les maisons brillaient sous un pâle et précoce soleil, et mon étonnement avait été plus grand encore, car j'étais alors jeune mariée, émue, désorientée, sous le coup de la surprise et de la précipitation, emportée par Maxim, incapable de penser, incroyablement heureuse.

Il me restait si peu de souvenirs de cette époque ; ç'avait été un intermède de joie et d'insouciance avant de retourner au monde réel, avant que les chagrins, les soucis et les bouleversements ne s'emparent de nous. De tout ce qui s'était passé par la suite, à Manderley, je me rappelais chaque détail, comme un film que l'on peut projeter à volonté.

Mais de Venise, et des autres villes que nous avions visitées ensemble, je n'avais gardé que des images éparses, qui se détachaient sur un fond vague, général, d'optimisme et de gaieté.

Aujourd'hui, je lui trouvais un air différent, une apparence plus maussade, plus sombre. Je l'admirais, la contemplais avec étonnement et, parcourant les étroites ruelles qui bordaient un canal, suivant le porteur chargé de nos bagages, je frissonnais, non seulement de fatigue et de froid, mais parce que je redoutais un peu cette ancienne cité, cachée, secrète, qui ne révélait jamais son vrai visage, mais présentait une succession de masques, changeant selon l'humeur.

Nous avions déniché une autre pension modeste et retirée — nous avions le don pour trouver des endroits parfaitement adaptés à nos besoins, comme si nous cherchions à entrer en retraite, à nous détourner du monde extérieur. J'y étais accoutumée désormais, peu m'importait, mais tandis que je suspendais mes vêtements, pliais les chemises, ouvrais les lourds tiroirs, j'éprouvai soudain une envie brutale, désespérée, de posséder mes propres pièces, mes propres meubles, une maison, et Cobbett's Dale m'apparut, paisible, serein, loin de la foule. Je m'accordai un moment pour laisser libre cours à ma nostalgie, avant d'aller à la rencontre de Maxim.

Nous devînmes vite des habitués. Nous allions rester, décréta Maxim, séjourner ici tout l'hiver — pourquoi pas ? A dire la vérité, nous avions eu notre content de soleil.

Je fus surprise de la rapidité avec laquelle nous reprîmes notre train-train quotidien — aller chercher le journal, prendre un petit déjeuner tardif, marcher, explorer, parcourir les musées et les églises, observer les maisons, les visages des habitants, les bateaux glissant silencieusement sur l'eau lisse et sombre, le ciel, matin et soir, au-dessus des campaniles. La dernière fois, c'était nous-mêmes que nous contemplions du matin au soir, je n'avais pas vu la ville, seulement le visage de Maxim.

Le temps était en général maussade, le vent mordant, s'engouffrant dans les ruelles, balayant les places, nous obligeant à rester à l'intérieur. Mais parfois le ciel s'éclaircissait, et les reflets des maisons scintillaient à la surface de l'eau, les dorures sur les murs et les dômes peints étincelaient. Il y avait du brouillard, aussi, étouffant les bruits de pas qui ne s'arrêtent jamais à Venise, le carillon des cloches et le clapotis des avirons plongeant dans l'eau. Ces jours-là, nous ne quittions pas le salon sombre et tendu de rouge, excepté pour nous rendre dans notre café favori ; le temps restait en suspens, comme alourdi, et je rêvais de cieux vastes et infinis, de champs labourés, d'arbres dénudés, et je me revoyais parfois sur les falaises de Kerrith, regardant les rouleaux s'abattre sur les roches noires.

Au début, Maxim se montra semblable à lui-même, reprenant les habitudes de nos anciens jours d'exil, heureux de ma présence, plongé dans ses lectures, s'intéressant aux banales nouvelles de l'Angleterre, qui nous parvenaient avec deux jours de retard, refusant d'évoquer les choses pénibles du passé, ce qui m'obligeait à surveiller mes mots, pour l'épargner, à lui cacher certaines de mes pensées.

Nous finîmes par connaître Venise, ses palais et monuments, ses coutumes, aussi bien que n'importe lequel de ses habitants. La ville n'avait plus de secrets pour nous ; nous jouions à nous interroger mutuellement sur les dates, les styles, les points d'histoire, les doges et les peintres, trouvant là un moyen plaisant et utile de passer le temps.

Parfois, je surprenais le regard de Maxim posé sur moi, voyais son visage s'assombrir, sans pouvoir dire à quoi il pensait. Il semblait se murer en lui-même, et je me réfugiais alors dans mes rêves, cherchant en eux les quelques minutes de nostalgie et de bonheur qui m'étaient nécessaires.

Des lettres arrivèrent. Nous reçûmes des nouvelles de Giles, Frank Crawley écrivit une fois, et il y eut aussi les lettres d'affaires auxquelles il fallait répondre, mais rien d'important, apparemment, rien qui fût susceptible de préoccuper Maxim. Il consacrait une ou deux heures à son courrier, installé à une table devant la fenêtre de notre chambre, et j'en profitais pour aller me promener seule, flâner dans les rues de Venise, ou parcourir le Grand Canal en vaporetto, passer à moindres frais une heure agréable.

Noël approchait, s'annonçant aussi étrange et insolite que tous les autres Noëls de notre exil, mais j'en avais pris l'habitude. Nous échangerions nos cadeaux, mangerions les mets traditionnels, j'irais entendre la messe dans une église étrangère, dans une langue que je ne connaissais pas, et, à part ça, la journée serait semblable à toutes les autres.

Je n'allai pas dans l'une des principales églises de la ville, avec la foule endimanchée, Saint-Marc ou la Salute ; je me sentais moins que jamais disposée à m'exposer aux regards du public. Je me levai tôt, laissant Maxim à peine réveillé, et longeai des ruelles et des places désertes et obscures, de l'autre côté du Rialto, jusqu'à une église que j'avais découverte au cours de mes promenades solitaires, et dont le calme et l'inhabituelle simplicité m'avaient plu. Peu décorée, à peine ornée de quelques tableaux, elle était modeste et authentique, plus conforme à mes goûts. Personne n'y venait pour voir ou être vu, je pourrais m'y glisser, passant inaperçue avec mon manteau gris à col de fourrure et mon chapeau.

Maxim ne m'accompagnait jamais. Il n'était pas croyant, disait-il, même s'il acceptait « certaines vérités », et je ne l'avais jamais questionné plus avant. Je n'étais pas, il est vrai, très sûre de ce que je croyais moi-même, j'ignorais tout de la théologie et des sciences en général, bien qu'ayant reçu une instruction normale, entendu les histoires habituelles, mais j'avais prié, désespérément, durant les dernières années, obtenant en retour notre présent sursis, notre tranquillité et notre intimité.

Je marchai, mêlée aux familles et aux vieilles femmes en noir qui avançaient lentement en se tenant par le bras, j'inclinai la tête en réponse à un sourire discret, me glissai à l'arrière de l'église, pour entendre la messe de Noël et, perdue au milieu de l'embrasement des cierges, des grands vases emplis de feuillages et de fleurs de cire, tandis que s'élevaient la voix du prêtre et les antiennes, je priai à nouveau, pour être lavée de mes pensées et de mes souvenirs, des réminiscences, des voix qui chuchotaient à mon oreille, pour oublier, oublier. Je priai pour apprendre à me satisfaire de ce que nous avions, pour témoigner ma gratitude, mais mes prières furent vaines, un désir instinctif, irrépressible, m'habitait, la maison, Cobbett's Dale, se dressait devant mes yeux, je ne pouvais m'en détacher.

Je voulais un Noël normal, un Noël dans une maison, notre maison, avec de grands branchages tressés autour des cheminées, des bûches dans le foyer, des baies translucides rouges et blanches, je voulais entendre les mots traditionnels en anglais, les chants, goûter aux plats riches, généreux, réconfortants. Et mon désir se teintait d'amertume, m'empêchant de prier avec sincérité, endurant les cantiques et les files de communiants, le cliquetis des chaînes de l'encensoir, impatiente d'en voir la fin, d'être libérée.

Le brouillard s'était levé sur la lagune, s'infiltrant dans les interstices entre les vieilles maisons désolées, flottant au-dessus de l'eau noire du canal, âcre et sulfureux, et je rentrai d'un pas pressé, la tête baissée. Dans le hall, Maxim s'entretenait dans un italien parfait avec le directeur de l'hôtel, il parlait avec animation, un verre de vin à la main.

« Ah, te voilà », dit-il, et il passa son bras autour de mes épaules, visiblement heureux de me voir rentrer.

Comment ne pas répondre à son affection, m'y réchauffer, comment ne pas me tourner vers lui, le cœur empli d'amour ?

Oui, cela seul comptait, et on nous apporta un autre verre, le propriétaire me baisa la main, nous nous souhaitâmes un heureux Noël, dans une langue étrangère, je souris, et rien ne ressembla moins à Noël.

Mais il en était de mes sautes d'humeur comme du reste, je les gardais pour moi, mettant un point d'honneur à ne rien révéler à Maxim de mes sentiments — ce qui était aussi, à mes yeux, une forme ultime de tromperie. J'en avais pris l'habitude, et c'était mieux ainsi.

Nos jours reprirent leur cours régulier, égal et agréable, sans contrainte, et nous nous habituâmes même à cette ville insolite et extraordinaire ; nous finîmes par ne plus la remarquer, nous aurions pu nous trouver n'importe où ailleurs.

Que Maxim semblât lui aussi avoir ses secrets à présent, que je le surprisse me regardant d'un air bizarre, interrogatif, qu'il parût souvent occupé par ses affaires ne me troublait pas outre mesure. Je m'en réjouissais, heureuse de le voir s'intéresser à autre chose qu'à notre petit univers clos.

Janvier s'écoula lentement, dans la grisaille et la mélancolie, avec ses longs crépuscules, accompagné d'un vent froid qui balayait sans répit la lagune. Les eaux montèrent, inondèrent les marches et les débarcadères, s'infiltrèrent dans les murs des maisons, débordèrent sur la Piazza, et une odeur d'humidité fétide nous enveloppait, partout où nous portaient nos pas, et les lampes restaient allumées du matin au soir, jour après jour.

Lorsque vinrent des temps meilleurs, ils n'apportèrent pas seulement la vue du soleil, après des semaines de grisaille, pas seulement les premiers effluves d'un air frais et nouveau, annonciateurs du printemps, mais quelque chose de différent, d'inattendu, un rappel du passé, de l'époque où j'avais rencontré Maxim pour la première fois, un souvenir qui n'était en rien triste ou déplaisant, comme tant d'autres de nos souvenirs. Ils évoquèrent les premiers émois de l'amour, de mon innocence, me rappelant une fois encore que Maxim était venu me sauver.

C'était le jour de mon anniversaire, plus heureux que celui de Noël, car Maxim cherchait toujours à me faire une surprise, un cadeau particulier. Il était spécialement doué pour cela et, ce jour-là, je me réveillais toujours avec l'impatience d'un enfant.

Le soleil brillait déjà lorsque nous sortîmes, tôt dans la matinée, nous préparant à aller prendre notre petit déjeuner non pas modestement dans la salle à manger de la pension, comme à l'accoutumée, mais au Florian ; et lorsque nous franchîmes le pont, en direction de la Piazza, nous mêlant aux Vénitiens qui se hâtaient vers leur travail, les mères de famille et leurs bambins, les petits garçons qui couraient à l'école, le ciel avait ce bleu d'émail des tableaux de la Renaissance. La Renaissance, c'était le mot exact. « Une renaissance, dis-je, une nouvelle naissance. »

Maxim sourit, et je le retrouvai soudain, tel que je l'avais vu la première fois, assis dans un sofa de l'hôtel Côte d'Azur, des années auparavant. Son visage, alors, m'avait rappelé un tableau médiéval, un portrait du xve siècle, un visage en harmonie avec une cité lacustre comme celle-ci, faite de ruelles étroites et pavées, et je le retrouvais aujourd'hui, empreint de la même finesse et de la même élégance, parfaitement accordé aux lieux, bien qu'il n'eût ni le nez aquilin, ni la chevelure rousse des Vénitiens.

Le café était le meilleur que j'eusse bu depuis longtemps, avec ce goût profond et corsé du vrai café italien, une saveur qui évoquait les années d'avant-guerre, avant les privations. Le café, depuis, s'était transformé en une triste lavasse au goût de tisane, mais celui-ci était parfumé, riche et noir, servi dans de grandes tasses ornées d'un filet doré, et nous le dégustâmes non pas dehors — il faisait encore trop frais —, mais installés sur l'une des luxueuxes banquettes près des fenêtres, regardant les nuées de pigeons s'envoler brusquement, voleter en cercle autour du dôme étincelant de Saint-Marc, chez eux au milieu des lions et des chevaux cabrés, pour revenir ensuite se poser sur les dalles.

Renversé dans son siège, Maxim me regardait avec amusement.

« Nous n'avons plus beaucoup de temps, fit-il, tu ferais mieux d'en profiter. »

Je compris instantanément ce qu'il voulait dire.

« Que comptes-tu faire ?

— Nous devrions faire des plans. Tu risquerais de ne plus m'aimer ensuite.

— Bien sûr. Je pourrais te renier sur le coup de minuit, te rejeter dans les ténèbres. »

Peu après avoir fait la connaissance de Maxim, par une de ces journées enivrantes et inoubliables, alors que nous regagnions Monte-Carlo dans sa voiture, quelque chose, une remarque, m'avait soudain ramenée à la réalité, et j'avais murmuré malgré moi, dans un moment de frustration et de souffrance : « Je voudrais être une femme de trente-six ans, en satin noir, avec un collier de perles. »

Il me semblait alors que c'étaient l'âge et le style de femme, mondaine et raffinée, que préférait Maxim de Winter, et j'étais tellement plus jeune, gauche, inexpérimentée et stupide. Mais c'était moi qu'il avait épousée, moi qu'il avait voulue, aussi étonnant, invraisemblable, que cela ait pu paraître — et paraissait encore aujourd'hui, songeai-je à cet instant, le regardant en face de moi, de l'autre côté de la nappe rose du Florian. Une femme de trente-six ans en satin noir et collier de perles était tout ce qu'il détestait, tout ce qu'il cherchait à fuir, une femme semblable à Rebecca. Je l'avais appris à mes dépens.

Mais dans deux ans, j'aurais trente-six ans. Sans doute ne porterais-je jamais de satin noir, néanmoins j'avais une ou deux fois secrètement regretté de ne pas avoir de perles, car elles étaient seyantes, discrètes et brillaient d'un éclat plus doux que la plupart des bijoux, généralement froids et sans charme à mes yeux.

L'âge importait peu, il m'arrivait de me sentir plus vieille que ma mère, certains jours, aussi vieille qu'on pouvait l'être, et, à d'autres rares moments — comme aujourd'hui par exemple —, il me semblait avoir l'âge qui était le mien le jour de ma rencontre avec Maxim, j'avais l'impression que je resterais toujours aussi jeune. La plupart du temps, cependant, je me sentais d'un âge moyen, indéterminé et banal.

Ce matin-là, celui de mon anniversaire, j'étais comme le jour qui vient de naître, et le soleil, l'air, la ville étincelante m'emplirent de bonheur. Je me promis de ne plus me plaindre, de ne voir que le bon côté des choses, de ne plus regarder en arrière, avec la nostalgie du passé. Il était inutile de se complaire dans des chimères.

La journée m'apporta son lot de petits plaisirs, mais Maxim attendit la tombée du jour pour me faire une surprise ; il me dit de mettre une robe du soir, avec une étole de fourrure, et me laissa me préparer. Je crus qu'il m'emmènerait dans l'un de nos petits restaurants favoris de l'autre côté du canal, près du Rialto, mais nous ne parcourûmes que quelques mètres, le long de la rue adjacente, jusqu'à l'embarcadère, où nous attendait une gondole, comme un élégant cygne noir se balançant sur l'eau luisante, éclairée de torches qui répandaient un halo doré autour de l'étrave. Nous avions pris une gondole semblable, la dernière fois, pendant notre voyage de noces, Maxim avait alors mille idées par jour, mais notre existence avait changé depuis et j'avais peu à peu oublié son don pour le romanesque.

J'aurais voulu que le temps s'arrête, que s'éternise cette lente et lisse traversée le long du canal. Je ne cherchais pas à évoquer le passé, je ne désirais rien d'autre, je voulais seulement que le présent n'ait pas de fin — de tels moments sont d'autant plus précieux qu'ils sont rares.

Mais le trajet fut court, la gondole accosta doucement à un débarcadère, je vis s'ouvrir les portes de l'hôtel, les lumières se refléter et danser sur l'eau.

Je n'avais jamais eu un goût particulier pour les endroits chics, nous en avions tous les deux fini depuis longtemps avec tout ça, mais une fois en passant, nous trouvions un certain amusement, un plaisir bref et excitant, sans conséquence, à nous habiller et à nous asseoir sous les lustres, entourés d'une armada de serveurs, car il s'agissait d'un jeu maintenant, d'un moment de fête, et non d'une façon de vivre, d'entretenir une image, comme c'était le cas pour nombre des amis de Maxim autrefois — de Maxim et de Rebecca.

Il s'était tenu si longtemps à l'écart de ce genre de lieux, craignant d'être reconnu, et de rouvrir d'anciennes plaies, que je m'étais accoutumée à notre vie recluse, et m'étonnais aujourd'hui qu'il désire dîner dans l'hôtel le plus ancien et le plus élégant de Venise.

« Tu mérites un traitement de faveur pour l'occasion, dit-il. Cela t'arrive si rarement. Je suis un vrai bonnet de nuit.

— Pas du tout. Je suis très heureuse comme ça. Tu le sais bien.

— Non, je suis resté trop replié sur moi. Tout ça va changer, dès maintenant. »

Je m'immobilisai, au moment où nous nous apprêtions à pénétrer à l'intérieur de l'hôtel, entre deux portiers en uniforme, qui nous ouvraient les portes.

« Ne change pas — je n'aimerais pas mener ce genre de vie trop souvent.

— Ne crains rien, je suis trop vieux pour ça.

— C'est merveilleux de venir ici, je suis si souvent passée devant cet hôtel, en jetant un coup d'œil à l'intérieur — il m'a toujours paru magnifique, on dirait un palais.

— C'était un palais, jadis. »

Nous nous avançâmes sur le tapis chamarré. « Et il est peu probable que nous rencontrions quelqu'un de connaissance. Ce n'est pas encore la saison des mondanités à Venise. »

Sans doute. Néanmoins l'assistance était élégante, ce soir, principalement des gens âgés, visiblement riches, un peu démodés, des femmes parées de petites étoles de fourrure et d'émeraudes, accompagnées de messieurs aux cheveux dégarnis, des couples silencieux, le regard fixé devant eux, l'air satisfait. Nous passâmes devant eux sans attirer l'attention, et je me demandai si nous paraissions vieux, nous aussi, si des jeunes venaient parfois ici.

Et soudain j'en vis un. Il s'avançait sur le tapis de velours, entre les canapés recouverts de brocart, les chaises d'un rouge rubis, et je ne pus m'empêcher de le suivre des yeux, uniquement parce qu'il était jeune, aussi jeune que le plus jeune des serveurs, mais d'un type et d'un style que je ne pouvais reconnaître ni situer. Il était très mince, avec une silhouette parfaite, des cheveux sombres impeccablement peignés. Il portait un smoking et un nœud de satin noir que Maxim aurait regardé avec désapprobation, car il était un peu trop large, et c'était le genre de détail qu'il ne manquait pas de remarquer, obéissant à un reste d'affectation, un snobisme que j'avais sans doute acquis, car je jugeais le joli jeune homme d'un œil aussi critique que curieux. Il s'arrêta une seconde pour laisser notre maître d'hôtel lui céder le passage et je vis qu'il avait une bouche d'un dessin remarquable, un teint sans défaut, mais une expression boudeuse et légèrement hautaine. Un garçon obligé de passer ses vacances avec des parents plus âgés, décidai-je, forcé de les écouter parler de gens sans intérêt pour lui, de jouer au bridge, de marcher lentement dans Venise, et de se rendre utile — car il avait à la main une enveloppe et un étui à lunettes qui, bien sûr, ne lui appartenaient pas. Je présumai qu'il avait des espérances et par conséquent devait se montrer attentionné, de manière à ne pas être déshérité.

Simples suppositions qui me traversèrent fugitivement l'esprit, le jeune homme jaugé, classé et évacué. Je les regrettai immédiatement, confuse, et, lorsqu'il dirigea ses yeux vers nous par-dessus la table, je souris à demi, avant de me détourner, gênée. Son regard vacilla, il eut un léger frémissement au coin des lèvres avant de continuer son chemin. Maxim haussa un sourcil à mon intention, devinant et partageant mes pensées, sans avoir besoin de prononcer un mot. Il semblait amusé.

Puis j'entendis une voix provenant du sofa placé dans le coin derrière nous, une voix forte, mécontente, réprobatrice, qui résonna à mes oreilles à travers les années, me rappelant la jeune fille de vingt et un ans, gauche et mal fagotée, que j'étais alors.

« Mon Dieu, vous en avez mis du temps, qu'est-ce que vous fabriquiez ? Ce n'était pourtant pas difficile de les trouver. »

Maxim et moi nous nous regardâmes, les yeux agrandis de stupeur. « Venez vous asseoir, maintenant, vous n'arrêtez pas de tourniquer, vous savez bien que ça m'est insupportable. Non, pas ici, là. Voilà. Donnez-moi cette enveloppe, je suis sûre que la coupure de journal s'y trouve, il y avait une photo, c'était dans *Paris-Soir*— oh, je sais, elle est ancienne, elle date d'avant la guerre, et ce n'est peut-être pas lui, peut-être est-il mort, comme les autres, mais il y avait quelque chose de tellement familier dans cette nuque, j'aurais juré que c'était le comte. Il avait une classe folle, vous ne pouvez imaginer — non, vous ne pouvez pas, il était si français, il me baisait la main avec une telle élégance chaque fois que nous nous rencontrions. Seuls les Français savent se comporter ainsi, ils savent exactement comment traiter une femme. Qu'avez-vous maintenant, pourquoi vous agitez-vous ainsi ? Nous allons passer à table dans dix minutes. »

La dernière fois que j'avais vu Mme van Hopper, elle avait levé la tête sur moi, arrêtant de se poudrer le nez pour me dire qu'en acceptant d'épouser Maxim de Winter, je faisais une grosse erreur que je regretterais amèrement. Elle avait douté de ma capacité à prendre en charge Manderley, déversé son mépris sur mes espoirs et mes rêves, avec un regard inquisiteur et déplaisant. Mais ses propos m'avaient laissée indifférente ; pour la première fois depuis que j'étais à son service, j'avais été capable de lui tenir tête et d'ignorer ce qu'elle disait, car j'étais aimée, j'allais me marier, devenir Mme de Winter, et j'imaginais pouvoir affronter n'importe qui, ou n'importe quoi. Son emprise sur moi s'était relâchée en un instant, dès le moment où j'avais su que je n'étais plus désormais son employée, que je ne me sentirais plus jamais à cause d'elle inférieure, stupide, inepte, gauche, un non-être. Finis, les horribles semaines d'embarras, d'humiliation et d'ennui, les interminables soirées de bridge et les cocktails dans les chambres d'hôtel, l'obligation de répondre à ses exigences, les repas où j'étais traitée avec un mépris à peine dissimulé par les serveurs, tout ça était terminé et j'en étais délivrée, désormais en sécurité.

J'étais sortie de la chambre, descendant rejoindre Maxim qui attendait, impatient, dans le hall, et je ne devais jamais la revoir ni entendre parler d'elle. Une fois seulement, n'ayant rien de mieux à faire, je lui avais écrit une courte lettre. Elle n'avait pas répondu, et ensuite j'avais été engloutie par toutes les tragédies successives qui s'étaient abattues sur nos existences comme les vagues d'une tempête. Je ne crois pas, pendant les paisibles années qui suivirent, lui avoir consacré plus d'une ou deux pensées, ni m'être demandé où elle résidait, ni même si elle était toujours en vie. Elle avait disparu de ma vie ce jour-là, à l'hôtel Côte d'Azur à Monte-Carlo. Je n'avais pas dû l'oublier, toutefois, s'il est vrai que nos pensées sont dues à ceux qui ont joué un rôle dans notre vie. Car si je n'étais pas devenue sa dame de compagnie, si elle n'avait pas eu cette manie de traquer sans merci les personnes qu'elle considérait comme chics et célèbres, je ne serais pas Mme Maxim de Winter aujourd'hui, ma vie n'aurait pas été la même.

Il allait certainement vouloir l'éviter, nous nous dissimulerions dans les canapés à hauts dossiers, jusqu'à ce qu'elle ait gagné la salle à manger, et quitterions ensuite rapidement les lieux, à la recherche d'un endroit plus discret ; mais Maxim avait retrouvé un peu de son ancienne assurance, une légère arrogance, même, peut-être se sentait-il moins vulnérable, je ne sais. En tout cas, il se pencha en avant, un sourire amusé sur les lèvres et me murmura : « Finis ton verre. Je crois que nous allons pouvoir y aller. »

Je le regardai avec surprise, mais il continua de sourire, d'un air malicieux ; je compris alors qu'il avait l'intention d'affronter la situation, mais aussi de la savourer, et je me souvins avec quelle cruauté, quelle subtilité, il avait su se jouer d'elle dans le passé.

Il se leva. Son visage était impassible. Je retins difficilement un gloussement.

« Ne regarde pas », dit-il. Le maître d'hôtel s'avança vers nous, prêt à nous conduire à la salle à manger.

J'obéis. Mais en vain. Comme nous passions près de sa table, le regard fixé devant nous, vide de toute expression, j'entendis son cri étouffé, et ce bruit affreux qui me ramena des années en arrière, le claquement de son face-à-main.

« Mais c'est... mon Dieu... vite, arrêtez-les, levez-vous, remuez-vous... pauvre idiot... c'est Maxim de Winter ! »

Son désir le plus cher, naturellement, était de se joindre à nous. Elle n'avait pas changé, elle était aussi facile à percer, aussi manipulatrice qu'autrefois. Elle allait nous inviter à sa table.

« De si longues années, de si vieux, vieux amis, impossible de ne pas saisir cette occasion — vous ne pouvez pas refuser. » Mais elle dut s'incliner. « Je regrette, dit poliment Maxim, avec son sourire le plus aimable, mais cette soirée est une occasion très spéciale, nous ne sommes à Venise que pour quelques jours et c'est l'anniversaire de ma femme. Je suis certain que vous nous excuserez. »

Comment l'aurait-elle pu ? Je vis sa bouche s'ouvrir et se fermer tandis qu'elle cherchait désespérément les mots capables de nous retenir, de nous faire changer d'avis. Maxim fut plus rapide qu'elle :

« Mais nous serions ravis si vous veniez prendre le café avec nous après le dîner... vous... (il eut un battement de paupières en direction du jeune homme qui s'était à demi levé à notre arrivée, et se tenait à présent renfoncé sur sa chaise, l'air boudeur)... et votre ami. » Et, sans s'arrêter davantage, il passa tendrement son bras sous le mien et m'entraîna vers la salle à manger. J'aurais voulu jeter un regard derrière moi, pour voir l'expression de son visage, mais je n'osai pas. Le jeune homme n'avait montré aucune trace de timidité ou d'embarras, il y avait en lui une vanité et une arrogance qui me déplurent, et je ne ressentis aucune compassion, aucun intérêt pour lui. Etrangement, ce fut pour Mme van Hopper que j'éprouvai un élan de pitié, presque d'affection, car je savais qu'il ne resterait pas longtemps auprès d'elle et se montrerait peu attentionné à son égard. Elle avait acheté sa compagnie, comme elle avait jadis acheté la mienne, mais notre arrangement avait été explicite et normal, et si j'avais été exploitée, c'était également normal dans ce genre de situation. Les gens comme moi étaient une espèce particulière de domestiques, qui devaient s'attendre à ce qu'on les exploite. Cette fois, il me semblait que la situation était inverse.

Mme van Hopper était une vieille femme, trop habillée, trop maquillée, avec des cheveux blancs clairsemés, des mains boudinées de bourrelets autour de sa multitude de bagues, des yeux enfoncés dans leurs orbites, sans expression. A part ça, elle était la même, aussi vulgaire, indiscrète, insensible qu'autrefois.

Ils étaient assis à l'autre bout de la salle, à l'opposé de nous, ce qui l'irritait visiblement, car je la vis appeler le maître d'hôtel et faire des gestes en direction des autres tables — mais sans résultat. Il se borna à secouer la tête et ils restèrent où ils étaient, elle se cramponnant à son face-à-main, qu'elle agita tout au long du dîner, et avec ostentation, dans notre direction.

« Je me demande depuis combien de temps ce jeune homme — sûrement pas un gentleman — se trouve dans son sillage, dit Maxim. Pauvre Mme van Hopper — après toi, rémunérée mais parfaitement respectable, comment est-elle descendue si bas ?

— Il ne me plaît pas, fis-je.

— Je l'espère bien. C'est une vieille snob stupide, mais elle ne mérite pas ça. »

Du coin de l'œil, je la vis se tourner pour observer un couple âgé qui entrait dans la salle, et abaisser presque immédiatement son face-à-main, les écartant de sa sphère d'intérêt. Sans raison particulière, je les regardai s'installer à une table voisine de la nôtre. Il avait un air frêle, avec une peau parcheminée et jaune, tendue sur son crâne, et de longues mains osseuses, des yeux larmoyants, et elle était pleine de sollicitude envers lui, affectueuse, lui racontait quelque chose à travers la table qui le fit rire. C'était sa femme, manifestement, beaucoup plus jeune que lui, mais pas suffisamment pour être sa fille, et, qui plus est, il y avait une tendresse entre eux, une longue familiarité dans les gestes et les regards qui n'étaient pas filiales. Il allait mourir bientôt, pensai-je, il avait cette étrange transparence des vieillards peu avant leur mort, une expression de détachement et de rêverie, comme s'ils avaient déjà à moitié quitté cette terre. Je reportai mon regard sur Maxim et nous imaginai dans trente ans, aimants, proches l'un de l'autre et attendant comme eux la séparation, en exil, vivant à l'hôtel, sans enfants comme eux, car j'aurais juré qu'ils n'en avaient pas. Je jetai un coup d'œil furtif par la fenêtre, aperçus le fanal d'une gondole, qui glissait silencieusement dans un doux balancement. Je ne voulais pas y penser, que m'importait au fond. Après tout, j'aurais pu être à l'autre bout de la salle à manger, en ce moment même, avec Mme van Hopper.

Au moment du café, dans le petit salon, Maxim se montra d'une extrême courtoisie, assis à côté d'elle sur le sofa, lui tendant sa tasse, attentif, et elle se rengorgea et rougit, le tapotant de son face-à-main ; je les regardais, calme et indifférente. Habilement, il lui fit parler d'elle-même, lui demanda où elle avait vécu, voulut avoir des nouvelles de sa famille, et même de son malheureux neveu Billy, qui lui avait servi de prétexte naguère pour aborder Maxim, et elle jacassa, raconta ses voyages.

« Quel bonheur de pouvoir revenir en Europe, après toutes ces sinistres années en Amérique ! J'étais tellement impatiente de revoir tout ça, Paris, Rome, Londres, Monte-Carlo, de retrouver enfin un peu d'élégance et d'animation ; lorsque j'ai appris que vous viviez en exil au milieu de toute cette misère, j'ai eu le cœur brisé.

— J'en suis persuadé, dit Maxim, cela a dû être épouvantable. »

Je détournai vivement les yeux, me tournai vers le jeune homme. Il était américain, « designer », dit-il, sans donner plus d'explications, s'efforçant à peine de paraître poli — j'étais peu intéressante à ses yeux, banale, ennuyeuse, une femme d'âge moyen sans importance. Mais je m'aperçus qu'il regardait Maxim à la dérobée, il le dévisageait sous ses paupières mi-closes, appréciant ses vêtements, l'écoutant, recueillant soigneusement les informations.

Mme van Hopper l'envoya chercher une photo qu'elle désirait nous montrer, avec des petites mines flatteuses, bien différentes du ton péremptoire qu'elle aurait employé avec moi. Il se leva sans prononcer un mot, montrant clairement qu'il aurait pu choisir de ne pas lui obéir, et il me déplut encore davantage, et je regrettai de la voir en sa compagnie.

Puis, comme un chat qui sort soudain ses griffes, elle se tourna vers Maxim, le prenant au dépourvu :

« Vous avez dû être accablé lorsque Manderley a brûlé — nous avons lu les journaux, naturellement, tout le monde en parlait. Quelle épouvantable tragédie, vraiment ! »

Je le vis serrer les lèvres, rougir imperceptiblement. « Epouvantable, en effet, dit-il.

— Racontez-moi. Que s'est-il passé ? Etait-ce un acte délibéré ? Non, sûrement pas, qui aurait pu commettre une chose aussi atroce ? Un accident, je présume, une femme de chambre qui aura oublié de placer un pare-feu devant une cheminée — j'espère qu'ils ont été châtiés. Tout votre univers parti en fumée — tous ces trésors sans prix.

— Oui.

— Et quelqu'un a-t-il péri dans l'incendie ? Je suppose qu'il y avait du monde dans la maison à ce moment-là.

— Non, heureusement il n'y a pas eu de victime.

— Mais vous n'étiez pas là, si je me souviens bien, vous étiez... où cela... à Londres je crois ? Toutes sortes de rumeurs ont commencé à circuler, des histoires que je n'oserais vous rapporter. »

Elle jeta un coup d'œil au jeune homme silencieux et boudeur à côté de moi : « A présent, montez chercher ma serviette de crocodile, celle où j'ai rangé toutes mes coupures de journaux, je sais que je l'ai emportée avec moi — allez, dépêchez-vous. » Elle se tourna de nouveau vers Maxim, m'ignorant totalement :

« On a raconté tellement de choses dans la presse, et naturellement toute l'affaire de l'enquête — quelle horrible histoire et, je dois dire, réellement bizarre. Je pense que vous n'avez pas lu la moitié des articles qui furent écrits à l'époque, vous êtes parti si précipitamment Dieu sait où, pour oublier le choc, je suppose. Bien qu'en fin de compte, disparaître ne soit pas la solution, on emporte ses ennuis avec soi — mais j'imagine que vous en avez fait l'expérience. Dites-moi, ils ont conclu qu'il s'agissait d'un suicide, mais pourquoi une jeune femme riche, belle, possédant tout ce qu'on peut désirer sur terre, une somptueuse maison, un mari séduisant, le monde à ses pieds pour ainsi dire, pourquoi diable une telle femme aurait-elle voulu se suicider ? Cela défie l'entendement. »

Je ne pus en supporter davantage. Je ne me souciai pas qu'elle me méprisât ou feignît de ne pas me voir. J'existais et comptais le prouver. « Madame van Hopper, dis-je, taisez-vous, je vous prie... » Mais Maxim m'interrompit, il se leva, la toisant avec un mépris à peine dissimulé derrière une froide politesse.

« Votre monde peut penser ce qui lui plaît, dit-il, les potins et les rumeurs sont sans valeur face à la vérité — je suis certain que vous en conviendrez. Maintenant, si vous voulez bien nous excuser ; ce fut extraordinaire de vous revoir ici. »

Je garde d'elle le souvenir de son expression outrée, furieuse d'être laissée en plan, l'air idiot, sans qu'elle puisse rien y faire. Elle tenta de se lever et de nous rattraper, mais Maxim fut trop rapide, elle était vieille, grosse et infirme — j'avais remarqué une canne à ses côtés. Elle m'avait à peine adressé la parole. Et au lieu de se précipiter pour exécuter son ordre, comme je l'avais toujours fait, nerveusement, le jeune homme était resté assis, ignorant sa demande avec un total et insolent sang-froid.

Maxim alla chercher nos manteaux au vestiaire. J'attendis, regardant vaguement la reproduction d'une carte ancienne de Venise, sur le mur, derrière une grosse colonne de marbre, cachée aux yeux de Mme van Hopper, qui sortit du petit salon en claudiquant, appuyée au bras réticent du jeune homme.

« C'était un homme follement séduisant en ce temps-là, un très beau parti, mais pour une raison incompréhensible il a épousé cette petite sans intérêt, et regardez-les aujourd'hui... mon Dieu, quel couple terne et mortellement ennuyeux, ils sont devenus — mais, si vous voulez mon avis, il y a derrière cette affaire concernant sa première femme bien plus que ce qu'on a dit. Ne marchez pas si vite, j'ai besoin de votre bras pour me soutenir. »

Ils s'éloignèrent, et sa voix continua à résonner dans le hall, bougonne, jusqu'à ce qu'ils aient atteint l'ascenseur.

« Je suis désolée, dis-je à Maxim, tandis que nous nous apprêtions à partir. Vraiment navrée.

— Désolée pour quelle raison ?

— Eh bien, cette horrible femme... tout ce qu'elle a dit...

— Et c'est de ta faute ?

— Non, bien sûr, je sais, mais... »

Il me semblait que j'aurais dû la forcer à se taire, le protéger de cette femme, je ne supportais pas l'idée qu'il ait pu se sentir blessé et qu'il se remette à broyer du noir.

Maxim me tint fermement par le coude, m'aida à embarquer dans la gondole, une gondole ordinaire cette fois, sans lumières particulières. Au moment où nous débouchions dans le Grand Canal, une rafale glaciale balaya l'eau. « Oublie tout ça, dit Maxim. C'est une vieille toquée, et ils se valent tous les deux. »

Mais je ne pouvais pas oublier, je ne pouvais m'ôter de l'esprit qu'elle possédait un dossier de coupures de journaux concernant l'enquête et l'incendie, qu'elle les avait gardées, en avait parlé avec tous ses amis, j'entendais ses paroles empreintes de soupçon. « Il y a bien plus dans cette affaire que ce qu'on en a dit. Pourquoi aurait-elle voulu se suicider, cela défie l'entendement... »

Oui, pensai-je. Oui, bien sûr, puisque ce n'était pas vrai. Ils en avaient l'intime conviction, et je connaissais la vérité. Rebecca ne s'était pas suicidée, Maxim l'avait assassinée.

Je le regardai de profil tandis que la gondole changeait de direction, quittait le Grand Canal, oscillant sous la poussée du vent. Son visage était de marbre, son expression indéchiffrable, un mur nous séparait à nouveau. Je levai les yeux vers les sombres bâtiments aux volets clos, et les voix se mirent à chuchoter à nouveau, sortant de l'obscurité.

Peut-être est-il dans la nature humaine d'être perpétuellement insatisfait de son sort, si heureux soit-il, parce que la vie est une succession de changements, de flux, alternant croissance et déchéance, et qu'il nous faut connaître l'impatience, le mécontentement, le désir et l'espoir pour avancer. Nous n'y pouvons rien.

Je me tenais près de l'étroite fenêtre de notre

chambre, regardant les maisons d'en face, le canal en contrebas, rêvant d'une autre existence, d'autres lieux, contre toute raison. Mais lorsque je regarde en arrière, aujourd'hui, je reconnais que je n'ai pas su apprécier le présent tel qu'il s'offrait à moi, être reconnaissante ou heureuse, comme j'aurais dû normalement l'être, que nous paraissions, comme le disait Mme van Hopper, « un couple terne et mortellement ennuyeux ». Car cela ne dura pas, parce que rien ne dure jamais, mais surtout parce que je ne le voulais pas, et que j'étais parvenue à mes fins. Je me souviens qu'on m'avait dit, lorsque j'étais enfant, un jour où je me montrais trop exigeante : « Prends garde de ne pas désirer quelque chose trop ardemment — tu pourrais l'obtenir. » Je n'avais pas compris, alors.

Est-ce tout ? me demandai-je. N'y aura-t-il rien d'autre que cette continuelle errance, cette vie sans but, ce lent cheminement vers la vieillesse, les infirmités, la séparation et la mort ? Non, ce n'était pas tout.

Heureusement que nous ne pouvons pas voir l'avenir. Voilà au moins une chose qui nous est épargnée. Nous portons à jamais le poids de notre passé dans le présent et c'est déjà suffisant.

Maxim semblait à nouveau pris par ses affaires, il écrivait, expédiait des télégrammes, l'air préoccupé. Je ne lui posai aucune question, m'étonnai qu'il ne m'en parlât pas, non par curiosité, mais parce que nous avions toujours tout partagé et qu'il existait désormais des secrets entre nous.

L'hiver céda finalement la place au printemps et Venise s'anima, la haute saison revint. Nous partîmes — vers l'est, vers la Grèce, ses montagnes fleuries, l'air qui sentait le miel. Je retrouvai le sourire. Je n'avais pas le temps de me laisser aller à la mélancolie, il y avait trop de nouveautés pour me distraire l'esprit.

En mai, nous nous embarquâmes pour Istanbul. Je partis à contrecœur, effrayée à la pensée de me retrouver dans un pays aussi étranger, si différent dans tous ses aspects, préférant ne pas dépasser des limites définies dans ma quête de nouveaux horizons. Tout aurait été plus facile, aussi, si Maxim n'avait pas montré un comportement étrange, distant, comme s'il était soucieux, le regard souvent fixé droit devant lui, le front plissé. Je n'osais lui demander d'explications, jugeant plus sûr de rester dans l'incertitude, mais je m'interrogeais sans fin : était-il inquiet à cause de ce qu'avait dit Mme van Hopper ? Avait-il des problèmes concernant ses affaires familiales, des soucis financiers ?

Les deux derniers jours de notre séjour en Grèce furent tendus et tristes, la barrière que Maxim semblait mettre entre nous me parut plus élevée que jamais. Nous parlions calmement, froidement, de ce que nous voyions, des prochaines étapes de notre voyage, et j'aurais tant voulu retrouver notre ancienne intimité, la confiance qu'il avait en moi, mais on apprend la patience en vieillissant. Ce n'était pas la première fois que cela nous arrivait, me dis-je, je reprendrais la situation en main. Il me reviendrait.

Je n'aurais pu imaginer comment.

Il faisait un temps de printemps, merveilleux, chaud, parfumé, le monde paraissait lavé. La journée s'était lentement écoulée, entre la fraîcheur de l'aube et le froid de la nuit, et j'avais passé la plus grande partie du voyage sur le pont du bateau qui nous emportait le long du Bosphore, vers Istanbul. Nous étions sur le point d'arriver, à présent, les coupoles de l'ancienne cité se dessinaient devant nous, flottant, immatérielles et scintillantes, dans le halo du soleil couchant qui reposait comme une feuille d'or à la surface de l'eau sans ride.

Maxim se tenait à côté de moi en silence. La lumière changea tout à coup, le ciel s'embrasa à l'ouest, les maisons se fondirent en une seule ligne, plus foncée, coupoles, minarets et flèches se dessinant comme des découpes de papier sur un fond coloré.

Je ne m'étais pas attendue à aimer cet endroit, j'avais craint que tout ne m'y fût étranger, et lorsque nous accostâmes enfin sur la rive, je fus éblouie par le spectacle, émue comme je l'avais rarement été par une vue. Mis à part celle de la maison. La maison ocre.

« Regarde », me dit Maxim, après un moment.

Je suivis son regard. Au-dessus de la ville, du soleil couchant, le ciel de la nuit commençait à se déployer, miraculeusement sombre, et le croissant de la lune apparaissait, comme un fin copeau d'argent.

Je le revois encore aujourd'hui, de temps en temps, aussi intensément qu'hier, avec la même joie et la même douleur, je m'en nourris, et j'entends la voix de Maxim, les mots qu'il prononça alors.

« Tiens », dit-il. Il tenait une enveloppe à la main. « Lis ça. » Et il tourna le dos, s'en fut à l'autre extrémité du bateau.

Il me semble encore sentir l'enveloppe entre mes doigts, lisse, déchirée à l'endroit du rabat. Je restai un long moment sans l'ouvrir, contemplant le ciel, mais le soleil s'était couché, entraînant avec lui la dernière trace de couleur, et les coupoles disparaissaient peu à peu dans l'obscurité. Seule restait la lune, mince fil d'argent lumineux.

Mon cœur battait à se rompre. Que contenait l'enveloppe ? Qu'allais-je y découvrir ? J'aurais voulu ne pas la lire, rester dans l'ignorance, en équilibre dans ce moment de mon existence où tout était encore sûr, où rien ne me menaçait. J'avais peur.

Tout va changer, me dis-je. Cette lettre, d'une certaine manière, va mettre fin à cet état de choses.

Je m'assis sur un banc de bois inconfortable, à l'abri de la dunette. Une lampe-tempête, juste assez forte pour me permettre de lire, jetait une lumière orangée et vacillante sur le papier.

Pourquoi Maxim m'avait-il laissée seule ? Que redoutait-il ? La lettre contenait certainement quelque chose d'horrible, d'inexprimable, plus qu'une simple mauvaise nouvelle, l'annonce d'une mort, ou d'une maladie, ou d'une catastrophe, sinon il serait resté à mes côtés, il m'aurait expliqué la situation, nous l'aurions affrontée ensemble. Mais il s'était éloigné. Je sentis les larmes me piquer les yeux, dures, amères, refusant de s'écouler, de soulager ma peine.

Un homme d'équipage passa devant moi, le bandeau de son béret brillant d'un blanc éblouissant dans l'obscurité. Il me regarda avec curiosité, mais ne s'arrêta pas. Je ne voyais pas la lune de là où je me trouvais, à peine distinguais-je quelques lumières qui clignotaient sur la côte. Je sentais l'odeur de mazout des machines, entendais leur ronflement derrière moi.

Mon Dieu, priai-je, ignorant ce que je demandais si désespérément. Je vous en prie. Aidez-moi.

Puis je sortis la feuille de papier de l'enveloppe, et la tins sous la lumière.

Inveralloch, mercredi

Mon cher Maxim,

Je me hâte de vous informer des derniers développements. Je vous envoie cette lettre par exprès, poste restante, à Venise, en espérant qu'elle vous atteindra avant votre départ.

J'ai appris ce matin que la proposition d'achat de Cobbett's Dale que j'ai faite en votre nom a été acceptée. Dès que vous recevrez cette lettre, voulez-vous télégraphier votre accord définitif afin que je puisse rencontrer Archie Nicholson la semaine prochaine à Londres et rédiger avec lui les actes et contrats que vous pourrez signer dès votre retour ? J'aimerais lui fixer un rendez-vous. Il reste certains détails à régler, mais une fois les documents dûment remplis, la maison vous attendra, prête à être emménagée, dès votre retour en Angleterre. Je suis aussi ravi que vous l'êtes sûrement tous les deux.

Bien à vous,

Frank.

La main tremblante, j'agrippai le papier, de peur de le voir s'envoler.

Je levai les yeux. Maxim était revenu.

« Nous allons bientôt accoster », dit-il.

Et nous allâmes nous accouder au bastingage du bateau qui glissait lentement vers l'ancienne cité, ouvrant ses bras pour nous accueillir.

TROISIÈME PARTIE

Chapitre 12

Nous arrivâmes à Cobbett's Dale en mai, comme naguère à Manderley, mais tout fut différent, ô combien différent ! Un nouveau commencement. Et chaque fois qu'il m'en souvient, même après ce qui est advenu, c'est la lumière que je revois, et non les ombres, et mes souvenirs de cette époque sont parfaits et joyeux, je ne regrette rien, je n'en aurais pas voulu d'autres.

Lorsque je me remémore Manderley, ce qui se produit encore, je me rappelle combien j'y étais peu à ma place, mal à l'aise, je repense à mes maladresses, à mon sentiment d'être écrasée par la maison. Le bonheur frémissant, timide et incrédule qui m'avait emplie le jour de notre arrivée s'était très vite chargé d'angoisse. Mais j'entrai à Cobbett's Dale le cœur confiant, libérée, redoublant d'amour pour Maxim, qui avait pris cette décision avec optimisme et sans hésiter. J'attendais depuis tant d'années que commence notre vie véritable, tout le reste n'avait été que préparation, une période que j'avais vécue en spectatrice, une pièce jouée par d'autres que moi, où l'on m'avait poussée sur la scène, sans que je prononce un mot, sans que je participe jamais à l'action. Tout le monde m'avait regardée avec étonnement, il y avait eu des silences gênés, voire même menaçants, le jour où j'étais apparue sous les feux de la rampe, et pourtant je n'avais jamais eu d'importance.

Aujourd'hui, il ne s'agissait pas d'une pièce, mais de la vie, je m'y plongeai tout entière, j'étais portée par elle, pleine d'ardeur.

Nous vécûmes sur deux niveaux la fin de notre séjour à l'étranger. Une multitude de lettres et de télégrammes furent échangés entre Frank Crawley, Maxim, les agents immobiliers et les notaires, Giles, les fermiers. Maxim passa des heures pendu au téléphone, tempêtant contre les mauvaises communications, hurlant ses ordres, voulant savoir si tel ou tel détail était réglé ; et dans le même temps, nous étions plongés dans le tohu-bohu mystérieux, exotique, d'Istanbul, dans le charme de la campagne turque, et je n'éprouvais plus aucune frayeur, je contemplais avec ravissement ce qui m'entourait, je respirais, j'écoutais, amassais avidement les souvenirs, sachant que j'allais partir et que c'étaient les derniers jours de notre exil — mais maintenant, je ne me sentais plus en exil, j'étais simplement heureuse, et ensuite nous allions rentrer chez nous, et la vie prendrait un nouveau départ. Nous parcourions les rues, pressés par la foule, au milieu des gens, des animaux, des marchands, des mendiants et des enfants, nous entrions dans les mosquées emplies de cloches et de psalmodies, humions les parfums entêtants, puissants, des senteurs lourdes et écœurantes, différentes de toutes celles que j'ai respirées par la suite, et qui sont aujourd'hui à jamais enfermées dans une boîte dont je n'ai pas la clef. Si je l'avais, si la boîte devait s'ouvrir, cette ville, cette période de ma vie, ces souvenirs, étroitement serrés, conservés avec leurs parfums, m'engloutiraient. Il y avait les saveurs, aussi — sucrées, épicées, un goût de fumée —, qui s'attardaient dans nos bouches ; il m'arrive d'en retrouver une trace, en mangeant un morceau de viande ou une pâtisserie, et après un moment de stupeur, d'être soudain catapultée dans le passé, projetée en arrière dans ces jours et ces nuits.

Il n'y avait ni malentendus ni silences entre nous,

seulement de l'amour, des projets, et un bonheur exquis, toujours et partout, et ce fut avec regret que je quittai Istanbul, sa beauté poignante, empreinte de fragilité et d'éphémère. Lorsque nous partîmes, et que la ville scintillante et colorée disparut au loin, il me sembla qu'elle s'était simplement dissoute, cessant d'exister parce que nous ne la verrions plus.

Nous nous attardâmes à travers l'Europe au retour, laissant le temps s'écouler, sans hâte. Frank s'était chargé des derniers détails de l'acquisition, mais nous ne saurions qu'à notre arrivée, en passant la maison en revue, quels seraient les travaux nécessaires, si nous garderions le mobilier compris dans la vente. Le vieux couple de propriétaires n'avait pas voulu revenir sur les lieux, et leur fils, récemment démobilisé, s'était contenté de débarrasser ses effets personnels et les objets de valeur, abandonnant une partie des meubles. Frank n'avait pas eu le temps d'en dresser l'inventaire et semblait estimer que la plupart d'entre eux n'étaient pas utilisables. Il avait loué à notre intention dans les environs une petite maison où nous pourrions séjourner pendant un certain temps — mais je savais que même s'il nous fallait vider Cobbett's Dale, le restaurer entièrement, je préférerais être sur place, peu m'importerait que nous soyons confinés dans quelques pièces meublées sommairement. C'était notre maison, l'inconfort et les inconvénients ne comptaient pas.

On n'avait pas connu de mois de mai aussi chaud depuis des siècles, disaient les gens de la région, il faisait rarement si beau à cette saison, personne ne savait ce que réservait l'avenir, alors « profitons-en sans nous soucier du reste ».

Et nous en profitâmes, oh oui ! L'Angleterre sentait le printemps, les fleurs sauvages et l'herbe, les jacinthes étaient presque fanées, mais ici ou là, dans un petit bois ou un taillis, apparaissait parfois une tache de ce bleu incomparable, dissimulée sous les feuilles, et nous nous arrêtâmes en passant, enjambant la barrière. Les branches quadrillaient le ciel au-dessus de nous, et à nos pieds les fleurs dressaient la tête, fraîches et humides. Je me baissai, y plongeai les bras, fermant les yeux, laissant leur parfum m'envahir.

« Inutile de les cueillir, dit Maxim. Elles seront fanées dans moins d'une heure. »

Et je me souvins des brassées pâles et jaunâtres, flétries, qui piquaient du nez dans le panier de ma bicyclette, un matin où je n'avais pu résister à l'envie d'en cueillir, pour les offrir à ma mère, convaincue qu'elle aurait le pouvoir magique de les faire revivre, une fois arrangées dans les vases.

« Mais elle ne l'avait pas, bien sûr, dis-je en me redressant.

— Et tu as appris la leçon.

— Peut-être. »

Je m'aperçus alors, en le voyant debout devant moi, l'air songeur, combien son visage avait changé, s'était adouci, il paraissait brusquement plus jeune — plus jeune même que le jour où je l'avais rencontré, mais il m'avait semblé alors d'un âge respectable, ce qui avait expliqué bien des choses.

La saison des jonquilles et des pommiers en fleur était passée, mais les lilas étaient éclos, un arbuste dans chaque cottage, blanc ou mauve pâle, et le long des routes s'épanouissaient des rubans d'aubépines blanches, dont le parfum particulier nous assaillait chaque fois que nous sortions de la voiture, dans la chaleur de l'après-midi, évoquant un autre souvenir d'enfance, où je me revoyais à l'âge de cinq ou six ans, assise près d'un de ces grands buissons odorants dans le jardin d'une vieille femme, en train d'effeuiller des petits bouquets de fleurs que je répandais par terre, formant des dessins. C'était comme si mon enfance, les jours heureux de mes jeunes années, brusquement happés par la mort de mon père, m'étaient redonnés aujourd'hui, plus vivants, plus proches qu'ils ne l'avaient jamais été, tandis que les années qui s'étaient écoulées dans l'intervalle, avant l'arrivée de Maxim, puis à l'époque de Maxim et de Manderley, et toutes les années qui avaient suivi, jusqu'à ce jour, s'effaçaient, brouillées et obscurcies. Le présent les franchissait toutes comme un pont pour rejoindre un temps plus lointain.

Tandis que nous nous enfoncions plus profondément au cœur du pays, je découvris que tout était blanc autour de nous, les agneaux, les ombelles qui pointaient leurs hautes têtes moussues dans les fossés, le muguet dans les coins d'ombre des jardins, à l'abri des murets de pierre. Et je me sentis l'âme d'une jeune mariée, comme le jour de notre arrivée à Manderley, mais je n'en dis rien à Maxim, je voulais éviter la moindre allusion, le plus infime souvenir qui pourrait jeter une ombre sur cette journée. Nous ne nous pressâmes pas, rien ne nous y obligeait. Nous prîmes le temps d'admirer chaque paysage, chaque détail. Nous déjeunâmes tard, nous arrêtant dans l'après-midi pour visiter une cathédrale, admirer les vitraux et le plafond, les magnifiques chapiteaux, nous émerveillant comme des touristes à leur première visite. Lorsque nous sortîmes, la lumière avait changé, jetant un voile doré sur les maisons, le jour glissait vers la fin de l'après-midi.

Pendant les derniers kilomètres, je demandai à Maxim de ralentir, voulant tout fixer dans ma mémoire, chaque détour de la route. Nous avions pris des dispositions pour que Mme Peck, la fermière, ouvre la maison. Nous ferions un tour rapide dès notre arrivée, puis reviendrions le lendemain à la première heure, pour dresser des plans, organiser les choses. Mais il n'y aurait personne pour nous attendre, pas de domestiques en uniforme alignés sur les marches et dans l'allée, pas de regards curieux pour me dévisager — pas de Mme Danvers. Cette maison était à moi, à moi et à Maxim.

Nous atteignîmes le chemin où nous nous étions arrêtés la dernière fois, après le panneau de bois.

« J'aimerais descendre ici », dis-je. J'ouvris la portière et, dans le silence à peine rompu par le dernier soubresaut du moteur, j'entendis le chant des ramiers, haut dans les arbres au-dessus de nos têtes. L'air était d'une exquise douceur et sentait l'herbe mouillée. « Continue », dis-je. Je sortis de la voiture. « J'ai envie de marcher. »

Je ne voulais pas arriver solennellement, par l'allée qui menait à la porte d'entrée. Je voulais atteindre Cobbett's Dale par étapes, presque par hasard, le voir à nouveau dans le creux moussu où il reposait, descendre seule et lentement la côte et entrer par une petite porte latérale. Et je ne voulais partager cette impression avec personne, pas même avec Maxim, je voulais que la maison fût entièrement, absolument à moi, pour un court instant.

Il comprit. Il sourit, fit demi-tour, s'éloigna, et je fus seule. Immobile, les yeux fermés, le cœur battant, j'entendis un bruissement dans les branches, un battement d'ailes. Puis je commençai à marcher, descendis l'étroit sentier maintenant envahi par l'ail sauvage et les orties, l'herbe et les basses branches, que je devais écarter sur mon passage. La lumière était d'un vert sous-marin, mais il n'y avait rien de lugubre ici, tout était frais, jeune et innocent, aucune muraille de rhododendrons rouge sang ne s'élevait au-dessus de ma tête, rien de rare ou d'étrange, les choses étaient familières et normales. Un lapin détala sur le sentier, se précipita dans un terrier, je surpris son œil étonné, transparent, qui me regardait furtivement.

La dernière fois, le jour avait filtré à travers les branches dénudées, et la vue était dégagée devant moi, mais aujourd'hui, la végétation était si dense, les arbres si hauts que je restai sous mon tunnel vert jusqu'au moment où, brusquement, écartant une dernière branche, je me retrouvai dans la lumière du couchant. Et Cobbett's Dale apparut, paisible, silencieux, ravissant.

Je le vis devant moi, tout entier offert à mes yeux, de proportions suffisamment modestes pour que je puisse l'embrasser d'un seul regard : les grilles, les murs et les cheminées, les fenêtres et les pignons, le jardin tout autour. Mon cœur battait, comme lorsqu'on retrouve un être cher après une longue absence, que le doute et l'anxiété sont balayés dès le premier regard, ne laissant place qu'à la certitude.

Je descendis lentement, glissant à moitié, les bras étendus pour garder mon équilibre, entre les moutons en train de paître, et j'aperçus Maxim, à l'entrée de la maison.

Il y avait un vase rempli de fleurs champêtres dans l'entrée, et un autre, plus petit, sur la table de la cuisine, avec des œufs et du lait, et un cake aux fruits ; des bûches étaient disposées dans la cheminée, la chaudière était alimentée. C'était une maison inconnue, dans laquelle nous pénétrions pour la première fois, les meubles nous parurent vieux et peu familiers, et pourtant c'était chez nous, nous n'étions pas des intrus.

« Je peux m'y installer, dis-je, et l'habiter tout de suite, nous n'avons pas besoin d'aller ailleurs. »

Nous parcourûmes les pièces l'une après l'autre. La maison avait été nettoyée, astiquée, rangée, mais plus que tout, elle avait été aimée et soignée, pendant toutes les années passées, même si une partie était visiblement depuis longtemps restée inoccupée. Il n'y avait rien de trop solennel ou de froid, rien qui me déplût. Je regardai autour de moi, aperçus un fauteuil qui avait besoin d'être recouvert, une porte gauchie, des espaces vides sur les murs, qu'il faudrait décorer de tableaux, mais il n'y avait aucune urgence.

« Nous en ferons notre maison, dis-je. Petit à petit, sans nous presser. »

Nous ne possédions rien, après tout, le feu avait brûlé nos biens, nous recommencerions. Je m'en réjouissais. Ces objets précieux, les porcelaines, les tableaux de famille, l'argenterie, les meubles rares, aucun d'entre eux ne m'avait appartenu, je ne m'étais jamais sentie chez moi au milieu d'eux. Ils avaient appartenu à la famille de Maxim — et à Rebecca. Les quelques meubles de Cobbett's Dale ne m'appartenaient pas non plus, mais je n'éprouvais pas les mêmes sentiments à leur égard, il me semblait que nous en avions hérité en achetant la maison, qu'ils en faisaient partie et que nous en prendrions soin de la même manière.

Nous montâmes dans les pièces du haut, poussiéreuses et vides, avec des murs blancs et nus, et je me mis à les garnir en esprit, pour les enfants, rangeant du linge dans les armoires, des assiettes et des verres dans les placards.

Je me tournai vers Maxim, le cœur gonflé de joie.

« Je suis heureuse, maintenant. Tu le comprends, n'est-ce pas ? »

Mais je regrettai immédiatement mes paroles, j'aurais voulu les ravaler, car peut-être n'était-il pas aussi sûr de lui, peut-être avait-il agi uniquement pour moi, sans savoir s'il se sentirait jamais chez lui ici — ce n'était pas Manderley.

« Allons dehors », dit-il.

Il faisait encore chaud, mais l'odeur du soir flottait dans l'air, et une grive chantait à perdre haleine dans les lilas. Nous nous avançâmes dans le jardin, sous une vieille pergola qui courait le long de l'aile sud. Les roses et les clématites s'enroulaient autour des piliers, dégringolaient en cascade comme une chevelure sauvage et emmêlée. Elles avaient besoin d'être taillées, disciplinées, mais à première vue, elles semblaient robustes, la clématite blanche étoilée était déjà en fleur, les roses en gros boutons.

Tout autour de nous, parterres, buissons et plantes grimpantes avaient poussé sans retenue, toutefois leur vue me réjouit, et je projetai de les arranger petit à petit. Je ne voulais pas d'un jardin inanimé, trop bien ordonné, organisé par une équipe de jardiniers auxquels je n'oserais même pas adresser la parole de peur de les vexer ou de dévoiler mon ignorance. J'étais certes ignorante, mais mon père avait un jardin, je m'en souvenais. J'apprendrais vite, j'avais ça dans le sang.

« J'ai cru, dit soudain Maxim, que c'était pour toi que j'achetais cette maison, mais c'est pour moi aussi. Dès que que je l'ai revue et que je suis entré à l'intérieur, j'ai su que je m'y sentirais chez moi. »

Il s'immobilisa, regarda longuement autour de lui, vers les versants herbeux où les moutons broutaient paisiblement, vers les bois au-delà. « Je n'aurais jamais pensé oublier un jour le fantôme de Manderley, mais j'y parviendrai. Ici. C'est fini, définitivement passé. Manderley est mort pour moi. » Il me sourit. « Cela a pris plus de dix années. Je regrette d'avoir mis si longtemps. »

Je m'approchai de lui, mais une voix en moi disait : « Il n'y a pas que la maison, pas que la maison. »

Je restai silencieuse, nous continuâmes simplement à marcher, regardant autour de nous, et Maxim se mit à parler d'acheter des terres supplémentaires, une ferme peut-être.

« J'essaierai de faire venir Frank — nous nous en occuperons ensemble.

— Il ne voudra jamais quitter l'Ecosse.

— On verra. »

Qui sait. Frank avait été plus encore fidèle et dévoué à Maxim qu'à Manderley, peut-être voudrait-il travailler avec lui à nouveau.

Et nous continuâmes à marcher, formulant des

petits projets de bonheur, tandis que la lumière pâlissait, que la nuit s'étendait sur la maison et le jardin, et que l'avenir devant nous s'annonçait radieux.

Chapitre 13

Je ressemblais à une enfant qui joue à la maîtresse de maison, disait Maxim, et il était vrai qu'avec un tel bonheur, un tel plaisir quotidien, aménager Cobbett's Dale était comme un jeu, où je parcourais consciencieusement chaque pièce, décidant quoi garder, quoi remplacer. Mais, sous l'apparence du jeu, j'avais l'impression de vivre, réellement, pour la première fois. Le présent comptait plus que toute mon existence passée, et l'avenir n'importait que dans la mesure où il représentait sa continuité.

Mme Peck, la fermière, m'aida au début et, après quelques semaines, trouva une jeune femme, Dora, qui vint en bicyclette du village voisin et accepta de s'occuper des tâches ménagères. Je me sentis immédiatement à l'aise avec elle, sans doute parce qu'elle était jeune, ne se montrait ni difficile ni intimidante, uniquement gentille et désireuse de bien faire. Je ne la considérais pas comme une domestique, nous établissions des listes, décrochions les rideaux, examinions ensemble l'intérieur des armoires, piquions des fous rires ; elle me parlait de sa famille, et ne se taisait, visiblement effarouchée, qu'en voyant Maxim apparaître. Une ou deux fois, je la surpris qui nous regardait, étonnée peut-être de nous voir si différents, déconcertée par l'écart entre nos âges — car chaque jour, à mon réveil, j'avais l'impression de rajeunir, de rattraper les années perdues, de me dépouiller de toutes les marques tristes et sévères de l'âge adulte. Je chantais, j'avais l'esprit et le cœur légers.

Et peu à peu, je pris le contrôle de la maison, j'en appris tous les secrets, quelle porte fermait mal, quelle fenêtre laissait passer les courants d'air, dans quelles pièces donnaient le soleil levant et le soleil couchant, quelles lattes du plancher branlaient à l'étage supérieur. Des hommes vinrent faire les peintures, une pièce après l'autre ; certains des meubles de cuisine, piqués par les vers, et quelques vieux tapis furent jetés, je décidai de mettre de nouveaux sièges dans le joli salon en longueur qui donnait sur le meilleur côté du jardin. Cobbett's Dale avait un air hospitalier, lorsque je m'y promenais, au petit matin, passant de la cuisine à la salle à manger, ouvrant les fenêtres et les portes, regardant les coteaux verdoyants qui s'élevaient tout autour ; j'avais l'impression que la maison m'accueillait, qu'elle nous avait attendus.

Maxim s'était mis à parcourir la région, interrogeant fermiers et propriétaires terriens, cherchant quelles terres acquérir, quelle ferme reprendre. Il voulait avoir des moutons, disait-il, et des bois, des vaches laitières, des pâturages — mais il préférait prendre conseil, procéder lentement. Il y avait quatre cottages, en plus de la ferme principale, qui appartenaient à Cobbett's Dale, et il commença à se mettre en quête de main-d'œuvre, également, à faire connaissance avec les hommes du village : ce n'était pas une grande propriété, en comparaison de Manderley, mais comme le nombre des employés y serait plus réduit, Maxim aurait davantage à faire. Je le voyais rajeunir, arpenter les chemins, gravir les côtes, le teint chaque jour plus hâlé par le soleil — car nous eûmes un merveilleux printemps et un début d'été sec et chaud. Il était en pleine forme, semblait heureux. Pouvions-nous rêver meilleur dénouement ?

Pourtant il nous manquait quelque chose, bien que nous n'en parlions jamais, et à mesure que finissaient les premiers jours de l'été, que les roses s'ouvraient, s'enroulaient le long des murs, des piliers et des barrières, grimpant en masses exubérantes, rouges, thé, roses, blanc pur, à mesure que tout fleurissait et s'épanouissait, que les arbres étaient plus verts, plus touffus, saturés de la plénitude de l'été, j'en étais à chaque instant plus consciente. Il y avait une place vide au cœur de notre vie.

Un matin, à la fin du mois de juin, je me réveillai à cinq heures du matin et ne pus me rendormir, la nuit avait été étouffante, et je me sentais lasse et les yeux lourds. Le parfum des roses qui tombaient en guirlandes depuis le petit auvent en dessous de la fenêtre ouverte de notre chambre inondait la pièce d'une odeur entêtante.

Je descendis l'escalier à pas feutrés, et me glissai dehors par la porte latérale. L'air était frais, le soleil n'était pas encore levé, les moutons dormaient, immobiles, éparpillés sur les coteaux. Je marchai sous la charmille et j'empruntai le chemin qui menait au grand bassin rond. Nous n'avions pas encore eu l'occasion de le faire nettoyer ni de réparer la fontaine, et je regardai entre les nénuphars l'eau sombre et verte qui stagnait, me demandant si un poisson y habitait, se déplaçant dans une vie ancienne, lente et secrète. Je m'assis sur la margelle de pierre. Le ciel était gris perle, l'herbe foncée par la rosée.

C'est ça le vrai bonheur, me dis-je. Là. Maintenant.

Et je levai la tête, et les vis, traversant le jardin, depuis les coteaux verts, je les vis aussi distinctement que s'ils étaient là, trois enfants, des garçons, les mêmes garçons dont j'avais rêvé à Manderley — les deux aînés, robustes, vigoureux, criant et chahutant, et le petit, plus calme, plus pensif, un peu renfermé sur lui-même. Ils couraient dans l'herbe, le long de l'allée de gravier, l'un cueillant une fleur, un autre agitant un bâton en l'air. Je voyais leurs visages vifs, francs et joyeux, je voyais leurs corps, leurs cheveux ébouriffés, leurs silhouettes bien proportionnées qu'ils tenaient de Maxim. Je les voyais si clairement que j'aurais pu ouvrir les bras et ils se seraient élancés vers moi, se bousculant pour être le premier, pour me raconter quelque chose, me faire rire, je les sentais contre moi ; je savais que leurs cheveux boucleraient, drus et élastiques sous mes doigts. Je regardais le plus petit, lui faisais signe, et il souriait, l'air grave, s'attardait à mes côtés un peu plus longtemps, tandis que les autres repartaient déjà en bondissant, et nous restions tous les deux ensemble, contemplant l'eau sombre et profonde du bassin de pierre, attendant de voir apparaître une traînée lumineuse au fond, le reflet d'un poisson. Il ne parlait ni ne s'agitait, il était calme, patient, content d'être avec moi, et les cris de ses frères nous parvenaient depuis l'allée, tandis qu'ils reprenaient leur course.

Je restai assise, plongeant ma main dans l'eau qui coulait entre mes doigts, et l'aurore se leva, un pâle soleil s'étendit sur l'herbe, effleurant les pétales de la rose albertine qui poussait sur le mur exposé à l'est. J'avais passé chaque soir de la semaine dernière à dessiner de nouveaux plans pour le jardin, méthodiquement, l'imaginant d'ici quelques années, me représentant tel coin, tel autre, et maintenant, tout comme j'avais vu les enfants, je me figurais le jardin tel qu'il serait, et j'en rêvais, aussi. Mais ce rêve-là s'accomplirait plus facilement, ce n'était qu'une question de temps et d'application. J'entendis une fenêtre s'ouvrir en haut, un bruit d'eau. Dans quelques minutes, Maxim descendrait me rejoindre, nous ferions le tour du jardin ensemble, je lui dirais : Je crois que nous devrions ôter ceci, élaguer cela, aménager une nouvelle bordure, réparer les treillages, il faudrait jeter un coup d'œil à la fontaine,

M. Peck va m'envoyer un jardinier pour s'occuper des légumes, il doit venir aujourd'hui.

Toutes ces tâches étaient faciles, je pouvais en discuter d'un ton joyeux, confiant, mais les enfants... comment en parler ? Pour une raison quelconque, je craignais qu'évoquer le sujet ne nous porte malheur, ne m'empêche d'en avoir. Rebecca n'avait pas pu avoir d'enfants, ils l'avaient découvert à la fin. Je ne serais pas comme Rebecca. A aucun prix.

Je me levai, l'esprit clair tout à coup, ma décision prise. Je n'en parlerais pas à Maxim, pas maintenant en tout cas, mais je ne pouvais pas non plus laisser passer les mois, les années, en me contentant d'espérer, en comptant sur la chance. J'avais toujours pensé — et Maxim aussi — que nous aurions des enfants, autant que je le sache rien ne nous en empêchait, mais je voulais en avoir la certitude — je savais peu de chose sur moi, je n'étais jamais malade, j'avais rarement consulté un médecin. En fait, ma décision prise, je m'aperçus que je n'en connaissais aucun. Le dernier que j'avais vu était ce spécialiste, à Londres, chez lequel nous nous étions tous rendus par ce terrible et suffocant après-midi, lorsqu'il nous avait fallu une preuve concernant Rebecca. Le Dr Baker. Je le revoyais, entrant dans la pièce en pantalon de flanelle, car nous l'avions dérangé au milieu de sa partie de tennis.

Il était impensable que j'aille le consulter. Qui, alors ? Comment me renseigner ? Je n'avais personne à qui demander conseil. Si l'un de nous deux tombait malade, j'imaginais que nous trouverions facilement le nom du docteur de la région, probablement par l'intermédiaire de Dora ou de Mme Peck. Mais j'écartai l'idée d'aller consulter quelqu'un avec qui nous pourrions lier connaissance un jour — car nous serions amenés à voir les habitants des alentours, je souhaitais avoir des rapports de bon voisinage, et le médecin faisait évidemment partie des gens que l'on invitait. Je me sentais incapable d'exposer mon problème à une personne que je serais appelée à rencontrer par la suite. C'était une question trop gênante, trop intime.

Je voulais aller à Londres, comme l'avait fait Rebecca, consulter quelqu'un normalement, un médecin qui ne sache rien de moi. Jadis, j'aurais pu demander son avis à Beatrice. Aujourd'hui, je ne connaissais personne. Comment trouver un médecin à Londres ? Prise de panique, subitement, je me sentis impuissante, isolée, coupée du monde.

Maxim apparut sur le seuil de la porte, regarda autour de lui pendant quelques secondes, embrassant du regard la maison, le jardin, les coteaux verdoyants, je vis le plaisir, la satisfaction, éclairer son visage. Il était heureux, comme moi, il aimait Cobbett's Dale. Nous ne pouvions finir nos jours ici seuls, à quoi rimerait de restaurer, d'agrandir le domaine, de reconstruire une vie meilleure, si nous devions nous enfoncer dans la vieillesse comme les précédents propriétaires, et laisser la maison vide à nouveau, à l'abandon, parce que nous n'aurions plus la force de nous en occuper et qu'il n'y aurait personne pour en prendre soin après nous ? J'aurai des garçons, décidai-je farouchement, il le faut, je les aurai, pour moi, parce que je les ai vus, parce que je les connais presque, mais plus encore pour Maxim, et pour Cobbett's Dale.

Je remontai le chemin pour me diriger vers lui, et les enfants étaient là, invisibles, derrière moi.

Chapitre 14

J'avais oublié les visites, cette coutume redoutable de la bonne société campagnarde qui, à Manderley, me mettait au supplice, incapable que j'étais de surmonter ma timidité et ma gaucherie. Tout le monde venait, il y avait une visite chaque après-midi, semblait-il, des femmes à l'air inquisiteur et parfois leur mari, curieux de connaître la jeune mariée. Je restais assise sur le bord d'une chaise, dans le salon froid et cérémonieux, me mêlant peu à la conversation, m'efforçant de répondre à leurs questions, pendant une demi-heure ou plus, obligée de rendre les visites, sans jamais savoir quoi dire, attendant que l'horloge égrène les minutes pesantes. Mais une éternité s'était écoulée depuis cette époque. Nous étions restés absents si longtemps, et ensuite il y avait eu la guerre, qui avait changé bien des habitudes — je m'en aperçus dès les premières semaines à Cobbett's Dale ; certaines des vieilles traditions et barrières sociales étaient tombées, et j'en étais pour ma part soulagée, heureuse que les choses fussent moins rigides et moins conventionnelles. Je m'étais toujours sentie mal à l'aise, ignorant les us et coutumes, craignant de décevoir Maxim qui s'y montrait très attaché, alors.

Je savais qu'il s'était présenté à un couple de propriétaires terriens du voisinage et aux fermiers de la région, et j'étais certaine que Mme Peck et Dora avaient parlé de nous, bien que j'eusse essayé de leur expliquer que nous étions peu mondains, que nous tenions à préserver notre intimité ; je ne voulais pas que la nouvelle de notre arrivée se répande trop largement — les gens de la région n'étaient pas au courant de notre passé mais quelqu'un pouvait se souvenir, dénicher un vieux journal, parler à une ancienne relation.

Ce fut donc avec appréhension que j'entendis le bruit d'une voiture inconnue, le crissement des pneus sur le gravier devant la maison. J'étais en train de discuter avec Ned Farraday, notre nouveau jardinier ; nous nous demandions s'il fallait retaper le vieux mur décrépi qui limitait le côté sud ou le reconstruire entièrement, étant donné son mauvais état. Du temps de Manderley, bien sûr, Frith serait venu me trouver, de son air grave et solennel, apportant une carte de visite blanche sur un plateau d'argent. Aujourd'hui, Ned regarda du côté de l'allée et dit :

« C'est Mme Butterley — vous ne l'avez pas encore rencontrée ?

— Non, répondis-je, sentant immédiatement l'angoisse me serrer l'estomac, enfonçant mes ongles dans mes paumes. Non, je ne crois pas. Est-ce une voisine, Ned ?

— Si on veut, fit-il en souriant. Elle vit à Thixted, avec son mari, un vieux colonel — tout le monde est voisin de Mme Butterley à cinquante kilomètres à la ronde.

— Je vois. »

Je le quittai, troublée, préparant à l'avance des phrases de politesse, et des réponses évasives, lui en voulant de venir nous déranger. J'étais si jalouse de mes journées à Cobbett's Dale. Le temps passait trop vite et nous en avions déjà suffisamment perdu, je ne supporterais pas d'en gâcher davantage avec des gens qui ne m'étaient rien, je voulais tout arranger dans la maison, dresser les plans du jardin, être avec Maxim. Et rêver, cogiter, faire des projets. Je me sentais l'âme d'une vieille recluse, soucieuse de son intimité.

« Bonsoir, dis-je, avec un sourire forcé, guindé. Comme c'est gentil à vous de venir me rendre visite. » Et j'allai à sa rencontre dans l'allée. Mais tout de suite, alors même que je prononçais ces mots, et avant qu'elle me répondît, je sus que je m'étais trompée, que j'avais eu tort, et je sentis les barrières tomber et ma réserve s'évanouir. Je regardai son visage large, franc, ouvert, et vis celui d'une amie, de quelqu'un dont ne pouvait venir aucune menace.

C'était une grande femme, carrée d'épaules, avec

des cheveux auburn grisonnant aux tempes, coiffés en coup de vent. Elle portait une brassée de roses enveloppées dans un journal, et quelque chose d'autre, dans une serviette à thé. « Voilà bien ma chance, s'exclama-t-elle en éclatant de rire, autant porter de l'eau à la rivière, j'aurais dû savoir que vous aviez remis sur pied tous les rosiers anciens — c'était trop tentant et ils étaient là depuis si longtemps ! Ils sont simplement un peu capricieux, et fleuriront quand bon leur semblera. Je vous ai apporté quelques-unes des nôtres, on n'en a jamais trop, j'aime qu'il y ait des fleurs dans toute la maison, pas vous ? »

Elle serra ma main entre les siennes.

« Comment allez-vous ? Je suis Bunty Butterley, plus ou moins votre voisine — nous connaissions très bien les vieux Dennise. Les pauvres, ils se sont éreintés pendant trop longtemps ici, je suis contente qu'il se soit trouvé quelqu'un pour redonner l'amour et l'attention nécessaires à cette maison. C'est tout ce que demande une maison, non ? De l'amour — comme les jeunes et les vieux, exactement... » Elle se tourna et s'immobilisa, contemplant Cobbett's Dale avec un plaisir non dissimulé. « Et quelle maison ! Elle est vraiment parfaite, n'est-ce pas, rien à redire. Vous devriez voir notre monstre victorien — je l'adore tel qu'il est, bien sûr, je ne voudrais pas vivre ailleurs, nous nous accommodons de sa laideur et de son inconfort. Vous n'avez rien à faire ici qu'à admirer, apprécier et garder les choses comme elles étaient dans l'ancien temps.

— Voulez-vous entrer un instant — je m'apprêtais justement à prendre une tasse de café. Dora va m'appeler d'ici cinq minutes.

— C'est vrai, vous avez cette perle de Dora Ruby. Le sel de la terre, cette famille... »

Elle franchit derrière moi la petite porte latérale, et me suivit vers la cuisine en s'exclamant. Tout allait bien, je n'avais pas à m'inquiéter — c'était une amie, elle n'était pas venue « en visite », je pouvais l'emmener dans n'importe quelle pièce.

« Je vous ai apporté un gâteau, parce que c'est la coutume, l'instinct nourricier et tout le bataclan, et quelle joie de donner à manger après avoir amassé, caché nos réserves dans nos petits garde-manger pendant ces horribles années — hello, Dora, ma chère, vous saviez sûrement que je finirais par venir ici. Je suppose que Mme de Winter n'a pas eu à subir trop de visites, nous avons renoncé à tout ça et c'est une bonne chose aussi. Chacun de nous a ses occupations maintenant, et nous nous voyons par plaisir, non par obligation. »

Elle ressemble à Beatrice, pensai-je en me levant, souriant, l'écoutant parler gaiement, elle donne l'impression de remplir la cuisine, elle a le même naturel, la même aisance avec les gens, directe, sans hypocrisie, et c'est pourquoi je me sens à l'aise avec elle.

Je m'avançai et pris le plateau des mains de Dora.

« Je suis ravie que vous soyez venue, dis-je. J'attendais avec impatience d'avoir quelqu'un avec qui bavarder. » Et je m'aperçus que c'était vrai, que j'avais envie de parler, de l'interroger, de profiter de sa compagnie.

« Bunty Butterley, dit-elle, en me suivant dans le petit salon, qui était la pièce la mieux exposée au soleil à cette heure de la journée. N'est-ce pas un nom comique ? Je suis née Barbara Mount, ce qui fait plus sérieux, mais toutes les Barbara se sont appelées Bunty à la génération de ma mère et ensuite je suis montée en grade, et j'ai épousé Bill et embarqué le nom de Butterley. J'y suis habituée maintenant, bien entendu. »

Elle se laissa tomber dans le fauteuil près de la fenêtre et parcourut la pièce du regard.

« Oui. Vous l'aimez, ça se voit. Vous l'avez rafraîchie, vous lui avez donné un air pimpant, mais en lui gardant son âme. C'est ce qui me plaît.

— Je m'y suis sentie bien dès notre arrivée. Je n'ai pas voulu faire de grands changements. C'est de l'extérieur de la maison que je suis tombée amoureuse.

— Naturellement. C'était devenu lugubre à l'intérieur, vous savez — nous sommes venus un après-midi, l'hiver dernier, et la maison était aussi froide qu'une cave, tout était décrépi et, pour vous dire la vérité, un peu crasseux, aussi. Vous jetiez un coup d'œil à votre cuiller avant de remuer votre thé, et vous l'essuyiez discrètement sur votre jupe ! Nous nous demandions tous qui prendrait la suite une fois qu'il fut évident que Raymond n'en voudrait pas — il est militaire de carrière, et bien sûr il attend impatiemment une autre guerre. Bill n'a jamais été comme ça, heureusement, tout colonel qu'il fût. Il est beaucoup plus âgé que moi, je ne sais pas si on vous l'a dit — il a déjà été marié, sa première femme est morte au bout de quelques mois à peine, la pauvre petite, et ensuite il y a eu l'armée et le reste ; je n'étais pas de la première jeunesse, j'avais plus de trente ans quand il s'est intéressé à moi, mais nous avons mis au monde quatre filles tout de même, toutes parties de la maison maintenant, bien entendu, bien qu'elles reviennent le week-end prochain avec leurs petits amis, et Dieu sait quoi encore, quelle barbe ! Pourtant, nous ne voudrions pas qu'il en soit autrement, du moment qu'elles nous laissent en paix entre-temps. Les vôtres sont en classe, je suppose ?

— Non, dis-je brusquement, non, nous n'avons pas d'enfants, c'est...

— Oh, ma chère... est-ce un problème ? Pardonnez-moi, je manque de tact, cela ne me regarde pas, oubliez ce que j'ai dit.

— Pas du tout. » Je me levai rapidement et remplis à nouveau ma tasse. Le soleil brillait, inondant l'agréable petite pièce, et je ressentis un soudain besoin de parler, de confier les pensées et les soucis que j'avais refoulés si profondément en moi pendant des années. Je n'avais jamais rencontré personne avec qui je me sente aussi instantanément en confiance. Elle n'était pas d'une subtilité et d'une discrétion extrêmes, mais elle était gentille, chaleureuse et généreuse, elle ne me repousserait pas, ne me critiquerait pas.

« En réalité..., continuai-je, à dire vrai, oui, c'est un problème... difficile. Peut-être pourriez-vous me donner le nom d'un docteur ? Nous avons vécu à l'étranger — je ne connais personne, et je ne sais comment m'y prendre pour trouver le médecin approprié. Seulement... je ne voudrais pas que cela s'ébruite. »

Je sentis mon visage s'empourprer. Elle me regarda franchement, l'air grave.

« C'est tout à fait compréhensible. Vous serez surprise mais je sais me taire — c'est mon père qui me l'a appris. Cancane tant que tu veux, disait-il, mais ne trahis jamais ce qui est important. J'ai essayé de m'y tenir.

— Je vous crois, dis-je. Merci.

— Quant à votre médecin — il me faudra mener discrètement ma petite enquête. J'en ai un juste comme ça, voyez-vous, c'est le vieux Broadford, le médecin de la région, qui s'occupait de moi — il a pris sa retraite maintenant ; il y a un nouveau, un type jeune et intelligent qui ne me plaît pas beaucoup, mais il suffit pour les rhumes, la toux et l'arthrite de Bill. Nous ne sommes jamais très malades, mais je suppose qu'il faut s'attendre à vieillir. J'ai une nièce et une sœur à Londres, qui pourront donner leur avis. Je vous mettrai au courant sans tarder. Si nous sortions admirer les rosiers, je vous dirai ceux qui ont disparu faute de soins, vous voudrez peut-être les replanter, mais vous avez sûrement vos idées sur la question. Avez-vous les pouces verts ? Pour ma part, j'adore jardiner. »

Et elle sortit de la maison à grands pas, interpellant Ned. Je me demandai ce que Maxim penserait d'elle, peut-être la trouverait-il envahissante, mais peu m'importait. Elle me convenait, sa franchise était exactement ce dont j'avais besoin. Et elle n'avait posé aucune question à notre sujet, elle semblait nous accepter tels que nous étions, sans se préoccuper du reste.

Nous sortîmes de la maison, gagnâmes le jardin ensoleillé.

« Il s'appelle Lovelady. » Elle avait téléphoné tôt dans la matinée. « Vous avouerez que c'est un nom divin pour un gynécologue et, d'après ma nièce, c'est le meilleur spécialiste, elle dit qu'elle ne consulterait personne d'autre au monde, qu'il est très sympathique et je ne sais quoi encore, par contre, il ne vous raconte pas d'histoires, il vous dit les choses comme elles sont.

— Je crois que je préfère ça.

— Naturellement, il vaut toujours mieux connaître la vérité. Il ne réside pas dans Harley Street, ce qui est une bénédiction, cette rue est tellement sinistre. Son cabinet se trouve dans Kensington, à côté d'un square charmant et tranquille. » Elle me donna l'adresse et le numéro de téléphone. « Je vous aurais volontiers proposé de vous accompagner, la perspective de passer une journée en ville ne me dérange pas, mais je pense qu'il vaut mieux que vous y alliez seule, n'est-ce pas ?

— Oui, c'est sans doute mieux, Bunty. Mais je vous remercie.

— De rien. Maintenant, ne vous tourmentez pas, ma chère, ce qui doit être sera, il faut être philosophe — bien sûr, c'est plus facile à dire qu'à faire. Bonne chance. »

J'avais inscrit le nom et le numéro du médecin sur un bout de papier et, là, en entendant Maxim dans l'escalier, je le fourrai au fond de ma poche, comme si j'étais coupable de quelque chose. Et je me sentais coupable, en fait. Je ne comprenais pas pourquoi, mais je voulais accomplir cette démarche en secret, sans lui en parler. Si le médecin souhaitait également rencontrer Maxim, je dirais simplement que c'était impossible et j'enterrerais toute l'histoire ; le voir seule était presque une question de fierté pour moi. Maxim et moi ne parlions plus jamais d'enfants.

Je réfléchis consciencieusement à la façon de lui annoncer mon intention d'aller à Londres ; je tournais et retournais les phrases dans ma tête. Il me faudrait choisir le bon moment, sur le seuil de la porte, peut-être, en prenant l'air désinvolte, comme si je n'y attachais pas d'importance particulière.

A présent que Bunty m'avait communiqué le nom du médecin, j'étais incapable de penser à autre chose, c'était urgent, je ne pouvais pas attendre.

« Maxim, j'aimerais me rendre à Londres, dis-je au milieu du dîner, si soudainement qu'il leva vers moi un regard étonné.

— Tu as toujours refusé d'y aller. Tu détestes Londres, surtout par cette chaleur.

— Je sais, mais ce n'est pas par plaisir. J'ai besoin de m'acheter quelques vêtements d'été, je n'ai plus grand-chose à me mettre, et il y a des objets qui manquent pour la maison... »

Je compris ce qu'une femme devait ressentir, lorsqu'elle mentait pour aller retrouver son amant. Je craignis d'éveiller ses soupçons. Je vous en prie, mon Dieu, je vous en prie.

« Veux-tu que je t'accompagne ?

— Oh non, dis-je trop rapidement. Non, cela t'ennuierait à mourir.

— Sans doute.

— Conduis-moi seulement à la gare, j'aimerais partir tôt — un jour de la semaine prochaine, peut-être.

— Très bien. J'attends une lettre de Frank — je

voudrais qu'il vienne inspecter cette ferme et les terres environnantes avec moi, j'ai besoin de son avis. »

Avec soulagement, je me lançai dans une discussion sur le domaine, voulant montrer de l'intérêt, désireuse avant tout de changer de sujet. Je m'en étais bien tirée, finalement.

Mais il me fut moins facile d'obtenir rapidement ce que je voulais. Le carnet de rendez-vous du Dr Lovelady était extrêmement rempli, je l'appris en téléphonant le lendemain à la première heure : il n'avait pas un seul rendez-vous de libre avant un mois.

« Oh, je ne savais pas, bredouillai-je ; bien sûr, je comprends... mais ne pourrait-il me recevoir avant... je suis... je suis tellement désireuse de le voir. » A ma grande honte, je me rendis compte que ma voix trahissait toutes mes angoisses, ma détresse, ma nervosité. Je voulais désespérément ce rendez-vous ; maintenant que j'avais pris ma décision, je ne supportais pas l'idée d'attendre plusieurs semaines.

« Voulez-vous patienter une minute, je vous prie. »

Elle reposa l'appareil. J'entendis ses pas, des voix dans l'autre pièce. Je l'imaginais disant : « Elle semble très inquiète, c'est sans doute grave, pouvez-vous vous arranger pour la recevoir ? » et je me sentis ridicule.

« Madame de Winter, le Dr Lovelady vous recevra jeudi, après ses visites à l'hôpital — vous est-il possible d'être ici à trois heures ?

— Oui. Oui, bien sûr — oh, merci beaucoup. »

J'avais envie de pleurer, de danser, de courir vers Maxim — « Tout ira bien, nous aurons nos enfants », et je les vis à nouveau, s'élançant dans la prairie, courant chercher leurs poneys. Car j'avais brûlé les étapes, tous les problèmes étaient réglés, mes angoisses avaient disparu, tout se passerait à merveille, comme pour la maison.

J'entendis Dora arriver, empiler la vaisselle dans l'évier, en chantant gaiement.

« Je vais à Londres, Dora, dis-je. Jeudi prochain. Je rentrerai tard. Peut-être pourriez-vous préparer quelque chose de léger pour le dîner de M. de Winter ? » Nous continuâmes à parler de truite ou de saumon, de la maturité des tomates, et il me sembla être différente, d'une certaine manière, plus confiante, adulte, enfin.

« Tu as l'air tout excitée, dit Maxim d'un ton amusé. Comme si tu allais à un rendez-vous. » Je sentis le rouge me monter aux joues. « Et c'est très bien ainsi — tu as besoin de sortir, je regrette que tu n'aies personne pour t'accompagner.

— Je suis parfaitement heureuse comme ça, Maxim.

— Bon, offre-toi un bon déjeuner.

— Oh non, je me contenterai d'un sandwich quelque part, j'ai horreur de déjeuner seule. »

Non, ce n'était pas pour cette raison, pensai-je en montant dans le train, faisant de grands signes à Maxim au moment du départ, mais parce que je serais incapable de manger, incapable d'avaler ne serait-ce qu'un sandwich, pas avant de l'avoir vu, d'avoir entendu son diagnostic, pas avant de sortir de chez lui, rassurée, certaine que tout irait bien.

Londres me parut magnifique ce jour-là, les rues étincelaient, les vitres des autobus et des taxis miroitaient au soleil, et les arbres formaient des berceaux de verdure sous lesquels je pouvais prendre le frais. Les immeubles me semblèrent plus beaux, plus majestueux que dans mon souvenir, et le prince Albert, assis sur sa tombe, se penchait avec une grâce particulière. Je le contemplais, comme tout ce qui m'entourait, avec un œil nouveau. Je marchais dans le parc, j'observais les oiseaux et les voiliers miniatures, regardais les enfants gambader, les nurses en bleu marine réunies autour de leurs landaus, le cœur léger comme une plume, car ce serait un jour les miens, mes bébés, mes enfants resplendissants de santé, qui lanceraient leurs cerfs-volants dans le ciel clair, le visage rayonnant, les yeux pétillants, emplissant l'air de leurs rires.

Plus tôt, j'avais parcouru les magasins, acheté deux jupes et deux chemisiers assortis, pris quelques échantillons de tissu, le tout pour justifier ma visite. Mais j'avais accompli mes achats en vitesse, choisissant ce qui me tombait sous la main, et je m'étais ensuite attardée parmi les rayons pour enfants, les berceaux et les coffres à jouets, et, à l'étage supérieur, au milieu des battes de cricket et des maisons de poupées, les disposant mentalement à Cobbett's Dale, souriant aux vendeuses comme si je partageais avec elles un secret.

Je goûtais d'autant plus ces moments que j'étais seule, je passai la journée à serrer mon bonheur contre moi, le savourant, le prolongeant. J'en garderais toujours le souvenir, pensai-je. Je ne vis pas les quartiers bombardés, encore jonchés de décombres, défoncés, affreux, je ne vis que les fleurs sauvages qui poussaient entre les murs démolis et noircis, dans les amas de pierres.

Je ne me sentais pas fatiguée malgré la chaleur, il me semblait que mes pieds ne touchaient pas le sol, le trajet ne me demandait aucun effort.

C'était un grand square, bordé de hautes maisons de couleur claire qui s'alignaient à l'ombre des marronniers et des platanes. Il y avait un jardin clos, au centre, où jouaient des enfants parmi les buissons.

Et la maison était là, avec sa plaque de cuivre, qui me sembla gravée de lettres d'or, magiques.

Je montai dans un vieil ascenseur, qui s'éleva majestueusement dans l'immeuble silencieux.

« Voulez-vous entrer dans la salle d'attente, madame de Winter ? Le Dr Lovelady n'en a pas pour longtemps. »

Mais peu m'importait d'attendre, j'étais heureuse ici, dans cette pièce fraîche à haut plafond, emplie du tic-tac d'une pendule et des cris lointains des enfants dans le square, d'une légère odeur de désinfectant et de cire à la lavande. Je ne regardai ni les magazines ni les journaux, soigneusement empilés, ni même les gravures sur les murs. Je voulais rester sans bouger, me cramponnant à la raison de ma présence ici comme à un objet précieux.

« Madame de Winter ? »

Il était plus jeune que je ne m'y attendais, les cheveux blonds, robuste. Il me regarda droit dans les yeux, et je me sentis classée, cataloguée.

Je m'assis devant lui, soudain sans force, tordant malgré moi mes doigts sur mes genoux.

Je commençai à répondre à ses questions.

Chapitre 15

Au coin de la rue, près de la station de métro, une petite vieille vendait des violettes, assise avec résignation sur un pliant de toile, le visage levé vers le soleil ; je lui achetai un bouquet et m'en allai, sans prendre la monnaie ; j'épinglai les fleurs au revers de mon manteau avec ma broche. Elles seraient fanées avant la fin de l'après-midi, mais peu m'importait car pour l'instant elles étaient humides et fraîches et exhalaient un parfum exquis. Elles me rappelaient les bois au-dessus de la maison, les berges du ruisseau qui dévalait le coteau et courait au fond du jardin.

Je marchais, arpentais les rues ensoleillées, je marchais, mais j'aurais voulu courir, valser, tourner, arrêter les passants et tout leur dire, les entraîner dans ma danse.

« Vous n'avez aucun souci ? » avait-il demandé. J'entendais sa voix, amicale, posée, presque détachée. « A part celui, parfaitement compréhensible, de ne pas avoir d'enfants ?

— Non. Pas le moindre. »

C'était vrai, je n'avais pas de réel souci. La couronne, les voix, tout ça était fini, je les avais chassées de mon esprit comme des fantasmes dont j'avais exagéré l'importance, le soir où Maxim m'avait tendu la lettre de Frank au sujet de Cobbett's Dale, elles étaient tombées dans les eaux noires du Bosphore et s'y étaient noyées, je n'y avais plus pensé. « Aucun souci.

— Vous mangez bien, vous dormez bien, vous aimez ce que vous faites — ce genre de choses ?

— Oui, oui. » Je lui avais parlé de la maison, du jardin, des joies qu'ils me procuraient, et il avait hoché la tête d'un air satisfait, prenant des notes. Il avait paru comprendre ce que je ressentais, et son approbation m'avait en quelque sorte réconfortée, comme si le fait qu'il fût content de moi pouvait entraîner un diagnostic encourageant, comme s'il avait des pouvoirs surnaturels sur moi. Je m'étais sentie nerveuse, non pas à cause de l'examen — éduquée par une mère intelligente, j'avais toujours été à l'aise dans ce genre de circonstances —, mais à cause de ce qu'il impliquait. Tout paraissait suspendu par le fil le plus ténu à cette pièce sombre et silencieuse, avec son plafond mouluré, ses hautes fenêtres aux rideaux tirés, la longue table d'examen. Il ne s'était pas pressé, il y avait eu des silences, tandis qu'il réfléchissait ou prenait des notes.

Tout en déambulant devant les musées aux façades ornementées, longeant l'oratoire de Brompton, je passais et repassais la scène dans ma tête, la déroulais comme une bobine de film, sans me lasser, voulant m'assurer qu'elle était à jamais ancrée dans ma mémoire. Je savais où j'étais, mais je continuai mon chemin au hasard, aveugle à ce qui m'entourait.

Il s'était renversé dans son fauteuil, joignant le bout des doigts. Il avait de très belles mains, avais-je remarqué, avec des ongles soignés, de belles mains agréables à regarder.

« Bien entendu, avait-il dit, il n'y a aucune certitude. Vous le comprendrez sûrement. Il s'agit de mécanismes humains à l'équilibre délicat, sensible — je me demande souvent, toutes choses étant égales, s'il n'y a pas dans tout ça une pure question de chance, comme dans le reste. Mais il est une chose dont vous ne devez pas douter : la nature est de votre côté, et c'est une force extraordinairement puissante. Elle est du côté de la vie — elle veut que vous ayez des enfants, c'est dans son intérêt. Elle nous appelle tous à être féconds et à nous multiplier — c'est sa raison d'être. »

Il avait certainement tenu ce même discours avant — peut-être le répétait-il maintes fois par jour, mais j'en buvais chaque mot comme si c'était une déclaration divine, et infaillible.

« Je veux tout de suite vous rassurer. Je n'ai rien trouvé qui puisse vous inquiéter, il n'existe rien sur le plan physiologique, aucune raison susceptible de vous empêcher de concevoir un enfant — des enfants. Naturellement, il est des choses que je ne peux certifier à partir d'une simple consultation et, par la suite, si rien ne s'est déclaré, je pourrai procéder à des examens plus approfondis ; mais je présume que cela ne sera pas nécessaire. Vous avez toutes les raisons d'être optimiste. Il faut simplement cesser de vous tourmenter. J'ai l'impression que vous êtes heureuse à présent, bien installée dans votre vie, les choses se feront naturellement — et dans peu de temps, vous viendrez me voir et je vous confirmerai la bonne nouvelle. J'en suis sûr. »

Moi aussi, oh, moi aussi ! Il m'avait dit qu'il en était sûr, il ne pouvait pas se tromper.

Je me sentis exténuée soudain, j'avais chaud et soif. J'avais trop marché. Je hélai un taxi, et donnai le nom d'une rue près de Piccadilly où je connaissais un hôtel à l'écart dans lequel je pourrais prendre un thé, m'asseoir au fond de la salle, respirer le parfum léger des violettes, sachant qu'il resterait à jamais lié à cette journée, à cette impression de confiance et de recommencement.

Au bout de la rue, un camion de bière bloquait le passage et le chauffeur dut s'arrêter. Je décidai de faire à pied les quelques mètres qui me séparaient de l'hôtel. La chaleur était suffocante, le trottoir brûlant, le macadam fondait avec une odeur de goudron. J'avais pensé marcher un peu plus, parcourir les boutiques de Piccadilly, ou m'asseoir près des fontaines de Trafalgar Square, mais je n'avais qu'une envie à présent, me reposer et prendre une tasse de thé, puis aller à la gare et rentrer à la maison ; j'avais hâte de retrouver le jardin dans la lumière du soleil couchant, l'odeur des roses, il me tardait de m'asseoir auprès de Maxim, parlant de tout et de rien, laissant traîner ma main dans l'eau claire et fraîche du bassin.

Je contournai le camion de bière, et les hommes qui faisaient rouler les grands barils cerclés de fer jusque dans les caves, sous le trottoir, s'écartèrent pour me permettre de passer, avec des exclamations de bonne humeur. Puis j'entendis une autre voix, une exclamation d'un genre différent.

Il y avait une cabine téléphonique non loin de là, et un homme se tenait à l'intérieur, le dos appuyé à la porte restée entrouverte. Il avait une valise près de lui, qui dépassait dans l'entrebâillement de la porte, une vieille mallette en carton, maculée de taches, fermée par une courroie de cuir marron effilochée. Des affaires diverses en débordaient, des vêtements sales et des papiers qui ressemblaient à des journaux jaunis.

L'homme tenait le récepteur du téléphone comme

une arme, l'agrippant, le brandissant, tout en poussant des cris. Il prononçait des mots incohérents, d'un ton furieux ; je me demandai, en le dépassant, si c'était l'un de ces malheureux, victimes de la guerre, qui erraient dans les rues de Londres, étranges, effrayants, seuls, enfermés dans leur univers, et je fis instinctivement un pas en arrière, craignant de le voir se ruer hors de la cabine et me bousculer ; mais je ne pus m'empêcher de le regarder. Il portait un imperméable dont ses cheveux longs et crasseux effleuraient le col, et un pantalon brun en piteux état.

Il ne sortit pas mais, au moment où je passai devant la porte entrouverte de la cabine, il se retourna et me regarda. Ses yeux étaient injectés de sang, égarés, et je les reconnus.

Je pris mes jambes à mon cou, trébuchant, les pieds douloureux et comprimés après avoir tant marché, soucieuse de m'éloigner avant qu'il ne me reconnaisse et ne me rattrape, heurtant dans mon affolement les portes à tambour de l'entrée de l'hôtel.

Mais j'étais à l'abri, ici, tout était ordonné, calme, plongé dans la pénombre ; la réceptionniste leva la tête et me sourit.

« Bonsoir, madame. »

Je la regardai, soulagée, dis que j'aimerais prendre un thé.

« Bien sûr — on va vous conduire dans le salon bleu. Il y fait frais, c'est vraiment reposant par cette chaleur.

— Merci. Oh... puis-je utiliser le téléphone — je viens de m'apercevoir que j'ai oublié quelque chose avant de venir ici ? »

J'avais acheté une écharpe de soie, au dernier moment, plus tôt dans la journée, dans l'intention de l'offrir à Bunty Butterley pour la remercier, et je m'étais rendu compte dans la salle d'attente du Dr Lovelady que je l'avais oubliée à la caisse du magasin — elle ne se trouvait pas parmi mes autres achats.

Il me fallut un certain temps pour obtenir le rayon en question et donner les explications nécessaires, mais l'écharpe fut enfin retrouvée, et je donnai mon nom et mon adresse, afin qu'elle me soit expédiée, ennuyée à l'idée de devoir attendre pour l'offrir — il me tardait de voir Bunty, j'éprouvais un élan de reconnaissance envers elle, car j'avais pu lui parler et me confier à elle, et c'était elle qui, si vite, m'avait recommandé un médecin.

« Vous seriez aimable de bien vouloir l'expédier par la poste dès aujourd'hui — c'est un cadeau, je ne voudrais pas qu'il arrive en retard », dis-je, et je répétai lentement l'adresse. Ils m'assurèrent que tout irait bien, ils allaient faire un paquet et l'envoyer immédiatement, je recevrais probablement l'écharpe dès le lendemain matin.

« Merci, merci infiniment », dis-je ; je reposai le téléphone, et me retournai, pour faire face à Jack Favell, l'homme à la valise, debout près du téléphone. Cette fois-ci, je n'avais aucun moyen de fuir, aucun moyen de l'éviter.

C'étaient les yeux que j'avais reconnus, ces yeux que j'avais vus pour la première fois dans le petit salon de Manderley ; mais aujourd'hui, ils avaient une expression démente, hagarde, le blanc était injecté de sang et les pupilles fixes ; ils étaient effrayants, et je ne pouvais en détacher mon regard — il m'y forçait, immobile à côté de moi, me dévisageant de la tête aux pieds.

« Tiens, tiens, fit-il, mais c'est Mme de Winter. » Il y avait un ricanement dans sa voix, mais autre chose aussi, un ton presque triomphant.

« Quelle surprise de vous rencontrer ici !

— N'est-ce pas ? » Ma voix résonna à mes propres oreilles, tremblante, nerveuse. « En effet, c'est une surprise. »

Je fis un mouvement pour passer devant lui, aller me réfugier dans l'espace accueillant et impersonnel de l'entrée, mais il m'en empêcha, me bloqua le passage de toute la masse de son corps, avec son long imperméable usagé et sa valise. Je me sentis repoussée en arrière, piégée, terrifiée.

« Comme c'est bizarre de tomber sur vous, juste le jour où vous passez par ici, vous ne trouvez pas ? Vous m'avez reconnu. Je me suis dit : Bonté divine, c'est cette charmante petite dame — je ne m'attendais pas à un tel coup de chance.

— Chance ?

— Mais oui. » Il gloussa et ses lèvres entrouvertes dévoilèrent l'état déplorable de ses dents. Il avait les joues tombantes, bleuies par la barbe, des plis dans le cou. Ç'avait été un bel homme, autrefois, indiscutablement, bien que sans séduction à mes yeux, mais aujourd'hui, il était répugnant, marqué par l'âge, pitoyable. Et fou, songeai-je, regardant à nouveau ses yeux, malgré moi. Il ne parlait à personne dans la cabine téléphonique, me dis-je soudain, il divaguait dans le récepteur, laissait déborder les délires de son imagination.

« Voulez-vous m'excuser, dis-je en désespoir de cause, car il n'avait toujours pas bougé, il faut que j'aille dire un mot à la réception de l'hôtel. »

Il réfléchit un instant, puis s'écarta légèrement, mais comme je passais devant lui, il me suivit, et lorsque j'atteignis la réception, il était à mes côtés.

« Etes-vous parvenue à tout arranger, madame ?

— Oui, oui, merci, tout va bien.

— Je crois que votre thé est servi. Le chasseur va vous conduire au petit salon.

— Du thé ! s'écria Favell. Quelle excellente idée ! Je prendrais volontiers quelques toasts et deux ou trois sandwiches — oui, je vais vous tenir compagnie, nous avons un tas de choses à nous raconter.

— A dire vrai, fis-je en prenant mon sac, je crains de ne plus avoir suffisamment de temps, je vais simplement demander un taxi et me faire conduire à la gare — Maxim doit m'attendre.

— Non. » Il souleva son affreuse valise. « J'insiste.

Vous avez largement le temps, n'êtes-vous pas curieuse de savoir ce qu'est devenu votre vieil ami ?

— Pas particulièrement, si vous voulez la vérité.

— Ah ! » Il s'arrêta sur le seuil du petit salon. « La vérité. A ce propos, il existe une ou deux choses que personne d'entre nous n'a oubliées, non ? »

Je sentis mon visage s'empourprer.

« Je crois que vous allez prendre un thé, dit-il. N'est-ce pas ? » Et il passa devant moi, se dirigea vers les fauteuils rassemblés dans le coin le plus reculé de la pièce, où quelques vieilles dames venues se réfugier à l'abri de la chaleur étaient assises devant des théières, des pots d'argent et des assiettes de biscuits. J'avais horriblement honte d'être en sa compagnie. Elles levèrent les yeux, nous fixèrent et détournèrent vivement le regard. J'aurais voulu m'enfuir en courant, tout de suite, sortir au plus vite de l'hôtel, me retrouver dans la rue. Mais il m'avait prise par le coude et le maître d'hôtel était apparu, tirait un fauteuil pour me permettre de m'asseoir, impuissante.

« Du thé, commandai-je. De Chine.

— Avec des sandwiches et des gâteaux, madame ?

— Non, non merci.

— Oh, que si, apportez tout », dit Favell, éclatant d'un rire déplaisant, lourd, gênant, qui attira à nouveau les regards sur nous. « Tout le tremblement — scones, biscuits —, mais je prendrai un whisky-soda à la place du thé, et vous pouvez me l'apporter d'abord.

— Je regrette, monsieur, je crains que le bar ne soit pas encore ouvert, à cette heure.

— Pas ouvert ? Bon sang, vous appelez ça du service, par une chaleur pareille ?

— Je regrette, monsieur.

— Bon, eh bien... ne pourriez-vous... vous savez ? » Il fit un clin d'œil à l'adresse de l'homme, qu'il accompagna d'un geste, frottant ses doigts l'un contre l'autre, et je me sentis morte de honte et d'embarras, j'aurais voulu disparaître, me sauver. C'était ce que j'aurais fait autrefois. Mais j'étais plus vieille aujourd'hui, je savais mieux me contenir, et je repensai aux bonnes nouvelles que je venais d'apprendre, je me rappelai que j'étais heureuse, que tout irait bien, et que Jack Favell, en particulier, ne pouvait rien contre moi.

« Merci, dis-je au maître d'hôtel, très calmement. Juste une tasse de thé, ce sera suffisant, je n'ai pas faim.

— Dites donc, ne soyez pas égoïste, je n'ai rien mangé de la journée.

— Des sandwiches, alors, pour une seule personne. »

Je m'efforçai d'adresser un sourire aimable au maître d'hôtel, mais en vain, son visage impassible dissimulait à peine son dégoût et sa désapprobation. Je ne l'en blâmai pas.

Favell avait l'air d'un clochard, avec son vieux pantalon déformé, ses chaussures usées jusqu'à la corde, la semelle béante. Le col de son imperméable était graisseux, ses cheveux, sales et trop longs. Je songeai avec horreur qu'il vivait peut-être dans la rue, ou dans un hôtel de troisième catégorie, avec sa valise en carton.

« Eh oui, dit-il, ses yeux bleus au regard fou rivés sur mon visage. Regardez-moi bien. Pendant que vous et Maxim viviez confortablement cachés dans vos agréables petites résidences à l'étranger, certains d'entre nous ont connu des temps difficiles. Il lui faudra payer cher pour compenser, vous pouvez le lui dire de ma part.

— Je crains de ne pas comprendre.

— Oh que si, vous comprenez, ne me regardez pas avec votre regard bleu de bébé.

— Comment pouvez-vous être aussi désagréable ? Que nous reprochez-vous ?

— Vous en particulier ? Je dois admettre que vous n'y êtes pour rien. Vous n'étiez même pas là, vous ne le connaissiez même pas. Vous étiez innocente dans cette histoire, j'en conviens. Mais intelligente, et rusée — moins petite sainte nitouche que vouliez bien le faire croire. Vous aviez découvert la vérité ; il vous l'avait avouée, hein ? Vous êtes donc coupable en partie, vous êtes sa complice. » Il avait élevé la voix.

« Monsieur Favell...

— J'ai passé la plupart de ces dix dernières années — la plupart de mon temps depuis la fin de cette foutue guerre — à essayer de déterrer cette histoire. Sans résultat. Pas de quoi se réjouir. Rien. Jusqu'à aujourd'hui. Et quel coup de chance ! Ça compense le reste.

— Voulez-vous être assez aimable pour baisser la voix — tout le monde nous regarde.

— Oh ! il ne faut pas. Surtout pas, mon Dieu. »

Il se pencha en avant, les jambes écartées, les mains sur ses genoux. Il avait les doigts gonflés, plissés, les ongles sales.

« Avez-vous une cigarette ?

— Non, je regrette. Je ne fume pas.

— Non, bien sûr que non, vous ne faites jamais rien, je me souviens. Tant pis. »

Il se retourna dans son fauteuil et jeta un regard autour de lui.

« Je pourrais peut-être taper un des garçons — je n'ai pas un sou, bien sûr.

— Je vous en prie, ne faites pas ça — attendez. » J'ouvris mon sac. « Allez en acheter un paquet, là-bas — je vous en prie, ne demandez à personne. »

Il sourit, dévoilant à nouveau ses dents jaunies et gâtées, derrière ses lèvres roses et molles, et s'empara du billet d'une livre.

« Merci, dit-il avec désinvolture, et il se leva, s'éloigna de quelques pas, s'arrêta et me regarda. Ne filez pas, hein. Nous avons à discuter. »

Je le regardai traverser lentement le salon, à la recherche de ses cigarettes. Il avait laissé sa valise derrière son fauteuil, on l'aurait dite sortie d'un dépotoir ; les charnières étaient rouillées et à moitié cassées, les coins usés, elle ne contenait rien, des vieux journaux et des chiffons, peut-être quelques effets. Il était à moitié fou, sans ressources, et il s'apprêtait à me menacer d'une façon ou d'une autre.

Je vais lui donner de l'argent, décidai-je. J'avais un carnet de chèques dans mon sac et un peu de liquide. Ce serait facile, je lui demanderais combien il voulait pour s'en aller. Il ignorait où nous vivions et, en partant, un peu plus tard, je m'assurerais qu'il ne me suivrait pas. Il avait commencé à marmonner de vagues paroles à propos de la vérité, mais je me souvins de son comportement après l'audience concernant la mort de Rebecca et le verdict de suicide ; tout ce qu'il voulait à cette époque-là, c'était de l'argent.

Le maître d'hôtel apporta le thé. Il dressa deux petites tables, y disposa soigneusement le plateau et, en le voyant faire, je me remémorai Frith et Robert servant le thé tous les après-midi à Manderley, suivant un rituel compliqué et cérémonieux, je me rappelai les théières d'argent, les assiettes remplies de sandwiches triangulaires, de brioches tièdes, de toasts recouverts de beurre, de scones, de muffins, de toutes sortes de gâteaux. Le plateau était plus modeste aujourd'hui, mais les effluves qui sortaient du bec de la théière, l'odeur des toasts chauds évoquaient le souvenir des jours anciens. Le maître d'hôtel avait une expression hautaine, semblable à celle qu'arborait toujours Frith. Je le vis jeter un coup d'œil en direction du fauteuil vide en face de moi et de la valise, faire une moue de dédain, et j'essayai de rencontrer son regard, de lui faire comprendre que j'éprouvais le même dégoût que lui, que je n'y pouvais rien, que Favell n'était pas un ami, que j'aurais préféré mourir plutôt que de me trouver ici avec lui, mais il ne me regarda pas.

« Merci », dis-je. Il s'inclina à peine, et pivota sur lui-même.

Je n'en parlerais pas à Maxim, décidai-je, en me servant de thé. Il avait l'air bon, fort et chaud. Je le bus sans attendre, me brûlai, sans y prêter attention. Je donnerais simplement à Favell ce qu'il demandait pour me débarrasser de lui. Maxim n'en saurait jamais rien. Favell était un homme fini, pathétique, un clochard à moitié dément, plus à plaindre qu'autre chose.

Lorsqu'il revint, traversant la pièce avec un reste de son ancienne arrogance, il avait une cigarette aux lèvres et les mains dans les poches. Il était horriblement déplaisant, avec son visage mou, mais je n'avais pas peur de lui, il n'avait aucun pouvoir sur nous.

Il se laissa tomber dans son fauteuil à nouveau, avachi, tirant sur sa cigarette, me laissant lui servir son thé. Il resta silencieux pendant un moment, mangeant et buvant goulûment. A une ou deux reprises, il me dévisagea par-dessus sa tasse, ses yeux bleus injectés de sang toujours aussi fixes, aussi hagards. J'attendis, sans rien manger, me contentant de boire mon thé, évitant de le regarder. Combien exigerait-il, me demandai-je, aurais-je suffisamment d'argent en banque, ou devrais-je prendre quelques dispositions rapides et discrètes ?... J'espérais que non, j'avais envie d'en finir avec lui, je ne voulais plus entendre parler de Jack Favell.

Il posa maladroitement sa tasse dans la soucoupe et je dus me pencher pour la redresser. Je sentis ses yeux sur moi, qui suivaient le moindre de mes gestes. J'essayai de détourner la tête. Il avait allumé une autre cigarette et se prélassait dans son fauteuil. « Le thé est correct, dit-il d'un ton insolent, c'est le moins que puisse m'offrir le vieux Max. » Nous y voilà, pensai-je. J'étais préparée. J'attendais. « J'imagine que vous aimeriez savoir ce qui s'est passé.

— Passé ?

— Cette nuit-là — allons, ne me dites pas que vous n'y avez pas réfléchi tous les deux, que vous ne vous êtes pas posé de questions, pendant toutes ces années. Personne n'est au courant, croyez-moi. Cette femmelette de Frank Crawley est venu fourrer son nez partout, pendant un certain temps, il n'a cessé de me surveiller et de me questionner, puis Julyan — je les ai envoyés aux pelotes tous les deux... Et Danny a fait de même.

— Mme Danvers ? »

J'eus l'impression de recevoir un coup de poignard sous le cœur. Je reconnus la douleur, elle m'était familière naguère.

« Où est-elle ? Je croyais...

— Quoi ? Que croyiez-vous ? »

Je ne répondis pas. J'en étais incapable. Favell croisa les jambes. « Oh, Danny est quelque part. Je ne sais où — je n'ai pas eu de ses nouvelles depuis des lustres. » Il cligna les yeux. «

Manderley, ajouta-t-il. Quelle histoire ! Effroyable. Je suppose que vous l'avez vu ? »

J'avalai ma salive, j'avais la langue épaisse, la gorge sèche.

« Moi, je n'ai rien vu, bien évidemment, continua-t-il. J'étais à Londres, vous vous en souvenez sûrement. Pour voir ce foutu médecin. »

J'eus alors la certitude que mes soupçons étaient fondés. C'étaient les faits, purs et simples.

Il me sembla entendre la voix de Favell cette nuit-là, alors qu'il s'adressait à Maxim, avec son ancien et mauvais sourire.

« Vous croyez avoir gagné, hein ? Mais la loi peut vous rattraper, et moi aussi, à ma manière... »

Sa manière avait été facile et immédiate. Il avait téléphoné à Manderley, à Mme Danvers. Elle avait pris une communication interurbaine, Frith s'en était souvenu. Favell lui avait raconté, en peu de mots, ce qui était arrivé, et ils avaient tout combiné ensemble. L'idée venait-elle d'elle ou de lui ? En tout cas, c'était elle qui l'avait fait. C'était elle qui avait mis le feu, répandu le pétrole, en secret, dans l'aile la plus reculée de la maison. Elle avait craqué l'allumette là où personne ne pourrait s'apercevoir de rien. Je revoyais son visage triomphant, exultant. blanc comme la mort, au bout d'un couloir sombre. Puis elle était partie, un taxi était venu la prendre, avec ses bagages préparés à l'avance, et elle avait disparu. Elle avait téléphoné à Favell, en route, lui avait tout raconté.

«... et je le peux, moi aussi, à ma manière. »

Je levai les yeux sur lui ; il souriait, narquois, sale, répugnant. Au moins ne s'était-il pas trouvé sur place. Il n'avait pas eu l'ultime plaisir de voir Manderley brûler, sa vengeance n'avait pas été complète.

Une autre pensée me vint à l'esprit, alors que je finissais mon thé, devenu tiède. Je n'avais pas cru Favell capable de manigancer l'envoi de la couronne blanche sur la tombe de Beatrice. A présent, en le regardant, je n'en étais plus si certaine. Il y avait quelque chose de fourbe, de sournois, dans son attitude, qui était nouveau. Je l'imaginai éclatant d'un rire de dément. Mais restait la question de l'argent. Il était sans un sou, ruiné, c'était évident. Et la couronne avait été très coûteuse.

« Il faut que je m'en aille, dis-je. Je ne veux pas en entendre davantage.

— Quel dommage ! Je pensais que nous aurions mille choses à nous dire — dix ans de potins. Non que j'aie beaucoup à raconter : j'ai eu un garage, que j'ai perdu bien sûr, les choses se sont dégradées quand la guerre a éclaté. J'ai fait quelques affaires, ici et là, quand j'avais quelque chose à vendre. Pas facile. Vous n'avez pas connu ça, hein ? Jamais eu besoin de rien. Veinarde. »

Il se pencha soudain en avant.

« Il méritait la corde, murmura-t-il farouchement, postillonnant. Vous le savez aussi bien que moi. »

Je tremblais de tous mes membres, mais c'est d'un

ton calme, absolument calme, que je lui dis : « J'imagine que vous voulez de l'argent, c'est là que vous voulez en venir, n'est-ce pas ? Vous avez déjà essayé de faire du chantage, autrefois. C'est entendu, je vais vous donner ce que vous souhaitez, parce que je veux que Maxim ait la paix. Il est heureux, très heureux, nous le sommes tous les deux. Rien ne doit venir troubler ce bonheur.

— Oh, bien sûr — bien sûr. » Il se moquait de moi. Je le lisais sur son visage, dans ses yeux.

« Dites-moi combien vous voulez. Je désire rentrer chez moi, maintenant, en finir avec cette histoire.

— Dix livres ? »

Je le regardai, médusée, répétai stupidement : « Dix livres ? C'est tout ?

— C'est beaucoup pour moi, ma chère. Mais bon, si cela doit vous faire plaisir, disons cinquante. »

Je ne comprenais pas. Je m'étais attendue à ce qu'il demande des centaines, des milliers de livres peut-être, une somme qui l'aide à se remettre sur pied, à acheter une affaire... Je cherchai mon sac, commençai à compter quelques billets.

« Je n'ai pas suffisamment d'argent sur moi. Je peux vous donner la différence en chèque.

— Au porteur, alors. »

Je m'exécutai. J'eus du mal à écrire d'une façon lisible et normale. Il prit le chèque et le plia soigneusement avec les billets. Sa cigarette n'était plus qu'un mégot qui pendait au coin de sa bouche.

« Vous feriez mieux de régler la note du thé », dit-il.

Je le détestais. Je haïssais sa façon de s'exprimer, de me couvrir d'embarras, de honte, de m'obliger à me sentir coupable. Je me levai, sans un mot.

« C'était le bon temps, dit-il. A Manderley. C'était le bon temps, avant que ça tourne mal. Ces jours-là ne reviendront jamais. Nous en avons bien profité, Rebecca et moi, nous avons bien rigolé. Pauvre fille.

— Au revoir. »

Il se leva, et sa main se tendit brusquement vers moi, je sentis sa poigne sur mon bras. Un frisson me parcourut, à la pensée de ses ongles sales s'enfonçant dans le drap de mon manteau.

« Vous croyez vous en tirer comme ça, hein ? » dit-il. Il parlait d'un ton léger, presque badin, comme s'il s'amusait.

« Je vous demande pardon ?

— Oui. Cinquante livres ! Bon Dieu !

— Laissez-moi partir, je vous prie, et, s'il vous plaît, ne parlez pas si fort.

— Dites-le à Maxim.

— Non.

— Dites-lui — ce n'est pas l'argent qui compte.

— Je ne comprends pas.

— Ce n'est pas que je ne peux pas m'en contenter, parce que je le peux, mais je ne dirais pas non plus que ça me suffira. Ça peut attendre, ce n'est pas le point important. »

Il lâcha mon bras.

« Je veux davantage que de l'argent de sa part.

— Vous dites n'importe quoi. Vous êtes fou.

— Oh non ! Il rit à nouveau, et son regard était hideux, effrayant, j'aurais voulu ne jamais l'avoir vu, car je savais que je ne pourrais plus l'oublier désormais. « Oh non ! Allez, vous feriez mieux de partir prendre votre train. »

Mais pendant quelques secondes, je fus incapable de bouger, d'accomplir un acte aussi simple que partir, sortir de la pièce, je me sentais déconcertée, paralysée, comme si mon corps ne m'obéissait plus, comme si mon esprit ne pouvait plus rien coordonner.

« Merci pour le thé. »

Je m'étais attendue à ce qu'il me suive, mais il se laissa retomber lourdement dans son fauteuil.

« Je crois que je vais rester un peu ici, jusqu'à ce qu'ils daignent ouvrir le bar, et ensuite je prendrai un whisky. Vous pourriez payer ça en même temps, vous ne croyez pas ? »

Je partis, sortis de la pièce à la hâte, furieuse et bouleversée, refoulant mes larmes, et, dès que j'eus payé, je m'enfuis de l'hôtel. Je me retrouvai dans la rue, dans la chaleur qui montait du trottoir et me frappait en plein visage, serrant les poings pour ne pas me laisser aller, ne pas m'évanouir, attendant désespérément de voir passer un taxi.

Chapitre 16

Le bonheur ou le malheur, que nous soyons aimés ou seuls, en sécurité ou en danger, et l'issue finale, ce jour-là, je croyais encore qu'ils provenaient de l'extérieur, qu'ils étaient liés à la chance, dépendaient d'autrui. Je n'avais pas encore appris que nous forgeons notre propre destinée, qu'elle jaillit de nous-mêmes. Ce ne sont pas les événements qui comptent, mais ce que nous en faisons.

C'était par le plus pur des hasards que j'avais croisé Jack Favell sur mon chemin. Il avait gâché la joie de cette journée, parce que je l'avais laissé faire ; et maintenant, j'étais assise sur la banquette du train, les yeux tournés vers la fenêtre, et je pensais à lui, aux conséquences possibles de notre rencontre. Je ne prenais aucun intérêt ni aucun plaisir à ce que je voyais, je n'aurais su dire comment la lumière s'étendait sur les champs, si les arbres avaient déjà perdu leur vert le plus intense, le plus éclatant, pour se parer des tons plus sourds, plus sombres, de la fin de l'été. J'étais arrivée en avance à la gare, j'avais bu une tasse de thé qui m'avait laissé un goût âcre dans la bouche, puis j'avais attendu, assise tristement sur un banc, regardant les pigeons picorer à mes pieds sans m'intéresser à eux. J'avais acheté un magazine et un journal, les laissant sans les ouvrir à côté de moi.

Je me sentais triste et abattue. Je n'avais pas oublié la matinée, ni ma sensation de joie et d'énergie, mais il n'en restait rien. Je m'en souvenais, sans plus l'éprouver. Je passai de la certitude au doute, car que m'avait-il dit en réalité ? Il n'avait trouvé aucune raison — pourtant les choses ne s'arrangeraient peut-être jamais, qu'il y ait une raison ou non. Bien des gens n'ont pas d'enfants apparemment sans raison. Il m'avait seulement examinée rapidement, il m'avait interrogée. Qu'avait-il appris ? Que savait-il ? Qu'avait-il changé ?

J'avais tu à Maxim le but de mon voyage, mais en sortant du cabinet du Dr Lovelady, en me retrouvant dans la rue sous le soleil, je m'étais promis de tout lui raconter, tout de suite, il me serait impossible de garder plus longtemps mon secret : « Nous pouvons avoir des enfants. » Je le lui annoncerais dans le jardin, le soir même, en marchant paisiblement parmi les roses — « il n'y a aucune raison pour que nous n'en ayons pas, et toutes les raisons, maintenant que nous sommes installés et heureux, pour en désirer ».

Mais je n'en dirais rien, maintenant. Nous aurions une conversation banale sur les magasins et la chaleur, j'inventerais une anecdote ou une autre, laisserais tomber le sujet dès que possible. Et surtout, je ne lui parlerais pas de Favell. Il y avait encore certaines choses dont je devais le protéger, quoi qu'il m'en coûte. Il était heureux, il l'avait dit, Manderley ne représentait plus rien, et le passé n'avait plus de pouvoir sur lui — rien ne devait abîmer ça.

Je détestais, je méprisais Jack Favell, il me répugnait : je lui en voulais à cause de ce qu'il avait fait de cette journée, mais je n'avais pas peur de lui. Il était trop faible, trop pathétique. Et peu à peu, à mesure que les kilomètres augmentaient entre nous, que

Londres s'éloignait et que je sentais approcher la maison, il me sembla que le pire était passé, que cela n'avait été qu'un moment désagréable, sans plus. Il ne m'avait pas suivi, il ignorait où nous vivions—il ne savait même pas que nous étions définitivement revenus. Il n'avait pas posé de questions — je m'en étonnai, mais c'était la preuve que nous n'étions pas très importants pour lui. Seules quelques phrases me restaient à l'esprit :

« Vous aviez découvert la vérité ; il vous l'avait avouée, hein ? Vous êtes donc coupable en partie, vous êtes sa complice... »

« Il méritait la corde. Vous le savez aussi bien que moi. »

« Dites à Maxim — ce n'est pas l'argent qui compte. Je veux davantage que de l'argent de sa part. »

Mais il avait toujours usé de petites menaces dérisoires, tenté de m'impressionner par ses insinuations, ses allusions. Il n'avait pas changé.

Lorsque le train ralentit, en entrant dans la gare du village, j'avais remis les choses à leur place, je m'étais rassurée, croyais-je, et j'avais presque complètement écarté Favell de mes pensées. Je pus aller vers Maxim l'air joyeux, souriante, prête à débiter toutes les petites phrases composées à son intention à propos de ma journée.

Mais je rêvai de Favell. Je n'avais aucun contrôle sur mon subconscient. Il était un jour arrivé à Manderley, en se vantant de sa voiture de sport — « plus rapide que toutes celles que ce pauvre vieux Max a jamais pu avoir » —, et aujourd'hui, il avait mentionné avoir vendu des voitures, jusqu'à ce que la guerre vienne le ruiner ; par conséquent, ce fut de Jack Favell en voiture que je rêvai. Nous gravissions une route étroite et raide, et je croyais me trouver avec Maxim, mais quand il s'était tourné vers moi pour me sourire, le visage, les joues bleuies par la barbe, les yeux injectés de sang étaient ceux de

Favell, et sur le volant, c'étaient ses mains grasses aux ongles sales. Le ciel était noir, comme si un orage menaçait, et la route était bordée de grands arbres, dont les troncs luisants s'élevaient au-dessus de nous, sombres et inquiétants, serrés les uns contre les autres telles d'énormes dents dans une bouche encombrée, sans feuilles jusqu'à leurs faîtes où se rejoignaient leurs branches au-dessus de nos têtes, occultant le peu de jour restant. Je savais que nous allions atteindre le sommet de la côte et déboucher à ciel ouvert, mais la voiture peinait, avançait trop lentement, et j'aurais voulu aller plus vite, encore plus vite, parce que je savais qu'en haut, Maxim m'attendait dans sa voiture. Je ne comprenais pas pourquoi je n'étais pas avec lui à ce moment.

Favell continuait à me fixer, me dévisageant avec une sorte de triomphe malveillant, je sentais qu'il se moquait de moi et pourtant j'ignorais pourquoi, et je n'y pouvais rien. J'étais impuissante.

Puis, à la fin, je poussais un cri de soulagement et de joie, les arbres s'espaçaient, le ciel s'éclaircissait, brillait d'un bleu limpide, l'air ne dégageait plus cette odeur fétide qui m'avait oppressée pendant que nous grimpions entre les troncs et les remblais humides. Le soleil flamboyait devant nous, encadré dans une arche. La voiture accélérait, avec un grondement plus sourd, huilé, roulant sans faire de bruit, de plus en plus vite, comme si elle ne touchait pas le sol.

« Arrêtez-vous ! m'écriais-je, car nous semblions foncer vers la lumière, sans pouvoir ni freiner ni ralentir. Arrêtez, je vous en prie — oh, arrêtez ! STOP ! »

Mais nous continuions, accélérions encore l'allure, et je commençais à suffoquer, à cause de la vitesse, et soudainement je me rendais compte, comme autrefois, que la lueur pourpre ne provenait pas du soleil, mais du feu. Le feu.

« Il y a le feu ! »

Je me réveillai, me redressai sur mon séant, cherchant ma respiration, essayant de protéger mon visage de la chaleur.

La fenêtre était ouverte, un air frais pénétrait dans la chambre et les parfums de la nuit montaient du jardin.

J'avais réveillé Maxim, il se penchait sur moi.

« Ce n'est rien. Il a fait très chaud, et j'étais fatiguée. Londres est épuisante. Tu avais raison. »

Je me levai pour aller chercher un verre d'eau. « Décidément, j'ai horreur de cette ville. » Et je racontai un cauchemar confus de trottoirs brûlants et d'encombrements assourdissants, j'ajoutai des détails, inventant, le laissant me réconforter, tandis que le visage de Favell surgissait du vrai rêve, avec son sourire narquois.

C'était fini et bien fini, me dis-je. Jack Favell ne pouvait rien contre nous, pourtant il était parvenu à ses fins, parce que je l'avais laissé faire, que j'étais incapable d'oublier. Il représentait le passé, et maintes fois, je m'étais retournée pour regarder en arrière, mais il était le présent, aussi, et je le craignais autant que je le méprisais, à cause de tout ce qu'il avait dit. Il nous haïssait, il savait la vérité, et je me méfiais de lui. Plus angoissant encore, il n'était pas sain d'esprit. Chaque jour à mon réveil, j'étais consciente de son existence, quelque part à Londres, et cette certitude s'enfonçait comme une épine dans ma chair, je ne pouvais pas l'ôter.

Nous forgeons notre propre destinée.

Le temps changea, il faisait plus frais, les matinées étaient grises, et parfois il pleuvait. Frank Crawley arriva d'Ecosse et passa quatre jours avec nous, il accompagna Maxim à la vente d'une ferme ; ils parlèrent d'avenir, d'agrandir la propriété. Sa présence à la maison était une joie, nous le retrouvions tel qu'il avait toujours été, solide, d'humeur égale, fidèle et plein d'un chaleureux bon sens. Cependant, lui aussi appartenait au passé et une partie de moi-même le repoussait.Il avait été chez lui à Manderley, autant que Maxim, et je ne voulais pas que Cobbett's Dale prenne une place importante dans son cœur. Si une nouvelle vie devait commencer ici, c'était la nôtre, uniquement la nôtre.

Néanmoins, j'aurais aimé pouvoir lui parler plus facilement. S'il avait été une femme, je lui aurais peut-être confié mon espoir d'avoir des enfants, comme j'en avais parlé à Bunty Butterley, car je ne pouvais pas tout garder pour moi, j'avais besoin de quelqu'un auprès de qui m'épancher. Et Bunty avait répondu à mon attente, elle s'était montrée réconfortante, pleine de sollicitude et d'enthousiasme.

« Maintenant, suivez mon conseil, ma chère. J'ai pas mal d'années de plus que vous, et je vais vous parler comme une mère poule. Occupez-vous, remplissez votre vie. Ne passez pas votre temps à ressasser tout ça, ne restez pas sans rien faire, ça ne donne rien de bon.

— Vous avez raison.

— Vous avez été rassurée — les choses se feront d'elles-mêmes. »

Je l'écoutais, émue et réconfortée : elle croyait ce qu'elle disait, toute sa vie avait été guidée par ces simples et salutaires vérités. Il ne me restait qu'à suivre son exemple : ne pas craindre le pire, ne pas ressasser, comme elle disait, ne pas ressasser. Plus que jamais, elle me rappelait Beatrice, elle m'apportait un peu de ce que Beatrice m'avait apporté. Je ne lui en étais que plus reconnaissante.

Et petit à petit, tout au long des semaines suivantes, tandis que l'été s'étirait, je me détendis et mes peurs s'estompèrent. Nous partîmes quelques jours, marcher dans le pays de Galles. Maxim et Frank achetèrent une seconde ferme, et plusieurs hectares de terres boisées, qui avaient besoin d'être remises en état. Nous nous rendîmes à une soirée chez les Butterley, malgré les réticences de Maxim. « Quelqu'un sera au courant, fera une allusion, dit-il ce matin-là. Ils prendront cet air que je ne peux pas supporter. »

Mais il n'en fut rien. Notre nom n'évoquait rien pour personne, nous nous sentîmes les bienvenus, nous n'éveillâmes l'intérêt que parce que nous étions nouveaux dans la région. Pas plus.

Il n'y eut qu'un moment de terreur, si inattendu et violent que la pièce se mit à tourner autour de moi, me brouillant la vue. Je ne sais pas quand il se produisit. Personne ne dit rien, personne ne s'en aperçut. L'effroi jaillit du plus profond de moi-même, j'en fus la seule cause.

Maxim se tenait près de la fenêtre, en conversation avec quelqu'un que je ne connaissais pas, et pendant un instant, je me retrouvai seule à l'autre bout de la pièce, dans l'un de ces îlots de calme, soudains et étranges, qui apparaissent au milieu de la houle bruyante et confuse d'une réception. J'avais l'impression d'être séparée des autres par un mur, de regarder ce qui se passait à l'extérieur sans pouvoir atteindre personne, et ce qui se disait autour de moi n'avait aucun sens, comme si les gens s'exprimaient dans une langue inconnue.

Je regardai dans la direction de Maxim.

« C'est un assassin, pensai-je. Il a tué Rebecca. C'est l'homme qui a tué sa femme. » Et c'était un étranger pour moi, j'avais l'impression de ne pas le connaître, de ne rien avoir à faire avec lui. Je me souvins alors de Favell : « Il vous l'a avoué, hein ? Vous êtes donc coupable en partie, vous êtes sa complice. »

Je le crus, à ce moment-là. Je pris conscience de ma culpabilité. Et je sentis la panique m'envahir devant cette réalité. J'étais incapable de prévoir ce qui allait arriver, car je ne me sentais pas assez forte pour garder ce secret, pour passer le reste de ma vie sans rien dire, sans rien faire, mais en sachant, en sachant.

« Cet homme est un assassin. »

Mais il se retourna, leva les yeux et m'aperçut. Il sourit, l'assassin, et m'adressa un petit geste qui m'invitait à venir le rejoindre, le délivrer de quelque raseur, peut-être. Je lui obéis, docilement, me faufilant entre les dos, les gesticulations et les éclats de voix, et lorsque j'arrivai à sa hauteur, je me comportai normalement, parlant et agissant comme à l'accoutumée, malgré la peur qui m'habitait. Je le regardai, cherchant à être rassurée, priant pour que le cauchemar prenne fin, que se taisent les mots, les mots véridiques qui résonnaient dans ma tête. Il n'avait pas changé, rien n'avait changé. Nous étions ensemble, ici, dans le salon encombré de photographies, de fleurs et de petites tables, M. et Mme de Winter, de Cobbett's Dale. C'était encore vrai. Je l'aimais. J'étais sa femme. Nous aurions nos enfants. Nous avions acheté une nouvelle ferme et des bois, le jardin s'épanouirait, les moutons paissaient sur les coteaux autour de la maison et les matins étaient frais et resplendissants. Je me répétai tout ça, tandis que l'homme avec une verrue sur le nez continuait de bavarder, et mon angoisse se dissipa, c'était la réalité, rien ne viendrait l'altérer. Il y avait seulement cette autre réalité, la réalité des mots qui s'étaient ancrés dans ma tête, et cette semence de peur qui s'était enracinée au plus profond de moi. Certains jours, je ne m'en apercevais pas, le reste importait davantage, mais de temps à autre elle me frappait, comme une douleur imprévue. Elle ne disparaîtrait jamais, rien ne serait comme avant, l'avenir était à jamais obscurci à cause d'elle.

Quelques jours plus tard, une lettre arriva au courrier du soir — Dora me l'apporta tandis que je taillais les bordures d'un parterre. L'enveloppe était ordinaire, en papier marron, l'adresse griffonnée d'une écriture grossière que je ne reconnus pas.

« Mme de Winter » — sans prénom ni initiale.

J'ôtai mes gants de jardinage et allai m'asseoir sur le banc. Il faisait frais pour un mois de juillet et le soleil était capricieux, grâce à quoi les dernières roses s'attardaient encore, même si l'herbe en dessous était tous les matins jonchée de pétales.

Dora avait laissé le plateau du thé à côté de moi. Je me souviens de m'être servi une tasse avant d'ouvrir la lettre — je suppose que quelqu'un a dû la trouver, plus tard, intacte, et la rapporter à la cuisine — je n'en avais pas bu une goutte.

L'enveloppe ne contenait qu'une vieille coupure de journal aux bords jaunis, mais curieusement aplatie, avec des pliures nettement marquées, comme une fleur que l'on presse entre les pages d'un livre.

Je reconnus la photographie, c'était celle qui avait servi de modèle à la vieille carte postale que j'avais achetée jadis.

« Incendie catastrophique à Manderley », titrait l'article, et en dessous : « La maison de la famille de Winter réduite en cendres. »

Je n'en lus pas davantage, je restai assise, le bout de journal à la main. J'avais toujours su, au fond de moi, que ce n'était qu'une question de temps, que la suite viendrait un jour ou l'autre, et maintenant que j'en avais la preuve sous les yeux, je me sentais étrangement calme, froide, comme engourdie. Je n'avais pas peur.

Je restai longtemps assise, sans penser, figée ; puis, gagnée par le froid, je rentrai dans la maison. J'aurais dû détruire la coupure de journal, la jeter dans le fourneau et la faire brûler, sans attendre. Au lieu de quoi, je la repliai et montai la ranger dans mon vieux cartable d'écolière, que je n'utilisais plus du tout.

Maxim ne l'y trouverait pas.

Chapitre 17

La lettre suivante arriva une semaine plus tard. Maxim me la tendit au petit déjeuner, mais je n'eus pas besoin de la regarder, je reconnus immédiatement l'écriture barbouillée sur l'enveloppe marron.

Il n'y prêta pas attention. J'avais reçu deux autres lettres, et glissai celle-ci entre elles ; il était occupé à lire ce que lui écrivait Frank Crawley.

Je montai dans ma chambre.

Cette fois-ci, c'était plus long, un compte rendu du journal local sur l'enquête concernant la mort de Rebecca.

« Verdict de suicide. »

« Enquête sur la mort de Mme Maxim de Winter. »

C'est étrange, songeai-je. C'est mon nom, c'est mon nom depuis plus de dix ans, et lorsque je le vois écrit, c'est uniquement le sien. Rebecca était Mme de Winter, je n'arrivais pas à faire le lien avec moi.

La valise de Favell était-elle remplie de coupures semblables ? Avait-il l'intention de toutes me les adresser, l'une après l'autre, des années durant ? Tôt ou tard, certainement, il m'écrirait pour demander de l'argent, il ne se contenterait pas de me tourmenter à distance, sans en constater les effets.

Il me semblait vivre mes jours et mes nuits comme si j'étais deux personnes distinctes, l'une secrète et dissimulée, qui recevait ces terribles enveloppes et les cachait précipitamment, attendant la lettre suivante, craignant d'y trouver quelque chose de nouveau, une épouvantable révélation : cette personne-là était obsédée par une unique pensée, ne songeait qu'à Rebecca et à Manderley, à Favell et aux coupures de journaux : Que voulait-il ? Comment se débarrasser de lui ? Comment protéger Maxim ? Mais l'autre continuait, comme avant, à jardiner, à bavarder avec Dora et Ned, à arpenter les terres en compagnie de Maxim, à inviter Bunty Butterley à déjeuner et, de temps à autre, au petit matin, ou en fin de journée, seule dans le jardin, elle imaginait les enfants, entendait leurs voix dans le lointain, apercevait soudain leurs doux et charmants visages.

J'étais très douée pour ce genre d'exercice. Maxim n'avait aucun soupçon, il ne me surveillait pas, ne posait pas de questions ; il était égal à lui-même, entièrement occupé par sa nouvelle vie, plein d'entrain, décidant de l'avenir de la propriété. Il passait la plus grande partie de la journée dehors, mais nous nous retrouvions tous les soirs, comme je l'avais si souvent rêvé, durant nos années d'exil. Nous lisions, écoutions parfois la radio, je faisais des projets pour le jardin. J'avais commencé à tenir un cahier où j'ébauchais mes plans, assise devant le petit bureau dans le coin de la pièce, près des portes-fenêtres. Je songeais aux saisons à venir, et la perspective du printemps prochain m'apaisait. Les catalogues de bulbes arrivèrent, et j'en commandai par centaines, comme si j'étais anxieuse de voir les pelouses, les plates-bandes et les talus tapissés de fleurs, de narcisses et de jonquilles d'un jaune éclatant, de crocus et de scilles bleu azur, qui ruisselleraient au milieu du gazon, mais pas de blanc. Je ne voulais aucune fleur blanche.

Nous jouions aux cartes ou au backgammon, nous faisions des mots croisés ; les jours raccourcissaient, la pluie tombait doucement, la nuit, libérant toute la douceur de la terre qui montait par les fenêtres ouvertes.

J'avais obtenu ce que je souhaitais. J'étais là, aujourd'hui, là où j'avais voulu être.

Prends garde de ne jamais désirer quelque chose trop ardemment, m'avait dit mon père autrefois, car tu pourrais l'obtenir. Je l'avais désespérément désiré, et maintenant tout n'était plus que poussière et cendres, je me sentais indifférente, inerte. J'avais réalisé mon vœu et n'étais pas en mesure de m'en réjouir, tout m'avait été donné et repris dans le même temps.

Une photographie arriva, l'instantané froissé d'un bateau dans une petite crique. Je n'y attachai pas d'importance, mais mon cœur s'arrêta de battre en voyant Jasper, le bon, le robuste et fidèle Jasper, notre si joli petit chien, assis sur son arrière-train à côté du bateau, levant le museau d'un air tout excité, le regard plein d'adoration. Je me mis à pleurer, me complaisant dans la contemplation de la photo, la tournant et la retournant entre mes doigts, la regardant à plusieurs reprises, comme si je voulais faire renaître Jasper.

J'aurais dû brûler ça, aussi, mais j'en fus incapable.

« J'aimerais avoir un chien, dis-je à Maxim, en entrant dans le bureau où il étudiait une carte.

— Ce vieux sentier a presque entièrement disparu, les ronces l'ont envahi. Il faudra le retracer... » Il se tourna vers moi, souriant. « Un chien va creuser des trous dans tout le jardin.

— Tant pis. Il ne le fera pas longtemps. Je le dresserai. »

J'avais pensé attendre que les enfants soient là, mais maintenant, je le voulais pour moi.

« Il faudra bien qu'il y ait un peu de désordre ici ou là, de toute façon — demande aux Peck. Un brave labrador ou un petit terrier. Ce que tu veux. »

Jasper, songeai-je. Je veux Jasper.

« Oui.

— Bon. Je demanderai autour de moi. Viens voir ça. »

Maxim me montrait la carte, désignait la trace de l'ancien sentier, et, m'approchant de lui, je regardai sa main, son doigt tendu. J'avais toujours aimé ses mains, longues et fines, aux ongles soignés. Mais aujourd'hui, je les voyais seulement comme les mains qui avaient tenu un revolver et tiré sur

Rebecca, qui avaient porté son corps dans le bateau, ouvert les vannes de sécurité, manœuvré l'embarcation jusqu'au large pour qu'elle y sombre. Je n'avais pas lu l'article du journal concernant l'enquête et cependant les mots semblaient avoir pénétré ma conscience, envahi mon esprit. Je savais ce qu'ils disaient, puisque j'étais présente ce jour-là, je me remémorais la description, l'enregistrement de la déposition, les explications de Maxim, et aujourd'hui je le voyais, lui, d'un œil nouveau et terrifié. Je m'effrayais moi-même, mes pensées et mes sentiments échappaient à mon contrôle, comme sous l'empire de la folie, et je tendis la main vers lui, cherchant à me rassurer, je posai mes doigts sur les siens, les caressai, et le vis lever la tête vers moi, souriant, l'air interrogateur. « Qu'y a-t-il ?

— Rien.

— Tu en as trop fait, tu as l'air épuisée.

— C'est ce temps gris — l'été tire à sa fin et nous n'avons pas vu le soleil depuis longtemps, c'est un peu déprimant, c'est tout.

— Ça va s'améliorer. Nous aurons un été indien, tu verras.

— Je l'espère. »

Il se pencha et m'embrassa rapidement sur le front, l'esprit ailleurs.

Que s'est-il passé ? me demandai-je en parcourant le jardin, voyant le vent agiter les cimes des arbres et bousculer les dernières roses. Qu'est-ce qui a changé ? Pourquoi les choses sont-elles ainsi et non comme je les avais rêvées ? Est-ce seulement parce que j'ai rencontré Jack Favell et qu'il s'amuse à me tourmenter, sortant le passé de l'ombre, comme le corps de Rebecca a été ramené à la surface de la mer ?

Mais je savais que l'explication était ailleurs, qu'il fallait remonter plus loin, des mois auparavant, quand, sur le quai de la gare, alors que nous revenions pour l'enterrement de Beatrice, la voix m'avait murmuré : « Cet homme est un assassin — cet homme a tué sa femme. »

Les semences étaient restées en moi et, comme les mauvaises herbes qui poussent au petit bonheur, sans raison apparente mais inexorablement, elles avaient fini par voir le jour. J'étais la seule responsable, la seule fautive.

Nous forgeons notre propre destin.

Pendant près de deux semaines, rien n'arriva au courrier, mais je savais que ce n'était pas fini. J'attendais avec fatalisme, ce n'était qu'une sorte de répit, un autre aspect du supplice. Je me demandais parfois s'il allait m'envoyer quelque chose de surprenant ou de bouleversant. Les coupures de presse et la photographie étaient enfermées dans mon cartable, et lorsque je passais devant le tiroir au fond duquel je les avais enfouies, l'air se chargeait d'électricité, j'étais soudain en proie à une agitation fébrile, tentée de sortir le cartable, de l'ouvrir et de regarder, regarder.

Mais lorsque vint la suite, ce fut une simple feuille de papier quadrillé, arrachée à un cahier d'écolier et sur laquelle étaient inscrits : « 20000 livres » et un numéro de boîte postale à Londres.

Etrangement, je me sentis soulagée ; c'était direct et je savais quelles mesures prendre. Le chantage était tellement évident, grossier. Je déchirai la feuille, à un moment où j'étais seule dans la maison, et jetai les morceaux dans le fourneau, les enfonçant avec le tisonnier. Et tout en les regardant brûler, je me dis que c'était la dernière étape.

Le temps se remit au beau, le soleil brillait haut et de bonne heure dans le ciel, réchauffant la campagne dans la journée, mais on sentait un changement perceptible dans l'air ; la fin de l'été approchait, une épaisse rosée recouvrait la pelouse le matin et une brume légère s'attardait entre les arbres. Les roses étaient finies, les passeroses poussaient en hauteur, fleurissaient, avec des tons de vieux chintz fané, et le vert des feuillages avait pris une apparence poussiéreuse et terne.

Maxim partit trois jours en Ecosse ; il voulait consulter Frank, tenter de le persuader de venir s'installer en Angleterre. Je doutais qu'il y parvienne. J'avais perçu une sorte de réserve chez Frank, lors de son séjour ici, comme s'il prenait ses distances par rapport aux intentions de Maxim, s'intéressant à ses projets, l'encourageant, mais sans s'impliquer. Son cœur est en Ecosse désormais, pensai-je, il aime ce pays et y est heureux, en famille, jamais il ne s'attacherait comme nous à Cobbett's Dale, ni comme Maxim et lui l'avaient été à Manderley.

Inquiet de me laisser, Maxim avait essayé de me persuader de l'accompagner, mais je préférais rester ici, seule. J'aspirais à marcher dans le jardin à la tombée du soir et au petit matin, avant le lever du soleil, je voulais sentir la maison autour de moi s'assoupir doucement, à la fin de la journée, je voulais me gorger d'elle, la respirer en même temps que l'air lui-même. Il y a un an, je n'aurais pas imaginé rester sans Maxim, je me serais sentie anxieuse, en danger, dépossédée de l'autre moitié de moi-même, et j'aurais eu peur pour lui, aussi, car il dépendait tellement de moi. Mais nous avions changé, évolué, cette époque était révolue, nous n'avions plus besoin de nous cramponner si désespérément l'un à l'autre, comme des enfants terrifiés, vulnérables, demandant constamment à être rassurés.

C'était bon signe, certainement, me disais-je lorsque mon humeur était au beau fixe, ce n'était pas la preuve que nous avions mûri en suivant des voies divergentes, mais que nous étions devenus plus forts ; et les accès de panique qui s'emparaient de moi lorsque je le regardais se firent plus rares, les voix devinrent si faibles, si imperceptibles, que je pouvais feindre de ne pas les entendre.

Il fit de plus en plus chaud, les nuits étaient suffocantes.

Je dormais les fenêtres grandes ouvertes, ne m'assoupissant qu'à l'heure où l'air fraîchissait un peu, juste avant l'aube. Je ne ressentais ni inquiétude ni angoisse, j'avais un sentiment de sécurité dans la maison, dans chaque pièce, entrant et sortant pour mon seul plaisir, je me sentais protégée, à l'abri.

Maxim me manquait, certes, mais agréablement, normalement. La vérité était que j'éprouvais le plus profond contentement, la plus grande satisfaction, pour cette fois du moins, à être ici seule.

Deux jours après son départ, j'étais allée chercher des œufs à la ferme et je m'étais attardée à bavarder avec Mme Peck en buvant une tasse de thé, à jouer avec le bébé et à regarder les vaches remonter lentement le chemin jusqu'à la cour, où elles seraient traites. Je n'étais pas pressée, c'était une agréable journée, paisible et chaude ; sur le chemin du retour, les haies et les talus étaient secs et poussiéreux, le ruisseau contenait tout juste un filet d'eau.

Je m'arrêtai quelques instants, contemplant Cobbett's Dale qui reposait en contrebas, cuivré dans la lumière du couchant ; les ombres du houx, du marronnier et des peupliers jouaient sur l'herbe, et il me sembla voir une maison enchantée, non pas construite par la main de l'homme mais surgie magiquement du sol, d'un seul coup. Plus tard dans la soirée, je reviendrais ici, après avoir allumé toutes les lampes, y compris dans le grenier, et la maison aurait une beauté différente, elle flotterait comme un grand navire illuminé sur une mer sombre. Je l'aimais tant ce soir-là. Je me sentais à l'unisson avec elle, inscrite dans ses murs, liée à son passé, autant qu'au présent et au futur. J'éprouvais le même sentiment que la première fois où je l'avais vue, comme si elle avait été là, m'attendant depuis le début de ma vie.

Au moment où je pénétrais à l'intérieur, il me

sembla qu'elle me retenait doucement en arrière. J'allai dans le cellier déposer les œufs sur la dalle de pierre. C'est alors que tinta la cloche de l'entrée.

Je sursautai. Je n'avais entendu aucun bruit de voiture, mais il était vrai que je me trouvais dans l'aile de la maison la plus éloignée de l'allée. Puis il me vint à l'esprit, tandis que je me dirigeais vers la porte, que c'était probablement Bunty venue à l'improviste me tenir compagnie, me distraire, comme elle l'avait promis. « C'est agréable de pouvoir souffler un peu, sans eux, je suis la première à en être convaincue, avait-elle dit lorsque je lui avais annoncé le départ de Maxim, mais ça ne vous vaudra rien de rester dans votre coin à broyer du noir. »

Je ne broyais pas du noir, j'étais heureuse, mais je me réjouis à la pensée de passer une heure avec elle. Nous prendrions une tasse de thé dans le jardin — il faisait encore assez chaud.

J'ouvris la porte.

« Bonsoir, madame. »

Je ne sais si mon visage perdit toute couleur, j'ignore si le choc, suivi d'un torrent d'épouvante, fut visible. Il me paraît impossible qu'il en ait été autrement, l'émotion fut trop subite et violente.

Il n'y avait aucune voiture, aucun signe d'une autre présence. Elle se tenait seule, sur le seuil de la porte. Elle semblait un peu plus âgée, et je n'étais pas habituée à la voir en vêtements de ville — en fait, je ne l'avais jamais vue dehors. Elle restait toujours à l'intérieur de la maison, habillée de noir, dans sa longue robe terne aux vilains reflets soyeux, avec des manches étroites et un haut col boutonné.

Elle était également en noir aujourd'hui, vêtue d'un manteau qui lui arrivait à la cheville, en dépit du temps. Elle portait un sac à main et des gants, mais elle était nu-tête. Ses cheveux étaient tirés en arrière comme autrefois, impeccablement lissés sur son haut front proéminent, et retenus en chignon sur la nuque. Ils étaient gris aujourd'hui. Ses traits étaient plus accusés, plus ridés et le masque blanc de son visage semblait encore plus décharné, les orbites des yeux étaient plus profondes.

Dehors, dans le monde qui s'étendait derrière elle, le silence était absolu, un silence lourd de fin d'été, quand les agneaux ne bêlent plus dans les prés et que les oiseaux ont cessé de chanter.

« Madame Danvers.

— J'espère que je ne vous ai pas surprise ? »

Une main blanche sortit du manteau noir et je fus forcée de la serrer. Elle était ferme, étroite et froide.

« Pas du tout — ou plutôt, si, bien sûr. Je suis étonnée de vous voir, mais...

— Je suis désolée, je n'ai pas pu vous prévenir. Si je vous dérange, n'hésitez pas à le dire.

— Pas le moins du monde — je vous en prie, entrez.

— J'avais un moment de libre et, ayant appris que vous vous étiez installés dans la région, j'ai voulu vous rendre visite et vous souhaiter la bienvenue. »

Je me reculai. Elle s'était avancée dans l'entrée et attendait, sans regarder autour d'elle, mais en me dévisageant, fixant sur mon visage ses yeux enfoncés. Il faisait trop sombre ici, la pièce était plongée dans la pénombre, j'aurais voulu me trouver à l'arrière de la maison, dans le petit salon qu'inondait la lumière du soleil couchant, et dont les fenêtres donnaient sur le jardin. Je sentais le besoin de m'éloigner d'elle, de respirer à l'air libre, de voir le ciel au-dessus de ma tête, j'allais étouffer s'il me fallait rester dans une pièce fermée avec elle.

Son pas résonna, sec et assuré, sur le sol dallé ; le léger froissement de sa jupe réveilla en moi un souvenir terrible. Je faillis courir vers la lumière.

« Voulez-vous prendre une tasse de thé, madame Danvers ? Je m'apprêtais à en préparer pour moi.

— Merci, madame, volontiers. »

Elle resta immobile dans le salon, tournant le dos aux fenêtres et au jardin, au monde extérieur, comme si elle ne les avait pas vus, comme s'ils n'avaient aucun intérêt pour elle, et de même que je ne l'avais jamais vue en manteau, je ne me souvenais pas d'elle ailleurs que dans les pièces et les couloirs de Manderley.

« Peut-être aimeriez-vous sortir dans le jardin — je crains que les roses ne soient fanées mais les parterres sont encore beaux, bien que j'aie à peine commencé à m'y attaquer ; il était dans un piteux état à notre arrivée, cela prendra des années. »

Elle ne jeta pas un seul regard autour d'elle. Ses yeux étaient rivés sur moi.

« En effet, vous n'êtes là que depuis le printemps dernier, je crois.

— Oui, nous sommes arrivés en mai, nous étions à l'étranger depuis... depuis quelques années.

— Ah oui. »

Il y eut un silence. Je refusais de me sentir coupable, je n'en avais aucune raison, mais je rougis sous l'insistance de son regard et détournai rapidement la tête. Les mots restaient en suspens entre nous, sans qu'il fût besoin de les prononcer — la raison de notre séjour à l'étranger, tout ce qui s'était passé avant s'étalait comme un motif sur le tapis, sous nos yeux.

« Je vous en prie, asseyez-vous. Je... je vais préparer le thé. Je n'en ai pas pour longtemps. »

Son regard me quitta pendant quelques secondes, elle haussa légèrement les sourcils. Elle me méprise, pensai-je, elle se moque de moi.

« Je crains qu'il ne soit devenu difficile d'obtenir une aide correcte depuis la guerre, les jeunes d'aujourd'hui n'ont pas envie de servir dans une maison. Mais je suis certaine qu'une fois installés, vous trouverez des gens prêts à venir chez vous.

— Oh, j'ai toute l'aide nécessaire, dis-je précipitamment, autant que je le désire, à vrai dire. Ce n'est certes pas comme au temps de... » Le mot « Manderley » flotta dans l'air. « J'ai Dora tous les jours — et

Mme Peck vient de la ferme me donner un coup de main de temps en temps.

— Je vois. » Le dédain contenu dans sa voix me fit rougir à nouveau, et je m'irritai qu'elle eût encore le pouvoir de m'humilier.

« Je n'ai pas envie d'être servie par une armada de domestiques, madame Danvers, cela ne m'a jamais convenu.

— C'est vrai.

— Nous vivons plus simplement ici.

— Oui — et la maison est petite en comparaison.

— Oui, en effet. » Et je la quittai précipitamment, m'enfuyant presque vers la cuisine.

Mes mains tremblaient si fort que je faillis laisser tomber les tasses de porcelaine et je m'ébouillantai le dos de la main en versant l'eau. La brûlure laissa une longue marque rouge et douloureuse.

Les questions se bousculaient, fulgurantes, voletant dans ma tête comme des oiseaux enfermés dans une cage. Comment nous avait-elle trouvés ? D'où venait-elle ? Habitait-elle dans les environs ? Si oui, par quel hasard ? Que savait-elle de notre vie, avant et depuis notre installation ici ? Je me la représentais rôdant dans les alentours, connaissant chaque détail de nos faits et gestes, nous observant, espionnant.

Et comment était-elle venue cet après-midi ? Il semblait peu vraisemblable qu'elle soit arrivée à pied.

Le plateau était lourd et, avant de le soulever, je pris appui sur le mur pour retrouver mon calme et mon équilibre, respirant profondément. Je refusais de me laisser effrayer par elle. Je ne le devais pas, il n'y avait aucune raison. Elle n'avait aucun pouvoir.

Mais je savais qu'elle en avait, qu'elle possédait un pouvoir que Jack Favell n'avait jamais eu, et qu'il n'aurait jamais. Je m'étais toujours sentie dominée par elle, je la redoutais et la haïssais, et elle me méprisait, me considérait comme quantité négligeable. Face à Favell, aujourd'hui, et à bien des égards, j'avais plus de force, plus d'assurance. Mais à la vue de Mme Danvers, j'étais redevenue la jeune femme hésitante, gauche, prompte à se rabaisser, la nouvelle épouse arrivée à Manderley, osant prétendre à la place de Rebecca.

Néanmoins, je franchis le couloir d'un pas aussi ferme que je le pus, seule ma main douloureuse rappelant l'effet que son apparition avait eu sur moi.

Le dos toujours tourné au jardin, elle paraissait ne pas avoir bougé. Ses yeux se posèrent immédiatement sur mon visage, et y restèrent rivés, grands ouverts, étincelants, fixes. Elle me regarda poser le plateau, prendre deux petites tables basses, y disposer les tasses et la théière. Elle ne fit pas un geste, n'offrit pas de m'aider. Je me sentis idiote et empruntée ; ce n'était pas à moi de la servir, il aurait dû y avoir une clochette à agiter, au moins une domestique pour nous apporter le thé. Je retrouvais sur son visage l'ancienne moue méprisante. Je n'étais rien pour elle. Elle m'était supérieure.

« Vous habitez une bien jolie maison, madame. Vous y êtes sûrement très heureux, M. de Winter et vous.

— Oui... oui, merci, madame Danvers, nous sommes... nous aimons beaucoup la maison et nous avons l'intention d'agrandir le domaine... c'est exactement ce que qu'il nous faut.

— Evidemment, c'est très différent de Manderley. Il n'y a pas de comparaison possible, n'est-ce pas ?

— Non, bien sûr.

— Manderley était unique, et restera à jamais unique. »

Elle était assise, très droite, sur le bord de sa chaise, sa tasse à la main. J'aurais voulu qu'elle cesse de me fixer ainsi, sans jamais porter son regard ailleurs. Ma main était douloureuse. Je dis : « Je pense rarement à Manderley à présent.

— Vraiment ? Il est vrai que vous n'y avez jamais été très heureuse. Vous ne vous sentiez pas chez vous. Je suis certaine que M. de Winter, lui, y pense souvent.

— Non, non, je ne le crois pas.

— Moi-même, j'y pense constamment. Manderley est toujours là. Il ne me quitte jamais. »

J'avais apporté des biscuits au citron et au moment où je les lui tendis, je m'aperçus que j'avais oublié les assiettes à thé et je me levai pour aller les chercher. Dans ma hâte, je renversai les biscuits. Je les regardai tomber en miettes sur le tapis, petits fragments jaunâtres, secs et éventés, et je sentis les larmes me monter aux yeux, des larmes de colère et d'humiliation. Je m'agenouillai pour les ramasser, tâtonnant par terre, sentant qu'elle m'observait avec pitié, mais lorsque je me redressai et levai la tête vers elle, seuls les yeux étaient vivants dans le masque livide de son visage.

« Madame Danvers, demandai-je malgré moi, comment nous avez-vous trouvés ? »

Elle n'hésita pas, sa voix franchit lentement ses lèvres, doucereuse :

« J'ai trouvé une situation agréable non loin d'ici, dans le village de Fernwode. Peut-être le connaissez-vous ?

— Non, non, je ne crois pas. »

Je replaçai les restes des biscuits sur le plateau.

« Je suis la gouvernante d'une vieille dame. Elle est seule au monde, et mes tâches sont peu contraignantes — cela me convient parfaitement, même si rien ne sera jamais comme autrefois, naturellement.

— Non, bien sûr que non.

— Et comment va M. de Winter ? »

J'aurais voulu continuer de l'interroger, savoir ce qu'elle avait fait pendant toutes ces années, où elle avait vécu depuis Manderley, pendant la guerre, mais j'en fus incapable. La façon dont elle se tenait immobile sur sa chaise, menaçante, dont ses yeux ne quittaient jamais mon visage, arrêtait les mots sur mes lèvres.

« Maxim va bien. Il est en Ecosse en ce moment, il est allé voir Frank Crawley pour certaines questions concernant la propriété.

— Ah oui. »

Je regrettai mes paroles au moment même où je les prononçai. Je ne voulais pas qu'elle me sache seule à la maison.

« Il est parti pour deux jours seulement. Je pense qu'il sera de retour dès demain. »

La nervosité perçait dans ma voix, et je sus qu'elle avait deviné mon mensonge.

Ce n'était pas seulement effrayant d'être assise là, dans cette pièce, en face d'elle, c'était étrange aussi. Je l'avais toujours vue ainsi, figée, en apparence pleine de déférence, attendant les instructions ou les ordres, et pourtant je ne m'étais jamais sentie d'un rang supérieur à elle, c'était d'elle que dépendait la marche de la maison. Aujourd'hui, c'était moi qui servais le thé, elle qui était assise dans mon salon, et néanmoins la situation était tout aussi équivoque, bien que différemment — je n'étais ni sa maîtresse ni son égale, je lui étais aussi inférieure qu'autrefois.

Le soleil s'était peu à peu retiré de la pièce, et l'ombre s'étendait sur le jardin. Il régnait un silence lourd et mystérieux.

« J'ai appris avec tristesse la nouvelle à propos de Mme Lacey, son décès a dû être extrêmement éprouvant pour vous deux. »

Je sus alors la vérité. Je la vis inscrite sur son visage, bien qu'il restât impassible, je la vis briller dans ses yeux, qui ressemblaient à deux points étincelants et durs dans leurs orbites sombres. C'est vous. Je l'avais deviné. J'avais raison : c'est vous qui avez envoyé la couronne blanche. J'avais la bouche sèche. Elle ne cessait de me regarder, son visage était d'une pâleur mortelle dans la pénombre du crépuscule.

Pourquoi ? aurais-je aimé crier, pour l'amour de Dieu, qu'espérez-vous de plus ? De moi ? De

Maxim ? Qu'attendez-vous de nous ? *Qu'est-ce que vous voulez ?* Puis j'entendis un crissement sur le gravier de l'allée. Mme Danvers fit un mouvement.

« C'est sans doute la voiture avec le chauffeur. » Elle se leva, sa jupe retomba avec un froissement soyeux.

« Je lui ai demandé de m'attendre à l'extérieur, sur le chemin. J'ai la chance que ma maîtresse en ait rarement besoin. Elle m'autorise à l'utiliser. »

Muette, je la raccompagnai jusqu'à l'entrée. La voiture noire attendait dans l'allée, le chauffeur tenait la portière ouverte. J'aurais dû trouver la situation comique, pensai-je. Maxim aurait éclaté de rire, s'il m'avait vue apporter le plateau du thé, servir Mme Danvers, s'il avait assisté à son départ dans une voiture conduite par un chauffeur.

« On peut faire confiance à Mme Danvers, aurait-il dit, elle a toujours eu un certain style. » Et il l'aurait chassée de ses pensées, comme si elle ne comptait pas pour nous.

Mais je savais que ce n'était pas vrai.

Je lui avais serré la main et elle était montée sans un mot dans la voiture qui avait démarré sur-le-champ.

Maladroitement, à contretemps comme d'habitude, je lui fis un petit signe d'adieu. Elle ne me rendit pas mon salut, ne fit pas un geste, mais elle me regarda au moment où la voiture tourna dans l'allée, son visage de spectre luisant contre la vitre, ses yeux braqués sur moi.

Lorsque j'abaissai le bras, je sentis la brûlure sur le dos de ma main, qui me cuisait, douloureuse.

Chapitre 18

« Tu es sûre que tu vas bien ?

— Oui, oui, ne t'inquiète pas. Il a fait très chaud, c'est tout.

— Bon.

— Je vais très bien, Maxim.

— C'est magnifique ici. Tu serais jalouse — ils ont eu un printemps tardif, et toute la végétation est en retard. Les roses de Janet sont encore en pleine floraison.

— Oh... ce doit être merveilleux.

— Le seul ennui, ce sont les moustiques — j'ai été dévoré vivant en me promenant dans la lande ce matin.

— Oh...

— Tu es certaine que tu vas bien ?

— Pourquoi me demandes-tu ça sans arrêt ? »

Mon petit rire faux résonna à mes oreilles.

« Tu sembles un peu bizarre.

— Vraiment ? Je suis pourtant en pleine forme. Parfaitement heureuse. Je suis allée ramasser des œufs à la ferme, aujourd'hui. »

J'étais dans le bureau. J'avais le dos tourné à la fenêtre en téléphonant, mais je pivotai brusquement sur moi-même, inquiète à la pensée que l'on pouvait me voir de l'extérieur.

Il n'y avait personne dehors, je le savais bien.

« Frank m'invite à rester quelques jours de plus pour pêcher.

— Oh !

— Si tu préfères, je rentrerai mercredi, comme prévu.

— Non — non, Maxim, reste là-bas, bien sûr. Tu vas adorer ça. »

Non, pensai-je, je t'en prie, non. Hier soir, je l'aurais pressé presque joyeusement de rester en

Ecosse, hier soir j'étais heureuse d'être seule. Pas aujourd'hui.

« Reviens quand tu veux.

— Samedi, alors.

— Parfait.

— Ne passe pas trop de temps seule. Invite Bunty Butterley ou quelqu'un d'autre.

— Maxim, tout ira très bien. Dis-leur bien des choses de ma part.

— Bon. Si tu es sûre. »

J'aurais voulu crier.

« Bonsoir, chéri. »

Lorsque j'eus reposé l'appareil, la maison parut craquer autour de moi, se tasser sur elle-même, puis un silence étrange tomba. Je restai sans bouger pendant quelques minutes, incapable de tirer les rideaux, paralysée par l'obscurité derrière les fenêtres, comme des yeux vides braqués sur moi.

Elle était parvenue à tout détruire, à miner ma récente confiance en moi, ma quiétude, à m'emplir d'un sentiment de malaise, d'angoisse et de peur. Elle était arrivée à ce que j'aie peur de la maison, de m'y trouver seule, d'aller d'une pièce à l'autre, peur de la nuit dehors, du jardin déserté, de la campagne tout autour. J'avais l'impression que quelqu'un m'espionnait, aux aguets, m'attendant, respirant doucement.

Je me forçai à tirer tous les rideaux, à allumer toutes les lampes. Je me mis à chanter pour me réconforter, mais ma voix résonna curieusement, bizarre et rauque, et je me tus. Seuls mes pas meublèrent le silence de la maison.

J'allumai la radio, l'éteignis, craignant que le grésillement des voix dans la pièce ne couvre d'autres bruits, s'il y en avait. Et on n'entendit plus que le silence de mort à nouveau.

Me sentant plus en sécurité en haut, je montai me coucher tôt, emportant un toast et un œuf à la coque sur un plateau, et je m'allongeai en essayant de lire. Il faisait lourd dans la chambre. J'avais laissé la fenêtre ouverte et, à plusieurs reprises, je me levai et me penchai dans le noir, cherchant à distinguer des formes dans le jardin, mais la nuit était sans lune, et je ne vis rien, n'entendis rien, aucun des habituels bruissements de la vie nocturne dans les fourrés, aucune agitation dans les arbres.

Les mots sur la page n'avaient aucun sens pour moi, et au bout de quelques minutes je reposai mon livre, éteignis la lumière et, aussitôt, son visage surgit, comme s'il flottait au-dessus de moi dans la pièce. Je ne pouvais penser qu'à elle, je ne voyais qu'elle, sa silhouette noire, sa peau blanche, ses orbites creuses, ses yeux brillants, globuleux, ses cheveux tirés en arrière. Elle parlait à voix basse, chuchotait, et les paroles qu'elle avait prononcées, aujourd'hui, dans cette maison, se mêlèrent peu à peu dans mon esprit aux choses qu'elle m'avait dites, jadis, à Manderley, puis aux voix qui m'avaient emplie d'effroi dans la villa en Italie. Je glissais par intermittence dans un demi-sommeil, mais je n'avais aucun moyen de lui échapper, elle me suivait, marchant du même pas que moi, elle ne me laisserait plus jamais en paix.

« Vous habitez une bien jolie maison, madame. Vous y êtes sûrement très heureux, M. de Winter et vous. »

« Evidemment, c'est très différent de Manderley. Il n'y a pas de comparaison possible, n'est-ce pas ? »

« Croyez-vous que les morts reviennent regarder les vivants ? »

« Vous venez ici et vous croyez pouvoir prendre la place de Mme de Winter ? Vous. Prendre la place de ma maîtresse ? Allons donc, même les domestiques se sont moqués de vous lorsque vous êtes arrivée à Manderley. »

« Pourquoi ne partez-vous pas ? Personne n'a besoin de vous ici. Regardez. C'est facile n'est-ce pas ? Pourquoi ne sautez-vous pas ? »

« C'est M. de Winter. C'est votre mari. Son mari.

Cet homme est un assassin. Cet homme a tué sa femme. Il a tué Rebecca. Avez-vous jamais pensé qu'il pourrait recommencer ? »

Je m'efforçai de sortir des brumes du sommeil, comme j'avais émergé avec un grand cri du rêve où je roulais à toute allure dans la voiture de Jack Favell, mais je me débattais en vain. Une main, froide et osseuse, s'appliquait sur mon visage, cherchant à me repousser, à me fermer la bouche pour m'empêcher de respirer, d'appeler, elle me pressait, m'enfonçait à nouveau dans les profondeurs suffocantes du rêve, où flottait son visage, où sa voix chuchotait, susurrait.

Je finis non pas par me réveiller, mais par sombrer dans un sommeil plus profond, dans un monde au-delà du rêve, et quand enfin j'en sortis, son visage et sa voix s'étaient éloignés, avaient disparu. Je me redressai et allumai la lampe de chevet, dérangeant un papillon de nuit qui se mit à voltiger, cognant ses ailes claires et duveteuses contre l'abat-jour. Aucune fraîcheur, pas un souffle d'air ne montait du jardin. Il était deux heures du matin passées. J'avais faim et soif, mais je n'osais pas me lever et descendre seule dans la maison, comme je l'avais toujours fait auparavant, je restai allongée, tendue et craintive — et pleine d'amertume aussi, lui en voulant de ce qu'elle avait fait : son poison avait commencé à s'infiltrer comme un gaz malfaisant, envahissant tout ce qui était lumineux, accueillant, plein d'amour et d'indulgence, souillant, saccageant le monde autour de lui.

Je la détestais, comme je n'avais sans doute jamais détesté Rebecca, car comment aurais-je pu haïr une morte, quelqu'un que je n'avais jamais vu, à qui je n'avais jamais parlé, que je n'avais connue qu'à travers les autres ? Elle ne signifiait rien pour moi, rien du tout, je n'éprouvais envers elle ni peur ni jalousie, ni même le plus léger ressentiment.

C'était Mme Danvers qui me tenait en son pouvoir, elle que je redoutais et craignais, avec une violence, un sentiment de frustration que je ne contrôlais pas et qui, comme elle le savait probablement, me faisait plus de mal que je ne pourrais jamais lui en faire.

Je ne me rendormis pas, j'attendis que filtre dans la pièce la première pâle lueur de l'aube pour descendre préparer mon thé.

Je sortis, pris la voiture pour me rendre au marché et faire quelques courses. Ensuite, la journée s'écoula lentement, sans que je sache à quoi m'occuper. Il faisait une chaleur poisseuse, fatigante, un temps d'août, les rues étaient grises de poussière, les gens irritables. Je passai une heure à boire un café, mais je n'avais pas envie de déjeuner, j'allai jusqu'au pont qui enjambait la rivière et m'attardai, regardant l'eau couler, levant de temps en temps la tête vers le joli clocher de l'église qui dominait les toits.

J'essayai de penser à Cobbett's Dale comme je l'avais souvent fait, avec nostalgie, de le regarder avec l'œil du souvenir ; c'est la même maison, me dis-je, elle n'est pas différente, Mme Danvers est partie, elle ne peut rien. Mais je savais que je me leurrais, que le coup était déjà porté.

Je ne pouvais pas penser à l'avenir, j'étais misérablement liée au présent, comme à une roue, ressassant sans cesse notre conversation, les sentiments qu'elle avait éveillés en moi. J'aurais voulu pleurer, verser des larmes amères de frustration et de rage devant tant d'injustice. Pourquoi ? avais-je envie de crier au ciel et à l'eau, aux passants innocents. Pourquoi cette fatalité, pourquoi ce retour des choses, n'en serons-nous jamais libérés ? Pourquoi ?

Mais je savais bien pourquoi.

Finalement, je remontai en voiture et me rendis chez Bunty Butterley, sous prétexte de lui demander le nom d'un dentiste. Elle ne s'y méprit pas, je le vis tout de suite à son expression pendant que je parlais. Elle m'offrit simplement une tasse de thé, et nous nous installâmes sur un vieux banc près du cèdre, bavardant de tout et de rien. Je me sentis revigorée et me félicitai d'être venue, mais pendant tout ce temps, je perçus quelque chose au fond de moi, une sensation au creux de ma poitrine, comme un poing qui serrait, serrait, et je sus que c'était la peur.

« Vous avez besoin de voir revenir votre époux, ma chère », dit-elle en me raccompagnant à ma voiture. Je tenais à la main un bouquet de pois de senteur qu'elle avait cueillis à mon intention.

« Oui.

— Vous êtes toute mélancolique.

— Non, je vous assure. » Le mensonge me vint facilement aux lèvres. « Je vais très bien.

— Vous devriez aller passer un jour ou deux à Londres, voir un spectacle, lui demander de vous emmener danser. Cela me remontait toujours le moral autrefois. »

Je l'imaginais, dansant un fox-trot endiablé sur une piste de danse, vêtue sans recherche d'un vague satin brillant, heureuse, ne se souciant de rien ni de personne. Comme Beatrice. Impulsivement, je me penchai pour l'embrasser.

« Maintenant, suivez mon conseil. Ressasser ne donne jamais rien de bon.

— Je vais vous écouter. Merci, Bunty. »

Elle resta un instant sur le seuil de la porte, agitant la main, solide, épanouie, et intelligente, pensai-je, perspicace, pas le genre de femme que l'on abuse facilement.

Si la température baissait, je désherberais la plate-bande au fond du jardin, j'ôterais les fleurs mortes, je m'empêcherais de broyer du noir, je lutterais contre l'appréhension.

L'enveloppe marron était placée au sommet d'une pile de lettres que Dora avait posées sur la table de l'entrée.

Je l'ouvris sans attendre ; je voulais en finir.

La coupure n'était ni vieille ni jaunie, elle provenait d'un journal récent. En fait, je l'avais déjà vue, mais j'avais rapidement tourné la page. Il y avait certaines choses que je ne voulais pas savoir.

« Un homme condamné à la pendaison pour le meurtre de sa maîtresse. L'exécution a eu lieu tôt dans la matinée à la prison de Pentonville. »

Il y avait une photographie, une mauvaise reproduction de la taille d'un timbre-poste représentant un homme moustachu, à l'air pathétique et hagard. C'était un employé des postes qui avait tué une femme par jalousie, après s'être violemment querellé avec elle. Mais son cas était différent, avais-je alors pensé, totalement différent. Il n'avait pas de revolver. Il l'avait poignardée, après qu'elle l'eut attaqué avec le même couteau. On avait en vain plaidé la légitime défense. Il avait été pendu deux semaines auparavant.

Je froissai le journal en boule, l'écrasant si fort que mes ongles me rentrèrent dans la peau. Ça n'avait rien à voir avec nous, je ne le garderais pas cette fois-ci. Je le brûlai.

L'étau qui serrait ma poitrine était devenu affreusement douloureux, comme une autre forme de brûlure.

C'était si beau dans le jardin. Des ombres violettes coloraient l'herbe sèche. J'allai prendre ma bêche dans l'abri à outils et je m'agenouillai pour arracher le chiendent et le séneçon autour des vieux œillets qui bordaient la plate-bande. En juin, ils exhalaient un parfum entêtant de girofle. J'avais l'intention de les bouturer et d'en planter davantage, afin que l'été prochain toute la bordure déborde de fleurs parfumées. Peu à peu, travaillant sans relâche, m'obligeant à ne pas penser, je sentis le calme revenir en moi, l'étau se relâcher autour de ma poitrine.

Sorti d'un seringa, un merle me regardait, son œil luisant comme une perle, attendant que je m'éloigne pour venir piquer des vers dans la terre fraîchement retournée.

J'espérais qu'il en viendrait beaucoup l'hiver prochain, toutes sortes d'oiseaux, qui picoreraient des baies. Je ne laisserais pas les enfants prendre leurs œufs, bien que je tienne à ce qu'ils soient de vrais campagnards. Et j'eus pendant quelques secondes l'impression merveilleuse qu'ils étaient là, auprès de moi, leurs visages rieurs sortant furtivement des buissons, se cachant au cas où je lèverais la tête et les enverrais se coucher. « Oh, vous avez encore quelques minutes, dirais-je avec indulgence, ce sont les vacances après tout, et on dort mal par cette chaleur. Je vais faire semblant de ne pas vous avoir vus. » Et je baissai à nouveau la tête vers la plate-bande.

Je n'entendis rien, pas le moindre pas sur le gravier ou dans l'herbe, pas le plus léger froissement de tissu.Il en avait toujours été ainsi, elle apparaissait à l'improviste, sans faire de bruit, dans l'embrasure d'une porte, au bout d'un couloir, à côté de moi, c'était l'une des choses qui m'avaient le plus effrayée chez elle.

Aujourd'hui, son ombre recouvrit mon carré de terre, cachant les derniers rayons obliques du soleil.

« C'est tellement agréable de se tenir dans un jardin le soir. »

Je crus que mon cœur s'arrêtait de battre. Je me retournai, et faillis tomber. Je tentai de reprendre mon équilibre en m'appuyant sur ma main, et elle s'enfonça dans la terre molle et fraîchement retournée. Une trace imperceptible d'amusement sur les lèvres, elle me regarda frotter sur ma jupe la terre qui s'était incrustée sous mes ongles et entre mes doigts.

— Vous ai-je fait peur, madame ? Je suis désolée. J'aurais dû vous appeler depuis le chemin.

— Je... je n'ai pas entendu la cloche.

— Je vous ai aperçue en m'avançant vers la maison, et je ne me suis pas donné la peine de sonner. Je savais qu'il n'y aurait personne pour me répondre.

— Etes-vous... êtes-vous venue prendre le thé ? » Ma voix avait un ton faussement amical et chaleureux. « Il est un peu plus tard qu'hier, mais je peux encore en préparer — ou un verre de sherry. »

Le sens de la politesse, de l'hospitalité, était ancré en moi, j'avais été bien éduquée, mais elle ne m'en méprisait que davantage, me voyant si peu sûre de moi, incapable de savoir à quel niveau notre nouvelle relation devait s'établir. Elle n'était plus une domestique, je n'étais plus sa maîtresse, et peut-être d'ailleurs cet ordre des choses était-il mort depuis longtemps. J'avais entendu Bunty et les autres déplorer l'action « égalisatrice « de la guerre.

« Je passais par là, et j'ai demandé à Purviss de s'arrêter. J'aimerais vous montrer quelque chose.

— Vraiment ? De quoi s'agit-il, madame Danvers ?

— Pas ici. Dans la maison où j'habite.

— Oh.

— Je me suis dit que vous aimeriez peut-être m'y rendre visite. C'est un endroit charmant et j'ai peu d'obligations. Si vous êtes libre demain après-midi, j'enverrai la voiture vous chercher.

— Oh, non... »

J'aurais dû refuser immédiatement, dire : « Non — je ne désire pas venir. Non, cela ne m'est pas possible, madame Danvers. Je préfère vous le dire tout de suite, de peur d'un malentendu. M. de Winter et moi-même, nous ne voulons plus avoir aucun souvenir de notre ancienne vie. Je sais que vous comprendrez. » Ou simplement : « Non, mon mari rentre demain. »

Ce n'était pas vrai, mais il était probable qu'elle l'ignorait. Je ne dis rien pourtant, et l'occasion fut perdue. Prise de panique, nerveuse, gauche et hésitante, je redevenais devant elle la petite idiote soumise qu'elle avait connue jadis. Je ne suis plus comme ça maintenant, disait désespérément une voix en moi. Je suis plus vieille, plus sûre de moi. Je n'ai pas peur de vous.

« Pouvons-nous convenir de trois heures, madame ? Purviss est toujours libre dans l'après-midi, c'est le moment où ma maîtresse fait la sieste. »

Elle se leva, grande, lugubre et noire, s'éloigna de moi de quelques pas. Le jardin dans son dos et les versants des collines, au-delà, étaient dorés et paisibles au soleil couchant, mais ils étaient hors de ma portée. Je restais figée devant elle, et dans le bref silence, tandis que je regardais son visage blanc et inexpressif, elle me sembla grandir, me dominer, s'élever de plus en plus haut, menaçante, et je reculai, pauvre petite chose de rien du tout qu'elle pouvait fouler aux pieds.

« J'ai hâte d'être à demain, dit-elle doucement, sans me quitter des yeux. Je suis heureuse de savoir que M. de Winter et vous êtes mes voisins. »

Je répondis malgré moi, m'étonnant qu'un son pût sortir de ma bouche, tant j'avais les lèvres sèches, la langue pâteuse.

« Merci, madame Danvers. » Mais ce n'était pas ma voix, ma voix naturelle, et je ne crois pas qu'elle l'entendit.

Elle avait déjà fait demi-tour et s'en allait, et je ne la raccompagnai pas, j'étais incapable de faire un mouvement, je restai paralysée dans la paix du soir, levant avidement les yeux vers le ciel et les coteaux que son ombre n'avait pas obscurcis. Là où elle s'était tenue, l'herbe était desséchée et noircie.

Je n'irais pas, bien sûr, je n'irais pas, pourquoi devrais-je y aller ? Je n'avais pas à lui obéir. Ce qu'elle voulait me montrer ne pouvait en rien m'intéresser.

J'étais assise dans la cuisine, recroquevillée devant la table. Je n'irais pas, et ensuite, Maxim serait de retour. Il me restait seulement trois autres jours à attendre. Elle n'oserait jamais revenir en présence de Maxim.

Mais elle restera aux aguets, disait la voix, elle t'espionnera, saura, et dès qu'il s'absentera, comme il le fait quotidiennement pendant une bonne partie de la journée, elle le verra partir et viendra. Je ne pourrais rien lui dire. Il n'avait jamais compris pourquoi j'avais peur d'elle ; pour lui, elle n'était rien d'autre que la gouvernante. Il ne l'avait jamais ni aimée ni détestée, ce n'étaient pas des sentiments que l'on éprouve envers les domestiques — ce qui ne l'avait pas empêché d'admirer son efficacité. Moi aussi je l'avais admirée, elle s'était occupée de Manderley à la perfection. Nous avions tout partagé, Maxim et moi, durant nos années d'exil, mais je n'avais jamais pu lui raconter ce qui s'était passé entre Mme Danvers et moi, les choses qu'elle m'avait dites sur Rebecca, la haine qu'elle avait manifestée envers lui, son mépris à mon égard. Cela n'aurait servi à rien, même si j'avais su trouver les mots. C'était fini, m'étais-je dit, elle était partie. Je ne penserais plus jamais à elle.

Au fond de moi-même, néanmoins, il y avait toujours eu le murmure du doute, le petit harcèlement de la peur. Et ils avaient triomphé, bien sûr, ainsi que je l'avais toujours su.

Je n'irais pas. Je refusais d'y aller.

Je ne sortirais pas. Je ne serais pas là. Je serais chez les Butterley.

Mais le lendemain matin, Bunty téléphona pour m'annoncer qu'ils partaient passer une semaine à Paris.

« Mon cher époux a décrété que j'avais besoin d'un petit traitement de faveur. Dieu sait à quoi Paris va ressembler à la fin de l'été — *fermeture annuelle* et tout le reste -, mais si c'est vraiment mortel, nous irons sur la côte — à Biarritz je suppose. Vous devriez venir avec nous — ne pouvez-vous convaincre Maxim de tout laisser tomber et de vous emmener ? »

Je n'aurais jamais cru que je voudrais un jour m'enfuir à nouveau à l'étranger, mon rêve était de passer chaque jour de ma vie ici, à Cobbett's Dale. Mais en entendant Bunty, j'éprouvai une envie effrénée d'accepter, de persuader Maxim, je ressentis le désir désespéré de partir, d'être libre, de m'asseoir à une terrasse au soleil et de boire tranquillement un pastis sous l'auvent d'un café, d'aller où elle ne pourrait me suivre.

En vain. Maxim ne voudrait pas partir, et je serais incapable de lui expliquer mes raisons.

Je ne pouvais pas m'enfuir, je ne devais pas m'enfuir, c'était une réaction de faiblesse, infantile, peureuse.

De quoi as-tu peur ? Que peut-il arriver, que peut-elle faire ?

Rien. Rien. Rien.

Je sus alors que j'irais, lorsque la voiture viendrait me chercher, parce que je devais l'affronter, parce que j'avais des choses à lui dire, des questions à lui poser. Je lui montrerais que j'étais différente à présent, maîtresse de moi, et je lui signifierais de ne plus remettre les pieds à Cobbett's Dale, car Maxim risquerait de s'en irriter.

Je formulai les phrases en mon for intérieur, les prononçai tout bas en arpentant le jardin et la maison, entendant ma voix s'élever calme et raisonnable, froide mais sans animosité. Je jouerais mon rôle, feindrais, et l'apparence deviendrait réalité.

Je m'habillai avec le plus grand soin, choisissant une robe plus élégante qu'à l'ordinaire, une veste que je portais peu à la campagne, brossant soigneusement mes cheveux. Elle savait que je n'avais aucun sens vestimentaire, que j'étais vêtue de formes et de couleurs ternes et sans âge, comparée à Rebecca, dont le goût et le style avaient toujours fait l'admiration de tous.

Je me regardai avec satisfaction dans la glace ; le bleu que j'avais choisi m'allait bien, je me sentis plus confiante.

« Oh, la mode de Londres, la mode de Londres, maman », diraient les garçons, en dansant joyeusement autour de moi ; mais le petit s'éloignerait en silence, ne voulant pas me voir partir.

La voiture s'avança lentement sur le gravier, presque sans faire de bruit. Je l'attendais, j'ouvris la porte dès que je l'entendis, bien qu'il eût été plus correct de faire patienter le chauffeur quelques minutes. C'était un homme massif, austère, silencieux.

« Merci », dis-je, comme il m'ouvrait la portière, et je retins une remarque aimable sur la chaleur, car il la lui dirait, j'en étais convaincue, ils étaient de la même espèce, ce Purviss et Mme Danvers.

Tandis que nous longions l'allée et franchissions le portail, je regardai derrière moi la maison qui reposait au soleil, d'un seul tenant, blottie au creux des versants verdoyants, si belle. Et je songeai qu'elle était en quelque sorte devenue imperméable à ce que nous étions, à nos actes, elle existait simplement par elle-même, nous allions et venions comme des fourmis à la surface d'une ancienne fourmilière, marquant à peine notre présence.

Tout ira bien, me dis-je farouchement, les choses redeviendront comme avant, demain sera un autre jour, c'est seulement le choc et l'effet de sa venue dans la maison. Ça ne durera pas longtemps.

Sûrement pas.

Si je n'avais pas été aussi tendue, me répétant anxieusement ce que je devais dire, je suppose que j'aurais trouvé la situation plutôt drôle. Que Mme Danvers ait l'usage d'une voiture avec un chauffeur pour l'emmener où et quand bon lui semblait, et qu'elle lui ait ordonné avec solennité d'aller me chercher, avait quelque chose de comique, et pourtant je n'avais pas le cœur à rire, j'essayais éperdument de ne pas me sentir impuissante et inférieure à elle à nouveau — elle avait une emprise si aisée, si inquiétante, non seulement sur mes actes, mais sur presque chaque recoin de ma conscience, de mes sentiments et de mes pensées. Je m'efforçai de fixer mon esprit sur le moment où je regagnerais la maison, sur le retour de Maxim, mais tout en moi n'était qu'un nuage de tromperies et d'illusions que je ne pouvais traverser.

Le trajet ne fut pas long — six ou sept kilomètres au plus, avant d'atteindre un village, vers l'est, dont j'ignorais l'existence, un triste et long alignement de pavillons, le long d'une rue principale, environnés d'une étendue plate de champs. Nous prîmes une petite route à côté de l'église, ornée d'une flèche en guise de clocher, contrairement à la coutume régionale, et qui détonnait dans le paysage, ressemblant davantage à une église de banlieue, avec ses ardoises grises et son porche peint d'une affreuse couleur brune. Sur le côté se dressait le presbytère, et derrière, une maison isolée, qui n'avait rien de campagnard mais ressemblait plutôt à une villa victorienne. Elle était très grande, avec de hautes fenêtres étroites. Les rideaux étaient à moitié tirés.

Je ne voulais pas être ici, j'aurais donné n'importe quoi pour m'en aller ; c'était un endroit étrange, il aurait pu se trouver dans un autre pays, je voulais rentrer chez moi.

Il avait ouvert la portière, attendait, et lorsque je levai les yeux, je vis qu'elle attendait elle aussi, sur la première marche du porche, les mains croisées sur le devant de sa robe noire, exactement comme le premier jour — rien n'avait changé, rien ne changerait jamais. Et mon air assuré lorsque je sortis de la voiture et m'avançai dans l'allée à sa rencontre ne l'abusa pas.

« Bonsoir, madame. »

J'avais pris un ton très froid.

« Entrez, je vous en prie. »

Non, faillis-je crier, non. Restons dehors, dans la lumière, dans le monde extérieur, ce que nous avons à dire peut être dit ici, ensuite je partirai. Nous n'aurons plus besoin de nous revoir.

Elle avait fait un pas à l'intérieur et s'arrêta, m'attendant.

La voiture s'était éloignée en silence, l'allée était déserte.

Je me retournai et la suivis dans la maison.

Elle n'avait aucun attrait, elle était sombre, mal aérée et encombrée de meubles. Dès que la porte d'entrée se referma derrière nous, j'eus envie de m'enfuir, de sortir et de courir dans l'allée, loin, aussi loin que possible.

Les portes étaient ouvertes sur des pièces plongées dans l'obscurité, avec de lourds rideaux à moitié tirés, des tables et des chaises recouvertes de velours, de grands et sombres portraits dans des cadres dorés, des boîtes de papillons, de poissons, d'oiseaux naturalisés. La campagne aurait pu ne pas exister dehors, pensai-je, personne n'ouvrait jamais les fenêtres ici, l'air frais ne pénétrait jamais dans ce hideux décor oppressant.

Mais nous ne nous attardâmes pas, je suivis Mme Danvers qui gravissait les marches recouvertes d'un tapis d'Orient rouge, montait à l'étage supérieur, encore plus haut. Là, les portes étaient toutes fermées. Il n'y avait aucun bruit, excepté celui de nos pas. On aurait pu croire que personne d'autre n'habitait les lieux.

Sa robe faisait un bruissement soyeux. Elle ne se retourna pas pour voir si je la suivais. Ce n'était pas la peine.

« Entrez, je vous prie, madame. Ce sont les pièces que j'occupe, elles donnent sur le jardin. »

Elle ouvrit une porte au bout d'un couloir et se recula, m'obligeant presque à la frôler pour passer.

« J'ai beaucoup de chance, la personne qui m'emploie a fait remettre en état une partie de cet étage à mon intention. J'ai la jouissance d'un salon et d'une chambre — et je peux disposer d'une autre pièce également. »

L'impression de malaise se dissipa ; la pièce était simplement et confortablement meublée, éclairée par deux grandes fenêtres, anonyme mais plaisante, sans rien de menaçant. Il semblait que Mme Danvers n'y ait rien mis d'elle-même, c'était une chambre bien rangée, ordinaire, qui aurait pu appartenir à n'importe qui ou à personne, une banale chambre d'hôtel.

« Asseyez-vous, madame. Je vais sonner pour qu'on apporte le thé dans un instant. »

Elle se tenait devant moi, souriant avec naturel, d'un air affable, mais l'ironie de son invitation et le rang qu'elle occupait là ne m'échappèrent pas.

« Depuis combien de temps êtes-vous ici, madame Danvers ?

— Depuis peu, madame, quelques mois. Pourquoi me posez-vous cette question ?

— Oh, ça paraît... ça paraît une coïncidence si surprenante. «

Elle resta silencieuse, et lorsque je la regardai, elle souriait du même demi-sourire mais avec une expression singulière, indéchiffrable.

« Je veux dire... que vous soyez si près de nous. »

Elle alla vers la fenêtre et regarda dehors.

« C'est très tranquille ici, très paisible, et il y a peu de visiteurs.

— Votre... votre maîtresse est-elle très âgée ?

— Oh oui... Je me tiens souvent ici pendant de longs moments, à contempler les champs. La mer me manque, bien sûr. Ne vous manque-t-elle pas, madame ? Son bruit lorsqu'elle roule doucement sur les galets, le fracas des vagues les jours de tempête ;

il m'arrive souvent de rester éveillée la nuit, croyant l'entendre. Pas vous ? »

Je sentis mes lèvres se dessécher. Elle parlait d'une voix sourde, monotone.

« Madame Danvers...

— Asseyez-vous, je vous prie, madame.

— Non... non merci. »

Il y eut un moment de silence. Elle tournait le dos à la lumière, sans bouger, fixant sur moi un regard vide. Et brusquement, je me rendis compte que j'ignorais où je me trouvais exactement — je n'avais pas remarqué le nom de la maison — et que la voiture et le chauffeur, le seul moyen de rentrer chez moi, avaient disparu.

Elle attendait et, afin de dissimuler mon inquiétude, ne voulant pas lui donner l'impression qu'elle me glaçait, je m'assis et posai mon sac sur le sol, à mes pieds.

« C'est une très jolie pièce, dis-je. Vous êtes confortablement installée.

— Oui, et mes tâches sont légères. Je ne suis plus de la première jeunesse, je n'aurais plus la force de diriger une grande maison. »

Elle était restée debout.

« Y pensez-vous parfois ? »

Je ne répondis pas.

« Moi, j'y pense constamment. Chaque jour. Vous aussi, certainement. Y êtes-vous retournée ?

— Non », dis-je. Ma voix sortit avec un son étrange de ma gorge nouée. « Non.

— Non. Mieux vaut ne jamais revenir en arrière. J'y suis allée, une seule fois. Je devais le revoir. Ce fut terrible. Absolument terrible. Et néanmoins c'était naturel, vous ne trouvez pas ? Manderley n'a jamais été une maison heureuse après sa disparition. Vous le savez, bien sûr. Vous l'avez senti vous aussi. Le feu est purifiant. C'était le seul moyen. »

Je la regardai avec stupéfaction, et ses yeux revinrent vers moi, deux points durs où brillait une lueur de triomphe et d'excitation. Elle avouait, et pourtant elle ne disait rien. Si on l'accusait, elle pourrait nier sans difficulté.

« J'ai trouvé une autre place, dans le Nord. Je ne voulais pas rester dans les environs, et ensuite, pendant la guerre, j'ai été gouvernante et bonne d'enfants. Rien ne fut pareil, bien sûr. Rien ne le sera jamais, je ne me suis jamais bercée d'illusions. C'était sans importance.

— Je comprends... Nous espérions que vous vous étiez... que vous aviez retrouvé une situation agréable.

— Vraiment, madame ? Vous arrivait-il d'en parler ?

— Eh bien... non, non... nous... M. de Winter n'aime pas évoquer cette époque.

— Bien sûr. Pourtant, il ne pourra jamais l'oublier, n'est-ce pas ? Comment le pourrait-il ?

— Avec le temps... les choses s'effacent...

— Vous croyez ? Ce n'est pas mon impression, pour ma part.

— Nous sommes très heureux aujourd'hui.

— Oui ?

— Oui. » J'élevai le ton sous le coup de la colère, sentant les larmes monter dans ma voix, impuissante à les contrôler.

« Oui... nous aimons Cobbett's Dale. C'est une maison merveilleuse, elle représente tout ce que nous avons toujours voulu, et nous l'embellirons encore.

— Mais ce n'est pas Manderley.

— C'est pourquoi nous l'aimons », dis-je dans un murmure.

Je n'osais lever les yeux vers elle, j'étais affreusement consciente de sa silhouette noire, qui se découpait dans le contre-jour. Les doigts cramponnés au rebord de la chaise, je rassemblai tout ce qui me restait de courage et de sang-froid.

« Madame Danvers, je dois vous dire quelque chose. »

Elle ne répondit pas.

« Je trouve étrange... une coïncidence curieuse... votre présence ici... si près de nous. Certes, je suis heureuse de vous retrouver... si bien installée, mais rien ne doit rappeler le passé à M. de Winter. Je préfère que vous ne reveniez plus à la maison — au cas où il vous verrait et... »

Je m'interrompis, puis je me levai et lui fis face, me sentant plus forte à mesure que je parlais. Pourquoi devrais-je avoir peur d'elle, pourquoi ? Quel pouvoir avait-elle sur moi ? J'avais honte de m'être montrée aussi timorée.

« Madame Danvers, m'avez-vous... écrit ? M'avez-vous envoyé... certaines choses ? »

Son visage resta aussi inexpressif.

« Certainement pas, madame. Je ne vous ai jamais rien adressé.

— Alors c'est sans doute M. Favell. Je l'ai rencontré à Londres. Il... j'ai reçu certains envois — des coupures de journaux et... d'autres choses. Il a essayé de me faire chanter. Vous étiez au courant, n'est-ce pas ? Vous avez été en contact avec lui. C'est lui qui vous a communiqué notre adresse. »

J'attendis. J'avais raison. J'avais sûrement raison, et pourquoi se donnerait-elle le mal de nier ?

Elle se tenait toujours à la même place, sans bouger, sans parler, les yeux braqués sur moi. C'était suffisant, elle le savait. Mes mains tremblaient.

Puis elle fit un pas en avant, passa devant moi et se dirigea vers une porte à l'autre extrémité de la pièce. Elle l'ouvrit en grand et se retourna.

« Je vous avais dit que je voulais vous montrer quelque chose, dit-elle. Venez. »

Son ton n'avait rien d'aimable, il contenait une note impérative à laquelle je ne pus résister. Je traversai lentement la pièce vers la porte qu'elle tenait ouverte.

« J'ai essayé d'en faire une jolie chambre », dit-elle doucement.

Nous y étions donc ! Il y avait des rideaux à l'imprimé délicat, des étoffes drapées sur le lit et la coiffeuse, un tapis au petit point à motifs de roses. Pendant une fraction de seconde, je m'étonnai que Mme Danvers pût avoir une chambre aussi exquise, aussi claire, ornée d'objets placés et choisis avec autant de goût. Mais au même instant, mon regard se porta sur le dessus de la coiffeuse, et j'aperçus les brosses soigneusement disposées, leur dos d'argent étincelant à la lumière du jour.

« Evidemment, vous les reconnaissez. Vous les avez touchées une fois, vous en souvenez-vous ? Vous les avez soulevées, croyant être seule, croyant que personne dans la maison ne savait où vous étiez. Je possédais très peu d'effets personnels et ils ne comptaient pas, ils n'avaient aucune valeur, je pouvais facilement les remplacer. Je n'ai pris que ses affaires, ce jour-là — tout ce que je pouvais emporter. Je les ai gardées tout au long des années. Je ne m'en suis jamais séparée. J'attendais, voyez-vous, d'avoir un endroit où les arranger comme je le souhaitais — comme elle l'aurait souhaité elle-même. Bien sûr, ce n'est pas pareil — c'est loin de ses critères de goût et de luxe. Elle n'aurait pas aimé cette maison. Elle est affreuse, si sombre, sans charme. Vous serez d'accord avec moi. Peu importe, elle me convient — j'ai pu y faire exactement ce que je désirais — j'ai eu la liberté de décorer et de meubler cet étage à mon idée, ma maîtresse n'y attache aucune importance, elle est enchantée de me voir rester. Elle avait du mal à trouver quelqu'un de stable, mais dès l'instant où j'ai vu ces pièces et où l'on m'a dit que je pouvais toutes les utiliser, j'ai su que j'avais trouvé ce que je cherchais. »

Elle était probablement folle. Pourtant sa voix n'en laissait rien paraître, elle était doucereuse et monotone, comme d'habitude, mais sensée, raisonnable. Son visage était blême, ses yeux avaient un éclat insoutenable. Etait-ce un signe de démence ? Je me rappelai les yeux égarés, injectés de sang de Jack Favell. Ces yeux-là avaient un regard d'aliéné.

« Venez voir », dit-elle.

Elle tenait ouverte la porte de la penderie. Je ne voulais pas regarder, je savais trop bien ce que j'y trouverais.

« Je n'ai pas pu emporter les robes, les fourrures et le reste. J'ai presque tout laissé. C'était sans importance. J'ai pris cette seule robe. Sa préférée, et la mienne aussi naturellement. Regardez-la. »

Je ne pus qu'obéir. C'était un long fourreau de soie vert émeraude, à dos nu. Je me souvins de la photo du magazine, j'en revis chaque détail, la tête rejetée en arrière, le regard arrogant, la main posée sur la rambarde, cette beauté. C'était cette robe qu'elle portait ce jour-là.

« Son linge était si fin, si délicat, je n'ai eu aucun mal à le ranger dans mes valises. »

Elle ouvrait les tiroirs à présent, comme elle l'avait fait autrefois, sortant les sous-vêtements, les chemises de nuit, les bas, un déshabillé bordé de fourrure, une paire de mules dorées. Le nécessaire de toilette portait ses initiales : R. de W.

« Touchez », continua-t-elle, et sa voix était fébrile, « elles sont si belles, si légères, les affaires de ma maîtresse ».

Je me retins de crier : Vous êtes folle, complètement dérangée, vous êtes obsédée, et c'est elle qui vous a conduite là. J'étais terrifiée, fascinée.

Elle avait refermé l'armoire et les tiroirs.

« Venez voir par la fenêtre », dit-elle.

Je ne bougeai pas.

« N'ayez pas peur.

— Non. » J'avalai péniblement ma salive. « Non.

— Oh, je ne vous ferai aucun mal. Et je ne veux pas que vous ayez un accident. Je vous ai détestée. Mais vous ne m'intéressez plus. Vous ne comptez pas. Moins que personne.

— Que cherchez-vous à me dire ? Quel est le but

de tout ça ? Que voulez-vous, madame Danvers ? De l'argent ? Etes-vous de mèche avec Jack Favell ? »

Elle eut un sifflement de mépris, mais au moment même où je prononçais ces mots, je savais que je faisais une erreur.

« Il a une vague utilité, dit-elle. Et je me suis servie de lui.

— C'est lui qui vous a dit où nous étions.

— Qu'il fasse du chantage, le pauvre imbécile ! Qu'il obtienne ce qu'il peut ! Pourquoi pas ? Je n'ai rien à faire avec lui — quel intérêt aurait l'argent pour moi ?

— Alors que voulez-vous ? A quoi bon tout ça ? »

Je me laissai tomber sur la courtepointe de satin, les jambes molles. J'étais prête à pleurer, comme une enfant que l'on tourmente ; j'étais tombée dans un piège et je savais qu'il n'avait pas d'issue. Je ne comprenais pas, je me sentais impuissante, pourtant ce n'était pas un monstre, c'était un être humain, pourquoi était-elle incapable de pitié envers moi, de compassion ? Je devais avoir l'air larmoyante et pathétique à ses yeux.

« Madame Danvers, je vous en prie, dites-moi ce que vous voulez et pourquoi vous m'avez conduite ici. Je ne comprends pas.

— Vraiment ?

— Je sais que vous m'en avez voulu d'avoir épousé Maxim.

— Oh non, je m'en souciais comme d'une guigne. Il pouvait épouser qui cela lui chantait. Je m'en fichais. Je vous en ai seulement voulu d'avoir eu l'audace de vouloir prendre sa place à Manderley.

— Je regrette... mais c'est fini, depuis longtemps, très longtemps. Ne pouvez-vous oublier ? Ne pouvez-vous laisser le passé enfoui sous terre ?

— Le passé est tout ce que je possède, tout ce que j'ai jamais eu et que j'aurai jamais. Il est tout pour moi.

— C'est anormal — vous devriez avoir une autre vie. Comme nous.

— Vraiment ? Vous le croyez vraiment ?

— Oui, m'écriai-je presque. Oui, si seulement vous nous laissiez en paix. Laissez-nous tranquilles.

— Jamais. »

Je sursautai, stupéfaite par le venin qui jaillissait de sa bouche dans ce simple mot. Deux petites plaques écarlates, à peine plus grandes que deux taches, marquaient ses pommettes, et ses yeux brillaient d'un éclat horrible.

« Quel effet cela fait-il d'être mariée à un assassin ? Car c'est un assassin. Vous le savez, je le sais, il le sait, et je me demande combien d'autres encore en dehors de nous le savent. Il l'a tuée. Il lui a tiré dessus. Se suicider ? Se supprimer elle-même ? Ma maîtresse ? Jamais ! Quelles qu'aient été les raisons, en dépit de ce que le médecin avait trouvé. Il n'y avait pas plus courageux qu'elle. Jamais elle n'aurait pris la voie de la lâcheté. Elle ? Vous voudriez me faire croire ça ?

— Je... je ne sais pas. Je ne l'ai pas connue. Et il y a eu le verdict... l'enquête. Vous étiez présente.

— Balivernes !

— Vous avez entendu les témoignages.

— Mais pas la vérité. Qu'importe ! Elle éclatera, d'une façon ou d'une autre... C'est pour ça, uniquement pour ça que je vis, vous comprenez ? C'est pour ça que j'ai vécu pendant plus de dix ans, attendant mon heure, sûre qu'elle viendrait un jour. C'est elle qui me guide, vous comprenez. Elle est avec moi, elle me conduit, me parle. Elle sait. Elle ne m'abandonne pas, ma Mme de Winter à moi. Elle ne l'a jamais fait. De tous ceux et celles qui disaient l'aimer, même s'ils étaient sincères, à commencer par sa mère et son père, elle savait que j'étais la seule à l'aimer vraiment. Elle savait que je l'adorais, que j'aurais donné ma vie pour elle, elle n'avait qu'à lever le petit doigt. Elle le sait toujours. « Venge-moi, Danny », dit-elle.

Chaque nuit, elle vient me retrouver. Je me réveille et elle est là, souriante, chuchotant à mon oreille : « Fais-le-lui payer, Danny, tu es la seule à le pouvoir. Fais éclater la vérité. Ne m'abandonne pas. » Mais elle me taquine. Moi, la laisser tomber ? A-t-elle besoin de me le demander ? »

Je m'étais trouvée mal lors de l'audience, et je m'étais évanouie dans la tourelle de la villa italienne. Maintenant, j'aurais aimé en faire autant, j'aurais voulu perdre connaissance, je ne voyais pas d'autre façon de lui échapper, de fuir cette silhouette noire, ce visage de mort aux pommettes enflammées, ces yeux, et cette voix effrayante, implacable, folle.

Mais je ne pus m'évanouir. Je restai assise, tremblante, sur le bord du lit.

Finalement, elle cessa de me tourmenter.

On eût dit qu'elle s'éveillait brusquement d'une sorte de transe, d'un état hypnotique où elle était restée plongée, l'esprit uniquement occupé par Rebecca. Elle dit, d'une voix parfaitement normale :

« Lorsque vous le désirerez, venez vous installer dans le salon. Je vais sonner pour qu'on nous apporte le thé. » Et elle s'en alla d'un pas tranquille.

Je n'avais pas envie de rester ici, dans ce sanctuaire froid et exquisément décoré, dédié à la mémoire d'une femme qui non seulement avait depuis longtemps disparu, mais qui n'avait jamais vécu là, une pièce morbide, peuplée de fantômes sortis de l'imagination d'une folle. Pourtant, je ne me levai pas tout de suite pour la suivre, je me sentais trop bouleversée et tremblante.

Elle avait laissé un tiroir à peine entrouvert et un bout de mousseline de soie abricot en dépassait, légère comme un souffle. Je me demandai si elle l'avait jamais portée, sans m'en soucier outre mesure — je ne craignais pas le fantôme de Rebecca, la menace ne venait pas d'elle.

J'entendis quelqu'un frapper à une porte plus loin,

des voix. Je me levai et, sans jeter un regard derrière moi, je me dirigeai vers la pièce voisine où une jeune domestique disposait le thé sur une table basse, sous l'œil attentif et critique de Mme Danvers, une pièce où flottait une atmosphère de réalité quotidienne qui m'aida à retrouver mon sang-froid.

« Asseyez-vous, je vous prie, madame. »

Je vis la jeune fille me lancer un coup d'œil. Il lui paraissait sans doute étrange de l'entendre s'adresser à moi de cette façon. Mais je savais que « madame de Winter » ne franchirait jamais ses lèvres.

Le thé était agréable et chaud et je le bus avidement, tandis que le silence s'installait entre nous. Comment aurais-je pu entamer une conversation normale, insouciante, après ce qui s'était passé ? Elle but son thé à petites gorgées, sans cesser de m'observer ; nous ne mangeâmes ni l'une ni l'autre, le cake resta intact, les scones refroidirent.

Je n'osai lui demander si elle avait cherché cette situation délibérément, dès que Favell l'avait prévenue que nous étions dans les environs ; j'aurais voulu dire : J'ai vu la couronne que vous avez envoyée, j'ai gardé la carte que vous avez écrite. Vous l'avez fait pour m'effrayer, n'est-ce-pas ? Pourquoi ? Pourquoi ? Vous dites qu'elle vous parle à l'oreille et que vous ne l'abandonnerez jamais, que vous ne nous laisserez jamais en paix jusqu'à ce que... quoi ? Que ferez-vous ? Quand serez-vous satisfaite ? N'avez-vous pas fait assez de mal en détruisant Manderley ? Car c'est vous, c'est vous, n'est-ce pas ?

Toutes ces questions restèrent en suspens entre nous, emplissant le silence d'électricité, je ne les poserais jamais, certains mots ne seraient jamais prononcés.

Tout ce que je pus lui demander, presque malgré moi, sans réfléchir, si bien que je fus la première surprise par ma question, ce fut :

« Etes-vous heureuse ici, madame Danvers ?

Elle me regarda avec pitié, comme on regarde une pauvre imbécile, ou un enfant écervelé.

« Heureuse ? Je n'ai jamais été heureuse depuis que Mme de Winter est morte, vous devriez le savoir, et je n'ai jamais espéré l'être.

— Vous devriez essayer, commencer une nouvelle vie... Je sais...

— Vous ? Que savez-vous ? Elle représentait tout pour moi dans la vie, depuis le premier jour où j'ai posé mes yeux sur elle, et cela durera jusqu'au jour de ma mort. Sachez-le.

— Oui... oui, je sais. »

Soudain, une immense lassitude m'envahit. J'aurais pu m'allonger par terre et dormir.

« Je m'estime heureuse d'avoir été près d'elle, de l'avoir chérie et connue. Le reste n'aura jamais la moindre importance. » Il n'y avait rien à ajouter. Je terminai mon thé. « Purviss vous reconduira dès que vous le désirerez, madame. »

Se pouvait-il que ce fût tout ? Avait-elle seulement voulu me montrer la chambre, me rappeler le passé ? M'offrir le thé et me faire reconduire chez moi ? Cela semblait irréel. Je fus prise d'une brusque envie de rire en avalant la dernière goutte de mon thé, à la voir en face de moi, assise droite et immobile, noire, lugubre, le regard vide. Vous êtes une vieille femme, pensai-je, seule et pathétique, vous vivez dans et pour le passé, tandis que nous avons un avenir. Et j'imaginai les enfants qui dévalaient les pentes, Maxim qui entrait dans la maison, souriant de son air nonchalant.

Comment pourrait-elle gâcher ça, comment cette pauvre vieille pourrait-elle à elle seule y mettre un terme ? Je sentis en moi un élan d'énergie, une résolution nouvelle ; je n'étais plus une petite chose timide, timorée et hésitante, j'étais une femme, forte et confiante. Je n'avais pas peur de Mme Danvers, je lui en voulais de venir nous tourmenter aujourd'hui et de ce qu'elle nous avait fait dans le passé, de ses tentatives pour m'humilier, me chasser de Manderley, me séparer de Maxim. Pendant une minute, nous nous regardâmes dans le salon anonyme. Elle ne me connaît pas telle que je suis aujourd'hui, elle se souvient de la jeune femme que j'étais et de mes vieilles terreurs.

Je me levai.

« Madame Danvers, les choses sont différentes aujourd'hui. Vous vivez dans un autre monde — à une autre époque. Tout a changé. »

Elle ne cessa de me regarder fixement ; ses yeux avaient un éclat terrible. Que tramait-elle ?

« Je vous en prie, écoutez-moi. Je trouve anormal et très triste, aussi, de vous voir vivre ainsi... vous complaire dans le passé... parler sans cesse de Mme de Winter... de Rebecca... garder ce... ce reliquaire ; cela ne vous semble-t-il pas étrange ? Morbide ? Qu'espérez-vous obtenir ? Vous vous rendez encore plus malheureuse — vous ne pouvez pas vivre ainsi, ne le comprenez-vous pas ?

— Comment osez-vous me dicter ce que je dois faire ? Vous ? Que savez-vous ? Vous ne savez rien. Vous ne l'avez pas connue.

— Non, bien qu'il me semble avoir vécu dans son ombre pendant la moitié de ma vie d'adulte, avoir partagé les souvenirs que les autres avaient d'elle. J'ai l'impression parfois qu'elle ne m'est pas étrangère.

— Elle vous aurait méprisée, elle se serait moquée de vous.

— Probablement. Oui. Comme vous.

— Oui.

— Mais voyez-vous, cela ne me touche pas. Ça m'est égal. J'ai Maxim — nous avons une nouvelle maison, une vie nouvelle. Un avenir. Le passé n'a plus d'emprise sur nous désormais. » Elle partit d'un rire dur, amer, atroce. « Laissez-nous tranquilles. Laissez-nous. Vous ne pouvez rien contre nous. Ne le comprenez-vous pas ? Ne comprenez-vous pas que je n'ai pas peur de vous ? »

C'était vrai. Ce n'était pas Mme Danvers qui pouvait nous faire du mal. Il me déplaisait de me trouver dans cette pièce avec elle, sa silhouette noire, son visage de spectre me faisaient encore frissonner. Mais j'avais retiré le dard, je me sentais supérieure à elle ; brusquement, il s'était passé quelque chose, j'étais pleine de courage, d'énergie et de détermination. J'eus envie de lui rire à la figure.

« Au revoir, madame Danvers », dis-je en lui tendant la main. Elle ne la prit pas, continua à me regarder fixement, mais je n'éprouvai plus ni embarras ni timidité, je retirai simplement ma main et lui rendis son regard sans ciller.

Alors qu'elle se dirigeait vers la sonnette, et la porte qui donnait sur le couloir, me précédant de quelques pas, elle s'arrêta net et, sans se retourner, dit : « Il devrait avouer. Ce serait la meilleure solution. C'est ce qu'elle veut, vous savez, que toute cette histoire éclate au grand jour, soit enfin résolue. Ce sera fini, ensuite. Elle ne me laissera pas en paix jusque-là. C'est pour cette raison que je suis ici, pour cette seule raison que je vis. Mais vous ne l'ignorez pas. Vous comprenez. »

Et elle marcha devant moi, traversant la maison silencieuse et froide sans prononcer un mot de plus, et lorsque je fus montée dans la voiture qui s'éloignait lentement, elle ne me quitta pas des yeux, son visage blanc, figé, sans expression, jusqu'à ce que nous tournions dans l'allée bordée de grands lauriers et que je la perde de vue.

Chapitre 19

Je ne pus rien avaler ce soir-là, et me préparai à passer une nuit blanche, mais l'après-midi m'avait épuisée et je succombai à la fatigue dès l'instant où je posai la tête sur l'oreiller, m'endormant d'un sommeil lourd, les couvertures rejetées au pied du lit, pour avoir moins chaud. Aucun rêve ne vint me troubler, aucune voix, et je me réveillai reposée, dans le silence.

Le clair de lune inondait la pièce. Je me levai, allai à la fenêtre pour regarder le jardin, et soudain me revinrent à l'esprit le souvenir de Manderley par une nuit d'été et le jardin de Beatrice, après l'enterrement, et il me sembla que je n'avais jamais été détendue et sereine longtemps, qu'il y avait toujours eu quelque chose de menaçant autour de moi, ou que j'étais prise dans une tourmente. En serait-il toujours ainsi ? Je ne voyais aucune raison pour que cela change.

Je ne voulus pas rester des heures à broyer du noir, à ressasser les événements de l'après-midi. Je serais aussi bien assise dans le jardin qui avait pris tant d'importance pour moi, où j'avais été si heureuse pendant ces quelques semaines.

Il faisait doux dehors et, au moment où je franchis la petite porte et m'avançai sur la terrasse, la première chose qui me frappa, à part le cercle argenté de la lune, ce fut le parfum nocturne des fleurs, l'odeur du chèvrefeuille grimpant dont les guirlandes débordaient sur le mur de brique, celle des giroflées blanches dans les bordures et des œillets mignardises, dans la vasque, près du portail. Je restai sans bouger et les humai, je ne pouvais m'en rassasier, leurs effluves m'emplissaient tout entière, apaisants, réveillant en moi un passé récent, le souvenir de la plante odorante dont les fleurs étoilées se détachaient sur le vert feuillage le long du mur, en Italie.

Et brusquement le souvenir fut gâché, comme mon plaisir à la vue des fleurs l'avait été, là-bas, par ces autres fleurs immaculées qui reposaient sur l'herbe du cimetière. Mais j'en avais l'habitude désormais, je devais simplement l'accepter. Une image en entraînait une autre, les souvenirs dansaient, dansaient en rond autour de moi, s'enroulaient, me narguaient.

Je longeai lentement les allées, marchai à travers la pelouse sèche, vers un vieux banc confortable, sous un pommier — les fruits étaient lourds et argentés, ils seraient bientôt mûrs et tomberaient. Déjà, dans l'après-midi, j'avais entendu le grondement des moissonneuses dans les champs, le roulement des charrettes sur la route à la fin de la journée. La moisson. L'automne. Le tournant de l'année. Que m'apporterait-il ? Me soucierais-je de l'hiver lorsqu'il viendrait ?

Je m'assis, et pendant quelques instants, sous le bel arbre, j'eus la sensation de flotter, de me détacher de mon propre corps et de regarder le jardin d'en haut. J'étais encore très lasse, et ce qui s'était passé cet après-midi ressemblait à une étrange hallucination ; cette sombre maison, Mme Danvers dans cette chambre de cauchemar existaient-elles vraiment ou avais-je tout inventé, comme un enfant donne vie à un fantasme qui court tout au long de sa vie de tous les jours, le tissant avec tant de conviction qu'on ne peut dire où débute et où finit la réalité ?

Et brusquement, seule dans le noir, je me mis à trembler, saisie par la peur absolue, glaçante, d'être folle, me disant que tout ce qui était arrivé, ce que j'avais vécu et gardé si longtemps pour moi avait fini par me brouiller l'esprit. Peut-être étais-je comme Favell et Mme Danvers ? Peut-être avais-je le même regard égaré ? Peut-être la folie avait-elle commencé à se lire sur mon visage ?

Je posai ma main droite sur la gauche, fis courir mes doigts le long de mon bras. Allons, tout allait bien. Tout allait très bien. Maxim serait là après-demain. Tout irait encore mieux alors.

Maxim. J'essayai en vain d'évoquer son visage. Tous ceux que j'avais vus dans ma vie, y compris ceux qui n'avaient jamais compté pour moi, étaient là, devant mes yeux, les visages des portiers d'hôtel et des serveurs dans les cafés, celui de Clarice, la femme de chambre, de Jack Favell, du prêtre à l'enterrement de Beatrice, le visage de mon père, celui du jeune homme qui accompagnait Mme van Hopper. Frith. Le colonel Julyan. Et le masque blême et décharné de Mme Danvers, ses yeux creux et brillants, fous, qui me regardaient. Mais pas celui de Maxim. Lorsque je me tournai vers lui, il n'y avait rien, une tache floue, un nom, je ne parvenais pas à le voir, j'ignorais à quoi ressemblait mon mari.

Il y eut un bruissement, un mouvement dans les herbes hautes près de la haie derrière moi. Le jardin était froid soudain, peu familier, hanté. Je ne reconnaissais rien. Comme si je n'y avais jamais mis les pieds auparavant. Quelque chose bougea à nouveau. Peut-être un oiseau ou un petit animal furtif ; non, ce n'était pas ça, je savais que ce n'était pas ça. J'attendis de la voir sortir, de voir son ombre s'étendre sur l'herbe devant moi, masquant le clair de lune, mais il n'en fut rien, et je supposai qu'elle préférait rester hors de ma vue, me tourmenter plus subtilement, insidieusement.

Je ne vis rien, seule la voix était là, la voix qui susurrait, froide, douce et limpide comme de l'eau coulant en moi :

« Vous ne comptez pas. Moins que quiconque. C'est lui qui doit avouer. C'est pour ça, uniquement pour ça, que je vis, pour que la vérité éclate au grand jour. C'est elle qui me guide, vous comprenez. Elle sait, elle me parle. C'est un assassin. Quel effet cela vous fait-il ? Vous y pensez sûrement. Oui, je sais que vous y pensez, je le lis sur votre visage, dans vos yeux. Lorsque vous le regardez, que vous l'observez dans un moment d'inattention. Quand vous êtes ensemble, quand ses mains vous touchent. Ce sont ses mains qui ont tenu le revolver, ses mains qui étaient couvertes de son sang, qui ont porté son corps dans le bateau. Ses mains. J'ai attendu si longtemps. Je suis si lasse. Pas elle. Elle ne se lassera jamais. « J'attendrai toujours, Danny, dit-elle, mais il faut que tu m'aides. C'est ce que je fais. Je l'aide en ce moment. La vérité éclatera, vous savez qu'il n'y a pas d'autre issue. Espériez-vous vraiment revenir ici, vivre heureux et paisibles, comme des gens innocents ? Profiter de cette jolie maison ? Jolie, mais pas aussi belle que Manderley. Avoir des enfants, les élever sans rien leur dire, en faisant comme si le passé n'avait pas existé ? Bien sûr que non. Je ne me découragerai jamais. Je ne vous laisserai jamais seule, jusqu'au jour où j'aurai accompli la mission qu'elle m'a confiée. Facilitez-nous la tâche. Ensuite ce sera fini pour vous aussi. »

La voix chuchotait, sans cesse, et je restais assise, je l'écoutais dans le froid du clair de lune, incapable de me boucher les oreilles ou de m'en aller. Elle finit par se taire, elle me laissa partir, sans me retenir, comme la dernière fois. Ce fut le silence dans ma tête, plus rien ne bougeait dans le jardin. Je retournai me coucher et m'endormis comme une souche, ne m'éveillant que longtemps après le lever du soleil.

Il était encore tôt, j'avais les yeux lourds de sommeil lorsque le téléphone sonna.

« Maxim a pris le premier train, dit Frank Crawley. Il a préféré partir dès sa décision prise, sans attendre de vous téléphoner lui-même. » Sa voix avait un ton si normal et joyeux, le cher et fidèle Frank, j'en aurais presque pleuré en l'entendant.

« Oh ! Frank, merci. Je pensais que peut-être... non, cela n'a pas d'importance.

— Tout va bien ?

— Oui... oui, bien sûr.

— Vous semblez inquiète. Il est arrivé quelque chose ? »

Pourquoi ne pas lui raconter ? Je n'avais personne à qui me confier, je ne connaissais personne qui comprendrait immédiatement le sens caché de cette histoire dans chacune de ses nuances, j'avais un besoin désespéré de lui parler, il me semblait que ma tête était en feu, pleine de peurs, de voix, de souvenirs qui tournoyaient, me chuchotant que Frank saurait les soulager, qu'il dirait les paroles adéquates, rassurantes, qu'il saurait ce que je devrais faire. Frank était un roc de fidélité et de bon sens. Il avait été un ami pour moi à Manderley dans les moments difficiles, il m'avait parlé de Rebecca, m'avait soutenue, réconfortée, il avait toujours été de mon côté. Je n'avais eu personne d'autre vers qui me tourner, et je n'avais toujours personne. Je devais lui parler.

Mais je n'en fis rien.

« J'ai été seule trop longtemps, dis-je. Je suis heureuse que Maxim revienne à la maison ce soir. Il n'y a rien d'autre, rien d'inquiétant. »

Je passai toute la journée seule. Dora me fit parvenir un message par l'intermédiaire de Ned me prévenant qu'elle avait un abcès à une dent et devait se rendre à Harburgh, et Ned travailla au bout du jardin ; je l'aperçus à peine. Personne ne téléphona, peu de lettres arrivèrent au courrier et il n'y en avait aucune pour moi, personne ne vint me rendre visite. Je ne restais pas en place, j'allais de pièce en pièce, m'occupant d'une chose et d'une autre, malheureuse, incapable de rien terminer. Il faisait encore chaud, mais le soleil avait disparu et, descendu des collines, un gros nuage couleur de cuivre restait suspendu au-dessus de la maison. Des nuées de moucherons voletaient autour de la mare, sous les arbres. J'avais l'impression d'attendre quelque chose, je me sentais nerveuse, bizarrement effrayée, mais il n'y avait pas de voix, pas de chuchotements, aucune ombre ou bruit de pas dans l'herbe.

Toute cette histoire n'a aucun sens, me dis-je soudain, elle est folle, quel mal peut-elle nous faire ? Et je montai me changer, passant rapidement ma garde-robe en revue, cherchant dans mes vêtements simples et confortables une tenue qui plaise à Maxim. Je me souvins des soieries et des mousselines arachnéennes, des rangées et des rangées de merveilleux et coûteux vêtements, mais je n'éprouvais aucune envie, car qu'en avait-elle retiré, lui avaient-ils apporté l'amour, le bonheur, que signifiaient-ils maintenant, excepté pour une pauvre vieille obsédée ?

J'observai lentement ma chambre, c'était une pièce agréable, discrète, un refuge, aussi apaisant que la maison elle-même, et il semblait qu'elle eût tranquillement attendu de me voir sortir d'un cauchemar extravagant, qu'elle acceptât mon retour comme on voit revenir l'enfant prodigue.

J'avais mis un chemisier de coton crème et noué mes cheveux en arrière et, en me regardant dans le miroir de ma coiffeuse, j'aperçus quelques fils gris sur mes tempes et cherchai à les dissimuler ; mais ils restèrent obstinément visibles et je décidai que c'était sans importance. Il y avait autre chose, aussi. J'étais encore jeune, mais un peu plus âgée que Rebecca ne l'avait jamais été, et cela m'apparut comme une sorte de triomphe. Elle n'avait pas eu de cheveux gris, elle, et pendant une seconde, son portrait sur la photo me revint en mémoire et je ne ressentis envers elle qu'un sentiment d'indifférence et de pitié.

Où était Rebecca ? Morte. Nulle part. Je l'ignorais, je ne m'intéressais pas à ces questions, mais je me souvins de l'enfant que j'avais été, puis de l'adolescente, et ensuite de la jeune femme gauche et terne qui avait rencontré Maxim, de la jeune mariée arrivant à Manderley, de la femme passionnée, aimante, qui avait peur de tout, des lieux, des gens, des souvenirs, je les vis toutes en rang, l'une s'effaçant pour faire place à l'autre. Elles aboutissaient ici, à cette femme aux cheveux à peine grisonnants qui se regardait dans le miroir. Elles étaient cette personne. Moi. Et pourtant elles n'étaient plus, elles s'étaient transformées en fantômes, avaient disparu. Où ? Où ? Elles n'étaient pas mortes comme elle était morte, mais elles n'existaient pas plus que le nouveau-né ou l'enfant que j'avais été autrefois. Combien de personnalités abritons-nous en nous, à l'image de ces poupées russes qui s'emboîtent les unes dans les autres ?

Pendant quelques minutes, j'eus horriblement peur, car j'avais perdu le contact avec cet être que je connaissais si bien depuis tant d'années, l'épouse patiente, terne, stable, aimante, qui s'était satisfaite de sa vie en exil, toujours fidèle, qui n'avait pas de secret, ne connaissait pas d'ombres, n'entendait aucune voix chuchoter. J'avais besoin d'elle, de sa force et de son calme, j'avais besoin de m'appuyer sur elle et de me confier à elle. J'avais changé, et je continuais à changer, mais je ne savais plus comment ni pourquoi cela avait commencé.

J'entendis alors un merle pousser un cri d'alarme, s'envoler à tire-d'aile dans les buissons au fond du jardin, puis un crissement de roues dans l'allée, le pas rapide de Maxim, sa voix, qui m'appelait, et ces bruits me ramenèrent sur terre, je me retrouvai moi-même, m'élançant dans le couloir et les escaliers, vers l'entrée où il se tenait, le regard levé vers moi.

Chapitre 20

Cobbett's Dale était presque entièrement enclos dans son cirque de verdure, protégé par les arbres qui s'élevaient tout autour, mais à un endroit, il y avait une échappée où l'œil portait au loin, à travers une trouée dans les replis du coteau. Elle se trouvait sur le versant ouest, au fond du jardin potager, et à notre arrivée, ce n'était rien d'autre qu'un sentier envahi par les ronces et les broussailles, menant à une ancienne haie de hêtres. J'y allais souvent, pour le simple plaisir de voir dans le lointain le clocher argenté d'une église scintiller au soleil, à une certaine heure de la journée, ou, mieux encore, disparaître le soir venu dans une brume mauve, se fondant avec la campagne et le ciel qui s'assombrissaient, et au cours des mois je m'étais particulièrement attachée à ce coin paisible du jardin. En feuilletant de vieux ouvrages et d'anciennes revues, le soir — car je m'efforçais d'approfondir mes connaissances —, j'avais tracé un plan d'ensemble, reprenant cent fois mon dessin, avant de le communiquer à Ned. Il avait défriché le sol et nous avions aménagé une petite clairière derrière le mur du potager, et au fond de la clairière, nous avions remis en état une allée de noisetiers, dont les cimes se rejoignaient gracieusement pour former une arche. La haie de hêtres avait été taillée et une petite porte à claire-voie installée dans la trouée, et l'été prochain, peut-être, j'y mettrais un banc afin de pouvoir me promener dans la clairière et sous les noisetiers, et venir m'asseoir, laisser ma vue se porter jusqu'à la trouée dans les collines et la flèche argentée ; mais pour l'instant, une planche posée sur deux vieilles souches servait de siège.

J'étais fière de mon bout de jardin, je le chérissais parce qu'il était entièrement à moi, créé à partir de mon imagination, et non hérité ou repris des occupants précédents. Je n'avais jamais éprouvé une telle joie de propriétaire auparavant, bien qu'il fût de taille modeste, en comparaison des autres parties plus importantes du jardin. A l'automne, Ned et moi planterions des centaines de bulbes sous les arbres, il avait même découvert une ancienne source cachée sous des pierres, et il se demandait comment la faire jaillir de terre à nouveau et la canaliser.

La soirée était délicieuse. C'était toujours le meilleur moment de la journée, lorsque la touffeur de l'air des derniers jours de l'été se dissipait et qu'une exquise douceur, une odeur de brume montaient sous les arbres. Nous emportâmes nos verres dans le jardin, nous dirigeant vers l'allée de noisetiers et le banc. Maxim parla de l'Ecosse, de ses parties de pêche avec Frank et ses fils, des futurs aménagements, et je l'écoutai, apaisée, calme, détachée, comme si je le connaissais à peine.

Le Maxim que j'avais rencontré il y a des années était un citadin, un homme habitué aux hôtels et à Londres, élégant et mondain, et, à Manderley comme ailleurs, il avait gardé cette même manière d'être. Il apportait un soin extrême à la coupe de ses chemises, à la marque de sa crème à raser, et à l'exactitude du courrier. Il m'intimidait à cette époque, j'avais peur de ses habitudes et de ses critères, et bien qu'il n'eût jamais montré d'exigences particulières envers moi, j'avais toujours vécu dans l'angoisse qu'il me demande quelque chose d'impossible et que je ne sois pas à la hauteur de ses attentes.

Ensuite tout avait basculé, il s'était effondré devant moi, je l'avais vu brisé, perdu, durant nos années d'exil, se reposant entièrement sur moi, sur ma force et mon dévouement, sur ma fidélité. Je m'y étais habituée, j'avais été heureuse avec ce nouveau Maxim, me sentant calme et détendue aussi longtemps que nous nous cramponnions à notre paisible et sage routine.

Ce soir, en le voyant assis à côté de moi, je

m'aperçus à quel point il avait changé ; c'était moi qui avais voulu Cobbett's Dale, moi qui l'avais vu en premier et qui l'avais aimé, passionnément désiré, moi qui avais rêvé de venir ici.

C'était ce qui semblait être, ce que j'avais cru, et pourtant c'était Maxim qui avait été transformé par la maison. Il était devenu un campagnard maintenant, quoique différemment de moi, il connaissait et aimait la maison, ces hectares de terres, cette région particulière de l'Angleterre avec une intense et profonde satisfaction ; il aimait marcher dans les champs et examiner les bois et les haies, comprendre les plantes et les animaux, lier connaissance avec les fermiers, être un propriétaire terrien absorbé par son travail, oubliant les manières seigneuriales, distantes, qui avaient été les siennes à Manderley.

Il paraissait plus jeune, sa peau s'était hâlée à force de passer ses journées dehors, il avait presque totalement perdu son ancien vernis de citadin, même s'il était toujours élégamment vêtu, avec un goût inné pour la coupe et le style de ses vêtements, s'habillant naturellement à la perfection, comme je n'avais jamais su ni ne saurais jamais le faire.

Je restai assise auprès de lui, sirotant mon sherry et l'écoutant, puis nous demeurâmes silencieux, et j'entendis seulement, dans le lointain, la petite cloche de l'église qui sonnait l'heure. Je souris et hochai la tête, à l'unisson avec elle, comme j'avais accueilli Maxim à son retour, et tout ce qui était arrivé pendant son absence, je l'enfouis au plus profond de moi et m'en détournai. Il n'apprendrait jamais par moi qu'elle était venue ici, qu'elle avait jeté son ombre noire sur la pelouse, viciant l'atmophère, qu'elle m'avait terrifiée par sa folie et que je ne pourrais jamais plus me sentir la même à Cobbett's Dale, sauf dans ce petit coin, derrière la clairière, au bout de la petite allée de noisetiers. Il m'appartenait, elle ne s'était pas avancée jusque-là, elle ne l'avait pas vu, elle ignorait son existence. Elle ne l'abîmerait jamais.

« Quelque chose te tracasse », dit Maxim.

L'air était soudain frisquet et je n'avais pas de veste. Nous revenions lentement vers la maison. « Crois-tu que Frank va venir ? » C'était de cela que nous avions parlé. Les Crawley devaient passer quelques jours en septembre, pour voir s'ils se plaisaient ici, et visiter Tinutt's Farm, qui était inoccupée et que Maxim avait l'intention de reprendre pour eux. Il avait besoin de Frank, le domaine était beaucoup trop vaste pour qu'il puisse l'entretenir seul. « J'aimerais les avoir près de nous — j'aurais l'impression d'élargir la famille. »

Il s'était arrêté devant moi et me regardait, les yeux fixés sur mon visage, les mains sur mes épaules.

« Tu ne dois pas me tromper, me mentir ou me cacher quelque chose, tu sais que nous n'avons pas de secrets l'un pour l'autre. »

Incapable de parler, je pensai aux petites couches successives de secrets qui s'étaient accumulées depuis notre retour en Angleterre. Et avant, avant.

« Que s'est-il passé ? Regarde-moi. »

Il parlait de ce ton sec, cassant, qu'il avait autrefois. « Je te connais trop bien. Crois-tu que j'aie oublié ? Je sais qu'il y a eu des ombres, des angoisses, des peurs, même. Je suis resté éveillé la nuit à côté de toi et je m'en suis aperçu, elle ne m'a pas échappé, cette expression inquiète dans tes yeux. Tu es adorable, gentille, et tu t'efforces d'être gaie et de donner le change. Tu t'y es évertuée lorsque nous étions à l'étranger et je l'ai toujours remarqué, j'ai toujours su. »

Je sentis les larmes me piquer les yeux, j'eus envie de m'appuyer sur lui, de pleurer et de tout lui raconter, chaque détail, chaque petite peur, de raconter en vrac tout ce qui était arrivé depuis que j'avais découvert la couronne, Jack Favell et Mme Danvers et, surtout, les horribles voix qui chuchotaient dans ma tête. Je sentis ses mains sur moi, ces mains que je connaissais si bien, que j'avais maintes fois regardées, tenant le volant de la voiture, pelant une orange ou utilisant une lime à ongles, posées sur le bastingage d'un bateau, ces mains dont j'aurais pu dessiner de mémoire la forme exacte et que j'aimais tant, qui représentaient Maxim pour moi plus que ses yeux ou sa bouche, sa voix ou la forme de son visage.

Mais je ne pouvais réduire au silence la voix malfaisante, insidieuse, effrayante qui parlait tout bas de ces mêmes mains. « Je suis fatiguée, dis-je. Il a fait très chaud. Et tu m'as horriblement manqué. »

Je me tournai et franchis la porte.

Pourquoi ne lui ai-je rien avoué alors ? C'était ce que j'aurais dû faire sans hésitation, je le sais maintenant, il ne se serait pas mis en colère, il était assez fort à présent, le passé ne lui faisait plus peur, il n'avait plus besoin que je le protège. Il avait surmonté l'épreuve. Pourtant je restai muette. J'avais peur, je me sentais désorientée, loin de lui, et lorsqu'il entra derrière moi dans la maison, je lui posai d'autres questions sur les Crawley. Il répondit brièvement, avant d'aller dans son bureau dont il referma la porte. Le moment était passé. J'emportai une fois encore mes secrets avec moi, lourds, douloureux, amers.

Lorsque je montai me coucher, plus tard, Maxim se tenait devant la fenêtre ouverte. Dans les boqueteaux au-dessus de la maison, les chevêches voletaient entre les arbres, poussant leur hululement strident.

« J'aimerais qu'il pleuve », dis-je.

Il ne répondit rien. Je m'approchai de lui et regardai dehors, mais il ne me toucha pas, ne se tourna pas vers moi. Je restai perplexe, sentant en lui une froideur inhabituelle, différente. Je ne savais comment me comporter face à elle. C'était ma faute, je lui avais tu la vérité et, le devinant, il était blessé.

Non. Il y avait autre chose. J'avais l'impression que nous étions pris, retenus entre les mailles d'un filet invisible et que chacun de mes mouvements pour les briser ou les écarter les resserrerait encore davantage.

Je restai étendue près de lui pendant un long moment, triste, effrayée, écoutant les chouettes, incapable de dormir.

Mais au petit déjeuner, il leva les yeux de son journal et dit : « Le beau temps va se maintenir encore quelques jours. Si nous donnions une réception ?

— Une réception ? Pour qui ? Quelle genre de réception ? Pourquoi ?

— Ma douce, il n'y a pas lieu d'avoir l'air aussi paniquée. Tu sauras très bien faire admirer ton jardin.

— Il n'y a rien à admirer, le plus beau est passé maintenant, et d'ailleurs, j'ai à peine commencé à l'arranger.

— Quelle importance ? Il est parfait à mes yeux, soigné, fleuri. Les gens le trouveront ravissant.

— Quels gens ?

— Les voisins — des gens des environs ; nous ne pouvons vivre comme des ermites et, étant donné que nous achetons des terres et agrandissons la propriété, tout le monde sera curieux de venir ; par ailleurs, il est important de bien s'entendre avec les habitants de la région. Les Butterley ont l'air de connaître tout le pays, demande à Bunty qui inviter. J'ai déjà fait la connaissance de plusieurs personnes. Et si tu élargis un peu le cercle, il y a quantité de villages tout autour. »

Oui. Je savais, je savais. Je ne voulais pas y penser.

A Manderley, les visites étaient continuelles, la

moitié du comté défilait, les fêtes données au château étaient attendues avec la plus grande impatience. Rebecca recevait à merveille, elle était renommée pour cela. Je me souvins du seul bal donné en mon honneur, de mon épouvantable erreur dans le choix de ma robe.

« Je pensais que nous mènerions une vie discrète ici, dis-je. Tu n'as jamais beaucoup aimé toutes ces mondanités. Tu disais vouloir revenir et... »

Je me mordis les lèvres. Rester caché ? Les mots ne purent franchir mes lèvres. Il avait tellement changé, pensai-je, il était par bien des côtés redevenu l'ancien Maxim, sûr de lui, prenant les choses en main, sachant précisément ce qu'il voulait ; l'époque où je l'avais vu désarmé, perdu, était à jamais révolue. Et je me rendis compte que j'aurais voulu qu'elle réapparaisse, parce que seul ce Maxim-là, le Maxim des années d'exil, avait été proche de moi.

Il se leva.

« Il ne s'agit pas de donner une grande réception — juste une petite garden-party. Quelques rafraîchissements — tu peux t'en occuper, n'est-ce pas ? Cela te distraira.

— Que veux-tu dire ? Qu'il me faut une occupation ? Quelque chose pour passer le temps ?

— Non, je ne veux pas dire ça.

— Je suis parfaitement heureuse.

— Vraiment ?

— Oui, Maxim, oui, oui... Que nous arrive-t-il ? Pourquoi nous disputons-nous ? Nous ne nous querellons jamais, d'habitude, jamais. »

Il se dirigea vers la porte.

« Il arrive parfois qu'être heureux ne soit pas suffisant », dit-il, et il sortit.

Je restai paralysée sur place, contemplant sa tasse vide et les pelures de pomme, soigneusement enroulées sur son assiette. Que voulait-il dire ? Tout était bizarre, différent, et je ne savais pas pourquoi, je ne savais pas quoi faire.

Piteusement, j'allai téléphoner à Bunty Butterley, à propos des voisins à inviter.

Chapitre 21

Ce serait ma réception. C'était moi et personne d'autre qui l'organiserais, qui arrangerais la maison, qui prendrais les dispositions nécessaires. Ce serait une journée merveilleuse, parce que je ferais tout pour qu'il en soit ainsi. Une fois ma décision prise, je vis les choses d'un autre œil, je commençai à me réjouir à l'avance, et tout à coup les ombres disparurent et il n'y eut plus de chuchotements.

Lorsque Maxim en avait parlé la première fois, j'avais immédiatement pensé au bal de Manderley et une terreur m'avait envahie ; la soirée m'était revenue à l'esprit comme une succession de tableaux, à jamais figés dans ma mémoire, je les avais tous revus, avec moi-même au milieu d'eux, sentant mon cœur s'arrêter.

Mais je n'avais été pour rien dans ce bal, ç'avait été une réception somptueuse, ostentatoire, le genre de chose que je n'avais jamais aimée, jamais désirée, et il avait eu lieu Dieu sait pourquoi — sans véritable raison. Certainement pas parce que nous en avions eu envie. C'était une tradition, une obligation attachée à Manderley, que tout le comté attendait.

« C'était le clou de l'été dans la région, avait dit une ennuyeuse visiteuse, nous regrettions tous les fêtes de Manderley. »

Celles de Rebecca, voulait-elle dire, les bals et les soirées étaient sa façon de se mettre en valeur et augmentaient le nombre de ses adorateurs. Elle avait un véritable don pour cela. Le bal avait été sa création, la sienne et celle de Mme Danvers, et celle du personnel, et, en l'absence de Rebecca, les choses n'avaient pas été différentes, tout s'était fait sans moi, je n'avais pas eu mon mot à dire. Si je l'avais voulu, me disais-je maintenant, si j'avais insisté pour m'occuper des détails, si j'avais décidé de tel changement ou de telle innovation, peut-être y aurais-je pris davantage de plaisir — du moins avant le drame provoqué par mon déguisement, le piège dans lequel Mme Danvers m'avait pernicieusement entraînée —, mais je m'étais sentie trop intimidée par tous ces gens, même par les hommes qui apportaient les fauteuils, et le bal avait déferlé près de moi comme un fleuve en crue, et j'étais restée impuissante sur la berge, à regarder.

Nous ne pourrions jamais donner ce genre de grande réception aujourd'hui ; si peu d'années après la guerre, un tel faste aurait paru indécent et malvenu. Maxim ne l'avait pas proposé, il n'y aurait ni homard, ni champagne, ni orchestre, ni lampions tendus entre les arbres, ni plancher de danse, ni feu d'artifice, ni déguisements. Les ouvriers de la propriété avaient abandonné leur travail pendant des semaines d'affilée, ne s'occupant plus que des préparatifs, les domestiques n'avaient parlé que de ça, pensé à rien d'autre qu'au bal.

Il n'y avait pas d'ouvriers sur la propriété, ici, à part les fermiers et leurs hommes qui peu à peu devenaient nos métayers, et nous n'avions pas d'équipe de domestiques ; j'avais Dora et Ned, parfois une jeune fille du village ou Mme Peck, en cas de besoin. Cobbett's Dale n'était pas Manderley, il n'avait rien de majestueux, était entretenu avec amour et modestie, c'était une vieille et jolie maison qui n'appartenait pas à la moitié du comté.

Je sortis, gravis la pente du coteau et m'assis dans l'herbe, contemplant la maison. Mme Danvers ne l'avait assombrie que passagèrement, elle reposait en pleine lumière à nouveau, elle m'était revenue.

Au début, je fis des plans pour la réception sans entrain, ne trouvant aucune raison pour m'opposer à l'idée de Maxim. Mais à mesure que les jours passaient, après que je me fus rendue à plusieurs reprises chez Bunty et qu'elle fut venue deux fois chez moi, je commençai à y prendre plaisir, à m'amuser, à la considérer comme un défi. C'était ma réception, après tout.

Ce serait une garden-party, en fin d'après-midi. Il y aurait des tables, autant que je pourrais en trouver ou en emprunter, dressées sous les arbres, sur la terrasse, sur la pelouse, et nous ouvririons le salon et le petit salon, les gens plus âgés pourraient y prendre le thé et s'installer confortablement au frais — car il ferait chaud, j'en étais certaine, les longues journées dorées de l'été se prolongeaient et semblaient vouloir s'éterniser. Mais je n'inviterais pas uniquement des adultes, je dis à Bunty : « J'aimerais avoir des jeunes. Voulez-vous demander à vos filles d'amener leurs amis ? Je chargerai Ned de vérifier l'état du court de tennis, il le tondra et réparera le filet si besoin est, et ils pourront jouer au croquet, aussi — j'ai déniché un vieux jeu dans le grenier, je vais le nettoyer. Je veux qu'il y ait des jeunes, qu'ils rient et qu'ils s'amusent. »

Le thé serait servi dans la cuisine et sous le parasol près de la maison, un bon thé à l'ancienne manière, comme l'aimaient les gens, avec des sandwiches, des gâteaux, des scones, du cake aux fruits et des framboises à la crème.

Plus tard, pour ceux qui s'attarderaient, profitant du dernier rayon de soleil, il y aurait des rafraîchissements.

Je ne voulais que des fleurs comme décoration, j'en mettrais dans les vases, les pots et les coupes, sur toutes les tables, partout dans la maison. Bunty promit d'en apporter le plus possible, et Dora et Ned également, ce seraient des fleurs simples, des fleurs des champs, et non des bouquets raides et artificiels de fleuriste.

« C'est une idée formidable de votre part », dit Bunty. Son visage rayonnait de plaisir tandis qu'elle rajoutait des noms sur une feuille de papier à mesure qu'ils lui venaient à l'esprit — je me reposais presque entièrement sur elle, pour dresser la liste des invités.

« Nous n'avons pas eu de fête dans les environs depuis... oh, depuis la guerre, si l'on excepte les fêtes de la moisson et ce genre de réjouissances. La dernière vraie réception, c'est celle qui a eu lieu pour le mariage de la fille Kirkley, on a dansé dans la vieille grange, et ils ont sonné les cloches à minuit ! Je parie que nous allons nous amuser comme des fous — vous êtes merveilleuse. »

Ainsi, personne ne pensait que c'était une obligation de notre part, ils seraient reconnaissants et ravis de venir, mais nous n'allions pas faire étalage de faste et d'effervescence sous prétexte que le comté estimait qu'on ne pouvait attendre moins de nous, Cobbett's Dale n'était pas Manderley et les de Winter n'avaient pas d'importance particulière ici.

« Tu avais raison, dis-je à Maxim plus tard. Je suis heureuse que tu aies pensé à donner une garden-party.

— Bien. » Il ne leva pas les yeux de son livre.

« Je suis encore étonnée, c'est tout. Tu t'inquiétais tellement... que les gens posent des questions... évoquent... évoquent le sujet.

— Oui.

— Personne ne l'a fait.

— Non. »

Je m'en allai. Il restait loin de moi, c'était une conversation qui ne menait à rien.

Mais je prendrais plaisir à notre fête, il le fallait. Ce serait un nouveau départ.

Et il sembla qu'il en serait ainsi. Le beau temps se maintint, nous travaillâmes toute la journée au soleil, Dora et sa sœur, Mme Peck, Ned et moi. Nous installâmes les tables et les chaises empruntées à la salle des fêtes du village, étendîmes les nappes fraîchement lavées et repassées ; les fleurs restèrent au frais dans des seaux et des brocs, des brassées de chrysanthèmes, de graminées, de branchages, les dernières roses. Tout le monde était joyeux, riait et plaisantait, tous voulaient que la fête soit une réussite, et j'étais au milieu d'eux, demandant ceci, suggérant cela, m'occupant de tout avec eux, ils venaient me demander mon avis, comment faire une chose ou une autre. J'y éprouvais un intérêt que je n'avais nullement ressenti à Manderley.

Maxim s'absenta une partie de la matinée, mais juste avant le déjeuner, un simple repas froid, une salade, il vint me trouver dans le jardin.

« Tu as l'air contente. »

Je repoussai mes cheveux, qui me tombaient dans les yeux.

« C'est très gai, dis-je, je m'amuse beaucoup. Cela t'ennuie ? »

Je levai les yeux vers lui.

« Qu'y a-t-il ? demandai-je. Un problème ? »

Je lisais quelque chose dans ses yeux, mais je n'aurais su dire quoi.

« Tout ira bien, continuai-je. Les gens seront très gentils.

— Bien sûr.

— Maxim ? »

Il me caressa doucement la joue du dos de sa main. Que se passait-il ? Je pris sa main et la tins pressée contre mon visage. Je ne voulais pas d'ombre entre nous.

« Devons-nous mettre les autres tréteaux sur la terrasse, madame de Winter ? Dora dit qu'il n'y a plus de place dans la cuisine. »

Nous fûmes à nouveau occupés par les préparatifs. La journée passa sans que nous nous en apercevions.

Et au bout du compte, nous fûmes récompensés ; c'était une journée superbe, pensai-je, jetant un dernier coup d'œil avant le début des réjouissances, tout serait parfait. Le soleil était encore chaud, mais une douceur délicieuse régnait dans l'air, la lumière aveuglante de midi s'était atténuée, et lorsque je traversai le jardin, sous les arbres, en dessous de la tonnelle de roses, mes pieds s'enfoncèrent dans l'herbe drue que Ned avait tondue et je sentis monter vers moi une odeur empreinte de nostalgie.

Tout était prêt, immobile, intact, comme avant un lever de rideau. Les nappes tombaient en plis réguliers, les chaises étaient à leur place, les maillets de croquet et les balles de tennis étaient sortis, attendant que commencent les parties. Je franchis le portillon du potager, m'avançai dans l'allée de noisetiers, sous les arbres où dansaient des taches d'ombre et, lorsque je levai la main pour écarter une branche, la lumière miroita comme de l'eau sur le sol couvert de feuilles. Devant moi apparurent la campagne verte et le clocher de l'église, encadrés dans la dernière arche de verdure, et je m'arrêtai, refoulant avec un grand soupir les dernières traces de nervosité et d'inquiétude qui demeuraient en moi. J'étais excitée comme une enfant. Tout irait bien, il n'y aurait pas de drame, ils viendraient tous et nous les recevrions chaleureusement, la maison et le jardin leur feraient bon accueil. Ils seraient comblés.

Dans un moment, il me faudrait regagner la maison, dans un moment, j'entendrais la première voiture, des voix, des gens. La fête commencerait. Mais j'attendis encore un peu, dans le paisible silence sous les noisetiers, et personne ne vint me trouver, personne ne se souciait que je sois là. Si je m'enfuyais maintenant, songeai-je brusquement, pas un seul d'entre eux ne s'en apercevrait, tout aurait lieu comme prévu, sans moi. Mais ce n'était pas vrai, même si cela avait été le cas à Manderley. Là-bas, je n'avais été qu'un élément secondaire, là-bas, je n'avais occupé aucune place, je n'avais pas compté. Ici, j'étais au centre des choses.

J'étais chez moi.

Au loin, j'entendis une voix qui appelait, un tintement de vaisselle, mais j'attendis encore, sans faire un seul mouvement, retenant cette immobilité en moi, désirant que le monde s'arrête ici, juste ici. Mais ensuite, je levai la tête et je vis les enfants qui s'élançaient sous les noisetiers vers moi, tendaient leurs mains, le visage brillant d'impatience.

« Viens avec nous, disaient-ils. Viens tout de suite. »

Et j'obéis, tournai le dos à la campagne dans le lointain et au clocher argenté, suivant l'allée de noisetiers, traversant le jardin, où les invités commençaient à arriver.

Chaque fois que j'y ai repensé, durant toutes les années qui ont suivi, je me suis souvenue d'une journée délicieuse, parfaite en tout point, jusqu'à ce que survienne la fin. Je me rappelle tous ces gens, les rires et les bavardages au soleil, les visages heureux tournés les uns vers les autres, et vers nous ; et les jeunes gens amenés par les Butterley qui envoyaient les balles de tennis en l'air, couraient les récupérer, lorsqu'elles avaient volé à travers les trous du vieux grillage. Je me souviens du bruit sec des balles sur les raquettes, et de celui, plus fort, des maillets du croquet, des petites vagues d'applaudissements. Le soleil brillait, se déplaçait, une ombre violette s'étendait sur les versants des coteaux, mais nous étions dans la lumière et y resterions encore pour plusieurs heures.

Et soudain, naturellement, Maxim et moi nous nous retrouvâmes, et je sus qu'il n'y avait rien eu de cassé entre nous, que tout n'était qu'imagination de ma part. Nous allions séparément d'un invité à l'autre, accueillant chacun d'eux, parlant, riant, nous présentant, et de temps en temps nous nous rejoignions, marchions sur la pelouse en nous tenant par la main ou par le bras, pendant quelques instants, et il n'y avait pas d'ombre entre nous, seulement de l'amour et de la tendresse.

Il y eut un moment que je revois aujourd'hui, lorsque l'envie m'en prend, aussi précisément que si je regardais une photo dans un cadre, un moment où nous nous tenons tous les deux ensemble et où ils sont tous autour de nous, frappés d'immobilité, figés dans le temps. Dora sortant de la cuisine chargée d'un plateau d'assiettes blanches, suivie de Ned, portant un pot d'eau chaude, une femme qui tend une tasse, un homme levant la main pour cueillir une fleur fanée sur un rosier grimpant, Bunty Butterley au fond du court de tennis, une raquette à la main, s'apprêtant à servir la balle, la tête rejetée en arrière, riant aux éclats. Maxim sourit, tend un briquet vers la cigarette de quelqu'un, je vois la courbe nette de son cou.

La pelouse est vert clair en surface, couleur de foin là où l'herbe a séché, et la maison se dresse derrière nous, avec ses cheminées, l'arc-boutant sur l'aile la plus éloignée, les tables, les fenêtres, les murs ocre rose, formant un tout, donnant un arrière-plan au décor de la pièce qui se joue dans le jardin.

Les garçons sont quelque part, eux aussi, ils jouent à cache-cache, cherchent les balles, le petit est blotti sous une table, non loin de moi. Ils sont seulement invisibles. Mais ce que je revois le plus clairement lorsque je considère la scène aujourd'hui, c'est moi-même, au cœur du décor, dans ma robe de coton écru, ce dont je me souviens avec le plus de force, c'est de la joie, de l'amour, de la sensation de fierté et de satisfaction que j'éprouvai ce jour-là. Je les ressens encore aujourd'hui, surgissant du passé, comme un vieux parfum contenu dans un flacon que l'on débouche à nouveau. Lorsque ces impressions me reviennent en mémoire, je me retrouve dans ce même endroit, lors de cette ultime et parfaite journée, avant que tout ne prenne brusquement fin.

Quelqu'un bougea, le kaléidoscope trembla et les fragments de verre coloré se déplacèrent suivant un dessin différent. Le soleil frappa l'une des fenêtres et la vitre flamboya, éclaboussée de pourpre.

Bunty se trouvait à quelques pas de moi et j'entendis clairement sa voix.

« Dieu du ciel ! Voilà la vieille lady Beddow. C'était un coup risqué de ma part. Elle ne va plus nulle part de nos jours, mais elle aime qu'on la tienne au courant. Vous pouvez vous dire que votre réception est un succès ! »

Je suppose que j'ai compris immédiatement, avant même de les voir franchir le portail et s'avancer très lentement dans le jardin, bien que son nom et son adresse n'aient rien évoqué pour moi lorsque je les avais copiés sur la liste de Bunty — mais la plupart des noms m'étaient inconnus alors.

Je sus, même si sur le coup son apparition me bouleversa, que je n'avais plus peur, et pourtant, en voyant la haute et noire silhouette se rapprocher lentement, je ressentis le même frisson glacé, la même sensation de vide, d'impuissance, qui finalement ne me quitterait jamais. Mais je sus aussi, avec la même certitude, que tout ce que je lui avais dit dans son salon était vrai. Je la voyais telle qu'elle était, une pauvre et pitoyable vieille folle, qui avait perdu le contact avec la réalité et n'avait plus aucun pouvoir sur moi.

Mais Maxim ne le savait pas. Maxim ignorait que je l'avais vue, c'était l'effet que sa présence ici aurait sur lui, ce qu'il penserait et ressentirait, qui était mon seul souci maintenant, qui me préoccupait entièrement.

Je vis son ombre noire s'étendre sur la pelouse ensoleillée.

Maxim sortait du côté opposé. Je n'osai regarder son visage, je savais ce que je verrais, un masque aux lèvres blanches, contracté, courtois, impassible, déserté de toute expression. Une ou deux personnes regardaient dans cette direction, et là où elle se tenait, aux côtés de la vieille, très vieille femme cramponnée à son bras, il semblait qu'il y eût un espace, un cercle à l'intérieur duquel tout était silencieux, immobile et glacé.

Je m'élançai pour aller chercher un fauteuil, débarrasser une table. « Bonsoir, monsieur de Winter. J'ai accompagné lady Beddow — elle était très impatiente de vous rencontrer. Elle connaît la maison depuis longtemps. Peut-être aurez-vous la gentillesse de parler assez fort, elle n'entend pas très bien. » Elle jeta un coup d'œil autour d'elle, et je sentis ses yeux sur mon visage, fixes, étincelant au creux de leurs orbites, dans son visage décharné. J'y décelai une lueur d'amusement.

« Bonsoir, madame. Comme le jardin est joli, bien que, naturellement, beaucoup de fleurs se soient fanées depuis ma dernière visite. »

Je vis Maxim se raidir, mais il ne me regarda pas. Il avait pris le bras de la vieille dame et l'installait dans le fauteuil, lui adressant une ou deux paroles de politesse, tandis que Mme Danvers se tenait, immobile et sombre comme un corbeau, les mains croisées devant elle. Je courus vers la cuisine, pris un pot d'eau bouillante, du thé, préparai un plateau, mes mains tremblant si violemment que je le laissai tomber et dus recommencer. Je n'avais peur de rien, excepté de la réaction de Maxim.

« Est-ce que vous allez bien, madame de Winter ? Vous êtes si pâle — est-il arrivé quelque chose ? Donnez, laissez-moi faire ça, ne vous inquiétez pas. » Dora se penchait, réparait les dégâts.

« Merci... je suis désolée, Dora... désolée... J'étais... Ce n'est rien.

— C'est un honneur pour vous que lady Beddow soit venue.

— Oui... oui, il paraît.

— Elle ne sort plus jamais, depuis des années. Voilà, tout est arrangé. Laissez-moi m'occuper de ça, vous allez vous brûler avec l'eau chaude. Asseyez-vous une minute, vous vous êtes donné trop de mal, c'est tout, tout ce travail, les préparatifs, et ensuite l'excitation, et le soleil. Laissez-moi vous servir une bonne tasse de thé et asseyez-vous ici une minute. Tout se passe très bien, personne ne s'apercevra de votre absence. »

Je m'assis, docilement, reconnaissante devant sa gentillesse naturelle, son intérêt amical, l'écoutant bavarder tandis qu'elle préparait le thé et disposait des petits fours sur les assiettes, et après un moment je posai ma tête sur mes bras et restai sans bouger. Elle avait raison, j'étais fatiguée, mais cette impression d'épuisement, de faiblesse extrême, cette étrange sensation de vertige, n'avait rien à voir avec une simple fatigue, c'étaient le choc, l'angoisse et un horrible pressentiment qui en étaient la cause. Je me demandai vaguement ce que faisait Maxim, ce qu'il disait et, surtout, ce qu'il pensait. Le reste ne comptait pas.

« Buvez ça tant que c'est chaud — et je parie que vous n'avez rien mangé. Trop occupée à accueillir tout le monde. C'est toujours la même chose avec les réceptions. Prenez un canapé aux œufs mimosas, je viens de les préparer.

— Merci, Dora. Je vais mieux. Juste un peu de fatigue, soudain, comme vous le dites. »

Je fixai le pain blanc, les miettes de jaunes d'œufs qui en débordaient et je me sentis soudain le cœur au bord des lèvres ; je serais montée dans ma chambre, si je n'avais entendu Maxim s'adresser à moi depuis le seuil de la porte :

« Tu ferais mieux de revenir, tu ne crois pas », dit-il froidement.

Je n'osai le regarder. Je me représentais son expression, je l'avais déjà vue, la dernière fois que nous avions donné une fête et qu'elle l'avait gâchée, différemment, mais aussi délibérément, aussi consciencieusement. Il n'y avait plus aucune joie dans cette journée, aucun plaisir, elle était détruite, réduite en miettes qui s'éparpillaient à tout vent. Nous devions aller jusqu'au bout, c'était tout. Il n'y en avait plus pour longtemps. Ils s'en iraient, elle s'en irait. Puis je me retrouverais seule avec lui, et ensuite il me faudrait m'expliquer. Que devrais-je lui dire ? Qu'avais-je à lui dire ?

Dora me regardait, je vis l'inquiétude se refléter sur son visage. Elle n'avait jamais entendu Maxim me parler sur ce ton, elle n'avait jamais vu que de la tendresse et de la douceur entre nous. Je m'efforçai de sourire, de la rassurer. Je dis : « Je vais demander à Maxim quand il faudra servir les rafraîchissements — je suis certaine que beaucoup de nos invités voudront s'attarder, ils ont tous l'air ravis. »

Et ils l'étaient, en effet, je le constatai lorsque je regagnai le jardin. Le soleil avait décliné, l'aprèsmidi s'étirait doucement vers la tombée du jour, on sentait l'air du soir. La partie de tennis semblait terminée, et seul un couple jouait au croquet. Tous les autres étaient assis autour des tables, ou dans les transats, conversant paisiblement, certains flânaient dans les allées, allaient vers le jardin potager et l'allée de noisetiers. Ils semblaient se sentir chez eux, pensai-je, comme si la maison était un hôtel, qu'ils avaient payé pour y rester, que la propriété leur appartenait pour le moment. J'en fus agacée mais je n'y pouvais rien.

Je me dirigeai vers Maxim, qui se tenait près d'un groupe de gens. Il parlait avec amabilité de quelque chose qui avait trait aux fermes, à la remise en état de certaines terres. En le regardant et en l'écoutant, personne ne pouvait rien deviner, tout paraissait tellement normal, agréable. Je reconnus les visages, incapable de mettre un nom sur chacun d'eux, souriant vaguement à la ronde. C'était moi qui recevais, j'étais le point de mire, il existait certaines façons bien établies de se comporter, et je m'y cramponnai.

« Je me demandais si nous pourrions servir les rafraîchissements. Dora et Gwen sont en train de débarrasser le thé.

— Je vais m'en occuper. Vous prendrez certainement tous quelque chose, n'est-ce pas ? » Il sourit, tout comme je souriais, et ils nous sourirent en retour ; je vis leurs bouches remuer, j'entendis leurs petits murmures de remerciement. J'aurais tant voulu qu'ils s'en aillent. J'aurais voulu toucher Maxim, pour me rassurer, lui dire un mot qui expliquerait tout. Etre seule dans le jardin avec lui. J'aurais voulu que rien de tout ça ne soit arrivé.

« Vous devez être si fiers, c'est une réussite. » Sa voix doucereuse me fit sursauter. Elle était arrivée silencieusement à travers la pelouse et se tenait tout près de nous, je pouvais sentir la légère odeur de renfermé de ses vêtements. Elle restait immobile, les yeux rivés sur nos visages, ses mains pâles se détachant sur sa robe noire. Pourquoi toujours en noir ? eus-je envie de lui crier, pourquoi ?

« Ce sera une maison ravissante avec le temps. »

Elle se détourna légèrement. Les gens autour de nous, une demi-douzaine environ, paraissaient hypnotisés par elle, et étonnés en même temps. Personne ne semblait trouver quelque chose à dire, ils se bornaient à attendre, silencieux, polis, attentifs.

« Bien sûr, rien ne pourra jamais remplacer Manderley. M. et Mme de Winter possédaient une demeure magnifique — il y a quelques années maintenant ; j'ai eu le privilège d'y résider à cette époque. Vous en avez certainement entendu parler.

— Madame Danvers...

— Et de la tragédie survenue ensuite. Tout le monde a été au courant, bien sûr.

— Maintenant que vous mentionnez ce nom... Manderley... Manderley..., ce nom me rappelle quelque chose... », dit un gros joufflu aux yeux d'un bleu jaunâtre qui s'empiffrait goulûment. Je l'aurais volontiers étranglé.

« Oui, c'était un château célèbre ; dans cette partie du monde je pense que c'était le plus célèbre de tous, pour bien des raisons — je suis sûre que M. et Mme de Winter seront d'accord avec moi. »

Elle se tourna légèrement pour regarder Maxim ; je vis leurs deux visages de profil, la peau tendue sur leurs os, leurs yeux pleins de haine. Je me sentis sans force, amorphe, comme une pauvre chose coincée entre deux rocs. J'étais inconsistante. Ils ne me voyaient pas ou ne se rendaient pas compte de ma présence, j'étais sans importance.

« Après ce qui est arrivé, il me semble que vous avez eu beaucoup de chance de trouver le bonheur ici. J'espère qu'il sera durable. »

Un étrange silence s'installa. Personne ne bougea. Je regardais une femme vêtue d'une robe rouge, et la vis détourner son regard de Mme Danvers, gênée, sans savoir véritablement pourquoi.

Maxim semblait changé en pierre. Je me tenais entre eux deux, convaincue qu'elle finirait d'une manière ou d'une autre par arriver à ses fins, obéissant aux ordres imaginaires de Rebecca. Elle nous détruirait.

Je sais maintenant que c'est à cet instant que j'aurais dû rassembler mon énergie et mon courage pour lui tenir tête, là, dans le jardin en cette fin d'après-midi. C'était l'ultime occasion, et je ne la saisis pas, je ne m'opposai pas à elle, ne lui résistai pas, je ne lui dis pas qu'elle ne pouvait rien contre nous, que nous étions invincibles et qu'elle n'était qu'une pauvre vieille fille à l'esprit dérangé, divaguant et rêvant de vengeance. Je laissai le moment passer et n'en profitai pas. Il ne se représenterait jamais.

Curieusement, la fin de la garden-party ne fut pas gâchée et j'en garde un souvenir agréable. Plusieurs invités partirent tôt, lady Beddow et Mme Danvers ne s'attardèrent pas pour prendre un rafraîchissement. Je regardai la voiture noire rouler doucement dans l'allée et franchir le portail, et l'air me parut soudain plus léger, comme après la chaleur oppressante d'un orage. Je regagnai le jardin, avec l'envie de rire et de danser sur la pelouse, de tendre les bras pour embrasser tous ceux qui étaient restés. Je souris aux gens, comme s'ils étaient de vieux et chers amis. Je ne cherchai pas à rejoindre Maxim.

Les plus jeunes s'étaient remis à jouer au tennis, s'amusant à s'échanger leurs raquettes, à changer de place et de partenaire, lançant leurs balles au petit bonheur, au milieu des cris de joie, des hurlements et des plaisanteries. Je demeurai un long moment à les regarder, puis me dirigeai vers le terrain de croquet en compagnie de l'aimable Roger Butterley, qui me couvrit de compliments et m'amusa. On servit les boissons, les plateaux s'entrechoquaient doucement, les gens poussaient des exclamations, levaient leurs verres, semblaient ravis. L'atmosphère était légère, les amis se regroupaient, flânaient sous la tonnelle de roses, se dirigeaient vers l'allée de noisetiers, tiraient les tables dans les dernières taches de soleil. Mais il faisait plus frais à présent, des ombres violettes recouvraient la pelouse. Je rentrai dans la maison et allumai les lampes, et elle sembla s'illuminer et resplendir, voguer comme un navire dans l'obscurité qui s'épaississait.

Je ne cherchai pas à rejoindre Maxim.

Quelques jeunes gens quittèrent le court de tennis et grimpèrent le long des pentes, s'aidant mutuellement, riant, s'interpellant, puis ils se calmèrent une fois arrivés au sommet, s'assirent ensemble par petits groupes, silencieux, heureux, savourant les derniers instants de la fête. Et peu à peu je me sentis moi-même étrangement apaisée, comme si je flottais dans une sorte de bulle, et j'eus l'impression que ce moment représentait davantage que la fin d'une garden-party, que je devais m'en souvenir, m'y accrocher maintenant, tout de suite, avant qu'il ne s'enfuie.

J'étais allée chercher ma veste dans la maison, et je gravis la pente du coteau à mon tour, mais à l'écart des autres, à l'autre extrémité, et je m'appuyai à un tronc et contemplai la scène d'en haut, heureuse de les voir tous là, de savoir qu'ils rentreraient chez eux satisfaits, emportant le souvenir d'une belle journée.

Je franchis le portail du jardin potager maintenant plongé dans l'ombre et pris l'allée de noisetiers. Il n'y avait personne en vue. J'effleurai de la main les troncs lisses des jeunes arbres, levai le bras pour atteindre les feuilles douces et fraîches au-dessus de moi. Je ne voyais pas l'arche de verdure au bout de l'allée, il faisait trop sombre — il n'y avait ni lune ni étoiles, les nuages avaient commencé à apparaître —, mais je savais qu'elle se trouvait là, et je regardais devant moi, vers la campagne et le clocher argenté, et je les voyais en esprit. Comme je les revois aujourd'hui, chaque fois que l'envie m'en prend.

Finalement, entendant les gens se souhaiter bonsoir, des portières claquer, il me fallut revenir, dire au revoir et merci, merci d'être venus, oui, ce fut délicieux, une magnifique journée, nous avons eu de la chance, oui, on dit que le temps va se gâter, nous n'aurions pas pu choisir un meilleur jour.

Ce fut au moment où s'éloignaient les derniers invités que je vis la voiture arriver à toute vitesse, dévalant l'allée, tous phares allumés, forçant les autres à faire un écart et à freiner pour éviter une collision. Maxim s'élança, mais ils étaient déjà partis.

Je sus qui c'était avant même de voir son visage, avant de le voir sortir de cette horrible voiture toute cabossée. Il fallait donc qu'il en soit ainsi. Je ne savais pas exactement comment, mais je savais simplement qu'elle ou les deux ensemble avaient tout manigancé.

« Foutue panne ! s'écria Jack Favell, titubant légèrement devant nous. Raté votre réception, sacré nom, Max, l'idée, c'était de fiche la pagaille ce soir, avec tous ces gens, ça faisait un paquet de témoins. Maudite panne ! Tant pis, je vous ai tous les deux, c'est le plus important, non ? »

Maxim était tout près de moi. Je tendis la main et lui effleurai le bras, mais je ne pus le regarder et il ne se tourna pas vers moi.

J'entendis la voix de Dora dans la maison, le bruit des verres que l'on posait sur un plateau. « Sortez d'ici », dit Maxim. Il avait fait un pas en avant.

Favell semblait bouffi et sale, dans la lumière qui provenait de la maison, ses yeux allèrent de Maxim à moi, mais il ne se démonta pas et commença à fouiller dans ses poches pour y chercher des cigarettes.

« Vous n'êtes pas invité, nous n'avons rien à nous dire. Vous êtes indésirable ici. Foutez le camp.

— Sûrement pas. Au contraire, j'ai l'intention d'entrer, Max, d'entrer dans votre belle maison, à moins que vous ne préfériez que je fasse une scène dans l'allée pour alerter les domestiques. Car vous avez des domestiques, hein ? Vous pouvez vous en offrir, tu parles que vous pouvez. Vous avez su faire votre pelote, nous n'en avons jamais douté. Je prendrais bien un verre. »

J'entendis des pas sur le côté de la maison, et je vis Dora qui s'était arrêtée, indécise, hésitant à venir me parler. « Ne t'inquiète pas, dis-je à Maxim, je vais m'en occuper. Tu ferais mieux de rentrer. »

Je ne sais comment je parvins à tout régler à la cuisine, à m'adresser à chacun d'une voix normale. Ils avaient presque fini de ranger ; dans le jardin Ned empilait les tables, Dora et Gwen lavaient les verres.

Ils étaient silencieux, ne plaisantaient ni ne chantaient comme ils le faisaient quelques minutes auparavant. Mon visage devait parler pour moi.

« Laissez cela, Dora — vous ferez le reste demain matin.

— Je vais continuer si ça ne vous fait rien, madame de Winter. J'aime mieux que tout soit rangé.

— Bien.

— J'ai laissé un peu de potage et de la viande froide, et il y a des pommes de terre dans le four, et des fruits. Ned préfère rentrer les chaises, il paraît qu'il va pleuvoir cette nuit.

— C'est ce qu'on m'a dit.

— Vous devriez aller vous asseoir, tout ça vous a épuisée, je le vois. »

Non, pensai-je. Oh non ! Ce n'est pas cela. La garden-party fut un moment de bonheur, elle ne m'a pas fatiguée. « Merci, Dora. Vous m'avez tellement aidée — vous avez été formidable. » Je m'aperçus qu'en prononçant ces derniers mots, j'étais presque en larmes.

Puis j'entendis des voix s'élever. Celle de Maxim. Celle de Favell. Dora me jeta un coup d'œil.

« Merci, Dora, dis-je. Je ferais mieux d'aller voir si Maxim a besoin de moi.

— Bonsoir alors, madame de Winter, je m'en irai dès que j'aurai terminé, et je reviendrai tôt demain matin. »

Je fermai la porte de la cuisine et la porte d'entrée du couloir. Je ne voulais pas qu'ils puissent entendre.

Ils se tenaient dans le salon. Les fenêtres étaient grandes ouvertes sur le jardin et j'allai les fermer. La brise s'était levée, gonflant les rideaux à l'intérieur.

Maxim avait servi à Favell un verre de whisky mais n'avait rien pris lui-même. « Maxim...

— Elle vous le dira. Demandez-le-lui, elle vous mentira pas. Pas une menteuse, hein ? » Favell me jeta un regard brouillé. Il paraissait en plus mauvais état que le jour où je l'avais vu à l'hôtel, avec son col élimé et sale, ses cheveux gras. La main qui tenait le verre de whisky tremblait légèrement. « Je racontais à Maxim que nous avions pris le thé ensemble, à Londres. »

Maxim ne me regarda pas.

« Pourquoi êtes-vous venu ici ? demandai-je. Je vous l'ai signifié, nous n'avons plus rien à nous dire maintenant, plus aucune raison de nous voir. J'ai entendu Maxim vous ordonner de partir. Avalez votre whisky et faites ce qu'il vous dit, s'il vous plaît.

— Il m'a dit de partir la dernière fois. Je m'en souviens. Vous aussi, j'suis sûr. »

Je ne répondis pas. Maxim n'avait pas dit un mot. Nous faisions face à Favell, et pourtant nous étions loin l'un de l'autre, des continents nous séparaient. Je pense que Favell le sentit.

« Je vous ai apporté ça. » Il tenait une épaisse enveloppe dans son autre main. Il la brandit, l'agitant insolemment sous mon nez. « Des preuves.

— Que voulez-vous dire ? Quelles preuves ? De quoi s'agit-il ?

— Ne lui tends pas la perche, dit Maxim d'un ton sec. Ne lui pose pas de questions. C'est ce qu'il cherche. Il est ivre et cinglé. »

Favell éclata de rire, la bouche grande ouverte, révélant des dents gâtées et cassées, une langue jaunâtre. C'était le rire le plus déplaisant que j'eusse jamais entendu, et il me semble encore l'entendre aujourd'hui.

« Danny m'a parlé de votre petite réception. Une pendaison de crémaillère, pour faire connaissance avec les voisins. Foutue panne ! Pas vraiment comme Manderley, ici, obligés de réduire votre train de vie, hein ? Mais pas mal quand même, pas mal. Difficile d'entretenir un palais, de nos jours. De toute façon, il vous aurait fallu Rebecca pour ça, et elle n'est plus là, hein, nous savons tous où elle est. »

Il agita à nouveau l'enveloppe. « Je ne suis pas

resté inactif. Ni Danny, même si elle débloque un peu. » Il porta un index à sa tempe et rit à nouveau. « Elle a un peu perdu la boule, on dirait. On peut pas lui en vouloir, n'est-ce pas ? C'est tout ce qui comptait dans sa vie — Rebecca. Elle a jamais aimé quelqu'un ou quelque chose d'autre dans sa vie, excepté Manderley, et c'était à cause d'elle, c'était l'unique raison. Rien à voir avec vous, Max. Elle connaît la vérité. Nous la connaissons tous. Et nous ne sommes pas les seuls. Bien sûr que nous sommes au courant, et vous le savez. Mais il m'a fallu fouiller, fouiner, poser des questions, pour dénicher des preuves, ça m'a pris des années. Là-dessus, la guerre est arrivée. Mais je savais que je parviendrais à mes fins et me voici.

— Maxim...

— Il bluffe et il ment, il est ivre, c'est un fou. » Maxim parlait très doucement, calmement. « Il a déjà joué cette comédie autrefois. Tu t'en souviens parfaitement.

— Vous l'avez tuée.

— Quand il aura fini son verre, il partira.

— Vous l'avez descendue, mon vieux, et je vais vous faire pendre pour cela. J'en ai la preuve. » Il continuait à agiter l'enveloppe. « Vous ignorez ce qu'il y a là-dedans.

— Maxim, prends-la-lui, tu ne sais pas ce qu'elle peut contenir. Tu...

— Je n'y poserai pas les doigts, ni sur elle ni sur lui.

— On s'est donné un mal de chien, Danny et moi. Elle est de mon côté, vous savez.

— J'en doute.

— Je boirais bien un petit verre encore. »

Maxim fit deux pas en avant. Favell lui tendit son verre en ricanant. Je me demandai si Maxim allait le frapper, comme il l'avait fait la dernière fois — je me souvenais du son atroce de son poing s'écrasant contre la mâchoire de Jack Favell. Mais il posa simplement le verre sur le plateau et se retourna.

« Fichez le camp, Favell. Sortez d'ici immédiatement et ne reparaissez plus. Si vous ne partez pas, j'appelle la police et ils vous arrêteront pour conduite en état d'ébriété. Vous feriez mieux d'aller garer votre voiture un peu plus loin et de dormir quelques heures, si vous ne voulez pas tuer quelqu'un. »

Pendant un instant, tout s'immobilisa, prit l'aspect figé d'une photographie. On n'entendit plus que la légère vibration des fenêtres sous l'effet du vent.

Je crus que Favell allait se mettre à rire, ou frapper Maxim, ou tirer de l'enveloppe une de ces affreuses coupures de journal qui racontaient la vérité, ou même, en le voyant tourner dans ma direction ses yeux égarés et injectés de sang, qu'il allait se précipiter sur moi. Je ne savais pas, je me sentais au bord de l'évanouissement, mais je ne voulais pas m'évanouir, c'était la seule chose dont j'étais sûre, je ne m'en étais jamais tirée ainsi.

La photographie persista, nous tenant prisonniers dans son champ.

Puis, sans un mot, comme si quelque chose s'écroulait en lui, Favell chancela, tourna les talons et sortit du salon. Je m'étais attendue à des menaces, à des ricanements, à d'autres propos délirants à propos de ses preuves, mais il n'en fut rien.

Je compris alors qu'il savait, même dans son état d'ébriété et d'extrême confusion, qu'il savait avec certitude avoir causé le mal qu'il était venu faire ; il avait commis son méfait, abattu les derniers pans de l'édifice. Lui et Mme Danvers — car ils avaient partie liée, bien que seul Favell fût présent —, ils avaient tout manigancé, tout avait débuté longtemps auparavant. C'était seulement la fin. Tout avait été facile, en somme.

Nous forgeons notre propre destin.

Personne ne prononça plus un mot. Maxim se

dirigea vers la porte. Je restai dans le salon. Je ne pouvais plus rien.

J'entendis le moteur tourner, un bruit d'engrenage, puis plus rien. Le même bruit se répéta, et ensuite celui des roues sur le gravier, le grincement du changement de vitesse. J'espérais qu'il suivrait le conseil de Maxim et s'arrêterait quelque part pour dormir. Son sort m'importait peu, mais je ne voulais pas qu'il blesse quelqu'un. Quelqu'un d'innocent. Il nous avait fait assez de mal.

Je m'assis soudain dans le fauteuil près de la cheminée. Je frissonnai, il faisait froid dans la pièce. Les rideaux bougeaient légèrement, agités par les courants d'air qui s'insinuaient sous les portes. C'est la fin de l'été, pensai-je. Il aurait fallu faire un feu. J'aurais pu apporter du papier et du petit bois, il y avait quelques bûches dans l'appentis, mais j'étais trop fatiguée. Je restai assise, les coudes sur les genoux, fixant le trou noir du foyer.

J'avais peur, je me souviens, et je me rendais compte que cette peur m'habitait depuis longtemps. J'étais lasse, lasse de tout. Il y avait si longtemps que je n'avais pas connu un moment de répit, sans anxiété, sans que viennent me troubler des ombres ou des voix.

Puis Maxim revint. J'entendis la porte se refermer doucement. Peut-être va-t-il me tuer moi aussi, pensai-je, ce sera le mieux qui puisse arriver, ce que je mérite, peut-être la meilleure solution.

Je levai alors les yeux vers lui. Il était très calme et l'expression de son visage semblait infiniment lasse, infiniment tendre, infiniment triste. Je l'aimai à ce moment comme je crois ne l'avoir jamais aimé auparavant, ni dans les premiers jours pleins de jeunesse où l'amour me coupait le souffle, ni durant les derniers et pires jours de Manderley, où nous nous étions accrochés si désespérément l'un à l'autre. Cet amour-là était total et se suffisait à lui-même, il était pur, sans compromission, ce n'était pas un sentiment, c'était un état. Je l'aimais absolument, immensément, sans éprouver de dépendance ni même de besoin.

Mais je ne dis pas un mot, ne fis pas un geste dans sa direction, je le regardai seulement, emplie d'amour, puis détournai les yeux.

« Quand ont-ils commencé ? dit-il.

— Qui ?

— Les secrets. »

Je bredouillai, cherchant en vain mes mots.

« Avec ça ? » Il avait sorti quelque chose de sa poche qu'il me tendit.

« Oui, je crois. Je n'en suis pas sûre. Oui. »

La carte était décolorée mais ressemblait à une flamme dans sa main.

« D'où vient-elle ?

— Elle était sur une couronne. C'est elle qui l'a envoyée. Elle ne l'a pas dit, mais je le sais. Elle était très belle, des fleurs blanches immaculées sur un lit de feuillage vert foncé, elle était posée dans l'allée à côté de la tombe de Beatrice le jour où je m'y suis rendue dans la matinée.

— Comment l'as-tu su ?

— Je ne l'ai pas su. Je... je voulais eulement aller là-bas toute seule, tranquillement, et je l'ai trouvée. Son intention était que je la trouve. Moi ou toi. C'était pareil.

— Pourquoi ne m'en as-tu rien dit ?

— Je ne voulais pas que ça te fasse souffrir. Maxim, tu dois me croire.

— Cachés, les secrets sont plus douloureux quand on les découvre.

— Tu aurais pu ne rien savoir. Je ne voulais pas que tu l'apprennes.

— Tu l'as laissée dans la penderie », dit-il.

Il alla vers le plateau et se versa un verre de whisky, me tendit la bouteille, mais je secouai la tête.

« Pendant tout ce temps, dit-il doucement, des mois durant.

— Oui, pardonne-moi.

— Je pensais qu'elle était morte.

— Oui.

— Et après ?

— Je ne me souviens plus.

— C'est Favell ?

— Je suppose. Oui.

— Est-il vrai que tu l'as rencontré à Londres ?

— Par hasard. Maxim, ne crois pas que j'aurais pu délibérément chercher à le rencontrer.

— Je ne sais pas. Il aurait pu essayer de tirer quelque chose de toi. De l'argent — c'est son genre.

— C'est ce qu'il a fait. Après.

— J'ai été surpris, vois-tu. Tu ne vas jamais à Londres. Tu en as toujours eu horreur.

— Oui.

— Où êtes-vous allés ?

— Prendre le thé... dans... un hôtel. Il faisait si chaud. Il était... je crois qu'il est fou.

— Oui, il est fou.

— Il était dans une cabine téléphonique avec une valise. Je ne crois pas qu'il téléphonait à quelqu'un... il... il criait dans l'appareil, mais je suis sûre qu'il n'y avait personne à l'autre bout du fil. Je suis passée devant lui, il m'a vue et il m'a suivie. Et j'ai dû appeler un magasin un peu plus tard — j'avais oublié un paquet ; je suppose qu'il m'a entendue donner notre adresse.

— Mais tu ne vas jamais à Londres. Pourquoi diable as-tu brusquement voulu t'y rendre ? Ce n'est pas dans tes habitudes d'agir ainsi.

— Je suis allée voir un médecin », dis-je piteusement, sachant ce que ces mots signifiaient pour lui, ce qu'ils ne manqueraient pas de lui rappeler. Je baissai les yeux, incapable de le regarder, ajoutant seulement : « Non... non... je vais très bien... Je n'ai jamais... c'est...

— *Quel* médecin ?

— Je voulais tellement avoir un enfant. Quand nous sommes arrivés ici, c'était mon souhait le plus cher... j'avais besoin de savoir...

— Et as-tu appris quelque chose ? » Je l'entendis à peine.

« Oui... oh, oui... il a dit... nous aurions... nous pouvions... il n'a vu aucune raison qui nous en empêche.

— Et tu ne pouvais même pas me parler de ça ?

— Non... si... j'allais le faire, Maxim, naturellement... dès mon retour. Je cherchais comment te l'annoncer... mais c'est alors que je l'ai rencontré... Favell.

— Et alors ?

— Alors je n'ai pas pu. Il m'a semblé que... que tout était gâché, et... je n'ai pas pu te parler.

— Quand est-elle venue ici ?

— Après. Il y a plusieurs semaines.

— Plusieurs semaines !

— Pardonne-moi, je ne voulais pas que tu t'inquiètes de ce qu'ils pouvaient faire.

— Que pouvaient-ils faire ? Elle est folle — ils sont fous tous les deux. Obsédés... détraqués... jaloux. Deux pitoyables cinglés. Quel mal auraient-ils pu nous faire ?

— Il y a des choses que je ne peux pas te dire.

— D'autres secrets ?

— Non, je ne veux pas te faire de mal.

— C'est déjà fait.

— Elle est malfaisante, elle te déteste... elle nous déteste. Elle veut notre perte. A tous les deux. C'est de la perversité, de la démence, oui... mais elle en a l'intention. Ils se servent l'un de l'autre... il veut... oh, je l'ignore... de l'argent je suppose, ou se venger d'une façon ou d'une autre.

— Faire justice », dit Maxim.

Je levai la tête, saisie d'inquiétude. Il avait parlé avec un tel calme.

« Que veux-tu dire ? » Je ne reconnus pas le son de ma voix. Je le regardai fixement.

« J'ai toujours eu une certitude, dit-il alors. A travers toutes ces années et ce qui nous est arrivé... ma seule certitude a été que nous étions ensemble et qu'il n'y avait pas de secrets entre nous... rien... rien que de l'amour et de la confiance. Ni tromperie ni crainte ni réticence — c'était ainsi de mon côté. Je portais un fardeau, celui de savoir que j'étais coupable d'un meurtre et que je bénéficiais d'une grâce — mais tu ne l'ignorais pas.

— Ça n'avait pas d'importance, ça n'en a jamais eu.

— Tu crois vraiment ? »

Je ne pus répondre. Je lui devais la vérité à présent. Il en savait si peu jusque-là. Je me souvins de la voix qui chuchotait : « Cet homme est un assassin, il a tué sa femme. Il a tué Rebecca. » Je regardai ses mains à ce moment-là : je les aimais.

« C'est entièrement de ma faute, dis-je, parce que j'ai voulu revenir. Prends garde de ne pas désirer trop ardemment quelque chose, car tu pourrais l'obtenir.

— Oui.

— Mais tout va bien. » Je me levai et m'approchai de lui. « Favell est parti... elle est partie... ils ne peuvent rien contre nous. Tu l'as dit toi-même. Maxim, tout va bien. Tout ça n'a aucun sens. Ils ne peuvent nous faire aucun mal.

— Le mal est déjà fait.

— C'est sans importance.

— Y a-t-il autre chose ?

— Autre chose ?

— D'autres secrets ? »

Je me remémorai les coupures de journaux et les photos dans leurs enveloppes marron cachées en haut, dans mon cartable. « Non, dis-je. Non... pas d'autres secrets. »

Il me regarda dans les yeux.

« Pourquoi ? s'écria-t-il. Pourquoi ? Au nom du ciel, pourquoi ? »

Je ne pus répondre.

« Nous n'aurions jamais dû revenir. Tu as raison, bien sûr. De même que nous n'aurions pas dû retourner à Manderley. Et pourtant, je savais que nous le ferions — il le fallait. Inutile de fuir. Ce qu'ils veulent, c'est obtenir justice.

— La vengeance — malfaisante, inutile, cruelle. Ils sont *fous*.

— Oui, mais ce sera malgré tout la justice.

— Tu crois ?

— Si je ne dis rien, si je reste sans rien faire, si nous tentons de rester ici, il en sera toujours ainsi. Nous n'y échapperons pas... tu n'auras pas confiance en moi. Tu continueras d'avoir peur d'eux et de moi.

— Je n'ai pas peur de toi.

— Non ? »

Je détournai les yeux.

« Merci pour ça, fit Maxim.

— Je t'aime, dis-je. Je t'aime. Je t'aime.

— Oui.

— Maxim, tout ira bien, je t'en prie, *je t'en supplie.* » Je lui pris les mains et les tins dans les miennes, puis les levai vers mon visage. Son regard était plein de douceur, de regret, de pitié et d'amour.

« *Je t'en prie.* Ils ne gagneront pas, c'est impossible — tu ne dois pas les laisser gagner.

— Non, dit-il doucement, non, pas eux, ils ne comptent pas. C'est elle. »

Un froid horrible s'abattit sur moi.

« Que vas-tu faire ?

— Je dois avouer la vérité.

— *Non !* »

Il resta sans rien dire, sans ôter ses mains que je pressais contre mon visage.

Soudain, le vent heurta les fenêtres, ébranla les vitres, et je me rendis compte que nous l'avions entendu forcir depuis un moment, gémissant dans les cheminées noires et vides, s'infiltrant sous les portes.

« Je suis fatigué, dit Maxim. Si fatigué.

— Moi aussi.

— Va te coucher. Tu étais déjà éreintée avant tout ça.

— J'étais éreintée ?

— Après la garden-party. »

La garden-party. Je l'avais oubliée. Un sourire me monta aux lèvres. La garden-party.., c'était il y avait des siècles.

« Que vas-tu faire ?

— Rester encore un peu. J'ai quelques lettres à écrire.

— Maxim, est-ce que tu es fâché ?

— Non, dit-il d'un air las. Non. »

Mais il retira ses mains et s'écarta de moi.

« Je ne voulais pas garder ces secrets. Je ne l'ai pas fait par plaisir.

— Je sais.

— Je n'ai pas pu m'en empêcher. L'un entraînait l'autre, mais je voulais te protéger — éloigner ce qui pouvait te faire du mal. »

Il se pencha et m'embrassa, très doucement et chastement, comme un père embrasse sa fille, et je ne pus faire aucun mouvement pour l'attirer plus près de moi. Demain, pensai-je. Nous n'en pouvons plus, nous ne savons plus où nous en sommes.

« Demain. »

Il me regarda.

« Monte te coucher, maintenant. »

Demain, nous reprendrions tout de zéro. Il n'y avait plus de secrets, il n'y en aurait plus d'autres. Et plus de peurs, me promis-je en mon for intérieur. Plus jamais aucune peur.

Comme je me dirigeais vers la porte, vacillante, étourdie, vidée, je demandai soudain : « Est-ce que

Frank va quitter l'Ecosse et venir ici ? Ont-ils pris une décision ? Que t'a-t-il dit ? »

Il s'immobilisa, me regardant comme si ma voix venait de très loin et qu'il parvenait difficilement à se concentrer sur mes paroles, ou même à se rappeler qui j'étais. Puis il se reprit : « Oh... oui, oui, ils viendront sans doute. »

Tout irait bien, alors. Ce fut ma dernière pensée en quittant la pièce. Frank viendrait et ce serait un nouveau départ. Tout irait bien.

En me couchant, j'entendis la tempête se lever, agitant les arbres, dévalant les pentes, balayant le jardin, s'acharnant contre les murs et les fenêtres de la maison. Mais je remontai les couvertures au-dessus de ma tête et n'entendis plus qu'un bruit semblable à celui de la mer, qui montait à l'assaut de la toiture et me recouvrait, me tirait en arrière, au plus profond de son sein.

Toute la nuit, je fus ballottée par mes rêves et par le fracas de la tempête. A plusieurs reprises, je parvins à refaire surface, ne sachant si je dormais ou si j'étais éveillée, et à chaque fois j'étais attirée sous l'eau à nouveau. On n'avait jamais vu un vent pareil, s'abattant sur les arbres, se ruant à l'assaut de la maison, le monde entier semblait perdre la raison, se déchaîner ; j'appelai Maxim et je crus qu'il me répondait doucement, m'apaisant, mais sa voix fut comme aspirée dans l'œil du cyclone, engloutie avec lui, s'éloignant de plus en plus loin. Je rêvai, fis d'horribles cauchemars, fous, confus, peuplés de murmures et de bourrasques de vent, d'ombres mouvantes, menaçantes, des rêves où se mêlaient la peur, l'angoisse et un désir désespéré et vain, où je recherchais quelqu'un, quelque chose, poursuivant ma propre voix qui s'échappait de moi comme si elle possédait une vie à part. Puis tout s'apaisa et je sombrai dans un sommeil lourd et profond, où ne pénétra aucun son ni aucune lumière.

Je me réveillai en proie à une panique indicible, non seulement parce que le vent rugissait, hurlait avec fureur au-dehors, mais à cause d'une affreuse sensation de malaise. J'allumai la lampe. Le lit de Maxim était défait, mais vide, et la porte de sa penderie grande ouverte.

Dans mon sommeil, à l'intérieur de mes rêves, je lui avais parlé, discutant passionnément avec lui, et ce matin la même force et la même fureur que j'avais ressenties devant Mme Danvers m'assaillaient, aussi violentes que la tempête, et je savais que je n'aurais pas de répit avant de l'avoir trouvé, de lui avoir dit ce que je devais lui dire, avant de lui avoir fait comprendre.

Dix années à le guider, à le protéger de la vérité et du passé, à faire écran aux souvenirs, à l'empêcher de ressasser, à décider, à construire ma fragile assurance, dix ans de maturation qui semblaient aujourd'hui être arrivés à leur terme. J'étais sûre de ce que je pensais, je savais distinguer la raison de la déraison, j'étais prête à me battre pour ce que nous avions édifié, pour ce que nous avions gagné. Je savais ce que je voulais, ce qui devait être, je n'étais pas disposée à en sacrifier la moindre parcelle, ou à laisser Maxim partir sur un coup de tête, dans l'affolement et le désespoir.

Je me précipitai en bas de la maison, resserrant la ceinture de ma robe de chambre en chemin, sans prendre la peine d'enfiler mes pantoufles. Le vent tombait par intermittence, faisant place à un calme total, puis il reprenait à nouveau, se ruant contre les fenêtres et dans les cheminées.

Un rai de lumière filtrait sous la porte du bureau.

« Maxim ! »

Il leva la tête. Je vis qu'il était en train d'écrire. « Maxim, pourquoi es-tu habillé ? Où vas-tu ? Tu ne peux pas sortir, il n'y a jamais eu une tempête pareille.

— Retourne te coucher. Je suis désolé de t'avoir

réveillée, je ne le voulais pas. » Il parlait d'un ton très doux à nouveau, un ton plein d'attention et de sollicitude.

« Maxim, il faut que je te parle. Il y a des choses que j'ai toujours gardées pour moi et que je dois te dire.

— Mieux vaut qu'il en soit ainsi, ne crois-tu pas ?

— Pourquoi ? Pour créer des malentendus ? A quoi bon ?

— Il n'y a pas de malentendus entre nous. Aucun.

— Si. Tu ne m'as pas comprise. Maxim, nous avons ce que nous voulions ici, c'est notre œuvre.

— Tu crois ?

— Oui, oui, j'ai eu raison de venir — et tu le sais. Rien ne peut changer cela. Es-tu en train de me dire que tu as peur ? De quoi ? Je n'ai pas peur, moi.

— Non, dit-il. Non, tu n'as pas peur, plus maintenant. Je le vois.

— Et je ne me suis pas trompée. On ne me fera jamais croire que revenir était une erreur. Je t'ai observé... je le sais. C'est ce qu'il te fallait — ce que tu désirais.

— Tu as peut-être raison.

— Tu étais fatigué, bouleversé, perturbé. Tu as parlé sous l'effet de la tension, mais tu n'as rien à craindre, rien à cacher.

— Si, au contraire. Tu sais que si.

— Que peuvent-ils faire ?

— Je l'ignore, mais ils le feront. Et je ne peux vivre avec cela, je ne peux plus vivre sous cette menace, plus une seule minute.

— Et moi ?

— Toi ? » Il parut très loin pendant un instant, puis il vint à moi, et me caressa doucement la joue.

« Je pense à toi, dit-il, crois-le. Tout le temps.

— Non, ce n'est pas vrai, c'est impossible. »

Mais il ne répliqua rien, il passa simplement devant moi et sortit de la pièce. Je le suivis.

« Maxim, monte dormir un peu. Nous pourrons en parler demain, s'il le faut. »

Il ne semblait pas se presser et cependant il se déplaçait rapidement, traversant le hall, attrapant son manteau, prenant les clés de la voiture suspendues à un crochet.

« Où vas-tu ? »

Il ne répondit pas. Je m'élançai à sa suite, me plaçai entre lui et la porte, et il s'arrêta et m'embrassa, comme s'il me quittait pour une heure. Je pris sa main, la tins serrée entre les miennes, mais il était plus fort que moi et n'eut aucune peine à se dégager.

Quand il ouvrit la porte, une rafale s'engouffra dans l'entrée, hurlant, comme prise de folie. Je ne pus entendre ce que Maxim me disait, ni s'il disait quelque chose. Avait-il l'intention d'aller voir Frank, ou de se rendre à Londres ? J'étais incapable de réfléchir. Le vent m'ôtait toute pensée cohérente, j'aurais voulu claquer la porte, rentrer me mettre à l'abri.

« Maxim... Maxim, reviens, attends... où que tu ailles, n'y va pas maintenant. Je t'en prie, attends. »

Mais il traversait rapidement l'allée, s'avançait dans la tourmente, dans la nuit noire, je ne le voyais plus. Je voulus le suivre mais le vent semblait m'arracher les cheveux, déchirer mes vêtements ; je me coupai les pieds sur les graviers. Les phares s'allumèrent et je me mis à courir, sans me préoccuper de la tempête, m'élançant sur le passage de la voiture, mais il m'évita aisément, je vis son visage tendu et livide qui se détournait, sans me jeter un seul regard, les yeux fixés devant lui, puis il disparut, en haut de la côte, dans le vent furieux, la pluie et l'obscurité.

Lorsque je rentrai dans la maison — il n'y avait rien d'autre à faire —, je me dirigeai immédiatement vers le téléphone, bien que la nuit fût avancée. Qu'importe si je les réveillais, ils auraient fait de même à ma place. Je ne réfléchis pas plus longtemps.

Je savais qu'il ne pouvait pas avoir envisagé de se rendre en voiture en Ecosse mais, je ne sais pourquoi, je pensais qu'il contacterait Frank, qu'il était possible qu'il fût là-bas.

Il n'y avait pas de tonalité. Les lignes avaient été endommagées par l'orage, le téléphone était coupé.

Ensuite, je fus incapable de rien faire, je ne pus que m'asseoir, seule, en proie à l'épouvante, dans le vacarme de la tempête, les craquements des arbres déracinés, brisés, abattus. C'était terrifiant, et je n'osai imaginer Maxim conduisant dans un tel ouragan, je ne voulais pas y penser. Je suppliai Dieu, désespérément, promettant, implorant.

Je finis par aller m'étendre sur mon lit, écoutant le vent, priant pour que Maxim n'ait pas d'accident, l'espérant de toutes mes forces, avec mon énergie et ma confiance retrouvées.

Je dus m'endormir, finalement, d'un sommeil peuplé de fantômes, déchiré par des rêves de terreur et par le tumulte de l'extérieur.

Je me réveillai dans un calme presque surnaturel. La lumière qui pénétrait dans la chambre était étonnamment pâle. J'allai à la fenêtre et vis un monde lavé, décapé, une vision d'apocalypse. Le jardin était saccagé, les pentes étaient jonchées de branches et de troncs d'arbres arrachés par la tempête, et au-dessus du cirque de verdure s'ouvraient des trous béants découvrant la lumière du jour et le ciel, là où ils n'apparaissaient pas auparavant.

Je descendis au rez-de-chaussée. Maxim n'était pas rentré. Je vis par la fenêtre que la voiture ne se trouvait pas dans le garage. Je tentai à nouveau de téléphoner mais la ligne était toujours coupée ; n'ayant rien d'autre à faire, je m'habillai rapidement et sortis, pleine d'appréhension, pour aller voir les dégâts causés par la tempête, et mes craintes au sujet de Maxim, tous les souvenirs de la nuit précédente, s'éloignèrent, restèrent en attente, à l'affût, et je parvins à les contenir et à les tenir à l'écart, simplement à la vue des ravages provoqués par le vent. Je me frayai un passage à travers de pauvres choses arrachées, abattues, brisées, sans les toucher, regardant, regardant encore. Je ne pleurai pas. Les larmes auraient été une piètre réaction, un réflexe inadéquat face à tout cela.

J'allai dans le potager. J'espérais que les murs l'auraient protégé mais celui du fond s'était écroulé et le vent s'était engouffré, détruisant, cassant, faisant tout voler de part en part. La grille était sortie de ses gonds, je dus la pousser de toutes mes forces pour entrer. Et quand j'y parvins, trébuchant à moitié, j'aurais voulu ne jamais l'avoir franchie.

L'allée de noisetiers avait disparu. Là où les superbes jeunes arbres s'élançaient hier vers le ciel pour former une voûte, là où je marchais pour contempler au loin la campagne et le clocher argenté, il ne restait plus qu'un amas de branches brisées et de pauvres chicots pâles et déchiquetés.

Je me mis à pleurer, alors, mais c'étaient des larmes inutiles et elles cessèrent vite.

Il faisait très froid. Le ciel était d'un gris uniforme et délavé, la lumière glauque. Mes chaussures étaient trempées et ma robe de chambre collait à mes jambes.

Et puis, farouchement, désespérément, je voulus Maxim et rien d'autre. Je ne pouvais supporter d'être seule ici. Je voulais oublier ce que nous nous étions dit, notre incompréhension à l'égard l'un de l'autre. Je savais que je ne m'étais pas bien expliquée, que je ne lui avais pas fait comprendre le pourquoi, les raisons de tout ce qui s'était passé pendant cette dernière année ou même avant. Je n'avais pas dit que je regrettais.

Je courus dans l'herbe et gravis le perron. J'allais m'habiller, tenter de découvrir où il s'était rendu, le faire revenir à la maison.

Mais en traversant le hall, je vis la porte du bureau

ouverte, et une lettre appuyée contre l'encrier. J'entrai. C'était une enveloppe blanche ordinaire, sans nom de destinataire. Pourtant, je sus qu'elle m'était destinée, et je m'assis sur une chaise, l'ouvris et lus son contenu.

Je le savais. Je n'avais pas besoin de la lire. Je savais ce qu'il avait eu à l'esprit et dans le cœur, ce qui s'était mis à l'obséder, je connaissais son sentiment de culpabilité et comment il percevait la vérité des faits.

Nous ne sommes pas punis pour nos péchés, mais par eux. Nous ne pouvons pas vivre en nous sentant coupables pendant le restant de nos jours.

Comme je terminais ma lecture, j'entendis des voix, Dora qui m'appelait.

Ils étaient venus voir si j'allais bien, constater l'étendue des dégâts ; ils étaient atterrés. Devant leur gentillesse et leur prévenance, j'éclatai en sanglots et, tout en pleurant, je leur racontai ce que je pus au sujet de Maxim, et tout le reste échappa à mon contrôle, des messages furent envoyés, des gens vinrent et repartirent, pendant des heures, je ne fis qu'attendre, attendre des nouvelles, que le téléphone soit réparé, ce qui finit par arriver, et, quand il sonna pour moi, je pus répondre, et entendre ce qu'on me disait à propos de Maxim.

Chapitre 22

Il avait presque atteint son but. La voiture avait quitté la chaussée et ils l'avaient trouvée écrasée contre un arbre, au bord d'une de ces petites routes étroites et sinueuses, non loin de Manderley. Je l'avais empruntée moi-même l'an passé, et nous l'avions parcourue ensemble si souvent.

Je refusai d'y aller. Je demandai qu'on fît venir Frank Crawley. C'était un vieil ami, dis-je, il identifierait Maxim, quelle différence cela pouvait-il faire ? Mais c'était impossible, ils ne le permirent pas. J'étais le membre le plus proche de sa famille. Son épouse. Mme de Winter. Je devais m'y rendre.

Son visage était étrangement intact, on ne distinguait qu'une légère marque au front. Je ne comprenais pas pourquoi il était mort.

Mais je n'y pensais pas. Je ne le vois pas là-bas. Je le vois partout ailleurs où nous avons été ensemble, en voiture sur la route en lacet de Monte-Carlo, à cheval dans la Vallée Heureuse avec Jasper sautant à ses côtés, près de moi, les mains posées sur le bastingage du vieux paquebot, tandis que nous voguions vers Istanbul entre le soleil couchant et le croissant de la lune, en train de contempler les pentes herbeuses de Cobbett's Dale, blotti dans son cirque, en contrebas.

Non, je ne le vois pas là-bas.

Au début, je ne voulus pas de funérailles, d'aucune sorte ; mais il fallait qu'il y eût quelque chose, et les autres le voulaient, Giles et Roger, Frank Crawley et le vieux colonel Julyan. Mais cela ne se passerait pas dans la chapelle de Kerrith, ni même dans l'église du village près de Cobbett's Dale. Je ne le voulais pas — j'étais surprise de ma détermination —, et il n'y aurait pas de tombe.

Je refusais qu'on l'enterre dans le caveau, à côté d'elle, je ne le supporterais pas ; mais il n'y avait pas d'autre endroit, aussi ne serait-il pas enterré du tout, il n'y aurait pas de corps à enterrer. Je m'en occuperais d'une autre façon.

Nous nous rendîmes dans un petit village morne et moderne, à une trentaine de kilomètres de l'endroit où il avait percuté l'arbre ; je ne l'avais jamais vu, et je ne le reverrais jamais, il était trop anonyme pour que je puisse même m'en souvenir. C'était pour cela que je l'avais choisi, avec l'aide de Frank. Il l'avait trouvé et avait pris les dispositions nécessaires.

Nous étions sept, plus le pasteur, et ce fut vite fini. Elle n'apparut pas, ni Favell. Je m'étais assurée que personne d'autre n'était au courant. Mais ensuite, lorsque les rideaux eurent été ouverts, puis tirés à nouveau, et qu'il eut disparu, lorsque nous sortîmes dans l'air gris et humide, qui sentait l'automne et la mer, je vis une silhouette vêtue d'un pardessus, grande, mince, vaguement familière, mais l'homme se détourna par respect, et quand je me retournai il avait disparu. Ce ne fut que longtemps plus tard que Frank m'apprit qu'il s'agissait de Robert, le jeune valet de pied de Manderley, qui avait entendu une rumeur et était venu de Kerrith, où il vivait toujours, mais il avait fait seulement une apparition, ne voulant pas déranger.

Robert. Je rangeai ce nom quelque part dans mon esprit, pour y penser plus tard. Souvenir.

Il n'y eut rien d'autre, pas de thé, pas de réunion. Elle ne vint pas. Ni Jack Favell. Mais j'avais su qu'il en serait ainsi, ils n'avaient pas besoin de venir, ils avaient eu ce qu'ils voulaient. Vengeance, disais-je — mais Maxim appelait ça justice.

Il ne restait qu'une seule chose à faire et elle ne concernait que moi. Frank, ce cher Frank, était rongé par l'inquiétude, il aurait voulu venir, estimait qu'il aurait dû être là, pour moi et pour lui-même. Mais j'insistai, et il se résigna et comprit.

Une voiture de location m'emmena là-bas, j'emportai le coffret de bois qui portait son nom, et nous allâmes jusqu'au port, où attendait le bateau ; je vis qu'il appartenait au fils de Tab, je n'avais voulu mêler personne de familier à mon geste, mais je ne le connaissais pas vraiment, et d'une certaine manière c'était très bien comme ça, j'étais contente que ce soit lui.

Il faisait encore gris, humide et brumeux, je sentis

l'embrun léger sur mon visage pendant que nous traversions la baie, nous dirigeant vers la crique. La mer était calme. Sans doute parce qu'il jugeait que c'était l'allure convenable, il n'allait pas vite, le moteur était silencieux, la traversée me sembla durer une éternité. Nous ne nous parlâmes pas, jusqu'au moment où, soudain, j'aperçus les arbres qui apparaissaient au-dessus du rivage, les buissons qui grimpaient comme une jungle, et, au-delà, complètement caché, ce qui restait de Manderley.

« Ici, dis-je. Arrêtez-vous ici. »

Il arrêta le moteur du bateau et tout devint alors parfaitement silencieux, excepté le cri des mouettes ; je vis la crique devant moi, et la grève, mais je ne voulus pas m'approcher davantage. Je me tins sur un côté du bateau et j'attendis un moment avant d'ouvrir le coffret, de le renverser doucement, secouant les fines cendres claires qui s'envolèrent, s'éparpillèrent loin de moi, portées vers Manderley par le vent salé de la mer.

DU MÊME AUTEUR

aux Editions Albin Michel

JE SUIS LE SEIGNEUR DU CHÂTEAU

L'OISEAU DE NUIT

UN PRINTEMPS PROVISOIRE

Le Livre de Poche Biblio

Extrait du catalogue

Biblio/Romans

Sherwood ANDERSON
Pauvre Blanc
Guillaume APOLLINAIRE
L'Hérésiarque et Cie
Miguel Angel ASTURIAS
Le Pape vert
Djuna BARNES
La Passion
Andrei BIELY
La Colombe d'argent
Adolfo BIOY CASARES
Journal de la guerre au cochon
Karen BLIXEN
Sept Contes gothiques
Mikhail BOULGAKOV
La Garde blanche
Le Maître et Marguerite
J'ai tué
Les Œufs fatidiques
Ivan BOUNINE
Les Allées sombres
André BRETON
Anthologie de l'humour noir
Arcane 17
Erskine CALDWELL
Les Braves Gens du Tennessee
Italo CALVINO
Le Vicomte pourfendu
Elias CANETTI
Histoire d'une jeunesse (1905-1921) - *La langue sauvée*
Histoire d'une vie (1921-1931) - *Le flambeau dans l'oreille*
Histoire d'une vie (1931-1937) - *Jeux de regard*
Les Voix de Marrakech
Raymond CARVER
Les Vitamines du bonheur
Parlez-moi d'amour
Tais-toi, je t'en prie
Camillo José CELA
Le Joli Crime du carabinier
Blaise CENDRARS
Rhum
Varlam CHALAMOV
La Nuit
Quai de l'enfer
Jacques CHARDONNE
Les Destinées sentimentales
L'Amour c'est beaucoup plus que l'amour
Jerome CHARYN
Frog
Bruce CHATWIN
Le Chant des pistes
Hugo CLAUS
Honte
Carlo COCCIOLI
Le Ciel et la Terre
Le Caillou blanc
La Ville et le Sang
Jean COCTEAU
La Difficulté d'être
Clair-obscur
Cyril CONNOLLY
Le Tombeau de Palinure
Ce qu'il faut faire pour ne plus être écrivain
100 livres clés de la littérature moderne
Joseph CONRAD
Sextuor
Joseph CONRAD
et Ford MADOX FORD
L'Aventure
René CREVEL
La Mort difficile
Mon corps et moi
Alfred DÖBLIN
Le Tigre bleu
L'Empoisonnement
Lawrence DURRELL
Cefalù
Vénus et la mer
L'Ile de Prospero
Citrons acides
La Papesse Jeanne
Friedrich DÜRRENMATT
La Panne
La Visite de la vieille dame
La Mission
Grec cherche Grecque
La promesse
J.G. FARRELL
Le Siège de Krishnapur
John FOWLES
La Tour d'ébène
Paula FOX
Pauvre Georges !
Personnages désespérés

Jean GIONO
Mort d'un personnage
Le Serpent d'étoiles
Triomphe de la vie
Les Vraies Richesses
Jean GIRAUDOUX
Combat avec l'ange
Choix des élues
Les Aventures de Jérôme Bardini
Les Cinq Tentations de La Fontaine
Vassili GROSSMAN
Tout passe
Knut HAMSUN
La Faim
Esclaves de l'amour
Mystères
Victoria
Sous l'étoile d'automne
Un vagabond joue en sourdine
Auguste le marin
Hermann HESSE
Rosshalde
L'Enfance d'un magicien
Le Dernier Été de Klingsor
Peter Camenzind
Le Poète chinois
Souvenirs d'un Européen
Le Voyage d'Orient
La Conversion de Casanova
Les Frères du soleil
Knulp
Bohumil HRABAL
Moi qui ai servi le roi d'Angleterre
Les Palabreurs
Tendre Barbare
Yasushi INOUÉ
Le Fusil de chasse
Le Faussaire
Henry JAMES
Roderick Hudson
La Coupe d'or
Le Tour d'écrou
La Muse tragique
Ernst JÜNGER
Orages d'acier
Jardins et routes
(Journal I, 1939-1940)
Premier journal parisien
(Journal II, 1941-1943)
Second journal parisien
(Journal III, 1943-1945)
La Cabane dans la vigne
(Journal IV, 1945-1948)
Héliopolis
Abeilles de verre
Ismail KADARÉ
Avril brisé
Qui a ramené Doruntine ?
Le Général de l'armée morte
Invitation à un concert officiel
La Niche de la honte
L'Année noire
Le Palais des rêves
Mort anonyme
Le printemps albanais
Franz KAFKA
Journal
Yasunari KAWABATA
Les Belles Endormies
Pays de neige
La Danseuse d'Izu
Le Lac
Kyôto
Le Grondement de la montagne
Le Maître ou le tournoi de go
Chronique d'Asakusa
Les Servantes d'auberge
L'Adolescent
Abé KÔBÔ
La Femme des sables
Le Plan déchiqueté
Mort anonyme
Andrzeij KUSNIEWICZ
L'État d'apesanteur
Pär LAGERKVIST
Barabbas
LAO SHE
Le Pousse-pousse
Un fils tombé du ciel
D.H. LAWRENCE
Le Serpent à plumes
Primo LEVI
Lilith
Le Fabricant de miroirs
Le Système périodique
Sinclair LEWIS
Babbitt
LUXUN
Histoire d'AQ : Véridique
biographie
Carson McCULLERS
Le cœur est un chasseur solitaire
Reflets dans un œil d'or
La Balade du café triste
L'Horloge sans aiguilles
Frankie Addams
Le Cœur hypothéqué
Naguib MAHFOUZ
Impasse des deux palais
Le Palais du désir
Le Jardin du passé
Klaus MANN
La Danse pieuse

Thomas MANN
Le Docteur Faustus
Les Buddenbrook
Les Confessions du chevalier d'industrie Félix Krull
Déception
Katherine MANSFIELD
La Journée de Mr. Reginald Peacock
Somerset MAUGHAM
Mrs Craddock
Henry MILLER
Un diable au paradis
Le Colosse de Maroussi
Max et les phagocytes
Paul MORAND
La Route des Indes
Bains de mer
East India and Company
Vladimir NABOKOV
Ada ou l'ardeur
Anaïs NIN
Journal 1 - *1931-1934*
Journal 2 - *1934-1939*
Journal 3 - *1939-1944*
Journal 4 - *1944-1947*
Joyce Carol OATES
Le Pays des merveilles
Amours profanes
Edna O'BRIEN
Un cœur fanatique
Une rose dans le cœur
Les Victimes de la paix
PA KIN
Famille
Mervyn PEAKE
Titus d'Enfer
Leo PERUTZ
La Neige de saint Pierre
La Troisième Balle
La Nuit sous le pont de pierre
Turlupin
Le Maître du jugement dernier
Où roules-tu, petite pomme ?
Le Marquis de Bolibar
Luigi PIRANDELLO
La Dernière Séquence
Feu Mathias Pascal
Ezra POUND
Les Cantos
Augusto ROA BASTOS
Moi, le Suprême
Joseph ROTH
Le Poids de la grâce
Raymond ROUSSEL
Impressions d'Afrique
Salman RUSHDIE
Les Enfants de minuit
Arthur SCHNITZLER
Vienne au crépuscule
Une jeunesse viennoise
Le Lieutenant Gustel
Thérèse
Les Dernières Cartes
Mademoiselle Else
Leonardo SCIASCIA
Œil de chèvre
La Sorcière et le Capitaine
Monsieur le Député
Petites Chroniques
Le Chevalier et la Mort
Portes ouvertes
Isaac Bashevis SINGER
Shosha
Le Domaine
André SINIAVSKI
Bonne nuit !
Muriel SPARK
Le Banquet
Les Belles Années de Mademoiselle Brodie
Une serre sur l'East River
George STEINER
Le Transport de A. H.
Andrzej SZCZYPIORSKI
La Jolie Madame Seidenman
Milos TSERNIANSKI
Migrations
Maria TSVÉTAEVA
Le Diable et autres récits
Tarjei VESAAS
Le Germe
Alexandre VIALATTE
La Dame du Job
La Maison du joueur de flûte
Ernst WEISS
L'Aristocrate
Franz WERFEL
Le Passé ressuscité
Une écriture bleu pâle
Thornton WILDER
Le Pont du roi Saint-Louis
Mr. North
Virginia WOOLF
Orlando
Les Vagues
Mrs. Dalloway
La Promenade au phare
La Chambre de Jacob
Entre les actes
Flush
Instants de vie

Composition réalisée par JOUVE

IMPRIMÉ EN FRANCE PAR BRODARD ET TAUPIN
Usine de La Flèche (Sarthe).
LIBRAIRIE GÉNÉRALE FRANÇAISE - 43, quai de Grenelle - 75015 Paris.
ISBN : 2 - 253 - 13861 - 4

31/3861/7